MATTHIAS JUNG
mit Steffi von Wolff

Erziehungs-status kompliziert

PUBERTÄT IM ANMARSCH

EDEL BOOKS

Dieses Buch widme ich meinem Sohn Lenny

Inhalt

Starke Kinder

von Rolf Zuckowski

Starke Mädchen
Haben nicht nur schöne Augen.
Starke Mädchen
Haben Fantasie und Mut.
Starke Mädchen
Wissen selbst, wozu sie taugen.
Starke Mädchen
Kennen ihre Chancen gut.

Starke Jungs,
Die können nicht nur Muskeln zeigen.
Starke Jungs,
Die zeigen Köpfchen und Gefühl.
Starke Jungs
Woll'n ihre Meinung nicht verschweigen.
Starke Jungs,
Die kommen lächelnd an ihr Ziel.

Starke Kinder halten felsenfest zusammen,
Pech und Schwefel, die sind gar nichts gegen sie.
Ihren Rücken lassen sie sich nicht verbiegen,
Starke Kinder, die zwingt keiner in die Knie.

Starke Kinder haben Kraft, um sich zu wehren,
Und sie sehn dir frei und ehrlich ins Gesicht.
Starke Kinder wollen nur die Wahrheit hören,
Und so leicht betrügt man starke Kinder nicht.

Starke Mädchen
Stehen fest auf ihren Beinen.
Starke Mädchen
Wollen alles ausprobieren.
Starke Mädchen
Sagen ehrlich, was sie meinen.
Starke Mädchen
Können siegen und verlieren.

Starke Jungs,
Die wollen alles selbst erleben.
Starke Jungs,
Die können auch mal Zweiter sein.
Starke Jungs
Sind stark genug, um nachzugeben.
Starke Jungs,
Die fallen auf Sprüche nicht herein.

Starke Kinder halten felsenfest zusammen!

Text: Rolf Zuckowski

Als Großvater sehe ich das Herauswachsen meiner Enkelkinder aus der Kindheit hinein in die Jugendphase mit anderen Augen als vor 40 Jahren mit einer pubertierenden Tochter und bald darauf mit zwei Söhnen. Meine Liedtexte scheinen aber ihre Gültigkeit nicht verloren zu haben. Insbesondere *Starke Kinder* wird heute noch als absolut zeitgemäß und mit den Mädchenstrophen sogar feministisch angenommen.

Das wachsende Selbstbewusstsein, die sprachliche Gewandtheit und das oft erstaunliche Wissen der Kinder dieser Altersgruppe stellt die Eltern und Pädagogen vor einige Herausforderungen. Der Grundhaltung der pubertierenden Opposition lässt sich nach meiner Erfahrung nur mit etwas Gelassenheit und Humor begegnen, was keinesfalls ein Auslachen der Kinder bedeuten darf, sondern eher einen humorvollen Blick in den Spiegel.

Vertrauen und Ideen sind gefragt. Ideen, aus denen Brücken für neue Gemeinsamkeiten entstehen und Spielräume für die individuellen Bedürfnisse beider Generationen.

Ich lernte Matthias Jung bei seinem humorvollen Vortrag kennen. Er kommt im vorpubertären Sturm den Eltern zu Hilfe, findet eine Balance zwischen Liebe, Geborgenheit und Stabilität. Er möchte aber auch Freiheiten geben, um unsere Kinder auf dem Weg zu einem selbstbewussten Jugendlichen zu unterstützen. Denn das macht sie wirklich zu „starken Kindern".

Rolf Zuckowski

Wer ist dieses Kind?

Das verstörende Verhalten unserer Nachkommen

„Mein Zehnjähriger bringt mich an den Rand des Wahnsinns. Macht einfach keine Hausaufgaben. Hat auf nichts Bock. Hängt nur noch im Zimmer rum. Nichts außer Zocken im Kopf, und dann dreht er fast durch, wenn man ihm mal eine Pause verordnet."

„Unser Sohn redet mit uns, als wären wir seine Kumpels, und meint, wir hätten ihm gar nix zu sagen, es wäre ja sein Leben. Wir streiten uns fast nur noch, und ich komme nicht mehr an ihn ran. Ich mache mir große Sorgen, wo das noch hinführt! Er ist doch erst zehn!"

„Es ging mit neun Jahren los. Meine Tochter ist nur am Zicken und Rumdiskutieren. Ich wusste gar nicht, dass man Augen so oft rollen kann! Und jetzt kommt der Körper hinterher: starker Wachstumsschub, schneller fettige Haare, unreine Haut, und die Brust wächst! Pubertät ist eine ständig fliegende Torte. Und jeder Erwachsene bekommt sie mal ab!"

Das ist nur ein winziger Ausschnitt dessen, was ich täglich von Eltern höre. Und das sind noch nicht die wirklich verzweifelten Kommentare. Es ist erschreckend. Und ich muss annehmen, du empfindest Ähnliches, sonst würdest du das hier nicht lesen. Ich muss dir etwas gestehen: Diese Sätze könnten auch von mir stammen. Das ging mir einfach zu schnell. Eben war es noch mein kleines süßes, wohlig duftendes Kind. Und jetzt?

„Wenn ich nicht wüsste, dass sie erst neun ist, dann würde ich denken, sie wäre schon in der Pubertät." Dieser Satz ist einer der häufigsten, den Eltern äußern. Und den ich hundertmal dachte. Weil es eben zu rasant ging. Irgendwie über Nacht. Vor ein paar Wochen war meine

Tochter gefühlt noch beim Kinderschminken und wurde zu einer bezaubernden Version eines wild fauchenden Löwen oder ein herzerweichender kleiner Tiger. Jetzt ist sie auch gern Löwe und Tiger, aber gleichzeitig. Und sie will eine Tätowierung. Next Level! Das kann sie sich wiederum erst mal abschminken!

Daraufhin wird natürlich gemault, und die Brut findet, dass sie schlimme Eltern hat, und andere Eltern sind so toll und eigentlich und überhaupt ... Meist braucht es aber nicht mal Verbote. Ein falsches Wort, ein falscher Satz, ein falscher Blick oder sogar ein falscher Atemzug, und die Laune ist dahin ... Und ja, manchmal könnte man dann selbst platzen, lachen und heulen zugleich! Deswegen stellt sich die Frage: Zeigt dein Kind manchmal Verhaltensweisen oder redet so, als ob es schon in der Pubertät wäre? Du denkst, das kann doch noch gar nicht sein?

Doch. Kann es. Der Nachwuchs ist zwar nicht mittendrin, aber am Startpunkt. Und wir sind noch lange nicht am Ziel. Es ist wie bei der Formel 1. Die Reifen werden langsam warm gefahren, und dann geht's los. Aber man selbst möchte am liebsten die schwarze Flagge schwenken und die Aufgabe signalisieren, das Kind aus dem Ferrari ziehen und mit ihm zurück nach Hause zu den Matchbox-Autos gehen. Man wünscht sich sehnlichst, es wäre Pubertät, aber keiner will hin.

Doch das hier ist das Warmfahren, das Qualifying. Und wie wir wissen, entscheidet das Qualifying über die Startposition. Es sagt also einiges darüber, wie das später läuft im Rennen. In der eigentlichen Pubertät. Ja, die eigentliche. Ich mache keine Scherze. Das hier ist die Pubertät vor der Pubertät. Am besten, du machst ab jetzt täglich Sport, damit du fit bleibst! Du wirst Stärke brauchen, glaub mir!

Man will doch auch gerade jetzt in dieser neuen Entwicklung nichts falsch machen. Und tatsächlich: Am Ende der Kindheit kann man noch so viel richtig machen. Deswegen jetzt die gute Nachricht zu Beginn dieses Buches: Noch hören unsere Kinder auf uns. Nicht immer. Selten. Ab und zu. Aber deutlich mehr als im weiteren Verlauf der Pubertät. So viel kann man mit Gewissheit sagen.

Alle Eltern sind verunsichert aufgrund der schnellen, neuen, sich stets verändernden Situation. Also: Erst mal atmen! Super-Tipp für eine Selbstverständlichkeit, aber, vertrau mir, das Atmen wird uns noch oft zugutekommen.

Beruhigend ist doch, dass die eigentliche Pubertät nicht von jetzt auf gleich komplett einsetzt – das gibt Eltern und Kindern Zeit, sich auf diese aufregende Phase mit vielen Veränderungen einzustellen. Deshalb kann es helfen, wachsam zu sein und schon die ersten Signale wahrzunehmen. Bei den meisten Kindern machen sich pubertäre Anzeichen zum ersten Mal gegen Ende der Grundschulzeit bemerkbar. Dann plötzlich, wie aus dem Nichts: Geschrei, Gezicke, Türenknallen und dicke Tränen. Die Eltern verstehen die Welt nicht mehr, und das Schlimmste an dieser Misere: Das Kind versteht sich selbst nicht mehr! Hormone nehmen überhand, und da reicht schon ein falsches Wort, um die Stimmung zu kippen. Dabei ist „der Zwerg" oder „unsere kleine Prinzessin" doch erst neun oder zehn. Wie soll das nur alles weitergehen?

Fakt ist: Die Vorpubertät ist das erste Anklopfen der hormonellen Veränderung, meist schon zwischen dem achten und zwölften Lebensjahr. Nein, das ist kein Druckfehler. Bei Kindern in der Vorpubertät ist eines sicher: Nichts ist mehr sicher! Die Veränderung flackert immer mehr auf. Und wann der nächste Streit kommt, lässt sich weder vorausschauen noch modellieren. Da ist die Ziehung der Lottozahlen vorhersehbarer.

Erst ist man ganz dicke, dann machen sie sich dünne und verschwinden im Zimmer. Eigentlich immer grundsätzlich mit Türengeknalle, Rumgeheule und herausgeschleuderten Adjektiven wie „fies", „so gemein", „scheiße", „voll scheiße", und dann der Satz: „Ihr seid die schlimmsten Eltern der Welt." Ommm. Vergeht alles wieder. Der Sohn meines Freundes Wulf wollte vor einiger Zeit sogar mal ausziehen. Wulf plagt heute noch ein schlechtes Gewissen, weil er sofort die Reisetaschen vom Dachboden geholt hat. Es ist auch für die Eltern zum Heulen: erst Lego, dann nur noch Ego. Nur noch Bildschirm auf dem Schirm. Es ist eine Zeit zwischen Kindheit und Jugend. Eine ätzende Mischung. Man will noch Kinderschminken, hat aber schon Pickel. Und am Ende stellt man fest: Der König der Löwen mit Akne sieht scheiße aus!

Ein paar Fakten: Das Alter zwischen acht und zwölf ist heutzutage eine wichtige Zeit. Sie ist in der Tat von entscheidender Bedeutung in Bezug darauf, in welche Richtung es in der Pubertät geht. Die letzte Phase, um erzieherisch für eine stabile und liebevolle Eltern-Kind-Bindung zu sorgen.

Es geht rund. Es geht ab. Es geht voll Richtung und auf die Zwölf.

Aber wie gesagt: Noch hören sie eher mal auf uns! Das sollten wir für alle Bereiche nutzen. Auch wenn man so ganz langsam genervte Zwischentöne wahrnimmt … überhöre die einfach. Unsere Kinder werden „Ichlinge“: Selbstbestimmung ist wichtig und wird nun oft eingefordert. Sie bewerten das Verhalten der Menschen um sich herum, aber ihres noch nicht. Empathie kommt langsam.

Dinge, die sie für ihre Eigenständigkeit in Anspruch nehmen, werden oft am Alter und an anderen Kindern festgemacht („Der darf aber auch …!“, „Warum muss ich …?“), aber das ist nicht anders als bei uns früher. Wir erinnern uns doch noch genau an solche Sätze aus unseren Mündern:

1. „Der Markus darf immer bis Mitternacht aufbleiben.“
2. „Alle dürfen ‚Der weiße Hai‘/‚Nightmare on Elm Street‘/‚Gesichter des Todes‘ anschauen, nur ich nicht!“
3. „Die anderen müssen nie Zähne putzen. Nie!“
4. „Die Eltern von Armin sagen, wenn er keine Hausaufgaben machen will, soll er es lassen. Echt, das sagen die.“

Genau, wir waren auch mal so alt beziehungsweise so jung. Aber wir sind ja nicht doof, haben von uns selbst gelernt und können heute bei solchen Sätzen kontern: „Wirklich, der Ben/Theo/Giselher darf das? Dann rufen wir doch mal seine Eltern an.“

„Äh, nein … äh …!“

Die Diskrepanz zwischen aktuellem Alter und den von den Kindern erwünschten Freiheiten ist oft groß, und die Besprechungen dazu verlangen viel Gleichmut.

„Papa, ich möchte eine Tätowierung. Einen Drachen.“

„Nein, du kannst noch keine Tätowierung haben.“

„Dann ein Eichhörnchen.“

„Eichhörnchen kann man nicht als Haustier halten. Das sind Tiere, die in der freien Natur leben und …“

„Meeeeensch, eine Eichhörnchen-Tätowierung.“

„Nein.“

„Und ein Meerschweinchen?“

„Es wird gar nichts tätowiert."

„Neeeeee, als Haustier. Oh Maaaaann!"

Oder:

„Ich fänd es sooo cool, lila Haare zu haben."

„Das kommt nicht infrage."

„Warum?"

„Darum." Haben wir als Kinder auch immer gehasst, die Antwort.

„Aber lila Haare sind so cool."

Nun stellt sich die Frage: Was ist eigentlich gegen lila Haare einzuwenden? Man ist ja nicht automatisch ein Punk, wenn man lila Haare hat, und schon mal gar nicht in dem Alter. Außerdem kann man lila Haare wieder umfärben. Trotzdem wollen wir nicht, dass unser Kind lila Haare hat, solange wir noch was zu sagen haben in diesem Haus! Lila Haare wären der Beweis dafür, dass wir die Brut nicht mehr im Griff haben!

„Die Haare werden nicht gefärbt!"

„Deine Haare sind doch auch anders als früher."

„Die sind grau."

„Ja, genau."

„Aber meine sind von selbst grau geworden." Der Grund steht vor mir.

„Dann färb ich meine eben auch grau."

„Nein."

Das wäre ja noch schöner. Eine Achtjährige mit grauen Haaren. Gott steh mir bei!

„Dann kann ich wenigstens länger zocken."

Was ist das denn für eine Logik?

„Kommt nicht infrage."

„Ich finde dich richtig … richtig …"

„Ja, schon klar. Und bevor du deine nächste Frage stellst: Nein, du kannst dir keine anderen Eltern aussuchen. Ich kann dich ja auch nicht umtauschen. Da müssen wir jetzt durch."

Zum Glück gibt es auch gute Neuigkeiten: Grundsätzlich liegt der Fokus nicht mehr auf der Familie/den Eltern, sondern auf anderen Kindern. Das ist das Wichtigste überhaupt: die Freunde. Denn: „Friends will be friends …!"

Eine Mutter schrieb neulich:

> „Die erste Phase der Pubertät kommt eher schubweise. Es gibt Zeiten, da funktioniert es gut, und alles ist entspannt, die Kinder vernünftig. Dann wieder ist alles ein kleiner Kampf, und die Grundstimmung scheint aus dem Nichts heraus schlechter zu sein. Vor allem in so einer Phase, wo ich gerade grundlos gut gelaunt bin!"

Ja, das ist die neue Situation: Kinder in der Vorpubertät stehen mit einem Bein noch in der Kindheit und haben das andere schon fast auf den Boden des Teenageralters gestellt. Sie sind noch nicht jugendlich, aber keine Kinder mehr. Sie sind mal übellaunig, mal wollen sie den ganzen Tag lang kuscheln. Sie sind sozusagen wie kleine Raptoren, diese Biester aus ‚Jurassic Park'. Unberechenbar! Sie sind neugierig auf das Neue, das sie zugleich aber unsicher und ängstlich macht. Vertrautes genießen sie noch, aber der Reiz nach Erkundung der Welt wird auch immer attraktiver. Die Kinder sind daher sehr labil in ihrem Verhalten, wirken manchmal in sich gekehrt und verträumt, aber auch – gerade die Jungs – oft voller Energie und Tatendrang. Dieses Hin-und-her-gerissen-Sein zeigt sich auch im Verhältnis zum anderen Geschlecht: Hier gibt es schon erstes Interesse, aber eher aus der Distanz. Bei den Klassenfotos stehen die Mädchen und Jungs eher getrennt, und auch so haben sie im Schulalltag eher wenig miteinander zu tun. Man sitzt im Unterricht am liebsten neben Vertretern des eigenen Geschlechts. Andererseits wird aus sicherer Entfernung schon heimlich diskutiert, welcher Junge besonders „süß" ist, welches Mädchen „zickig" oder „cool".

> „Mein Sohn wollte immer mich, seine geliebte Mutter, heiraten. Jetzt findet er Sarah cool! Ich glaub, ich bestell das Aufgebot ab!"

> „Als wir auf einem Konzert bei Justin Bieber waren, wollte meine Tochter einen Teddybären auf die Bühne schmeißen. Das war ein wenig so, als wolle sie ihre Kindheit wegwerfen. Am Ende sollte aber ich den Teddy auf die Bühne schleudern, weil ich weiter werfen könnte. Habe ich gemacht. Dann gab es großes Gekreische. Ich hatte eine Mutter zwei Meter vor mir getroffen."

Es ist eine Gewissheit, mit der wir lernen müssen umzugehen: Die Kindheit nähert sich dem Ende. Es gab immer mal wieder solche Abschnitte in der Entwicklung unseres Kindes, in denen ein weiteres kleines Kapitel endete. So wie damals in Mannheim, als wir den Schnuller an den Schnullerbaum gehängt haben, weil meine kleine Tochter keinen Schnuller mehr wollte. Da musste meine Freundin weinen, obwohl sie den Schnuller immer verteufelt hatte. Jetzt ist eben wieder so ein Abschnitt. Und es heißt erneut Abschied nehmen.

Wenn unsere Kinder ungefähr acht Jahre alt sind, wird alles anders. Und es wird auch bei jedem einzelnen Kind anders. Deshalb steckt die Lösung auch immer innerhalb der jeweiligen Familie. Aber, ob wir es wollen oder nicht: Jetzt wird die Startflagge geschwenkt.

Wir hoffen auf einen baldigen Boxenstopp. Aber erst mal wissen wir nur: Die Trotzphase war offenbar nicht alles, was die Brut an Herausforderungen zu bieten hat. Die Kids sind nach dieser schon anstrengenden Phase einen Schritt zurückgegangen. Und wir konnten kurz durchatmen. Jetzt wissen wir: Sie haben nur Anlauf genommen. Die Pubertät beginnt. JUHU! Spätestens jetzt sollte man immer auf ausreichende Weinvorräte achten.

► Was machen wir? Wichtig ist: Das Gespräch! Reden hilft immer. Ich erkläre meinem Sohn dann, dass ich es nachempfinden kann, wie es ihm geht und was er fühlt. (Ja, ich war auch mal in der Pubertät. Wer hätte das gedacht?) Mein Verständnis ist da, aber es gilt trotzdem, sich anderen gegenüber respektvoll und fair zu verhalten. Respekt ist mir sehr wichtig. Da reagiert er oft mit Verständnis und verspricht Besserung. Das gute Verhältnis, diese Besserung, hält aber nicht sehr lange. Es ist wie mit Pommes. Erst schmecken sie total gut, sie sind noch schön warm, aber es lässt dann sehr schnell nach. Wir Eltern versuchen die Beziehung und die Pommes nie richtig abkühlen zu lassen. Bleiben am Ball. So bin ich: Der Vater – die Beziehungsfritteuse! Mit viel Ketchup und Mayo bitte!

Ein Vater erzählte mir: „Unsere Tochter checkt gerade ständig ab, ob wir sie auch wirklich lieben. Für sie ist diese Phase eine sehr unsichere, und sie braucht die Bestätigung, dass wir trotz all der Schwierigkeiten immer zu ihr stehen, egal was kommt! Auch wenn sie sagt: ‚Ihr interessiert euch nicht für mich, keiner versteht mich …!' Sie prüft nur, ob sie auf uns zählen kann. Bei unserem ‚Sonnenschein' ist die hormonelle Finsternis eingekehrt. Aber es gibt gute Momente. Bei allen. Genießt sie, feiert sie. Wendet euren Blick immer Richtung Sonne. Es ist euer Kind. Es wird erwachsen, und ihr seid live dabei. Pubertät ist eine echte Herausforderung für alle und definitiv nichts für Feiglinge!"

► Eure Kinder nehmen die Welt jetzt mehr von außen wahr, und da plagen sie oft auch Verlustängste. Ob die Eltern beispielsweise nach einem verlängerten Wochenende zurückkommen? Sie fühlen sich dann nicht sicher und fragen sich, ob sie auf uns zählen können. Der Beginn der Pubertät bringt große körperliche und seelische Veränderungen mit sich. Was sie jetzt, oft unbewusst, einfordern, ist Sicherheit, Stabilität und Geborgenheit. Mein Sohn will noch ab und an auf seiner Matratze neben unserem Bett im Schlafzimmer schlafen. Da spricht für eine gewisse Zeit nichts dagegen. Er sucht in diesem Sturm der Veränderungen nach Halt. Den geben wir ihm gerne. Und das zeigen wir ihm auch.

Zwischen Jungs und Mädchen sind schon Unterschiede zu erkennen, obwohl es erst mal nur ein vertauschter Buchstabe ist:

Mädels zicken, Jungs zocken.

Mädchen kommen uns anstrengender und zickiger vor, sie diskutieren ständig und wollen oft ganz viel erzählen. Oft in Momenten, wo es so gar nicht passt. Zum Beispiel an der Kasse im Supermarkt:

„Nee, ich weiß nicht, was Julia gemacht hat? Aber lass uns doch erst mal bezahlen, ja!?"

„Sie hat es erst Biene erzählt und dann Polly und dann auch noch Tine, dabei hatten wir abgemacht, das ist ja wohl auch voll klar, dass man das nicht erzählt, und Emma hat sie's auch erzählt! Und …"

„Wirklich? Nee! Aber, du, schau mal, die Kassiererin wartet! Ich bezahle kurz und hör dir dann wieder zu, okay?"

„Und dann, und dann war ich so megawütend. Weißt du!? MEGAWÜTEND. Und du weißt ja, wie ich sein kann, wenn."

„Äh, was? Ja. Ach so! Ja, das weiß ich! Du, jetzt lass uns mal kurz …"

„Die ist echt manchmal so was von daneben."

„Aha, ja. So, ich muss mich jetzt mal hier konzentrieren."

Die Kassiererin: „Oje. Und was hast du dann gemacht?"

Ich gebe auf.

Letztendlich hat dieser Laberflash an der Kasse dann etwas gedauert. Zumindest wurde der Einkauf teurer, denn einige Produkte waren nicht mehr im Angebot oder aus dem Sortiment genommen worden. Und der Herbst war plötzlich da.

Jungs wirken dagegen oft wie ihre Zimmertüren: verschlossen. Außerdem sind Jungs anfälliger dafür, beim Medienkonsum kein Ende zu finden. Es ist viel schwieriger, an sie heranzukommen. Sie verschließen sich und reden weit weniger als die Mädchen. Die sind da mehr geradeaus und emotionaler. Die Stresshormone werden bei Mädchen auch, nebenbei bemerkt, deutlich häufiger ausgeschüttet als bei Jungs. Also: Mädchen sind im Allgemeinen stärker von der Vorpubertät betroffen.

▶ Während Jungs vor allem einen extrem hohen Bewegungsdrang entwickeln und sich beim Zocken zurückziehen, zeigt sich die Vorpubertät bei Mädchen durch Stimmungsschwankungen.

Allerdings wie immer: individuell komplett verschieden!

Nur warum gehen unsere Kids vermehrt auf Konfrontationskurs mit uns? Woher kommt das, und warum ist das so überraschend sinnvoll?

Unsere Kinder lernen sich selbst in dieser vorpubertären Phase besser kennen. Und vor allem nehmen sie das Außen mehr wahr. Sie vergleichen sich mit ihren Freunden und dies auch etwas präziser als vorher. Bisher nahmen sie in der Bewertung von anderen Menschen Körpermerkmale wahr. Mein Sohn sagte: „Das ist der Jonas, der ist in der 3b, und der ist richtig schnell!" Jetzt kommen die Charaktermerkmale dazu. Glücklicherweise. Sonst würde es im Erwachsenenalter auch in vielen Situationen schwierig werden:

„Dr. Schneider, Sie haben nachher ein Meeting mit dem Executive Producer, Professor Bauer-Schilling! Und denken Sie dran: Der ist richtig schnell!"

Unsere Kinder lernen sich kennen, indem sie sich mit anderen vergleichen.

„Die Alma ist eine Angeberin."

„Der Jonas war total unfair."

„Die Lina hat dies und das gesagt."

So finden sie heraus, wer zu ihnen passt, welche Standpunkte sie vertreten und was ihnen wichtig ist. Da geht es um geistige Entwicklung („Versteh ich das jetzt?") und auch um soziale Kompetenzen in einer Gruppe („Bin ich eher Anführer oder Mitläufer?"). Dazu die emotionale Frage: „Bin ich eher mutig oder ängstlich?"

Unsere Kinder verändern sich. Auch vom Charakter her. Die Kinder können in der Vorpubertät sehr schüchtern sein und im weiteren Verlauf sehr lebhaft oder sogar aggressiv werden. Alles ist möglich. Eben individuell komplett verschieden. Habe ich ja erst 36-mal geschrieben.

Es gibt die Gemütlichen und die Harmoniebedürftigen, die „Bestimmer" und die Klassenclowns, die Strebsamen und die Leistungsbewussten, und schließlich die Ernsthaften und die in sich Gekehrten. Eine Mischung wie in unserem Deutschen Bundestag.

Ich war sehr harmoniebedürftig, wollte aber auch schon in der Schule meine Pointen gegenüber den Lehrern setzen. Da habe ich mich neben den Klassenclown gesetzt und immer meine Sprüche leise vor mich hin geflüstert. Er hat sie oft laut wiederholt, bekam die Lacher der Mitschüler, Ärger vom Lehrer und ich einen Gag, der funktioniert hatte. Damit konnte ich erst mal gut leben. Das hat meinen Berufsweg geprägt.

Unsere Kinder betrachten sich immer mehr in Bezug zu anderen. Im Vergleich mit den Freunden, aber auch bei uns Eltern, was dann zu den bekannten Diskussionen führt. In diesen geht es aber eigentlich darum, ihre Standpunkte und die der Eltern abzuchecken und zu vergleichen. Das bietet Orientierung und Reibung. Das Statusdenken entwickelt sich. Mein Papa hat das und das. Ich habe so und so viel Geld.

Mein Sohn betonte letztens:

„Papa! Ich will eine Villa!"

„Ich kann dir das Barbie-Dream-House deiner kleinen Schwester empfehlen!"

„Ich will eine richtige Villa!"

„Ich habe hier noch Schokoladeneis!"

„Okay, dann nehme ich eine Kugel!"

Hui, das war knapp.

Ich darf dann immerhin im hinteren Kellerteil der Villa wohnen, wie mir mein Sohn in dem Zusammenhang gönnerhaft mitteilte. Ich würde sagen, da hat man doch in der Erziehung nicht so viel falsch gemacht. In die oberen Stockwerke darf ich aber nur nach Absprache, ansonsten will er seine Ruhe vor mir.

Unsere Kinder lernen von Erwachsenen in Diskussionen und können ihre Haltung überprüfen. Deshalb auch mehr Ego.

Denn Ego ist der Teil von dir, der dir deine Identität gibt. Der sagt, wie du, andere und die Welt sind. Basierend auf Erfahrungen, die Kinder nun zum ersten Mal sammeln.

Wichtig ist immer: Unsere Kinder lieben uns weiterhin. Sie stört nur oft unsere Macht, die wir haben, um ihre manchmal doch sehr schwer nachvollziehbaren Pläne zu durchkreuzen. Und das bekommen wir dann zu hören. Die Beziehung zu den Erwachsenen ändert sich. Die Eltern werden auf einmal hinterfragt. Sie sind nicht mehr die Superhelden. From hero to zero. Ist eben so. Der amerikanische Traum umgekehrt. Vom Superstar zum Tellerwäscher (oder Spülmaschinen-Einräumer).

Die Helden sind jetzt andere – beispielweise bei meinem Sohn Ronaldo die ‚YouTube'-Stars, deren Namen ich nicht aussprechen kann. Die Helden meiner Freundin waren die Backstreet Boys und Take That. Ich fand *Die Gummibärenbande* toll. Fast jeder kennt den Song: „Gummibären … hüpfen hier und dort und überall …!"

Wer singt wohl gerade mit? Sehr schön. Der darf weiterlesen. Ich habe es sehr gerne geschaut. Ich habe im Garten Saft aus Früchten gemacht und bin dann mit einem Liter Gummibärensaft intus jubelnd durch die Beete gehüpft.

Würde ich das heute machen, gäbe mein Sohn mich zur Adoption frei.

Ab dem achten Lebensjahr werden auch Lehrer genau beobachtet. Mehr mit Intuition als mit Verstand. Der ist blöd. Der ist vor allem unfair. (Na ja, er gibt ja auch Noten …)

Wichtig ist hier: Lehrer mit klarer Haltung sind im Vorteil. Schwache Lehrer sind nicht gut. Die Kinder wollen wissen, woran sie sind. Sie brauchen verlässliche Orientierung.

Man selbst wird deshalb natürlich auch permanent observiert. Im Auto habe ich neuerdings immer einen kostenlosen Fahrlehrer dabei.

„Papa, hier fährt man 30, nicht 32!"

Eins weiß ich: Mein nächstes Blitzerfoto wird ein äußerst genervtes Gesicht zeigen.

Weiterhin ist es manchmal nervig, dass sie natürlich überall ihre Nase reinstecken und mitreden müssen. Egal wobei, unsere Kinder entwickeln eine eigene Meinung. Das müssen wir selbstverständlich gut finden, aber man stößt oft an seine Grenzen:

- Sie kontrollieren im Greta-Thunberg-Stil stirnrunzelnd und auf Konfrontation gebürstet die Mülltrennung.
- Sie erklären einem beim Einkaufen, dass man nur Bio kaufen soll, wegen der Massentierhaltung und überhaupt wegen allem. Beim Eierkauf erzählen sie einem, dass männliche Küken lebend geschreddert werden.
- Sie nehmen einem die Freude an einem guten Rotwein, denn Alkohol ist Gift, und wenn Alkohol angeblich kein Gift ist, dann können sie ihn ja wohl auch trinken.
- Sie kritisieren unsere Meinung mit Totschlag-Argumenten wie „Das hat der Herr Schwalm gesagt, und der muss es ja wissen, der ist Lehrer."

Ist das nicht wunderschön?

Aber nicht nur Eltern, Lehrer und Geschwister werden sehr genau beäugt. Flüchtige Bekanntschaften sind ebenfalls sehr wichtig. Von ihren Beobachtungen bei diesen bin ich aber tatsächlich großer Fan. Denn dabei lernen sie richtig viel. Und wir dürfen es mitkriegen. Nimm deine Kinder gerne mal mit zu Bekannten oder auch zu

Arbeitskollegen. Wenn sie Lust haben, solltest du das jetzt noch unbedingt ausnutzen. Bei uns ist das bei der Familienfeier in der Eifel so: Dort kommen sehr viele Menschen unterschiedlicher Generationen mit sehr unterschiedlichen Charakteren zusammen. Bis auf den Handyempfang ein Paradies für meinen Sohn. Hier kann er erproben, bei wem er mehr auf Distanz bleiben sollte oder wer einfach gut zu ihm passt und er sich hier schnell der Person nähern und eher öffnen kann. Bei wem passt die Chemie besonders gut? Bei wem weniger? Und hat diese Person das WLAN-Passwort? Gibt's keines? Stimmt! „E" auf dem Handy steht für Eifel.

Vertrauenspersonen finden und kennenlernen. So werden sie später im Erwachsenleben auch mit Fremden umgehen. Sie haben dann in den Kindheitstagen schon viel „Bauchgefühl" gesammelt und können Fremde intuitiv besser einschätzen.

► Für beide Geschlechter gilt also: Auch wenn die körperlichen Anzeichen noch nicht zu sehen sind, erkennt man den Beginn der Pubertät am veränderten Verhalten.

Einerseits möchten die meisten Kinder sich jetzt noch ein wenig heile Welt erhalten. Andererseits stellen sie bisherige Regeln energisch infrage und proben den Widerstand gegen die Eltern. Dieser bezieht sich momentan aber eher noch auf Alltagsinhalte, nicht auf Ideale. Ihr Wertesystem stimmt – anders als bei Pubertierenden – mit demjenigen der Eltern meist noch überein: Rauchen und Drogen sind doof, was die Eltern ablehnen, lehnen sie auch ab. Noch. Meistens. Na gut, manchmal.

Aber was genau ist denn jetzt mit dem Kind in der Vorpubertät los?

Diese Veränderungen heißen nicht, dass wir da alles falsch gemacht haben. Das ist eine normale Entwicklung. Gleichzeitig heißt es auch nicht: Wenn wir „noch" ein „braves" Kind haben, haben wir alles richtig gemacht. Prinzipiell ist es aber so, dass unsere Kinder sich nur ausprobieren und „normal" entwickeln wollen. Diese Erprobungsphase kommt allerdings nur, wenn sie sich wohlfühlen. Also hat man tatsächlich alles richtig gemacht, wenn sie sich wie beschrieben verhalten.

Offenbar sind sie mit einer stabilen und liebevollen Eltern-Kind-Bindung aufgewachsen. Dann probieren sie sich gerne aus und lernen ihre Umwelt und die Welt überhaupt kennen. Ab sofort rennen unsere Kinder gegen unsere Grenzen an. Wir als Eltern geben Halt und setzen diese Grenzen. Das kann auch völlig pragmatisch aussehen. Unser Sohn durfte allein nach draußen gehen – auf einen nahen Platz. Aber er sollte auf diesem Platz bleiben. Wenn er den Platz verlassen wollte, um zum Beispiel seinen Freund zu besuchen, dann musste er Bescheid geben und nach Erlaubnis fragen.

Es ist eine Zeit, in der sie viele neue Fragen stellen und viel infrage stellen. Frühpubertäre Kinder stellen ab sofort nicht nur Weihnachtsmann, Osterhase und Zahnfee infrage, sondern auch sich, die Eltern, die Welt und sogar Märchenfiguren.

Mein Sohn war sich plötzlich sicher: „Rapunzel gibt es nicht, kein Mensch hat so lange Haare!" Na, der Sohnemann hat die Kelly Family nicht gekannt.

Und meine Corona-geprägte Tochter fügte hinzu: „Warum war die Rapunzel so lange in Quarantäne?"

Wir sollten lernen, unseren Kindern eher auf einer etwas höheren Ebene zu begegnen. Neue Freiheiten werden ausgehandelt, wir geben Sicherheit ohne Überforderung und Einengung. Wir gehen immer mehr auf Augenhöhe.

Sie sollen für das Verantwortung übernehmen, für das sie jetzt Verantwortung übernehmen können. Das ist allerdings schnell wieder zu viel. Turnbeutel wird vergessen, Hausaufgaben manchmal auch. Turnbeutel mit Hausaufgaben drin. Auch möglich. Ach, es gibt so viele schöne Beispiele. Bitten, die man den Kindern zuruft und die immer gleich beantwortet werden.

1. „Bring die Brotdose in die Küche."
2. „Spül die Trinkflasche aus."
3. „Jetzt nimm endlich die zehn Euro für die Klassenkasse mit."
4. „Bring den Teller mit den Pizzaresten aus dem Zimmer und schmeiß die weg."
5. „Jetzt! Ich sagte: JETZT!"

„Gleich.“ Die Antwort ist immer gleich. Gleich reicht's.

Vergesslichkeit ist in der Tat auch normal und kann passieren. Gerade vor dem Hintergrund der Bauarbeiten im Gehirn. Dazu kommen wir später. Jetzt sind die entscheidenden Fragen, die sie im Kopf haben: Wie weit kann ich gehen? Wie weit lasst ihr mich gehen? Und gibt es da überhaupt WLAN?

Regeln sind nervig, liebe Brut. Aber doch ein gutes Gefühl, wenn jemand da ist, der sich darum kümmert, dass ich die Regeln einhalte und dem ich wichtig bin, oder? Und für uns ist wichtig zu wissen: Das Überschreiten der Grenzen ist eine ganz zentrale Übung der Willenskraft und der Eigenverantwortlichkeit. Sie lehren Selbstwirksamkeit.

Ich mache mit meinem Sohn Armdrücken. Klar lasse ich ihn am Anfang gewinnen. Doch hin und wieder lasse ich ihn meine Kraft spüren. Und das will er auch. Das gibt Sicherheit. Was aber auch sicher ist, ist sein Statement: „Du hast geschummelt, Papa! Das war unfair!“ Und dann wird er es mit zwei Händen probieren und ich mit der schwachen Hand. Er probiert aus, wie er doch noch gewinnen kann. Großartig! Zufrieden und gütig lächelnd lasse ich mir meinen Finger wieder einrenken.

Ab sofort geht es ihnen um Fairness. Um eine faire Behandlung. Alles, was man gesagt hat, wird auf die Goldwaage gelegt. Und vor allem: Sie sind wahre Künstler, Papa und Mama gegeneinander auszuspielen.

Kind: „Papa hat gesagt, ich darf noch mal spielen!“

Mama (genervt): „Was hat Papa?“

Papa (in Habachtstellung, bereit zur Flucht, um ehelichen Auseinandersetzungen zu entgehen): „Ich habe gesagt: eventuell!“

Kind (lauernd): „Du hast gesagt, wenn es dann nicht zu spät ist!“

Papa: „Es ist 21 Uhr!“

Kind: „Das ist nicht zu spät. Mama!!! Papa hat es erlaubt!“

Als Vater tut man gut daran, sich vorher mit seiner Partnerin konkret abzustimmen. Wenn der Sohn zocken will, und man hat etwas anderes gesagt als die Partnerin, und die kommt auf einmal hinzu, dann ist klar: Man hat auf einmal zwei Probleme.

Jedes kleine Wort schaut sich euer großes Kind genau an, es wird auf Fairness überprüft, und man bekommt es in der Diskussion um die Ohren gehauen. Ich drücke mich mittlerweile schon aus wie ein Politiker. Sehr oberflächlich. Oder nutze Fußballer-Phrasen! Was soll man machen.

„Ob du zocken darfst? Ich kümmere mich darum. Darüber werden wir reden müssen. Das ist Aufgabe von uns Eltern, hier eine tragfähige Lösung zu finden. Ich komme gerne etwas genauer auf deine Frage zurück, aber lass mich erst mal Folgendes sagen: Auf zur Mama!"

Natürlich drücken wir uns nicht ganz so unklar und oberflächlich aus. Wir wissen ja, worum es geht: Authentisch und lebendig bleiben! Standfest sein und Grenzen sichern! Zusammen mit dem Partner.

Die Kinder fangen an, in der Welt zu erforschen, weshalb die Dinge so sind, wie sie sind. Nun mit dem Blick auf das Außen. Diese neue Sicht hat komische Züge: peinlicher Pulli des Lehrers, merkwürdige Frisur der Lehrerin. Es folgt: das Albern und Kichern von Mädchen. Es wird nun gegoogelt und gegiggelt.

In den ersten Jahren der Pubertät wird das Bewusstsein geweckt, dass sie als Person existieren, als eine einmalige, einzigartige, eigene Person, die ihr ganz persönliches Leben lebt. Man lernt sich kennen. Sein eigenes Ich. Ein Date mit sich selbst. Und man muss irgendwie zusammenkommen. ‚Nix Festes' gilt hier nicht. Aber man hat Eltern, die helfen und Orientierung geben. Und Superhelden wie YouTuber oder Bands, Sänger und Sängerinnen, die einen mal aus der Realität rausholen.

Die erste Phase der Pubertät bedeutet: Sie wollen sich ausprobieren, orientieren sich aber noch an ihren Eltern. „Schau, was ich Tolles kann! Schau, ich kann freihändig Fahrrad fahren! Schau, es passiert gar nichts! AAAAAAH!"

Auch Provozieren ist noch sehr auf die Eltern gerichtet. In dem Alter braucht man Beweise, dass man groß ist. Die suchen sie. Mein Sohn ist mit einem Freund mit dem Fahrrad über die Rhein-Brücke gefahren. Ein wahnsinniges Gefühl für ihn. Die Grenzen setzen weiterhin wir.

Zum ersten Mal am Bier genippt. Danach fühlen sie sich unschlagbar. (Die Menge wird dann Jahre später sukzessive erhöht, bis sie sich morgens wünschen, dass sie für immer nur genippt hätten.)

Pubertät flackert nun öfter mal auf. Wir sollten die Momente nutzen – vor allem abends –, an denen wir noch gut an sie rankommen.

Es gibt keinen Weg zurück. Ich kenne keinen, der nach der 5. Klasse noch mal in die Krabbelgruppe wollte! (Später höchstens, nachdem zu viel Bier genippt wurde.) Obwohl: Es gibt immer Ausnahmen, wie ich vor Kurzem lesen musste:

> „Mein Sohn wünscht sich manchmal den Kindergarten zurück. Er meint, es liegt am Essen. Das wäre dort viel besser als in der Schule – auch als zu Hause! Ich denke aber, dass das Problem, mal abgesehen von meinen schlechten Kochkünsten, tiefer liegt. Er bemerkt, dass das ‚Großwerden' anstrengend ist, und dann wünscht er sich manchmal zwischendurch das ‚Wieder-klein-Werden'."

Und es gibt natürlich noch eine Ausnahme: Diese ‚Kinder', die ewig bei ihren Eltern leben. Aus der Nachbarschaft gibt es Rainer, der war vierzig Jahre alt, und dann ist es tatsächlich endlich passiert. Seine Eltern sind ausgezogen!

> „Ich find es schön, wenn Kinder noch Kinder sind, und es erschreckt mich eher, wenn Elfjährige sich schon schminken. Meine spielt auch noch gern mit Schleich – die anderen Mädchen in ihrer Klasse finden das kindisch und interessieren sich eher für Kosmetik. Sollen sie doch. Ich finde es schön, dass sie so eine Weile länger Kind ist. Der Ernst des Lebens kommt schnell und lange genug!"

Die Übergangsphase zwischen Kindheit und Jugend beziehungsweise Erwachsensein spiegelt sich besonders gut in vielen Kinderzimmern wider: Häufig sind hier Kuscheltiere neben Postern von Stars beheimatet.

> „Meine zehnjährige Tochter sagte, sie schaue sich bei YouTube Pferdevideos an. Dann dachte ich direkt an *Bibi und Tina!*, die sie immer guckt. Aber es waren *Viktoria und Sarina*. Die erklären TikTok-Videos und reden über Bubble Tea! Das machen Bibi und Tina eher selten. Diese Zeit ist wirklich eine Mischung zwischen Kindsein und Jugendzeit!"

► In der Entwicklungspsychologie ist ab dem achten Lebensjahr von der Latenzzeit die Rede. In diesem Zeitraum erwacht die Sexualität allmählich.

Im Rahmen der Waldorfpädagogik ist vom sogenannten Rubikon die Rede. Rubikon ist ein italienischer Grenzfluss, der einst von Cäsar überschritten wurde, was damals ein politischer Skandal war, und mit Sicherheit hätte Obelix gesagt: „Die spinnen, die Römer!" Es werden nun „Grenzen" ausgetestet und überschritten. Wie Cäsar es tat. Ob der beim römischen Festmahl statt eines Bratens einen Caesar Salad gegessen und damit auch gegen kulinarische Regeln verstoßen hat, ist nicht bekannt. Cäsar vollzog aber am Rubikon einen folgenschweren Schritt: Entgegen dem Senatsbefehl löste er seine Legionen nicht auf und betrat, indem er den Grenzfluss überschritt, römischen Boden. Damit wandte sich Cäsar militärisch gegen das Land seiner Väter – er marschierte mit seinen Legionen Richtung Rom. Das hatten zuvor nur Asterix und Obelix gewagt.

Um mit all diesen Grenzübertritten zurechtzukommen, habe ich mir schon oft den Zaubertrank von Miraculix gemixt, der mir Kräfte verleihen sollte. Ich hatte ja schon Erfahrung mit dem Gummibärensaft. Übrigens: Aus entwicklungspsychologischer Sicht gibt es so etwas wie eine Vorpubertät überhaupt nicht. Korrekter wäre der Beginn der Pubertät. Es ist dennoch eine Zwischenphase. Und die braucht besonderes Augenmerk. Deshalb nennen wir sie der Einfachheit halber trotzdem Vorpubertät.

► Ich wiederhole es gern: Noch hören eure Kinder auf euch!

Bitte nehmt euch die Zeit, um mit ihnen darüber zu sprechen, was eure Werte sind. Denn auch wenn sie viele Dinge des Alltags mittlerweile infrage stellen, bleiben die Werte der Eltern relevant, und hier hören sie genau hin. Findet heraus, was für euch Bedeutung hat, kommuniziert es, und ihr erfahrt, was euren Kindern zu bestimmten Themen wichtig ist. Macht das in einem ruhigen Moment. Der ist bei uns meistens … nie! Doch! Vor dem Ins-Bett-Gehen kann man oft gut und gelassen über alles reden. In meiner Zeit als Kabarettist habe ich gelernt, dass es ideal ist, den Abend mit dem besten Gag zu beenden, da die Zuschauer dann mit einem maximal positiven Gefühl nach Hause gehen. Macht das bei euren Kindern auch so. Lasst sie mit einem guten Gefühl einschlafen. Vorher kann man über den Alltag, aber auch über Ziele, Wünsche, Träume und über Unsicherheiten und Ängste reden. Aber dann, wie gesagt, mit einem optimistischen Gedanken das Licht ausmachen. Schule eher außen vor lassen. Denn über Schule wird auch so schon genug geredet!

Doch bevor unsere Kinder anfangen, alles infrage zu stellen, ahmen sie uns und ihr Umfeld nach. Alles, was wir tun, schauen sie sich ab. Egal ob es die Hausarbeit ist, das Kochen, das Saubermachen, was wir anziehen, was wir sagen, wie wir uns anderen Menschen gegenüber verhalten, was wir tun. Selbst meine kleine Tochter schaut sich genau an, was ihr Bruder macht, und leider hört sie auch, was er sagt. Zum Beispiel während er Fortnite spielt. Bei einem Restaurantbesuch fragt die Bedienung dann, ob die Fischstäbchen geschmeckt haben, und unsere kleine Tochter meint ganz freundlich: „Ja, die waren sehr episch!"

Das Handeln von Autoritäten wird von ihr noch nicht kritisiert.

Doch das ändert sich: Das kleine Kind ist noch ganz wohlig verbunden mit seiner Umwelt. Wie in einer sympathischen Symbiose ahmt es seine Umgebung nach, ohne in irgendeiner Weise über sie zu reflektieren. Die menschlichen Beziehungen sind für das kleine Kind wie ein großer Klumpen, wie ein weicher Berg Wäsche, in den es sich gerne fallen lässt. Doch wenn die Pubertät beginnt, wird der Berg auseinandergenommen, und es wird nach den einzelnen Kleidungsstücken, nach den einzelnen Menschen sortiert und diese auch notfalls infrage gestellt. („Nein, diese Bluse passt gar nicht mehr zu mir!")

Es gehört zur gesunden Entwicklung des Kindes, dass sich im Erleben das Ich und die Welt voneinander trennen. Das Kind empfindet mehr oder weniger unbewusst: Ich bin ein Eigenes, ich bin ein Einzelnes, und damit bin ich ein Getrenntes. Und ich bin etwas Einzigartiges. Das Seelenleben stellt sich auf eine neue Basis.

Unser großes Kind betrachtet seine Mitmenschen nun losgelöst von sich. Es existiert nun allein. Es hinterfragt und zweifelt an bisher selbstverständlichen Dingen und konfrontiert uns Eltern sehr fordernd damit. Auch unser Seelenleben stellt sich damit auf eine neue Basis.

Die verstärkte Einwohnung seiner Ich-Kräfte und das erneut gewachsene Selbstbewusstsein des Kindes vergrößern den Abstand zu der umgebenden Welt. Sie wird kritischer wahrgenommen, nichts wird mehr selbstverständlich akzeptiert. Wenn ich über das Lego meiner kleinen Tochter stolpere, dann lacht sie. Und jeder weiß: Diese ‚Einser-Legos' schmerzen wirklich sehr, wenn man barfuß darüber läuft und sie sich einem in den Fuß bohren. Mein Sohn lacht nicht mehr: „Oh Mann, Papa. Wie doof kann man sein?"

Die Autoritäten, also die Eltern, werden nicht von ihrem Thron gestoßen, aber sie werden mit anderen Augen gesehen. Und spätestens in der eigentlichen Pubertät ist klar: „Lang chille der König!" (Oder die Queen.)

Neben der Hormonausschüttung haben wir nun also gelernt, dass sie sich selbst als Eigenes wahrnehmen und die Welt, ihre Mitmenschen und alles andere plötzlich extrem genau betrachten und dann herausfinden, dass ihre engsten Vertrauten auch Ecken und Kanten haben.

Wir hatten die Verlustängste bereits beschrieben. Bitte daran denken: Sie sehen uns Eltern nun getrennt von sich und machen sich Sorgen: „Ich hoffe, dass euch nichts passiert! Was ist, wenn ihr sterbt!"

Bitte diese Sorgen ernst nehmen und Zeit für ein einfühlsames Gespräch planen. Es kommen immer mehr seelische Ängste dazu, und es tauchen essenzielle Fragen auf: „Mögen mich meine Eltern? Mag mich überhaupt jemand?" Das Kind fühlt sich einsam und unverstanden. Es braucht Bestätigung und Zuwendung von den nahestehenden Menschen. Und verzweifelt auch manchmal mit den Worten: „Was seid ihr denn für Eltern?", oder sogar: „Ich will andere Eltern!"

Fazit: Unsere Kinder können jetzt ihr eigenes Ich von der Welt trennen. Viele Pädagogen beschrieben diese Art als Hummerkomplex, indem die Kinder ihren alten Panzer der Kindheit abwerfen und noch relativ schutzlos auf das warten, was auf sie zukommt. Wir sind in der Zeit natürlich für sie da. Und stellen den alten Panzer bei eBay Kleinanzeigen rein.

Alltäglich gesprochen, nehmen wir in der Pubertät quasi im Urlaub das Handtuch von unserer Liege am Pool. Diese Liege steht nun schutzlos den anderen deutschen Touristen gegenüber. Und die können ganz schön nervig sein! Das ist nicht ohne, denn: „Liegen haben kurze Beine!“ (Das ging doch so ähnlich, oder?)

Unsere Kinder sind jetzt ein bisschen wie die unbedeckten Liegen: Sie stehen nun schutzlos der Welt gegenüber, die sie durchaus irritiert und überfordert. Sie hinterfragen die Welt, sie hinterfragen uns Eltern. Sie besitzen die Fähigkeit zur inneren Distanz. Dazu noch Hormone. Das wird anstrengend. Das wird wohl doch schon Pubertät sein.

Das Abenteuer hat begonnen.

> „Meine Tochter interessierte sich plötzlich für Politik, für den Klimawandel, für viel Neues. Sie reflektiert und bildet sich ihre eigene Meinung, fern von der unseren! Es wird auf einmal sehr viel mehr diskutiert zu Hause. Sie möchte auch täglich die (Kinder-)Nachrichten anschauen und Zeitung lesen. Als ich letztens meinte, dass drei Kugeln Eis genug seien, meinte sie, dass man hier jetzt mal über Kinderrechte sprechen müsste!"

Das Mitgefühl für andere Menschen und für Tiere prägt sich in dieser Zeit stark aus. Der Egoismus, den Kinder oft haben, dass sie alles zuerst haben wollen, von allem am meisten, sich stark auf sich selbst konzentrieren und mit Frustration nicht umgehen können, vergeht in dieser Zeit!

► Seid immer authentisch, ehrlich und bleibt echt! Seid keine Fake-Eltern! Wenn ihr mal geschrien habt, dann ist das so. Seid lebendige Eltern, keine perfekten Eltern. Ihr dürft Dinge falsch machen und macht damit so viel richtig. Seid manchmal hart zu euren Kindern, aber seid fair.

Gerade jetzt spielen sie gern „Verhaltenspolizei“ und achten sehr auf Unfairness und prangern dies auch an. Deshalb: Macht klare Aussagen.

Aufgrund der seelischen und körperlichen Veränderungen, diesen neuen Gefühlen und ständigen Hormonschüben, kann unser großes Kind gerne mal wieder zum kleinen Kind werden. Es sucht Sicherheit und Halt im Sturm der momentanen Gefühle. Seid hier sensibel und gegebenenfalls etwas nachsichtiger.

Die Kinder denken in dem Alter viel über Tod, Verlust und Unfälle nach. Gerade in der Nacht tauchen Ängste auf. Das sichere Gefühl der Kindheit vergeht langsam, und das macht ihnen Sorgen. Bitte seid immer für ein Gespräch bereit, hört zu und nehmt sie ernst.

Diese Diskussionen gewinnen an Intensität, Emotion und Lautstärke. Oft ist das mit dem Kind aus der Trotzphase nicht mehr zu vergleichen. Diese Phase hat uns schon Nerven gekostet, aber nun kann es gut sein, dass wir uns die Trotzphasen zurückwünschen, denn unsere Kinder flippen in Diskussionen gern mal total aus, und wir dann auch. Vielleicht werdet auch ihr als Erwachsene schneller mal laut. Das kann passieren. Wie gesagt: menschlich.

Erklärt euren Kindern später den Grund für eure Überreaktion, aber habt keine Schuldgefühle. Auch Eltern sind Menschen. Gebt Fehler zu.

Es kommt bei Kindern sehr gut an, wenn sie mitbekommen, dass ihre Eltern nicht perfekt sind. Das entlastet sie und heißt einfach, dass sie es auch nicht sein müssen.

Bleibt humorvoll, seid aufgeschlossen für zähe Verhandlungen, seid auch mal Teamplayer, tragt Verantwortung für eure Kinder und gebt ihnen durch eine klare Haltung Orientierung, dass sie sich selbstbestimmt entwickeln können. Wenige, aber klare Regeln.

Und: Nehmt euer Kind ernst, aber nehmt euch selbst nicht zu wichtig. Humor zeigt, dass wir wissen, dass das Leben nicht immer geradlinig läuft.

Als meine kleine Tochter letztens ins „große Bett" wollte, haben wir gesagt: „Dann gehen wir in dein kleines Prinzessinnen-Bett!" Und haben es tatsächlich auch gemacht. Nach ein paar Minuten kam die Tochter dazu, aber wir waren eingeschlafen. Noch Tage und zwei Bandscheibenvorfälle später konnten wir sehr darüber schmunzeln.

Gemeinsam lachen. Auch mal provokant. Das tut allen irre gut.

Macht aber klare Witze. Zynische Bemerkungen begreifen Kinder in diesem Alter noch nicht, und sie fühlen sich meist dabei herabgewürdigt. Übertreibungen mögen sie wiederum sehr gerne – und wenn man eine bestehende Rolle anders interpretiert. Wenn die Oma sagen würde: „Alta, Digga, ich bin so lost!"

Mein Sohn und ich beobachten auch gerne skurrile Leute, und ich spiele sie dann immer nach und mache vor, was sie sagen. Einmal sind uns solche Nachgeahmten sogar hinterhergerannt und haben uns zur Rede gestellt. Da bekam der Begriff Running Gag eine ganz neue Bedeutung. Aber ich habe die Situation selbstverständlich souverän geklärt und war vor meinem Sohn der Hirsch!

Ansonsten dürfen auch Eltern mal schlechte Tage haben. Eine ehrliche Aussage wie „Ich weiß gerade bei Thema X nicht mehr weiter. Ich habe alles versucht. Vielleicht hast du eine Idee?" ist ebenfalls in Ordnung. So begegnen wir unseren Kindern auf Augenhöhe. Unsere Kinder spüren auf diese Weise, dass sie mit eingebunden werden. Sie fühlen sich wichtig, und durch das gemeinsame Finden einer Lösung sind sie auch öfter bereit, diese zu akzeptieren. Zwar nur für ungefähr zwei Stunden, aber hey – zwei Stunden! Das sind zweimal sechzig Minuten. Das ist schon eine Hausnummer.

Die hohe Kunst in der Pubertät ist, eine Balance zu finden. Wenn unser Kind zu sehr genervt ist, dann sind wir bei einem Thema vielleicht zu nah dran und kontrollieren zu viel. Hier möglichst neu aushandeln, neue Freiheiten geben und sich selbst mal rarmachen. Und sich etwas Gutes tun. Auf der anderen Seite weiter im Gespräch bleiben, da es auch nichts Blöderes für einen Teenager gibt, als wenn er das Gefühl hat, dass sich Mama und Papa nicht mehr so richtig um ihn kümmern wollen.

Und immer im Bewusstsein halten: Kinder müssen uns nicht zufriedenstellen. Das müssen wir schon selbst machen. Ein Kind muss auch nicht funktionieren. Das ist nicht seine Aufgabe. Wir müssen, und das wird in der Pubertät durch den Zeitgewinn immer machbarer, uns selbst zufriedenstellen. Das ist unsere Aufgabe.

Mach was für dich: Finde deine Pubertäts-Life-Balance!

Halte die Schlachtfelder begrenzt. Stell dir Fragen:

Was sind meine Werte?

Was ist mir wichtig?

Ist es wirklich die Schmutzwäsche auf dem Boden?

Schau in die Vergangenheit:

Was war bei deinen Eltern gut? Was nicht? Was willst du anders machen? Was möchtest du übernehmen?

Vergleicht euch aber nicht dauernd mit euren Eltern. Und denkt prinzipiell eher an das Positive.

Gerade in der momentanen Zeit ist es wichtig, auch mal rigide, also unnachgiebig, zu sein. Die Tochter hat keine Lust auf Klavierunterricht. Das kann passieren. Kinder brauchen da immer wieder einen, der sie motiviert: „Der Lehrer nimmt sich Zeit für dich. Der freut sich. Du hast dich da angemeldet. Wenn die fünf gebuchten Stunden um sind, können wir ja noch mal darüber reden!"

Es gibt nicht wenige Eltern, die im gehobenen Alter immer noch dankbar sind, dass ihre eigenen Eltern sie immer wieder zu ihren Hobbys motiviert haben. Sie sind heute froh, dass die Eltern damals darauf beharrt haben, dass man dranbleibt. Gerade in der Vorpubertät kommt man in guten Momenten oft noch an sie ran und kann sie überzeugen. Das sollte man nutzen. In der eigentlichen Pubertät werden Hobbys und Leidenschaften ausprobiert und schnell wieder ausgetauscht. Die Hobbys aus der vorpubertären Zeit bleiben oft ein Leben lang aktuell.

Natürlich gilt das nicht, wenn unser Kind eine große Abneigung oder sogar Ängste gegenüber dem Hobby entwickelt. Aber das entgeht einem auch nicht.

Wirklich hart bleiben sollten, nein, müssen wir bei gesundheitlichen Fragen, ein gern genommenes Beispiel ist hier die Zahnspange.

Eine Freundin hat mir erzählt, dass ihr 32-jähriger Sohn sich kürzlich bei ihr bedankt hat: „Mama, das war sooo richtig, dass du mich gezwungen hast, eine feste Spange anbringen zu lassen. Ich freu mich heute sehr, wenn jemand sagt: Ach, Philipp, du hast aber schöne Zähne!" Hier gilt es, sich durchzusetzen, notfalls mit Verboten. Wer weiß, wie teuer so eine Zahnspangenzeit ist, weiß, wovon ich spreche! Und ich garantiere, dass alle, wirklich alle, letztendlich mit dem Ergebnis zufrieden sein werden.

Ansonsten gilt: Habt Spaß daran, euer Kind kennenzulernen. Denn es wird sich jetzt in der Vorpubertät mehr und mehr verändern. Es wird erwachsen. Spannend. Fordernd, aber auch sehr interessant.

Seid aufmerksam. Behandelt es gerade in intensiven Gesprächen und Diskussionen eher gleichberechtigt und vielleicht sogar wie einen Freund. Wie würde ich jetzt mit einem Freund sprechen? Würde ich da auch so sehr von oben herab kommunizieren oder es lieber auf Augenhöhe probieren? Setzt euch zu eurem Kind.

Dazu gehört auch, das Handy nicht zu oft in die Hand zu nehmen, wenn euer Kind mit euch spricht. Das würde man bei einem Freund auch nicht so oft machen. Nun gut, sollte man zumindest nicht …

Ganz klar: Am Ende entscheidet ihr. Denn ihr tragt die Verantwortung.

Habt echtes Interesse, nehmt euch Zeit, es gibt nicht nur statistisch gesehen einen Grund, zu glauben und zu vertrauen, dass es am Ende gut wird. Dass er oder sie ein großartiger Erwachsener wird, den wir später in seiner Bude besuchen und der sagen wird: „Mama, Papa … aber mal schön vor der Tür die Schuhe ausziehen!" Und wenn er gekocht hat und wir sagen: „Du weißt doch, ich mag kein …" – „Es wird gegessen, was auf den Tisch kommt!"

Das hat dann nicht mehr viel mit Rebellion zu tun. Das war bei meinem Sohn auch so. Vor Kurzem haben wir zu viel Toastbrot eingekauft, und er meinte ernsthaft: „Papa, da können wir eins einfrieren!" Und meine Frau meinte: „Er wird erwachsen!" Ich konterte entsetzt: „Nein, er wird ein Spießer!"

Unterm Strich: Alles wird groß.

Kinder lieben ihre Eltern, ihr könnt nichts falsch machen. Gebt eurem Kind das Gefühl, dass es später mit jedem Problem zu euch kommen kann. Fehler können passieren. Es ist wichtig, dass wir damit umgehen können und es unseren Kindern vorleben.

Euer Liebesbedürfnis können Kinder im beginnenden Abnabelungsprozess nicht mehr befriedigen. Die Kids kommen nicht mehr so oft zum Knuddeln. Genießt es umso mehr, wenn sie es denn mal tun! Auch hilft Sekundenkleber.

Also: Lenkt eure Aufmerksamkeit auf euch selbst. Was kann ich machen, dass es mir gut geht? Was kann ich als Frau, als Mann machen? Achte auf deine eigenen Bedürfnisse.

Eure Werte sind oft sehr wertvoll für unser Kind – und gerade in der vorpubertären Phase noch zentral. Ansonsten werden diese nach und nach immer mehr infrage gestellt. Und sie werden dagegen sein. Das müssen sie, um sie mit ihren Idealen, ihrem Denken und ihren Erfahrungen abzugleichen. Sie behalten unsere Werte aber bei sich. Und finden sie oft erst Jahre später wieder und bewerten sie dann als positiv.

Bedenkt: Unsere Kinder beobachten uns genau. Sie scannen uns.

Wie agieren wir als Erwachsene miteinander? Welche Einstellung haben wir dabei? Wie reden wir über die Nachbarn, über die Schwiegermutter und über das Finanzamt! Ihr eigenes Verhalten können sie oft noch nicht so gut bewerten und beurteilen. Zunächst orientiert man sich an Gut und Böse: Gallier und Römer, Batman und Joker und alle und der Wendler. Sie lernen zum ersten Mal die sozialen Regeln und moralische Werte.

Sie verstoßen hin und wieder gegen alle Regeln. Sie bauen Mist, aber zum Mistbauen gehört eine Idee, eine Initiative, Mut und eigenständiges Handeln. Sie wissen ja noch nicht, was ‚zu weit gehen' heißt und was hinnehmbar ist. Das finden sie heraus. Sie probieren aus. Sie schauen, was möglich ist. Und wir geben ihnen das Feedback, was nicht möglich ist.

Sie sind noch sehr selbstbezogen und können ihr Verhalten nur aus der eigenen Perspektive sehen. Typischer Satz hier: „Ihr seid so unfair!" Sie nehmen andere zwar stärker wahr, sehen, dass sie existieren. Aber mehr auch nicht. Empathie kommt später. So lange gilt das Logo: Ego first! Erst im Jugendalter können sie sich in die Situation eines anderen tatsächlich hineinversetzen und Gefühle und Probleme des anderen besser verstehen.

Ein wichtiger Schritt für Eltern ist zudem das Loslassen ihres Kindes. Dabei heißt loslassen, dass Eltern ihre eigene Neugier bekämpfen müssen und ihre Kinder nicht über jede Minute ihrer Zeit ausfragen sollten. „Wie war die Schule?" – „Gut!" Solche Interviews führen auch zu nichts. Das ist keine Beziehung. Das ist eine Talkshow. Und die Kinder würden am liebsten direkt in die Werbung gehen. Erzählt von euch, von euren Erlebnissen, zum Beispiel in der Schule. Was für Freunde ihr hattet und wie die Eigenarten waren.

Kinder brauchen ihren Freiraum, und das bedeutet eben auch, dass ihr nicht haargenau über alles Bescheid wisst. Es ist selbstverständlich und auch wichtig, dass Eltern ihre Kinder beschützen wollen, dennoch darf es nicht in einen Kontrollwahn ausarten. Neben Vertrauen und Verständnis sind Liebe, Geborgenheit, Stabilität, Sicherheit und Rückhalt der Eltern daher das A und O, um sein Kind durch die Pubertät zu begleiten. Bitte beachten:

- Helft eurem Kind dabei, sich von euch abzunabeln und selbstständig zu werden. Dadurch fördert ihr sowohl das Selbstvertrauen als auch das Selbstbewusstsein eures Kindes, und ihr könnt Spannungen im Vorfeld, so gut es eben in der Vorpubertät geht, verhindern. Haltet euch zudem immer vor Augen, dass Streitereien und Meinungsverschiedenheiten völlig normal sind. Wichtig ist jedoch, dass ihr immer ein offenes Ohr für euer Kind habt und dessen Meinung akzeptiert und ernst nehmt.

Ein Problem, das in der Pubertät auftaucht, ist kein Endzustand. Pubertät ist ein mobiler Prozess. Sie entwickeln sich. Sie spüren: Ich bin lebendig, ich muss nicht perfekt sein, ich werde und wachse. Ich habe eine Zukunft. Ich bestimme den Startpunkt. Alles zu seiner Zeit!

Eine Frau fragte mal am Ende meines Vortrages übers Abnabeln:

„Wir verstehen uns gut mit unserem Sohn. Noch ist Pubertät nicht erkennbar. Aber er soll sich doch abnabeln? Machen wir was falsch?"

Ich musste schmunzeln und dachte: Ja, wie denn jetzt? Sind sie noch nicht drin, ist es doof, und wenn sie drin sind, auch. Man kann's auch keinem recht machen …

„Nein. Das kann bei Jungs auch noch etwas später kommen. Sie müssen jetzt nicht nach Hause fahren, Ihren Sohn wecken und fragen: ‚Suchst du Streit?'"

Alles zu seiner Zeit.

Ich bin der Meinung, dass grundsätzlich immer Respekt da sein sollte. Wenn man ein Kind liebevoll und mit Ehrfurcht und Respekt ins Leben begleitet, dann wird es seiner Umgebung den Respekt erweisen, den diese verdient.

Ich erlebe, dass Erwachsene häufig ganz überzogene Erwartungen haben an den „Respekt" der Kinder. Erwachsene dürfen unwirsch sein und Dinge ablehnen, weil sie gestresst sind, es gerade nicht in ihren Zeitplan passt, sie sich etwas anderes vorgenommen haben und so weiter. Warum dürfen Jugendliche das nicht?

Ein Vater hat vor Kurzem etwas sehr Schönes zu dieser Frage gesagt:

„Ich unterstütze sie. Ich habe sehr viel Ehrfurcht vor dem anderen Individuum. Ich versuche nicht, meine Kinder mit meinen Wünschen zu beeinflussen, ihnen meine Sicht auf das Leben als die einzig wahre zu verkaufen. Ich biete das Kuchen-Buffet. Alle Kuchen sind meine Ideen, Ideale, Wünsche und Werte. Sie dürfen und sollen sich das Stückchen nehmen, das für sie passt. Sie können auch sagen: „Nein danke. Ich schmiere mir erst mal ein Brot!"

Wir machen Angebote! Und freuen uns auf unser Kind.

Nach der raschen Wachstumsphase in den ersten zwei bis drei Jahren folgt eine lange Phase gebremsten Wachstums, die dann mit einsetzender Reifung der Geschlechtsorgane in eine zweite schnelle Wachstumsphase mündet.

Und das schauen wir uns jetzt mal genau an.

1 | Der Hormontsunami

„Schau mich nicht in diesem Ton an!“

„Ziehen Sie die Luft kraftvoll durch die Nase ein, spüren Sie, wie sich Ihre Lungen langsam füllen, wie die Luft Sie belebt und stärkt. Halten. Und aus. Zwei, drei, vier. Fühlen Sie die Kraft und die gleichzeitige Entspannung im Unterleib …“ Wer hätte gedacht, dass man die Atemübungen aus dem Geburtsvorbereitungskurs zehn Jahre später noch mal ganz dringend braucht? Kleiner Tipp: Einfach noch mal anrufen und fragen, ob man seine Kenntnisse auffrischen könnte! Oder sich gleich in die Geschlossene einweisen lassen. Herrlich – den ganzen Tag lang im Bett liegen, lesen und dem Onkel Doktor etwas über die Kindheit, nein, nicht meine, natürlich über die Kindheit meines Kindes erzählen. Denn die ist schwierig! Was ist geschehen? Ganz einfach: Das Kind weigert sich, einer Aufforderung nachzukommen. Mit bebender Stimme, leicht ins Hysterische kippend, antwortet es: „Mama! Geht's noch? Ich mach das nicht!“

Dabei sollte es nur eine Flasche Wasser aus dem Kämmerchen holen. Das kann man schaffen. Jeder schafft das. Es ist auch still, das Wasser. Es macht keinen Stress. Es blubbert nicht, es liegt ganz beschaulich in der Flasche rum. Keine Kohlensäure wird versuchen, ihr ein Gespräch aufzuzwingen. Also noch mal: „Kannst du bitte eine Flasche Wasser holen?“ Was verlange ich da. WAS? Das ist eine Zumutung, das Allerletzte, so was kann man doch mit ihr nicht machen, unmöglich und voll uncool und überhaupt. Dann: Augenrollen. Wie lange können Augen rollen? Und in wie viele Richtungen? Egal. Komplette Totalverweigerung. Mein Kind ist kaputt.

Wie oft höre ich von Eltern: „Ich erkenne mein Kind nicht wieder!“ Und nun erkenne ich mein Kind nicht wieder! Es ist ein sich ewig wiederholender Albtraum, Freddy Krueger in *Nightmare on Elm Street* ist ein Heimatfilm dagegen, *Tanz der Teufel* und *Gesichter des Todes* auch. Alle zusammen heitere Familienstreifen, und Michael Myers sieht so schlimm nun auch nicht aus.

Es ist ein Fiasko. Ein falsches Wort, ein falscher Blick, auch ein falsches Atmen kann vom großen Kind schon in fataler Weise interpretiert werden. Einmal Blinzeln mit den Augen. Heftige Reaktionen. Ich habe dir hier, flink mit leichter Hand, ein schönes Potpourri zusammengestellt:

Das passiert dir:	**Das sagt dein Nachwuchs:**	**Das tust du:**
Du bist gerade mit einem Kasten Bier die Kellertreppe hochgekommen und etwas außer Atem, soll heißen, du atmest etwas lauter als gewöhnlich.	„Ej, Papa, geht's noch, was schnaufst du mich hier so krass von der Seite an, was willst du denn, kannst du jetzt mal aufhören, so behindert zu tun, das ist ja voll peinlich."	Du öffnest kurzerhand und noch schnaufend gleich zwei Flaschen Bier. Denn eins hilft hier nicht.
Eine Hornisse hat den Weg in dein Arbeitszimmer gefunden und dich ins Lid gestochen. Das Lid schwillt extrem an, dein Auge tränt. Dein Kind kommt kurz danach in den Raum.	„Sag mal, heulst du da rum oder was, halloooo!?! Das ist ja sooo scheiße, Papa, dass du hier so flennst, kannst du das nicht da machen, wo ich das nicht mitkrieg, wenn Lukas und Toni das jetzt sehen würden, Alter, wie krank das ist!"	Du hoffst, dass du dein Augenlicht behältst und diese kleine Giftkröte, die dein Sohn ist, das Büro verlässt, bevor du zur Hornissenkönigin mutierst. Zu einer sehr übellaunigen!

Das passiert dir:	Das sagt dein Nachwuchs:	Das tust du:
Du hast versucht, professionell wie ein Sternekoch Zwiebeln zu schneiden. Leider bist du abgerutscht, und weil du das Messer vorher extra geschärft hast, baumelt dein Zeigefinger nun noch von einer Sehne gehalten an deiner Hand. Natürlich ist da auch sehr viel Blut.	„Hallo, wie geil ist das denn? Bleib mal so, Papa, ich mach ein Video, das stell ich bei Insta rein, wie, ich soll einen Arzt anrufen? Maaaaaannn, wie unfair ist das denn? Ich hasse dich, du bist so doof und gemein!"	Du überlegst, wie du es schaffst, deinem Nachwuchs mit nur einer Hand die Stimmbänder zu durchtrennen.
Du findest deine Brille nicht und kneifst die Augen beim Lesen zusammen, um besser sehen zu können.	„Was glotzt du denn so blöd und so, als würdest du kaum was sehen. Mach doch die Augen richtig auf, du siehst aus wie so ein Boxer, der aufs Auge gekriegt hat. So peinlich."	Du überlegst dir, dass es nicht die schlechteste Idee wäre, zum Boxer umzuschulen. Eigentlich ist die Idee sogar sehr gut. Am besten, du fängst gleich mal an zu üben.

Und dann sagt das Kind: „Was hast du denn mit mir? Lass mich!" Als ob das Kind mit allem, was wir machen, etwas zu tun hätte. Ich könnte ja auch einfach so für mich blinzeln.

Zudem ist unser Nachwuchs gerade nah am Wasser gebaut: Als der Kühlschrank kürzlich nicht den erhofften Snack enthielt, war dies Grund genug für verzweifeltes Schluchzen. Vielleicht für uns befremdlich. Aber so ist das nun mal. Bitte trotzdem ernst nehmen! Auch wenn das manchmal schwerfällt, da wir dieses Problemchen anders gewichten. Mit der Mutter einer Bekannten war es kürzlich ähnlich. Sie stand an der Wursttheke im Supermarkt und wollte Corned Beef kaufen. Es gab kein Corned Beef.

„Das kann nicht ihr Ernst sein!", keuchte die Mutter. „Das halte ich nicht aus. Mein Käse ist heute auch nicht da." Und dann fing sie an zu weinen, einfach so. Wegen Corned Beef. Auch das muss man ernst nehmen. Kann aber nicht jeder. Überhaupt gibt es bei Vorpubertät und Klimakterium einige Parallelen, um mal kurz bei den Damen zu bleiben.

Beide heulen,

- wenn eine lebenswichtige Sendung vom Media-Receiver nicht aufgenommen wurde, egal ob *Germany's Next Topmodel* oder die *Küchenschlacht*,
- wenn man auch nur ansatzweise etwas Negatives über ihr äußeres Erscheinungsbild sagt, etwa zur Tochter: „Du hast wieder neue Pickelchen gekriegt", oder zur Mutter: „Ich glaub, du bist geschrumpft. Das ist aber normal im Alter",
- wenn man sagt: „Das ist noch nichts für dich", oder: „Das ist nichts mehr für dich." Das kann Nagellack, ein eigenes Auto sein oder aber auch High Heels und roter Lippenstift.

Aber wie gesagt, immer unbedingt ernst nehmen!

Apropos: ernst nehmen. Mein Sohn fragte mich letztens, wo unsere Waschmaschine ist. Er lebt seit siebzehn Jahren in dieser Wohnung. Ich habe gesagt: „Du, wir leben hier in palastähnlichen 92 Quadratmetern. Das kleine Ding dürfte irgendwo im Westflügel stehen!"

Und dann hat er mich angeschaut, als würde er glauben, was ich sage. Zynismus ist in diesem Alter noch keine gute Idee.

Sie nehmen in diesem Alter viel für bare Münze.

Sätze wie „Geht's noch ein bisschen langsamer?", „Ach was, du musst nicht für Mathe lernen, ist doch nicht schlimm, eine Ehrenrunde zu drehen" und „Kein Thema, dass in deinem Zimmer neue Kulturen aus Essensresten heranwachsen, so lernst du automatisch für Bio", sollte man während dieser Zeit besser nicht von sich geben.

Es ist ein Kreuz. Heißt es nicht „Wenn's einfach wär, würd's Fußball heißen"? So ähnlich jedenfalls.

Im Großen und Ganzen kann man das so zusammenfassen:

Es gibt dieses kleine Männchen vorne beim Achter-Rudern. Das hockt nur da, macht nix und motzt die anderen an. Das ist Pubertät.

Körperlich ist er noch mein kleiner Junge. Aber vom Mundwerk her ein schlecht gelauntes Monster, das diskutiert, provoziert und lamentiert. Egal, wie wichtig oder unwichtig dieses Thema gerade ist. Manchmal offenbar nur so. Es geht wohl los. Es gibt kein Zurück. Ich brauche jetzt erst mal ein Glas Wasser. Ja, ich habe es mir selbst geholt. Ich vertrage heute einfach kein anklagendes Gesicht mehr.

Durch die Veränderungen im Hormonhaushalt, welche sich schon jetzt deutlich bemerkbar machen können, durchlebt euer Kind eine Achterbahnfahrt der Gefühle, und es weiß oft nicht, wohin mit seiner Wut und all den unbekannten Empfindungen. Diese Emotionen sind nicht komplett neu. Wir haben ja schon die Trotzphase durch, aber in dieser Intensität ist das momentan für unsere Kinder nur schwer zu begreifen beziehungsweise zu kontrollieren. Das erkennen wir auch daran, dass sie sich oft nach einem Streit entschuldigen. Sie verstehen oft selbst nicht, was gerade mit ihnen los war. Sie sind quasi, was ihre Gefühle angeht, als Kind mit einem altersschwachen Polo gefahren, und jetzt sitzen sie auf einmal in einem Formel-1-Wagen mit 1000 PS.

Ach je. Ständig diese Gefühlsschwankungen. Es ist so, als ob man eurem Kind ständig erzählt, dass es einen Sechser im Lotto hat, und dann merkt es, dass es vergessen hat, den Schein abzugeben. Nebenbei: Mit einem Sechser in der Schule würde das Kind wohl gelassener umgehen.

Also: Manchmal gibt es auch keinen Grund für die Wut, die Gefühle haben die Kinder einfach umgehauen. Neben Gefühlsausbrüchen ist die Vorpubertät zudem von ausgeprägtem Desinteresse sowie ungebremster Energie gekennzeichnet. Auf dem Weg zum Jugendlichen müssen Kinder erst nach und nach lernen, ihre Gefühle einzuschätzen und zu kontrollieren. Da passieren viele Dinge auf einmal: Bauarbeiten im Gehirn, Einschuss der Hormone. Davon müssen sie dann ab und an Urlaub machen. Denn das ist anstrengend. Dieses Urlaub-machen von der Pubertät wird von den Pubertierenden selbst mit einem eindeutigen Begriff umschrieben: „CHILLEN!“ Wer sich ausführlicher damit beschäftigen will, und mit ausführlich meine ich ausführlich, dem sei mein Werk ‚Chill mal!‘ zu empfehlen. Darin geht es mit der Pubertät weiter, und wie! Nach der Lektüre von beiden Büchern wirst du deine Kinder im Testament aufs Pflichtteil setzen. Manche Eltern nehmen es aber auch gelassener. Eine Mutter sagte mal zu mir: „Er reift – wie ein guter Käse oder Wein!“ Aha. Und wenn er fertig gereift ist, dann kann ich ihn endlich genießen. Verstehe. Dauert nur ein bisschen. Es gibt Weine, die brauchen angeblich hundert Jahre, um ihren vollen Geschmack zu erlangen. Was für ein Käse!

Manchmal wollen unsere Teenager einfach nur grübelnd ihre Zeit im Zimmer verbringen, sie lernen sich selbst kennen und finden erst nach einigen Stunden oder Tagen wieder den Weg zurück zu den Eltern und suchen das Gespräch. Die Streitpunkte sind meistens die Regeln und die damit verbundenen Einschränkungen ihres Lebens. Der Alltag.

Wie können wir im Loslassen an sie rankommen? Hm. Das werde ich immer wieder gefragt.

> „Bitte machen Sie mir Hoffnung. Meine Tochter wird doch wieder süß, ja? So geht's doch nicht weiter. Egal, was man sagt, es ist immer falsch. Sie legt alles auf die Goldwaage und rastet aus. Nur noch zickig und bockig!"

> „Wir sind auch immer Alta und Digga. Ich sag immer deutlich, so wird mit Opa nicht geredet. Und diese Schimpfwörter. Aber ich gebe zu, als ich letzte Woche ein Regal aufgebaut habe ... Na ja, das Fluchen dürfte sie von mir haben."

> „Rumzicken, Türen zuschlagen, Augen rollen.
> Dazu noch die Sprache, die man nur von Comics kennt:
> ‚Argh! Brummel! Seufz!'"

Unsere Kinder sind nun mit sich und der Welt im Unreinen. Jetzt merken sie, dass die Erwachsenen Ecken und Kanten haben. Sie gehen nun ihren eigenen Weg, möglichst um diese Ecken und Kanten herum. Oft stoßen sie sich auch. Wir kennen das vom Flipper-Spiel. Unsere Kugel geht meist nicht gerade durch, sondern sie eckt irgendwo an, springt mal nach links und rechts, sammelt ‚Erfahrungspunkte' und findet neue, ungeahnte Wege, um am Ende doch das Spiel beziehungsweise das Haus zu verlassen. (Wenn es so einfach wäre.)

Merke: Wir geben uns trotzdem nicht die Kugel.

Aber was machen wir in dem Moment, wo sie laut werden und uns sogar beleidigen?

Erst mal überprüfen, wann dieser Fall eigentlich genau eintritt.

In welchen Momenten und warum flippt unser Kind aus? Es passiert besonders gerne dann, wenn es alles persönlich nimmt und bei allem Ungerechtigkeit wittert. Und natürlich machen wir, die Eltern alles extra:

- Wir haben das Brot extra draußen liegen gelassen, damit es hart wird und man es nicht mehr essen kann, es sei denn, man ist ein Pferd.
- Wir haben die Waschmaschinenladung extra nicht in den Trockner getan, weil wir nicht wollten, dass Elena/Viktor/Maud dieses T-Shirt oder diesen Hoodie trocken anzieht (stellt man dem Kind die Frage, warum man das denn habe machen sollen, wird man angeheult, angeblafft und angeschrien, also sollte man diese Frage bitte unterlassen).
- Wir haben extra keinen Joghurt gekauft, weil wir den Joghurt der Tochter/dem Sohn/der Menschheit nicht gönnen.
- Wir haben extra die Tür eines Küchenschranks offen stehen gelassen (zur Verteidigung: Wir können uns gar nicht daran erinnern, denn wir schließen die Türen immer, aber egal), damit sich der Nachwuchs „ganz schlimm“ das Knie stößt und danach „bestialische Schmerzen“ hat.
- Wir sind extra beim Abholen „viel zu nah“ an den Schuleingang rangefahren, sodass sämtliche Mitschüler jetzt wissen, wie uralt wir schon aussehen und natürlich auch sind.
- Und zum Schluss: Wir atmen und tun extra nichts dagegen!

Eine Tat, die es zu überdenken gilt.

► ‚Nicht persönlich nehmen‘ ist hier immer das pädagogische Ziel. Wichtig ist, dass wir dabei auch an uns denken. Wenn es zu viel wird, dürfen wir kurz Fenster öffnen (natürlich nicht springen, auch wenn diese Option sehr reizvoll erscheint), frische Luft schnappen, mal was trinken (ich könnte hier jetzt eine Zusammenstellung meiner favorisierten Weine und Brandys auflisten, aber das würde den

Rahmen sprengen) oder im Bad mal einen kalten Waschlappen ins Genick legen. Das kann man wirklich machen. Da ist man noch lange kein Waschlappen. Nur bitte nie wortlos die Tür vor der Nase unseres Fast-Teenagers schließen. Kurz mitteilen, dass man eine Pause braucht, denn es ist gerade anstrengend für Mama oder Papa. Nicht das Kind ist anstrengend. (Auch wenn wir das natürlich so sehen!) Das erledigt nämlich gerade seinen Job des Abnabelns. Es ist sehr mit sich beschäftigt. Also beschäftige du dich mit dir! Aus der Situation raus, atmen und später wieder rein. Denn wer schreit, will immer gehört werden. Das ist in jedem Alter so.

Aber diese Diskussionen kosten so viel Kraft. Atmen, atmen, atmen. (Wein, Wein, Wein. Sherry, Sherry, Sherry. Bier, Bier, Bier usw.)

Wir haben gesagt: Die Pubertät flackert auf. So ist es. Und jetzt möchten wir die Leitungen kappen. Geht nicht mehr! Wir können die Situation oft nur etwas herunterdimmen. Und die Betonung liegt hier auf etwas.

> „Unsere Tochter wird im Oktober neun. Es gibt Tage, da ist sie sehr entspannt, und dann gibt es halt die Tage (leider überwiegen diese), an denen sie von morgens bis abends jammert. Alles ist unfair. Wir sind gemein. Immer ist alles ungerecht. Immer muss sie alles machen. Zwischendurch hat sie richtige Ausraster mit Türenknallen und Musik-laut-Aufdrehen. Dann beruhigt sie sich aber relativ schnell und ist, zum Glück, auch einsichtig. Noch. Ich erinnere mich daran, dass ich auch so war. Das macht es für mich etwas entspannter. Und den Humor darf man nie verlieren. Bei Hussel gibt es Gute-Laune-Drops. Die liegen jeden Morgen vor ihrer Zimmertür!"

Selbstredend muss man auch hier Glück haben, und die Tochter muss verstehen, dass wir es tatsächlich nur lieb und gut meinen, sonst könnte es passieren, dass uns die Drops um die Ohren fliegen.

Manchmal hilft in solchen Situationen ein gutes Opiat, das du dir vom Arzt deines Vertrauens verschreiben lassen kannst. Behaupte einfach, du würdest Stimmen hören (tust du ja auch, den ganzen Tag will jemand was von dir!).

Ich hörte von Leidensgenossen, dass die Leckt-mich-doch-alle-am-Ärmel-Haltung mit nichts zu vergleichen ist:

- Kind droht damit, aus dem Fenster zu springen, weil es den Rasen mähen soll.

  Mach doch.

- Kind schreit, weil es nur eine Nike-Socke findet, und kündigt an, ein Feuer zu legen.

  Mach doch.

- Kind begibt sich eigenverantwortlich zur Schule. In meinem Auto.

  Mach doch.

- Kind bringt jemanden namens Lollo mit zum Essen, der lange, strähnige Haare, eine Ganzkörpertätowierung (besonders stolz ist er auf die tätowierten Silberfische) und eine Flasche mit Fusel in der Hand hat, gebrochen Deutsch spricht und damit droht, sein Freund Schlümpfchen würde jeden vernichten, der sich ihm in den Weg stellt. Unser Kind himmelt ihn an und will mit Lollo nach dem Mittagessen beginnen, die Welt auf seine Weise zu verändern.

  Mach doch.

Das Leben kann so einfach sein.

Viele Kinder sind überfordert mit der Situation, und sie werden manchmal von ihren Gefühlen überrollt. Das komplette Blatt an Emotionen wie Wut, Ärger und Traurigkeit wird auf den Tisch geknallt. Wir Eltern dienen als Madame Rubina, lesen die Karten, versuchen uns – wenn die Stimmung etwas abgekühlt ist – als Dolmetscher und probieren, mit unseren Kindern das zu übersetzen, was er oder sie eigentlich sagen wollte. Warum sie eigentlich so frustriert ist oder was genau für ihn so nervig war. Hinter jeder Wut stecken nicht nur die Hormone, sondern dahinter steckt auch ein Bedürfnis. Das ist nicht immer so, aber oft. Immer alles mit Hormonen abzutun, ist also nicht so sinnvoll. Wir neigen dazu, weil das auch weniger anstrengend ist. Aber oft müssen wir genauer hinschauen. Was beschäftigt unser Kind gerade? Wir spielen Detektiv und versuchen, unserem Kind in die Karten zu schauen. Ja, du denkst gerade richtig: Für ein Kind braucht man mehrere Berufe!

Durch unsere Übersetzungshilfe können die Kinder hinterher besser reflektieren – aber direkt in der Situation können sie manchmal nicht anders.

► Denn bedenkt bitte: Kein Kind kommt auf die Welt, um euch zu ärgern! Es möchte von Natur aus mit euch zusammenarbeiten und auch, dass ihr stolz auf es seid.

Umso wichtiger ist deshalb diese Analyse. Diese Nachbearbeitung. Nach einem Streit bemerkt das Kind, dass die Fronten verhärtet sind. Aber es kann die Gefühle nicht einordnen – und dazu dienen wir.

> „Die wichtigste Erkenntnis für mich war, dass er nicht mich meint. Sondern dass es sein Ausdruck ist und er sich in seiner Hilflosigkeit an mich wendet und indirekt um Hilfe bittet!"

Damit unser Kind auch als erwachsene Person seine Gefühle sinnvoll bewerten kann, ist eine Hilfestellung bereits jetzt sehr ratsam. Worum ging es ihm oder ihr wirklich? Das gilt es herauszufinden. Und damit lohnt sich in der frühen Phase anzufangen, umso eher wird unser Kind seine Gefühle kennenlernen und besser durchschauen können.

> „Mir sagte mein Sohn, dass ich mich immer so viel um die kleine Schwester kümmere und sie alles bekommt. Das macht ihn traurig! Ich habe ihm erklärt, dass sie eben noch sehr viel Hilfe braucht, aber dass ich ihn verstehe. Und wir gemeinsame Aktionen planen werden. Ohne die Schwester!"

Schau außerdem, bei aller Konzentration auf dein Kind, auch mal bei dir nach: Wenn dein Kind dich beleidigt, was macht es mit dir? Was lösen die Worte bei dir aus? Unser Kind bringt uns in Sekunden von null auf hundert und geradewegs auf die Palme! Und manchmal wünschen wir uns, dass wir niemals mehr wieder von der Palme runterkommen müssen. Es gibt immerhin Schlechteres, als auf einer Palme sein Dasein zu fristen. Außerdem sind wir genügsam geworden. Man hat doch alles auf der Palme: frische Luft, Kokosnüsse, eine warme Südseebrise. Nette Menschen werfen uns Bretter nach oben, mit denen wir uns ein Baumhaus basteln können. Dann sitzen wir in diesem Baumhaus auf der Palme, jemand spielt am Strand Steeldrum, und gut meinende Menschen versorgen uns mit Cocktails, in denen bunte Schirmchen stecken. Die ziehe ich in einem Bambuskästchen an einer Liane nach oben. So sitze ich da, schaue auf den Indischen Ozean oder das Karibische Meer und merke, wie wenig man zum Glücklichsein braucht.

Aber natürlich dauert es keine fünf Minuten, bis wir der Realität ins Gesicht blicken, und diese wird uns ins Gefängnis bringen, wenn wir auf der Palme sitzen bleiben:

1. Das Kind tigert zu Hause weinend durch die Wohnung, und manch einer denkt dann: Ach, guck an, sie sind ja doch traurig, wenn Mama und Papa nicht da sind. Falsch gedacht: Kind heult, weil es nicht weiß, wie man einen Kühlschrank befüllt, eine Waschmaschine belädt und anstellt, bügelt, Pausenbrote schmiert und ohne Mama und Auto zur Schule kommt. Schließlich begibt es sich außer Haus und versucht, sein Leben selbst in die Hand zu nehmen, aber das scheitert schon daran, dass es den Schlüssel vergisst. Dann geht das Kind verwahrlost ohne Schultasche in die Schule, stiehlt in seiner Verzweiflung am Schulkiosk zwei Milchschnitten und wird darauf angesprochen, dass es verwahrlost aussehe.
2. Fragt man das Kind, wo denn die Eltern sind, antwortet es, dass es das nicht weiß, aber großen Hunger, leider auch keinen Haustürschlüssel und schon gar kein Geld hat.
3. Man versucht, die Eltern auf dem Festnetz und auf den Handys zu erreichen, und sie gehen auch dran, lallen etwas von Cuba Libre und Planter's Punch, während im Hintergrund irgendein Chor

hingebungsvoll die hawaiianische Nationalhymne trällert. Dann legen die Eltern wieder auf, weil sie „keine Lust auf Stress" haben.

4. Das Kind weint nun lauter und herzzerreißend. Das Jugendamt wird informiert und kommt in die Schule, um das Kind zu sich zu nehmen. Die Jugendamtsmitarbeiterin bringt das Kind in einer vorläufigen Pflegefamilie in einem Hochhaus unter, dessen Treppenhaus sich in der Hand von Drogendealern befindet, was zur Folge hat, dass kaum einer seine Wohnung verlässt. In der Familie selbst wird das Kind gemobbt, schikaniert, gehänselt und von einem besonders grausamen Drogendealer …

AAAAAHHHH! Ich komm ja schon runter von der Palme, ich komme ja schon!

Jetzt mal Klartext: Warum bist du gerade so getriggert? Bist du enttäuscht oder sauer auf dein Kind? Du fragst dich vielleicht auch: Was habe ich da falsch gemacht, dass sie jetzt so wird? Erst mal sind es Worte, und die bewerten wir. Die Wut, die dahintersteckt, ist immer ein sekundäres Gefühl, und die gilt es zu beachten!

Welches Bedürfnis wird bei eurem Kind nicht erfüllt?

Fühlt sich euer Kind unfair behandelt?

Greifst du mit deinen Regeln zu stark ein?

Schlagen gerade die Hormone zu?

WAS IST DA NUR LOS?

Mein Sohn ist zum Beispiel immer sehr eifersüchtig auf seine Schwester. Sie ist sehr brav, und alle gehen positiv auf sie ein. Er fühlt sich entthront, bangt um seinen Platz in der Familie. Das tut weh. Da fühlt man sich auch mal richtig scheiße, und man wird wütend. Bitte auch hier Verständnis für diese extremen Gefühle haben!

Dieses Bedürfnis hinter der Wut zu ignorieren oder das Kind für seine Ausraster zu bestrafen, bringt uns nicht weiter. Wir sind ja Detektiv. Erst mal gilt es, uns den Sachverhalt und die Umstände anzuschauen. Und die letzte Frage ist noch lange nicht gestellt. Inspektor Columbo hat gesprochen.

Es sind nicht nur die Hormone, sondern oft stört sie die Macht, die wir haben, ihre Pläne zu durchkreuzen. Es gibt da irgendein Bedürfnis, und diesem werden wir auf den Grund gehen. Aber dies bitte später.

Wir sind nicht die Feuerwehr. Wir gehen ins Gespräch, wenn alles verraucht ist.

> „Mein Sohn wollte nie gemeinsam reflektieren. Für ihn war das Psycho-Gelaber. Er wollte, dass ich mitfühle und mich mit ihm ärgere oder mit ihm traurig bin!"

Bei Kleinkindern machen wir es ganz selbstverständlich, bei den Großen vergessen wir gerne, dass auch sie noch in der Entwicklung sind. Das Gespräch zaghaft suchen, ihm Zeit geben.

Auch mal ein paar Tage verstreichen lassen. Das Kind kommt schon, wenn es so weit ist.

Pubertät ist ein Leben in der Höhe (und in der Hölle). Wir Eltern werden auf die Palme gebracht, unsere Teenager gehen an die Decke, die Wand hoch oder in die Luft.

Und alle dürfen immer alles!

> „Meine Tochter war immer so wütend, weil ich zu schwach war. Sie brauchte in der Zeit eine starke Persönlichkeit, die ihr richtig die Grenzen aufzeigt. Daran konnte sie sich abarbeiten! Das war wichtig. Sonst war sie lost!"

Es müssen in jedem Alter Grenzen gesetzt werden, aber die müssen mit fortschreitendem Alter hinterfragt werden. Es ist ein dynamischer Prozess. Es wird mehr ausgehandelt, aber es gilt für die Eltern auch, mit den eigenen Werten und Idealen standhaft zu bleiben. Das wollen und brauchen unsere Kinder auch (sie werden es natürlich niemals zugeben). Starke Eltern, die mal einen Weg vorgeben und auch mal mit einem Nein eine Grenze setzen. Das bietet Orientierung. Wir dürfen Verständnis haben. Aber das Reiben bleibt. Das macht Erziehung gerade in diesem vorpubertären Alter sehr anstrengend. Aber es lohnt sich. Denn noch hören sie uns zu. (Manch einer mag denken, der wiederholt sich ja dauernd, und da hat manch einer recht. Weil das mit dem Zuhören so extrem wichtig ist!)

Es braucht Regeln. Ansonsten brauchen sie Raum, um herauszufinden, was sie wollen und was sie gerne machen. Das ist manchmal anstrengend für uns und unsere Türen. Die sind aus gutem Holz geschnitzt. Wir nicht immer, aber wir arbeiten dran. Wir denken oft, da ist der Holzwurm drin.

Ansonsten: Lasst sie ausprobieren! Sie üben ab jetzt Erwachsenwerden. Das muss sein. Die Vorpubertät ist eine Zeit, die neben emotionalen sowie körperlichen Veränderungen häufig von Türenknallen, Tränenausbrüchen und Stimmungsschwankungen begleitet wird. Es kommt ohne ersichtlichen Grund zum Streit mit den Eltern oder Geschwistern, und die Kinder fühlen sich eigentlich in fast jeder Situation ungerecht behandelt und haben gleichzeitig das Gefühl, es keinem recht machen zu können.

Wie konnte das denn jetzt so schnell passieren? Ist das tatsächlich schon Pubertät? Der ist doch gestern ganz normal schlafen gegangen, und jetzt das!

Aber irgendwann sagst du: „Er ist achtzehn. Wir haben es geschafft! Volljährig! Jetzt wird es besser."

Bleib bis dahin immer im Gespräch, sei tolerant und nicht die Polizei. Sei der sichere Hafen und versuche es mit Humor zu sehen. Stehe immer zu deinem Kind. Durch Strafen, ständige Vorhaltungen und Machtdemonstrationen führst du es weiter von dir weg. Auf Deutsch gesagt: Rette ihm 200-mal seinen Arsch! Dann habt ihr später als Erwachsene eine tolle Beziehung!

Und wer jetzt panisch denkt: „Wie bitte? Mit achtzehn wird es besser? Mit achtzehn erst? Irgendwo muss doch noch Zyankali sein …", dem sei gesagt: „Ach, ach, die Zeit geht doch so schnell vorbei, und sie werden doch sooo schnell groß!"

Gern wird dann später, wenn sie groß sind, die Vergangenheit verklärt:

> „Er war so süß, wenn er das Böckchen gemacht hat, und weißt du noch, wie er den Tannenbaum umgeworfen hat und wir die Feuerwehr rufen mussten? Wie das gebrannt hat, und wir sind barfuß nach draußen in eisiger Kälte, hahahaha. Und es ist ja auch weiter nichts passiert, und uns auch nicht, nur der Teppich (Erbstück von Oma) war hin, hahahaha."

(Damals: „Bist du verrückt geworden, hab ich nicht gesagt, bleib vom Baum weg, das ist gefährlich, hab ich nicht gesagt, mit Feuer spielt man nicht, hab ich nicht …")

„Sie war ja so goldig und so eine Tierfreundin. Wisst ihr noch, wie sie die teuren Zuchtfische mit Mehl und Zucker gefüttert hat? Das ganze Aquarium war ein einziger Brei. Der Papa hat sooo große Augen gemacht, als er das gesehen hat, sooo große! Hihihi! Und dann hat er versucht, das Aquarium zur Badewanne zu tragen, und der Boden ist durchgebrochen. Überall war diese klebrige Mehlpampe. Hahahaha, das war so lustig!"

(Damals: „Es reicht mir, es reicht mir wirklich! Es gibt kein Geburtstagsgeschenk, kein Weihnachtsgeschenk, gar kein Geschenk, und du hast vier Wochen Hausarrest.")

Egal, was von damals hervorgeholt wird: ob Opa über Duplosteine gestolpert und sich die Hüfte angebrochen hat, ob Oma ein Furzkissen auf den Stuhl gelegt wurde, worüber sie sich so erschrak, dass sie mit dem Stuhl nach hinten umgekippt ist, ob die kleine Maus an Weihnachten den Rehrücken, den Rosenkohl, das Kartoffelgratin und die Mousse au Chocolat mit Zucker und Salz und Cola und aus dem Müll geholtem Kaffeesatz verfeinert hat, alles, alles war angeblich lustig, und man lacht heute drüber.

► Es mag jetzt albern klingen, aber sagen Sie sich selbst immer in solchen Situationen den Satz: „In einem, fünf, zehn, zwanzig, hundert Jahren lachen wir darüber."

Ein karger Trost, ich weiß, aber immerhin ein Trost. Und es wird tatsächlich so kommen! Ein Bekannter hat als Kind mal alle sich in der Wohnung befindlichen Elektrogeräte mit Wasser aus einer Gießkanne (plus Flüssigdünger) übergossen, weil das ja unfair ist, wenn nur die Pflanzen Wasser kriegen.

Damals wollte man ihn enthaupten, heute brüllen alle vor Lachen, wenn diese Geschichte hervorgeholt wird, und natürlich wird sie von Mal zu Mal schlimmer, Menschen bekamen Stromschläge und warum auch immer toste dann noch ein Kugelblitz durch den Raum.

So, wo waren wir? Ach ja: Auf einmal haben unsere Kinder also ‚Stimmungsschwankungen'! Ich frage mich immer, wo der On/off-Schalter ist. Es geht alles sehr schnell, und dann wird diskutiert ohne Ende. Gerade Mädchen sind innerhalb von Sekunden verletzt – bei jeder Unstimmigkeit. Sehr launig. Und dann auch sehr schnell am Weinen. *Cry Me a River* heißt es bei Justin Timberlake. Das reicht in der Vorpubertät nicht. Bei Mädels ist es mindestens *Cry Me the Nordsee*!

Und dabei wissen sie noch nicht, warum sie weinen. „Ich heule, also bin ich!"

Tatsächlich weinen sie wegen der unterschiedlichsten Dinge:

Mädchen	**Jungen**
Bine hat die WhatsApp gelesen, aber noch nicht geantwortet.	Nele hat Ole zum Geburtstag eingeladen, mich nicht.
Ich bin zu dick.	Warum krieg ich kein eigenes iPad?
Susa darf Wimperntusche benutzen, ich nicht.	Ich soll den Tisch decken.
Ich soll nicht immer gleich heulen, sagt Mama.	„Ach, heul doch", sagte mein älterer Bruder.

Und hier heulen beide: Das Internet geht nicht.

Aber warum heult man wegen solcher Lappalien los? Das ist ein Chaos der Gefühle, das binnen weniger Sekunden vollkommen umschlagen kann.

Mädchen tendieren dazu in diesen gefühlsstarken Momenten, ihre Gedanken zu sortieren, während sie noch am Reden sind. Sie sprechen laut aus, was sie beschäftigt, ohne darüber nachzudenken. In der Wissenschaft nennt man das das ‚Michael-Wendler-Syndrom'.

► Jetzt können wir auch hier eine Grundlage für eine spätere entspannte Pubertät legen, indem nun schon erste pubertäre Streitereien bearbeitet werden. Da wir jetzt noch besser mit unserer Meinung zu ihnen durchkommen, kann hier die Basis geschaffen werden.

Wir bekommen hier sozusagen schon mal den Einstellungstest der Pubertät vorgelegt, den alle Eltern machen müssen, wobei die Kinder am liebsten sagen würden: „Danke schön, wir melden uns bei Ihnen." Um genau das nie zu tun. Aber so läuft es nicht. Das Gute an dem Job ist: Egal, wie man sich anstellt, man wird eingestellt und auf jeden Fall übernommen. Pech für unsere Kinder. Nicht zu fassen: Obwohl wir doch immer so schlechte Eltern sind. Aber was wollen die Kinder machen? Immer dieser Fachkräftemangel.

Der Job bleibt befristet. Bis sie achtzehn sind. Oh, sie wollen studieren. Dann eben, bis sie fünfundzwanzig sind. Oh, sie haben noch keine Arbeit. Bis sie ...!

Ach, es ist erst mal ein sehr sicherer Job.

Die Familie bleibt immer wichtig. Auch wenn die Kinder das nicht so zeigen. Pädagogen betonen, dass unsere Kinder sich danach sehnen, dass die Eltern sie lieben und dass sie stolz sind.

Wir kennen alle die typischen, herzzerreißenden Sätze: „Ich hasse dich. Du zerstörst mein Leben. Ihr seid die schlechtesten Eltern der Welt!" (Könnte auch von uns kommen, man muss einfach nur Eltern durch Kinder ersetzen.)

Will sagen: Man erkennt diese Sehnsucht nicht gleich auf den ersten Blick und muss zwischen den Zeilen lesen.

Mama und Papa sind die wichtigsten Vertrauenspersonen. Auch wenn wir nicht wissen, was manchmal in den Köpfen unserer Kinder vor sich geht, sollten wir nicht aufgeben und in den Konflikt eintauchen. Denn nur unter dem Meer kann man die Gefühlswelt unserer Kinder entdecken.

Kinder verlangen nach einem Fels in der Brandung, der ganz deutlich die Grenzen aufzeigt. Und die Eltern: Die brauchen auch mal ein Tröpfchen Küstennebel. Oder ein Fläschchen. Oderauchsweiodadrei ... Oder ein Bier, ein Glas Rotwein. Bitte gönnt euch das. Es ist so gewollt. Denn in dem Wort ‚Pubertät' steckt das englische Wort ‚Pub' drin.

Also: Gerne mitdiskutieren, solange man Kraft dazu hat. Das bietet unserem Kind Orientierung. Und es lernt unsere Meinung kennen und seine zu vertreten. Es ist echt eine schwere Balance zwischen Verständnis, Großzügigkeit und klaren Grenzen. Und es braucht dazu Menschen, deren Handeln und Denken Vorbilder für sie sein können und die sie nicht enttäuschen. Nur so können sie ihr eigenes Verhalten ohne Sorge kennenlernen und sich in einer stabilen, liebevollen Bindung an uns abarbeiten. Das hat wirklich oft sehr viel mit Arbeit zu tun, und manchmal sehnt man sich nach dem Feierabend.

Es braucht Eltern, Erwachsene, einfach Menschen, die klar sind in ihren Ansichten. Alle unsicheren Menschen verwirren unsere Kinder. Die können sie nicht greifen. Man erkennt dies oft an Lehrern. Unsichere Menschen verstärken gerade bei Vorpubertierenden, quasi immer unsicheren Menschen, das Gefühl der Unsicherheit noch. Klar sein in seinen Haltungen. Damit helfen wir unseren Kindern am meisten. Wir sind der Kapitän des Schiffes. Wir können hilflose Situationen und endlose Diskussionen mitbeeinflussen. Und nach einem halben Jahr hat man über die einzelnen Themen wie bei Instagram einen hübschen sepia-farbenen Glow-Filter darübergelegt. Oft ist es in der Nachbetrachtung nicht mehr so schlimm. Glauben Sie mir!

Wir sollten unser Kind auch mal in Ruhe lassen und die schlechte Laune nicht überbewerten. In der Pubertät ist es üblich, dass die Kids Stimmungsschwankungen haben und diese nicht erklären können. Also ist der Versuch, sie mit Druck zu einer Erklärung zu bringen, auch sinnlos und reine Zeitverschwendung. Sie wissen einfach nicht, was da genau in ihnen los ist. Das sollten wir allem zugrunde legen.

Ist ähnlich wie in der Schwangerschaft, wo die Hormone auch oft ein Gefühlschaos auslösen. Davon abgesehen darf ein Mensch auch so mal schlechte Laune haben. Das geht uns ja als reflektierten, stets bewussten und aufgeräumten Erwachsenen auch so. Ich finde, dass diese Kunst auf sehr bemerkenswerte Art und Weise Politessen schaffen. Einfach so mal schlechte Laune haben. Wobei sich auch viele Autofahrer wohl manchmal wie Kinder aufführen.

Oft wird es uns auch zu viel. Ja, das darf man auch mal sagen. Und heimlich denken: Wir sind auch nur Menschen. Wir haben uns das mit den Kindern ein bisschen anders vorgestellt. Wir wollten uns Freude und Liebe ins Haus holen und nicht täglich das Gefühl haben, Freddy Krueger stünde vor der Tür oder wäre schon reingekommen!

Es ist doch wahr. Es ist doch verdammt noch mal einfach wahr. Wir haben das nicht verdient! Erst heulen sie, weil die Windel voll ist, dann heulen sie, weil irgendjemand bei Bibi und Tina mit dem Roller gestürzt ist, und heute heulen sie, weil sie einfach alles und jeden hassen und uns ganz besonders. Oder weil es keine Tomatensoße gibt. Oder weil es Salat gibt und sie ja wohl keine Karnickel sind. Oder weil sonst was los ist. Muss es denn sein, dass wir darüber nachdenken, sie heimlich auf so einem alten Schiff anzumelden, das schwer erziehbare Jugendliche aufnimmt und mit denen auf der Ostsee segelt, mehrere Wochen oder Monate oder meinetwegen auch Jahre? Oder sollen wir uns etwas Perfides ausdenken, damit unsere Kinder (Gott bewahre: nicht wir!) in einem Zeugenschutzprogramm angemeldet werden und untertauchen müssen? Muss es denn sein, dass wir solch grausame Gedanken hegen und uns Tränen der Freude in die Augen steigen, wenn wir an die leere, aufgeräumte, stille Wohnung denken, in der wir dann sitzen, einfach sitzen, einen Tee trinken, und nichts, nichts ist zu hören? Niemand quält uns, niemand fordert etwas, einfach nur Stille!

Merken Sie was? Richtig. Nee, das wollen wir natürlich auch nicht. Machen wir also weiter im Text.

Druck runter, Liebe rauf. Später hingehen und noch mal darüber reden. Das Eisen schmieden, wenn es wieder kalt ist. Ein anderes Motto passt hier besonders gut: „Eine Gelegenheit, den Mund zu halten, sollte man nie vorübergehen lassen." (Curd Goetz)

Das alles ist eben auch neu für die Kinder. Sie sind in dieser Phase weder Fisch noch Fleisch. Das erkennt man gerne an dem Zimmer, wo Teddybär und Barbie auf Videospiele treffen und Poster von Idolen an der Wand hängen. Sie sind auf dem Weg zum Jugendlichen. Wie gesagt: Vom Lego zum Ego!

Sie kennen diese aufkommende schlechte Stimmung auch nicht in diesem Maße. Sie wissen nicht, wie sie sich ausdrücken können, und noch viel weniger, wie sie damit umgehen können.

Und sie wollen auch (gerne im Nachgang), dass man die Situation noch mal gemeinsam analysiert und hilft, die Emotionen einzuordnen. Es geht ihnen bei ihrem Ausraster nicht gut, und wir sind dazu da, ihnen zu helfen.

„Meine Tochter saß am Essenstisch. Auf einmal springt sie mit einem total aggressiven Gesichtsausdruck auf, rennt ins Wohnzimmer und haut völlig irre auf die Sofakissen ein!

Sie kommt zurück, setzt sich hin. Ich frage: ‚Was war denn das?' Sie meint: ‚Keine Ahnung, ich hatte ganz plötzlich so eine Wut! Ich hätte alles zusammenschlagen können!'"

Stellt sich mir die Frage: Sind alle Hooligans grundsätzlich in der Vorpubertät?

Da erinnere ich mich gerne an ein Erlebnis an der Wursttheke. Bedienung bedient, und da kommt ein Zwei-Meter-Riese in Lederkluft und mit Piercings angestampft, schnauft wie ein Büffel, der sauer darüber ist, dass man ihn nicht ans Wasserloch lässt, und hat keine Hände, sondern die Pranken eines ausgewachsenen Löwen. Ich gehe vorsichtshalber einen Schritt zur Seite, um nicht willkürlich mit einem gezielten Handkantenschlag niedergestreckt zu werden. Die Bedienung strahlt den Ledermann an und sagt: „Och, Mönsch, Sven, biste schon da?"

„Ja, Mama", kommt es fistelig vom Todesrocker.

Mutter: „Willste ein Würstchen?"

Rocker strahlt: „Lieber zwei, Mama!"

Ach, sie bleiben doch immer unser Kind!

Was auch noch beruhigt: Wenn diese vorpubertäre Phase sehr schlimm wird, wird die eigentliche Pubertät nicht mehr so dramatisch, weil schon einiges abgearbeitet wurde. Da besteht eine Chance von bis zu 85 Prozent, besagten Studien. Juhu! Endlich mal was Gutes.

Wir sollten „gechillt bleiben"! Im Rückblick regen uns Diskussionen zu bestimmten Themen gar nicht mehr auf, und wir sehen sie gelassener. Lasst uns doch im Rückblick leben! Und ‚Vorwärtsgedanken' suchen! Wird uns das in einem halben Jahr noch aufregen?

Stimmungsschwankungen fallen bei Mädchen meist heftiger auf als bei Jungs. Aber es betrifft beide. Gerade gefühlsstarke Kinder haben und brauchen von vielem mehr. Sie haben heftigere Emotionen und intensivere Bedürfnisse, und sie brauchen mehr Nähe, mehr Gespräche, mehr Aufmerksamkeit.

Mein Sohn hat zum Beispiel nie Geduld. Wenn ihm etwas einfällt, müssen wir parieren und alles direkt erledigen. Das ist gerade sein Bedürfnis. Vollkommen okay. Aber er muss auch den Perspektivwechsel lernen. Empathie begreifen. Wenn er schnell einen Toast haben will, dann soll er sich selbst einen schmieren. „Ich kann gerade nicht. Ich sitze, wie du kleiner Stinkstiefel siehst, gerade auf der Toilette. [Okay, den Perspektivwechsel brauchst du in dem Moment vielleicht nicht mitzumachen.] Aber die Tür könntest du jetzt besser wieder zumachen, ja? Und mich EINFACH IN RUHE LASSEN!“

Oder noch mal entspannter, in einer ruhigen Minute als Mantra für dich, innerlich gesprochen (wahlweise mit einem Om abschließend):

„Liebes Kind: Bitte lerne abzuwarten. Ich weiß, Empathie wird noch etwas dauern. Aber ich werde es dir immer wieder sagen und Orientierung bieten. Und mein Mann oder meine Frau bietet mir zwischendurch ein alkoholisches Getränk zum Ertragen.“

Es mag in diesem Buch öfter mal um Alkohol gehen, ich bitte da um Nachsicht – es geht manchmal bei manchen nicht ohne. Andere können einfach zur Beruhigung einen Keks essen. Der Zucker hilft auch.

Jedenfalls: In dieser vorpubertären Phase wimmelt es nur so von Emotionen. Bei den Kindern geht die Pubertäts-Lampe an, und schon kommen die Gefühls-Fliegen herbeigeflogen. Werden quasi magisch angezogen vom Hormonschein, schwupps, sind sie da und gehen nicht mehr weg. All diese Empfindungen sind so neu, so spannend, so unbekannt und kommen auf einmal so schnell und in einer solchen Vielzahl, dass die Gefühle anderer fast logischerweise nur noch schwer zu sehen sind. Man hat da schließlich ein ganz schönes Gewusel vor der Nase. Das macht leicht ein bisschen gaga und auch kurzsichtig. Wenn ein Erwachsener einen dann verärgert anschaut, dann kann man das nicht deuten. Die Kinder erkennen durch ihr eigenes emotionales Fliegengewirr hindurch beispielsweise nicht den Unterschied zwischen Angst und Ärger des Erwachsenen.

Erwachsene sind deshalb äußerst anstrengend als Gegenüber. Generell echte Menschen. Alles, was auch Gefühle hat und auf unterhalb von einem Meter herankommt. Deshalb stehen sie auf Idole. Da diese sehr weit weg sind, gewinnen sie mehr und mehr an Bedeutung, und man kann ihnen auf ungefährliche Weise nah sein. Das ist durch Instagram besonders gut möglich. Und da sie im normalen Alltag nicht präsent sind, machen diese Idole auch nie etwas falsch. „Papa, der Ronaldo war wieder in meinem Zimmer. Der hat da Sachen durcheinandergebracht. Ich habe ihm schon tausendmal gesagt, dass er das bleiben lassen soll!" Schwer vorstellbar.

Stattdessen sieht man sich bei Insta die 35 Zimmer in Ronaldos Villa an und ist schwer beeindruckt, wie ordentlich die immer aussehen. Es kommen so viele neue Gefühle dazu, die die Kinder dann im Umgang mit den Stars ausleben: Verehrung, Sehnsucht, aber auch schon Trauer und Wut. Sie proben ihre Gefühle mit den Stars. Es ist ganz zentral bei dieser anstrengenden Erprobung, als Eltern seinen Teil dazu beizutragen.

► Wer als Kind gelernt hat, Gefühle zuzulassen, aber auch, sie zu beherrschen, der hat eine wichtige Grundlage, um als Erwachsener zu einer ausgeglichenen, offenen und begeisterungsfähigen Persönlichkeit zu werden.

Wie wir bereits feststellten:

Das Kind entfremdet sich, eine Trennung vollzieht sich, Zweifel und Kritik an der Erwachsenenwelt tauchen auf, Autoritäten werden infrage gestellt. Besonders das Verhältnis zu den Mitmenschen ändert sich, sie suchen einen größeren Abstand. Das Kind wird kritischer, akzeptiert weniger als ‚gottgegeben' oder als selbstverständlich. Lerninhalte in der Schule und das Lehrpersonal werden hinterfragt: „Warum muss ich das lernen?"

Oft fühlt sich das Kind missverstanden und einsam, eingesperrt und unter Zwang. Viele Kinder sind wütend und revoltieren.

► Ist das Kind in dieser Phase überfordert, kommt es möglicherweise zu Schulkopfschmerzen, Konzentrationsschwäche, Bauchschmerzen, Verdauungsstörungen, Passivität, reduziertem eigenständigem Verhalten, aber auch apathischem, abwesendem Verhalten, Mutlosigkeit oder Unentschlossenheit.

Dann ist Vorsicht geboten. Lasst eure Kinder in der Zeit nie allein. Sie brauchen Eltern, die diese Veränderungen, die einzelnen Situationen und Themen, für sie interpretieren. Die ihre neuen Gefühle wahrnehmen, ernst nehmen und einordnen. Dein Kind muss wissen, dass es immer sicher ist. Führt gute Gespräche, bringt Beziehungen wieder ins Gleichgewicht, unternehmt etwas gemeinsam! Nur das pubertierende Kind und du. Lass die Geschwister einfach mal zu Hause. Erkläre deinen anderen Kindern, dass der Bruder oder die Schwester jetzt mal dran ist und an einem anderen Tag ein anderes Kind.

Meine Mutter hält heute noch diese Bindung, und ich finde das großartig. Wir haben unser eigenes Zweier-Ritual: Jeden Sonntag um 15 Uhr telefonieren wir und besprechen, wer im Dorf gestorben ist und dass ich denjenigen doch kennen muss. Ich kenne sie meistens nicht. Und wer sich getrennt hat und wer sich mit der Motorsäge ins Bein gesägt, wer eine Weizenintoleranz hat oder schwanger ist, aber nicht vom eigenen Mann. Das muss ich doch wissen! Nein, weiß ich nicht. Denkt sie, ich sei der Erzeuger? Als wäre ich völlig übergeschnappt, mir NOCH ein Kind anzuschaffen. Meine zwei Miesmuscheln reichen mir!

Gib deinem Kind Struktur und Regeln, denn die Kinder suchen in diesen für sie unsicheren Zeiten auf dem Weg ins Jugendalter nach Orientierung. Zeig auch mal klare Grenzen, wenn es nötig ist. Sei überzeugt. Steh zu deinen Überzeugungen. Das ist ganz wichtig!

Gute Informationen, eine liebevolle Bindung, Freiräume und gute Freunde sind von immenser Bedeutung für unsere Kinder.

Die Grundaussage dahinter lautet immer: „Egal, wie oft wir dir aus der Patsche helfen oder auf Deutsch (ich erwähnte es schon) den Arsch retten. Wir werden dich ein Leben lang lieben. Ohne Wenn und Aber!"

Und! Wir fragen uns bitte nie: Was haben wir falsch gemacht? (Ja, ich weiß: machen wir doch. Einen Versuch war es wert. Ich probiere es später noch mal.)

Kinder großziehen ist nun mal nicht wie Fahrrad fahren. Wir müssen da geduldig mit uns sein. Auch wenn die Kinder nun aufmüpfig – sprich erwachsen – werden wollen, heißt das nicht, dass wir in der Erziehung etwas falsch gemacht haben.

► Bedenke: Nur wenn sie rebellieren und unausstehlich sind, heißt das, dass sie sich geborgen, geliebt und sicher fühlen.

Dann haben wir in der Kindheit alles RICHTIG gemacht.

Übrigens gibt's deshalb auch so viele Beschwerden im Urlaub. Da man sich dort grundsätzlich wohlfühlt, traut sich der deutsche Tourist zu rebellieren und nicht nur am Buffet rund zu werden, sondern auch die Rezeption rundzumachen. Einen Cocktail-Gutschein am Ende vor Augen. In der Paarbeziehung kennen wir es ebenfalls: Wem mutet man seine übelsten Launen, ätzendste Schnippischkeit und sogar Wutanfälle lieber zu als dem Menschen, der einem mit Sicherheit wieder großzügig verzeiht? (Zumindest nach Ablauf der zu duldenden Hinhaltefrist.)

Liebe ist der Nährboden für Wachstum. Wenn man seine Wurzeln spüren kann, kommen die Flügel.

Ja, die Kinder sind jetzt oft wütend. Man sagt: Je älter sie werden, desto mehr Zeit brauchen sie, um sich zu beruhigen. Das kann dauern (siehe Partnerin und Hinhaltefrist). Kurz vor Studienbeginn kann man aber gern mal wieder anklopfen, lüften, das Bett abziehen und sich fragen lassen, wer man denn eigentlich sei.

Fakt ist: Grundlos und aus Langeweile wird kein Kind seine Eltern beleidigen. Kinder wollen von Natur aus mit uns zusammenarbeiten und kooperieren. Ist das mal eine gute Nachricht?

Nur leider trifft uns die Wut oft völlig unvorbereitet. Man würde am liebsten sagen: „Kannst du dir bitte etwas Zeit lassen beim Ausrasten? Dann spule ich mir schon mal meinen Entspannungs-Podcast zurecht und lege mir meinen Waschlappen bereit. Danke."

Denn in diesem Moment der Wut kommt man nicht an sie ran. Mein Sohn war letztens nur ein paar Sekunden wütend, und dann ging es schon wieder. Ich war über die Kürze der Zeit so überrascht, dass ich mich allen Ernstes sagen hörte: „Du kannst auch noch länger …! Ich habe jetzt gerade nichts anderes vor!"

Aber er meinte: „Nö, Noel kommt gleich on!"

Okay, dann schalte ich schnell off!

Eigentlich ist es ganz einfach: deute Stimmungsschwankungen, Selbstzweifel und Aggressionen nicht automatisch als gegen dich gerichtet. Wenn dein Kind Ruhe wünscht, so lass ihm diese Ruhe. Bedenke aber auch: So unnahbar sich Heranwachsende manches Mal geben, so sehr wünschen sie sich doch hin und wieder gefühlsmäßige Nähe zu ihren Eltern. Manchmal entwickeln Jugendliche geradezu kleinkindhafte Kuschelbedürfnisse. Die Kuschelvampire, die gerne mal abends kommen.

> „Nimm nichts persönlich, sagen Sie, Herr Jung? Sehr lustig. Mein Sohn hat mich letztens als Hurensohn bezeichnet!"

> „Meine elfjährige Tochter ist ziemlich zickig und muss immer das letzte Wort haben. Dazu kommt, dass sie mich vor anderen Leuten beleidigt. Sie wächst zweisprachig auf: einmal ‚Deutsch', und neuerdings spricht sie auch noch ‚Alder'!"

So, und hier ist Schluss: Das darf man schon sehr deutlich sagen, dass man so nicht genannt werden möchte! Und dann ist es eine Sache des Respektes der Kinder, dies umzusetzen. Man darf nicht alles mit Pubertät entschuldigen. Dass sie mit der Beleidigung ‚gesehen' werden wollen, sehe ich ein. Aber nicht so! Das mache ich ihnen auch unmissverständlich klar.

Sollen sie sich ein schöneres Wort suchen, wenn sie wütend sind. Das ist natürlich schwierig. Man stelle sich vor, wie das Kind so richtig in Rage ist, halb durchdreht und dann mit hochrotem Kopf brüllt: „Du Elfenkönig!"

Klar bleibt aber: Wir sind Familie XY und nicht die „Alders" und „Diggas"! Solche Ausdrücke gibt es hier nicht. Das gilt es zu akzeptieren. Schluss, aus, Ende! Bleibe da hart, sonst geht das immer so weiter! Dann wirst du irgendwann mit Ausdrücken betitelt, die sie zwar nicht verstehen, aber auch nicht verstehen wollen. Es gibt da diesen gewissen Punkt. Den haben die Kinder zu respektieren!

Hier ein Notfallpaket: Geh aus der Situation raus! Verlasse den Raum. Lasse die Situation sacken. Vereinbart einen ‚Termin', wann ihr das Thema noch mal in Ruhe ansprechen wollt. Bewusstes Atmen und dabei zählen hilft auch, sich selbst wieder zu beruhigen (und/oder Keks oder, je nach Bedarf, ein Bier). Spazieren gehen. Hund mitnehmen. Stofftier zählt auch. In den Garten setzen. Musik hören. Entspannungs-Hörbuch einschalten. Achtsamkeitsübungen für DICH machen.

- Hinter jedem Streit steht ein ungesehenes Bedürfnis. Das musst du finden und es ‚pflegen', dann fühlt sich dein Kind verstanden und wird ganz anders auf dich reagieren.

> „Meine Zehnjährige hat auch immer wieder mal Phasen, in denen sie sagt, sie fühlt sich nicht gut und ist ‚innen drin traurig'. Ich glaub, das sind einfach die Hormone. An einem Tag kann sie die Welt umarmen und ist voller Tatendrang, an einem anderen ist sie lustlos, und alles ist doof!"

Rausgehen. Weggehen. Tief atmen. Sich auf den Atemzug völlig konzentrieren, ihn spüren. Mehrmals.

Schaue dein Kind an und denke: „Ich liebe dich!" Denke an den Spruch: „Liebe mich, wenn ich es am wenigsten verdient habe, weil ich es dann am meisten brauche!" In diesem Spruch steckt viel Wahrheit! Und manchmal liegt es nur an der persönlichen Erwartungshaltung, die wir eventuell nur etwas herunterschrauben müssen. Immer vergegenwärtigen: grundsätzlich nichts persönlich nehmen! Hitzige Situation, kühler Kopf! Auch wenn es uns manchmal richtig wehtut.

> „Zwölf Jahre lang war ich für meinen Sohn das ganze Universum und 24/7 nonstop für ihn da. Und zack, einfach so, wird Königin Mama entthront!"

Plötzlich zieht der Sohn sich zurück, Gespräche sind nicht mehr möglich. Es geht nur noch darum, Gegenteiliges zu sagen. Er ist immer auf der Suche nach Reibung und Diskussion. Das sind Abgrenzung und Abnabelungsprozess.

> „Abnabelung? Ja, von mir aus. Kenn ich. Aber: In der Theorie ist das alles normal und gut; in der Praxis und subjektiv ist es einfach traurig und sehr anstrengend! Und wo bleibe ich bei dem Ganzen? Ich muss das alles aushalten. Das hat uns auch keiner vorher gesagt."

„Wir haben uns so gut verstanden. Mir fehlt diese Zeit. Mir fehlen diese wundervollen Situationen. Früher haben wir gemeinsam Pudding gekocht, er hat an mich angekuschelt mit mir ‚Drei Haselnüsse für Aschenbrödel' geschaut, er hat seinen Bärchenschlafanzug geliebt, er hat so gut gerochen, er hat mir dauernd Küsse geben wollen, er hat immer gesagt, wie sehr er mich liebt. Ich will ihn wieder baden und Brote mit seiner Lieblingswurst belegen, buhuuuu, ich will mein Kind zurück!"

Ist ja gut, ist ja gut. Er kommt zurück! Keine Sorge! Dauert nur noch ein … bisschen.

Beschäftigen wir uns nun mal mit dem Thema Wut. Ein kleines, kurzes Wort mit viel Inhalt.

Grundsätzlich gilt: Euer Kind darf ausflippen und wütend sein.

Das neue Gefühl Wut hat sich mit den Jahren entwickelt und hat nun (unglücklicherweise) ein neues Upgrade erhalten. Mit Gestik, Mimik und Schreien und allem Drum und Dran. Vielen Eltern wäre es lieber, wenn das Bedürfnis nach ‚Zimmer aufräumen' ein Upgrade erhalten würde, aber leider ist dem nicht so.

Es ist ein wichtiger Prozess für das Kind, um sich selbst wahr- und seinen Raum einzunehmen. Nur: Es muss eine organisierte Wut sein. Sie darf nicht zu zerstörerisch werden. Es tut dem Kind wahrscheinlich im Nachhinein selbst leid?

Idealerweise wird es in sein Zimmer gehen und euch nicht ‚mit hineinziehen'. Aber betont bitte, dass ihr für das Kind da seid. Im Zimmer kann es dann in Ruhe weiter fluchen, toben, auf den Tisch hauen, brüllen und tun, was sonst noch so ‚rausmuss'. Auf den Boxsack hauen, auf Kissen einprügeln! Hauptsache, sie verletzen sich selbst nicht und keinen anderen!

Wie gut, fällt mir an dieser Stelle ein, dass Ikea so günstig ist.

„Meine ist zehn und auch schon mittendrin. Seitdem ist sie hochsensibel geworden. Bei der kleinsten Kritik kann sie kaum ihre Tränen zurückhalten, und wenn sie Mist gebaut hat und soll uns Rede und Antwort stehen, fließen keine Tränen, sondern ein Wasserfall!"

Die Kinder haben allerdings nicht nur selbst viele neue und durchaus eindrückliche Gefühle. Sie beobachten und analysieren auch neue Gefühle bei ihre Mitmenschen. Mein Sohn meinte einmal zu mir, ich sei zu seinem Freund Leo unfreundlich und frech gewesen. Dem war nicht so. Ich habe ihn nur darauf hingewiesen, dass er unsere neue Couch bitte nicht als Trampolin benutzen soll. Und schon gar nicht mit einer Tasse Kakao in der Hand.

Ein weiteres Beispiel für russisches Roulette mit unseren Kindern:

- „Ich finde es unmöglich von dir, Mama, dass du Valerie gesagt hast, sie soll die Schuhe ausziehen, die seien voller Matsch. Das ist doch ihre Sache. Entschuldige dich bei ihr!"
- „Wieso seid ihr denn so unfreundlich zu den Nachbarn gewesen? Es ist doch ihre Sache, wann sie die Pakete, die ihr angenommen habt, abholen, auch wenn es vier Schuhschränke und zwölf Kisten Wein sind."
- „Papa, warum warst du denn so böse zu dem Polizisten? Der hat doch nur gesagt, dass du im absoluten Halteverbot stehst und dass das nicht geht."

Und da soll man dann ruhig bleiben.

Noch mal zum Mitschreiben – so reagierst du richtig bei Wutausbrüchen deiner Brut. Ob mit neun oder mit zwölf Jahren: Wenn dein Kind so richtig mittendrin in der Vorpubertät steckt, kommst du um den ein oder anderen Wutausbruch selbst bei den friedlichsten Kindern nicht herum. Lasse dich in diesem Moment nicht auf Diskussionen ein, und nimm dir auf keinen Fall alles zu Herzen. Pubertät ist manchmal Aushalten. Akzeptiere die miese Stimmung deines Kindes, und vertage wichtige Entscheidungen oder Vereinbarungen auf später.

Eine weitere Hürde für uns ist, dass wir immer denken, dass sich ein Streit nachhaltig auf unser Verhältnis auswirkt. Und man will schließlich, dass das Zusammenleben machbar und erträglich bleibt. Daher immer auf dem Schirm behalten: Ein Streit mit unseren Kindern ist nicht schädlich, sondern eher förderlich für eine gute Entwicklung. Sie lernen in solchen Auseinandersetzungen, ihren Standpunkt und unseren abzugleichen. Über die Art und Weise des Streits und den Umgang mit so einem Wutausbruch muss natürlich gesprochen werden.

1. Nimm die Emotionen deines Kindes nicht persönlich. Auch wenn sie deinen wunden Punkt zielsicher treffen und dich sehr verletzen. Check dann lieber, warum gerade dieser Punkt bei dir so wund ist. Ist es eine Narbe aus der Vergangenheit beziehungsweise aus deiner Kindheit? Wurdest du damals von deinen Eltern auch nicht gehört und verstanden und hast dich allein gefühlt? Schreibe gerne mal mit ein paar Worten auf, was dir dazu einfällt. Wenn du an deine eigene Pubertät denkst, wirst du überrascht sein.
2. Lasse deinem Kind seine Geheimnisse. Mische dich nicht mehr in alles ein und klopfe beispielsweise an die Tür des Zimmers, wenn sie geschlossen ist.
3. Sei stets gesprächsbereit! Nimm dein Kind ernst, höre zu und interessiere dich! Aufmerksame Eltern erkennen den Zeitpunkt, an dem ein verbindendes Gespräch möglich ist. Höre dann auch wirklich zu und halte dich mit ungewollten Ratschlägen zurück. Jeder Moment ist kostbar. Wenig reden, viel zuhören.
4. Ich wiederhole: Setze klare Regeln und Grenzen! Aber die Zahl der Schlachtfelder solltest du begrenzt halten, sonst landet man im Dauerstreit. Es ist jetzt egal, ob dein Kind seine Wasserflasche gleich nach der Schule in die Küche bringt oder seine Zimmerpflanze regelmäßig gießt oder mit den Resten der Wasserflasche das Grünzeug wässert. Wichtig ist eher, dass es beispielsweise die Hausaufgaben macht und pünktlich nach Hause kommt, weil man sich sonst Sorgen macht. Verliert euch nicht in den Schieflagen des Alltags. Biegt das gerade, was für euch lohnend ist!
5. Nutze diese Zeit, um dir selbst etwas mehr Freiräume zu gestatten … … und zwinge dein Kind beispielsweise nicht, an jeder Familienaktivität teilzunehmen! Lebe da nicht in einem Wunschtraum! „Oh, wir fahren zu Tante Hilde. Tolle Idee. Ich wollte mich mal erkundigen, wie es ihrem Rücken geht und ob Onkel Walter wieder sein Sudoku aus der Tageszeitung gelöst hat. Ich hoffe, es sind auch einige Nachbarn da, die ihre köstlichen Geschichten von früher erzählen und hundertmal zu mir sagen, dass ich aber groß geworden

bin. Und ich muss auch mal unbedingt Tante Hildes neue Käse-Sahne-Torte probieren!"

Diese Sätze wird man in der Realität nicht hören, sondern eher: „Oooooooh, neeeeee! Muss ich da mit?"

Positiv: Abnabeln bedeutet einerseits Verlust des Kindes, aber auch Freiheit für dich.

Beide Parteien wird das sehr freuen.

Die Pubertät ist vor allem eine Phase des Wandels, der Veränderung und der Entwicklung, aus der sich eben leider auch Krisen ergeben können.

Man kann aber auch mal hingehen und sich genau damit mitteilen und offene Fragen stellen: „Ich weiß, dass du dich von mir belästigt fühlst und ich dich oft nerve. Was nervt dich genau? Wie kann ich dir helfen, dass wir wieder besser miteinander klarkommen?"

Und während des Gesprächs (vielleicht nicht am Anfang) darf man auch seine Gefühle erwähnen. „Du verletzt mich sehr mit deinen Äußerungen. Das macht mir zu schaffen. Ich hätte gerne, dass wir respektvoller miteinander umgehen!" Bitte auch hier das Wort ‚respektvoll' genau erklären und mit Beispielen versehen. Oft ist das unserem jungen Teenager zu abstrakt, und er weiß damit gar nichts anzufangen. Und hol das Kind bitte mit ins Boot: „Ich habe keine Idee mehr dazu. Vielleicht kannst du mir ja helfen, wie wir die Situation lösen können?" Es geht darum, im Gespräch zu bleiben und darüber die Verbindung zu unseren Kindern zu erhalten und zu festigen. Und bitte nicht davon ausgehen, dass es danach wunderbar läuft. Selbst wenn man ein gutes Gespräch hatte. Auch das ist reines Wunschdenken. Bleibt in Kontakt, vielleicht geht ihr einmal pro Woche zusammen shoppen oder Kaffee trinken!?

Egal, welche „Ich muss dem Kind den Arsch retten"-Situationen in der Pubertät auf dich zurasen: Honoriere bitte immer, dass es mit den Problemen zu dir kommt. Dass dein Kind immer weiß, es kann auf dich zählen, wenn es gerade angezählt ist. Du kannst ihm zeigen, dass du wirklich IMMER hinter ihm stehst (fällt manchmal schwer) und ihm auch vertraust (auch wenn es noch schwerer fällt).

Habe Verständnis (auch wenn das am allerschwersten fällt). Alles kann auf den Tisch kommen: Drogen, Alkohol, Schulehassen! Das passiert oft noch nicht in dieser frühen Phase. Und auch nicht unbedingt gleichzeitig. Aber auch die ‚kleineren' Alltagsproblemchen sollten schon jetzt mit viel Ernstnehmen, Zuhören und Interesse verfolgt werden. Die Streitkultur wird jetzt festgelegt. Wobei das Augenmerk wohl eher auf Streit liegt. Die Kultur kommt auch zum Vorschein, aber eher in den Brotdosen unserer Kinder. Das ist leider die Wahrheit. Sei einfach ehrlich zu ihnen, und lass sie auch an deinen Sorgen und Gedanken teilhaben. Aber ohne Druck und Vorwürfe. Jugendliche wollen selbst Erfahrungen machen, und leider machen sie auch viele Fehler. Strafen und Inakzeptanz treiben sie nur weiter von dir weg, und sie werden dir nichts mehr mitteilen. Und apropos ‚sich anvertrauen': Ich kann nur raten, bei krassen Problemen, bevor es zum Psychologen geht, noch eine Zwischenstufe einzubauen. Zieht eine neutrale Gesprächsmoderation von außen hinzu, die gerne vertraut sein kann und bei der eure Kinder sich wohlfühlen, zum Beispiel der coole Patenonkel oder die lustige, verständnisvolle Tante.

Und in jeder anderen Lage gilt: Sei dir als Mutter oder Vater selbst dein bester Freund oder deine beste Freundin. Sei achtsam, wie du selbst mit dir umgehst. Schau in den Spiegel und sage dir selbst einfach mal, wie toll und liebenswert du bist. Wenn du Tränen verspürst, nimm sie an und lass sie fließen. Sage dir selbst danke. Und vertraue darauf, dass alles, was ist, jetzt so sein darf. Nimm es an und versuche es nicht zu verdrängen. Sei dein größter Fan und der Fan deiner Kinder!

„Mutter sein ist wie Familien-Fallschirmspringen. Man passt die ganze Zeit auf, dass alle pünktlich ihre Fallschirme öffnen. Den einzigen, den man vergisst, ist der eigene! Das tut am Ende sehr weh. Kümmert euch rechtzeitig um euch!"

„Was bei mir hilft (auch wenn es bizarr klingt): Ich gehe duschen und diskutiere mit mir selbst, was da jetzt los ist. Ich wasche das Negative ab und werde durch die Selbstgespräche positiver gestimmt! Die Wasserrechnung stimmt meinen Mann leider nicht so positiv. Aber im Schwimmbad klappt das einfach nicht so gut."

„Meine Tochter ist schneller genervt und äußert das mit den klassischen pubertären Geräuschen und einem übertriebenen Kopf-in-den-Nacken-Werfen. Interessant finde ich, dass plötzlich auch unser Äußeres und unser Verhalten unter die Lupe genommen und ungeniert kritisiert werden. Man kann nichts mehr richtig machen. Frage ich ein zweites Mal, ob dieses oder jenes gemacht wurde, reagiert sie genervt, weil ich mich wiederhole und sie das schon machen würde. Lasse ich das Nachfragen und sage am nächsten Tag, die entsprechende Sache hätte sie wohl vergessen, entgegnet sie vorwurfsvoll, ich hätte sie ja auch nicht erinnert!"

Ich versuche, wenn ich etwas von meinem Sohn will, auch auf meinen Ton und die Wortwahl zu achten. Sicher gelingt mir das auch nicht immer. (Auf keinen Fall immer.) Dennoch kann ich bei uns sagen, dass ich mehr erreiche, wenn ich verständiger und einfühlsamer reagiere. Und wenn wir uns mal gefetzt haben, dann suche ich hinterher das Gespräch, und wir versöhnen uns wieder. Ich bin der Erwachsene, der sein Tun und Sagen besser reflektieren kann, er ist das Kind im Ausnahmezustand Pubertät.

„Meine ist teilweise richtig gemein zu mir. Mir fällt es schwer, sie so an- und dies hinzunehmen. Es ist Pubertät, aber die Begleitumstände mit richtig fieser Respektlosigkeit finde ich furchtbar. Und ja, es ist meiner Meinung nach gewollt böswillig. Braucht sie zur Abgrenzung. Klar. Dann bin ich eben die doofe Mama. Und der abwesende Papa bleibt der Superheld. Bei ihm wäre ja alles anders gelaufen. Nervt! Meine Methode: Ich zeige offen, wie verletzt ich bin, und bin dann oft 'ne Weile ‚bockig', mache nicht mehr alles. Es wird besser!"

Es ist wichtig, sich klarzumachen: Böswillig sind sie nie. Hier gilt es beispielsweise auch zwischen aggressiv und gewalttätig zu unterscheiden. Aggressiv sind sie, gewalttätig wahrscheinlich nicht.

Bei Parship und Tinder ‚matcht' es schnell mal, aber das heißt noch lange nicht, dass die Chemie stimmt und man eine Bindung eingeht beziehungsweise anfängt, sich zu lieben. In der Pubertät ist es umgekehrt. Da ist die stabile Bindung und Liebe da, aber es ‚matcht' nicht mehr – weil unsere Teenager ihre eigene Persönlichkeit suchen und finden wollen!

Wir wissen nun: Pubertät läuft immer im falschen Film.

Im Laufe der Pubertät und im Idealfall schon jetzt müssen wir lernen, uns eine klare Haltung anzugewöhnen. Welche Dinge sind mir wichtig, die es wert sind, eine Diskussion und Konfrontation einzugehen? In der frühen Pubertät sind dies oft Diskussionen über den Alltag, die noch nicht sehr in die Tiefe gehen. Später wird das anders, und unsere Teenager fordern uns mehr und mehr heraus.

- Hier sollte man sich eine ganz klare Haltung angewöhnen, die wenig Spielraum für Interpretation hat. Sage deinem Kind: „Diese Regeln und Werte sind mir einfach wichtig."

- Dringend gelassener werden und jedes kleine Detail (gerade bei diesen Alltagsdiskussionen) nicht so persönlich nehmen (ich weiß, ich wiederhole mich. Ist Absicht). Begleite dein Kind bei seiner Wut, versuche mit ihm gemeinsam die Hitze zu drosseln, sonst staut sie sich ein Leben lang immer wieder auf und kocht ständig über. Versuche auch, mit deinem Kind das Fass immer wieder mal auszuleeren.

- Regeln werden oft in Abmachungen umgewandelt – als Prozess des Aushandelns mit seinen Kindern. Denn Kinder hören einfach mehr auf das, was sie selbst mitverhandelt haben. Je besser sie gehört werden und je mehr sie das Gefühl der Teilhabe hatten, desto eher wird etwas eingehalten.

- Und achtet immer auf euch. Je besser ich drauf war und je mehr ich in meiner Mitte war, desto besser lief es mit den Kindern zu Hause. Aus Konsequenzen, die ich früher lediglich angedroht habe, wurden logische Folgen, die dann halt einfach passierten.

Und wenn sie wirklich heftig durchdrehen?

Es ist schon grotesk. Oft ist ja so ein Wutausbruch ein Schrei nach Nähe und Aufmerksamkeit. Aber eigentlich fordert man dadurch nur das Gegenteil heraus. Wer sagt schon bei einem Heiratsantrag, bei dem man sich einen positiven Abschluss erhofft, statt „Ich liebe dich!" „Du bist so scheiße!"? Da kann ich danach eigentlich keine Nähe erwarten. Aber trotzdem ist das auch bei uns Erwachsenen oft so: Gerade wenn man ein starkes Bedürfnis nach Zuneigung hat, wird man zur Mega-Zicke. Benimmt sich unmöglich, pöbelt oder bockt. Und will dabei nur in den Arm genommen werden. Als ich letztens am Frankfurter Hauptbahnhof ankam und eine Gang von jüngeren Erwachsenen mir hinterherbrüllte: „Hast du mich angeguckt, oder was?", hatte ich kurz in Erwägung gezogen, ihnen allen mit einer herzlichen Umarmung meine Liebe zu schenken. Ich glaube, die hätten mir einen eingeschenkt.

Man muss eben schauen, wie's passt!

Wenn sie sehr wütend sind, kommen wir im Moment oft mit unseren Tipps nicht durch. Wir begegnen unserem Kind mit Engelsgeduld und ausgewählten Sätzen aus unserem Best of ‚Pädagogische Ratgeber zu starken Gefühlen', aber alles, was bei ihm in seiner Wut ankommt, ist: „Bla, bla, bla!" Wir haben es schon gesagt: Kühlschrank-Prinzip! Erst mal die Situation abkühlen lassen.

Es hilft auch, diese Wutsituation etwas mitzufühlen, also auch ein bisschen wütend zu werden, zu versuchen, seine Situation zu verstehen, und mit kurzen Sätzen doch schon zu analysieren. „Ich weiß, dass du das unfair findest, aber ..."

Mitgehen ist die Basis. Das bedeutet, seine Wut anerkennen. Denn es gibt nichts Schlimmeres, als wenn ich im Auto wütend werde, weil ein anderer Verkehrsteilnehmer nicht so wollte wie ich, und meine Frau sitzt daneben und meint: „War doch nix!" Da werde ich noch wütender. Im Idealfall geht sie ein wenig mit meiner Wut mit und sagt dann zwei Stunden später erst: „War doch nix!" Wichtig ist aber vor allem, dass der andere Verkehrsteilnehmer nicht an der nächsten Ampel rausspringt und sagt: „War was?"

Davon abgesehen ist es selbstverständlich völlig sinnlos, andere Verkehrsteilnehmer zu maßregeln und/oder auf ihre Fehler aufmerksam zu machen. Nehmen wir an, wir fahren auf der Autobahn. Vor uns auf der ganz linken Spur ein silberner Opel. Auf der Hutablage eine umhäkelte Klopapierrolle und ein Wackeldackel. Ich fahre auf, gebe Lichthupe, schreie den Fahrer an, schreie meine Frau an, warum sie sich nicht aufregt, hupe nun richtig, schreie die ganze Zeit, aber der Opel-Fahrer fährt stoisch in aller Ruhe weiter. Der Satz meiner Frau „Nun hab dich nicht so, vielleicht ist der Mann vor uns einfach eingeschlafen" bringt mich auch nicht weiter. Dann, nach endlosen Licht- und Hupzeichen, bequemt sich der Opel-Fahrer, zu blinken und rechts rüberzufahren. Aber anstatt ihn zu überholen, fahre ich so, dass ich direkt neben ihm bin und glotze sehr, sehr böse rüber zu dem Männchen mit dem Fischerhut, das bald seinen 100. Geburtstag feiern wird.

Auch wenn es ein jüngerer Mensch ist, keiner wird sagen: „Mensch, da hab ich aber gerade Mist gebaut. Ich bin viel zu langsam auf der linken Spur gefahren. Der Mann, der neben mir fährt, hat so recht, dass er wütend auf mich ist. Ich habe mich verkehrswidrig verhalten und werde aus meinen Fehlern lernen. Nie wieder werde ich die linke Fahrspur blockieren. Danke, lieber Fahrer des behinderten Fahrzeugs, dass Sie mich auf meine Fehler aufmerksam gemacht haben. Ich werde es mir hinter die Ohren schreiben."

Nein, jeder wird denken: „Kann der Volltrottel, dieser Beckmesser, dieser Klugscheißer, jetzt einfach weiterfahren und mich in Ruhe lassen! Außerdem will ich wieder auf die linke Spur."

Während der Pubertät unserer Kinder versuchen wir verständnisvolle Fahrlehrer zu sein und sorgen dafür, dass sie nicht Tag und Nacht links fahren, sich gefährden und andere blockieren oder gar ganz aus der Spur geraten – und wenn doch, dann holen wir sie zurück auf die richtige! Die Fahrlehrerbremse betätigen wir selbstredend nur im äußersten Notfall. Denn dann sind sie durchgefallen, und das wissen sie genau.

Hinter dem Gefühl Wut steckt immer ein anderes Gefühl. Und das löst auch ein Gefühl bei uns aus. Es triggert uns. Verzweiflung, Ohnmacht, Wut, Hilflosigkeit oder sogar Hass. Die kommen oft aus unserer Kindheit.

Welches unerfüllte Bedürfnis aus der Kindheit könnte dahinterstecken? Schau mal nach dem Ursprung!

> „Seit der 5. Klasse braucht mein Sohn sehr viel Hilfe. Er musste eine Struktur finden, wie er lernen kann und zu welchem Zeitpunkt. Ich habe mich oft mit ihm hingesetzt. Trotz einiger

Absprachen hatte er aber keine Lust und dachte nur an seine PlayStation. Ich war sauer, denn ich hatte mir extra Zeit genommen. Ehrlich gesagt, ich war richtig sauer. Und ich habe in mir recherchiert, woher das kommt. Meine Mutter hat früher nie mit mir Hausaufgaben gemacht, und ich war darüber immer sehr traurig. Ich wollte es besser machen, setzte aber meinen Sohn damit sehr unter Druck. Nach dem Motto: ‚Deine Mutter hilft dir wenigstens! Lern das mal zu schätzen!' Hier versuche ich jetzt an mir zu arbeiten. Und als es letztens um anstrengende Mathe-Aufgaben ging, habe ich meine Mutter angerufen und ihr gesagt: ‚Jetzt bist du mal dran!'"

Wir haben auch negative Glaubenssätze in uns. Erfahrungen, Werte und Überzeugungen, die oft aus der Kindheit kommen. „Keiner mag mich." – „Ich mache alles falsch." – „Erst die Arbeit, dann das Vergnügen." – „Ich bin nicht gut genug." – „Ich scheitere sowieso!"

Wenn wir solche Sätze glauben, werden wir die Welt um uns herum auch genau so wahrnehmen. Und dies auch unseren Kindern vorleben.

Schaut da mal hin. Es lohnt sich!

Bitte auch versuchen, Gefühle zu benennen und zu zeigen. „Es ist gerade alles zum Kotzen! Ich bin gerade so genervt! Ich möchte, dass wir jetzt gut aus der Situation rausgehen! Kannst du mir helfen?" (Nicht „Du nervst mich, du machst mich wütend", sondern „Ich komme gerade nicht weiter.")

Und stell dir immer wieder die Frage: Was möchte mir mein Kind gerade zeigen? Es gilt, hinter die Beleidigung zu schauen und herauszufinden, was da los ist. Warum es gerade so enttäuscht, traurig oder wütend ist. Wenn dies sehr oft vorkommt, muss man sich wohl auch mal die Beziehung anschauen. Jeder hat ein Recht darauf, anständig und respektvoll behandelt zu werden – auch die Eltern. Nicht selten kommt, nachdem man das klarmacht, sogar eine Entschuldigung.

Man sollte sich auch mal die ganze Familienstruktur anschauen. Kommt das Kind eventuell zu kurz, weil ein kleines Geschwisterchen da ist? Wie ist der Platz in der ‚Herde Familie'? Stabil oder schwammig? Strafen helfen dort oft nicht. Aber klare Kante zeigen und unsere Meinung deutlich äußern ist sehr ratsam. Es ist sehr verletzend, wenn man beleidigt wird. Manche Teenager denken, wir sind wie ein Trampolin und federn jeden Aufprall ab. Aber wir sind eher ein sensibler Schwamm und saugen die Dinge erst mal auf. Es gibt Grenzen für unsere Kinder. Und die zeigen wir! Das ist und bleibt anstrengend, bis wir sagen können: „Schwamm drüber!"

> „Sie ist durchgedreht. Ich habe ihr eine SMS geschrieben: ‚Keine Ahnung, was bei dir los ist, aber ich liebe dich trotzdem von ganzem Herzen!' Danach war Ruhe, und als ich nach Hause kam, kam sie gleich auf mich zu und hat mir erklärt, dass es ihr leidtut! Es hatte nichts mit mir zu tun, sie wusste nur gerade überhaupt nicht, wie sie klarkommen soll! Das Gespräch danach war viel wert, und trotzdem glaube ich, dass es wieder vorkommen kann, wenn zu viel auf einmal bei ihr passiert und sie dem Druck nicht standhalten kann. Ich versuche dann, ihr andere Wege aufzuzeigen, bevor es wieder aus dem Ruder läuft!"

Was ich im Nachhinein an meinen Eltern besonders gut fand, war, dass sie oft gelassen waren und mich gelassen haben. Sie haben damit meiner Entfaltung Raum gegeben. Es gab feste ‚normale' Regeln, aber keine überflüssigen. Und kein Ratgeber der Welt bestimmt die Regeln, sondern die Realität bestimmt sie. Der Familienalltag.

Aber meine Eltern waren auch in vielen Dingen sehr klar und haben mir durch diese Orientierung und durch die Regeln die Chance gegeben, mich an diesen abzuarbeiten.

Zum Beispiel beim Flötenunterricht. Sechsmal war fürs Erste vereinbart. Ich hatte zugesagt. Nach zwei Stunden fand ich es schon öde und ich wollte nicht mehr hin. Meine Eltern betonten, dass wir es abgemacht haben und dass sich die Lehrerin auch auf uns verlässt. Sonst würde sie allein dastehen.

Heute bin ich froh, dass ich immer noch ein paar Töne herausbekomme und die Kinder mich verdutzt anschauen. Es war gut, dass meine Eltern da unnachgiebig waren.

Parallel ging fast die ganze Klasse ein paar Jahre in eine Tanzschule. Da musste man dabei sein! Nach zwei Schnupperstunden durfte man allerdings nur noch teilhaben, wenn man bezahlte. Meine Eltern waren dagegen. Sie meinten, ich würde es sowieso wieder verlernen. Das ärgert mich bis heute, und das bekommen sie ab und an auch zu hören.

Aber noch mal zurück zu den vermeintlich bösartigen ‚Pubertieren': Besorg dir eine gute Freundin, die Dich auffängt, wenn du plötzlich sämtliche Beleidigungen an den Kopf geknallt bekommst. Lache mit ihr, und geht humorvoll damit um. Klappt mit der besten Freundin oft relativ gut. Vor allem, wenn sie auch ein Exemplar zu Hause hat.

Es gibt schlimme Tage mit vollkommen ‚fremden' Teenagern, die sich diskutierend durch deinen Kühlschrank futtern und dann erst wieder ab nachmittags ein Lebenszeichen durchs ‚duftgeballte' Ikea-Stübchen verlauten lassen, in dem gefühlt die halbe Küchenausrüstung mit darin entstandenen Schimmelkulturen steht.

Als Höhepunkt siehst du später, zurück in der Küche, in der süßlich-herben Geruchswolke des ehemals duftenden Babys einen schlecht gelaunten, wortlosen, vernachlässigten Teenager stehen, der einen Kochtopf voller Milch anglotzt und wartet, bis die weiße Flüssigkeit hochkocht, aber erst nach 30 Minuten merkt, dass gar keine Platte angestellt wurde. Vorher wurde 2000-mal „Mama" gebrüllt. Unfassbar. Hauptsache, ich koche nicht über!

Nutze die lichten Momente, um immer wieder zu signalisieren: „Ich finde es gerade sehr anstrengend, aber die Adoptionsformulare liegen nur zufällig hier." Mir ist auch klar, dass ich sie nicht mehr im Ikea-Bälle-Bad (gute erweiterte Babyklappe, fällt mir gerade so ein) zurücklassen kann. ABER ich sage ihnen immer: „Ich liebe dich trotzdem, und ich vermisse dich und die schöne Zeit, die wir mal zusammen verbracht haben. Ich weiß, sie kommt wieder!"

Im Gespräch bleiben, Kompromisse machen und manchmal Linien ziehen, wo es wirklich nottut. Sei klar in deiner Meinung, denk an dich selbst, atme, atme, und dann wirst du beim nächsten Tief an diese Stelle des Buches denken und ein wenig schmunzeln.

Und mit deiner Hebamme einen Kaffee trinken.

Oder einige Fläschlein Crémant leeren.

„Nichts ist mehr wert als Lachen."
(Frida Kahlo)

2 | Die Komplettsanierung des Kindes

Körperliche und geistige Entwicklungen

Gestern sprach ich mit meiner Frau von einer fernen Zeit, der weit zurückliegenden Epoche vor der Pubertät. „Weißt du noch“ ist hier ein besonders gern genommener Satzanfang.

„Weißt du noch, als er kurz allein im Auto war und die Handbremse gelöst hat? Kannst du dich noch daran erinnern, wie es gescheppert hat, als der Wagen in die Schaufensterscheibe krachte? Und das Hin und Her mit der Versicherung, das war auch was.“

„Weißt du noch, als sie den Kaktus essen wollte und wie wir dann am Sonntagabend in die Notaufnahme gefahren sind?“

„Weißt du noch, als er sich die Gabel so tief in den Mund stecken wollte, dass sie unten wieder rauskommt?“

Ja. Das wissen wir noch. Wir erinnern uns. Gut sogar. Denn das waren die Augenblicke, in denen wir uns sicher waren, dass es besser würde. Mit den Jahren. Aus Kindern werden Leute, heißt es ja so schön. Leider steht nirgendwo geschrieben, dass da noch ganz schön viel Zeit vergehen muss. Und dazwischen noch sehr viel mehr Furchteinflößendes wartet.

Machen wir doch mal eine kleine Zeitreise: Wie war das denn eigentlich ganz früher, also in dieser prähistorischen Vergangenheit, als wir noch in trauter Zweisamkeit zusammenlebten (ohne Kinder!)? Wie lief es da so am Wochenende beispielsweise?

1 | „Oh, Samstag, und erst 11 Uhr. Lass uns noch 'ne Runde schlafen."	2 | „Ich mach uns Kaffee und komm dann wieder ins Bett."	3 | „Ist das herrlich, den ganzen Tag einfach nichts zu tun und so in denselbigen hineinzuleben."
4 | „Es regnet. Ist das schön, dass wir nicht rausmüssen!"	5 | „Lust auf Kino, so ganz spontan?"	6 | „Es stürmt. Ist das schön, dass wir nicht rausmüssen."
7 | „Und jetzt gehe ich ganz in Ruhe in die Wanne, mache Kerzen an und höre klassische Musik. Dabei lasse ich eine Gesichtsmaske einwirken und den lieben Gott einen guten Mann sein!"	8 | „12 Uhr? Mach uns doch mal einen Sekt auf!"	9 | „Ich leg mich ein bisschen aufs Sofa und lese."

Schön, oder? Und jetzt mal das Ganze von 1 bis 9 mit unseren lieben Kindern:

1 | „Oh, Samstag, und schon 11 Uhr. Verflixt, ich muss noch ein Geschenk für XYZ kaufen, er ist doch da heute auf dem Geburtstag eingeladen."	2 | „Was heißt das, du wolltest uns Kaffee machen, und jetzt brennt die Kaffeemaschine und der Hund auch?"	3 | „Es ist fünf Uhr! Aufstehen jetzt, aber zackig! Du musst zum Turnier. Wo sind die Fußballschuhe? Wo sind die Trikots? Oh, Mist, die hätte ich für die ganze Mannschaft waschen müssen ? Wo sind die Autoschlüssel? Wo bin ich?"

4 | „Du wolltest einen Hund. Jetzt geh auch mit ihm raus. Wie, du hast ‚kein Bock auf Roderich'? Jetzt kann ich bei dem Sauwetter Gassi gehen."	5 | „So, das habt ihr jetzt von dieser Streiterei, in welchen Film wir nun gehen. Jetzt hat er ohne uns angefangen."	6 | „Es stürmt. Wie schön, dass wir nicht ... was? Wie, du hast aus Versehen die Katze rausgelassen! Verdammt noch mal!"
7 | „Ich gehe jetzt mal in Ruhe in die Wanne. Nein, XYZ, ihr dürft nicht mit. Eure Mutter braucht mal Ruhe. Jetzt hört doch auf zu heulen. Hrrrgrrrmpf, dann kommt halt doch mit."	8 | „12 Uhr? Wo hab ich bloß die Beruhigungstropfen hingestellt?"	9 | „Nein, ich lese jetzt nicht vor. Heute ist Sonntag, da will ich mal selbst lesen. Ach, du musst das für die Schule lesen. Dann gib mal her. Was kapierst du denn da nicht?"

Herrlich, oder? Bei Tabelle 2 sieht man doch sehr deutlich, dass es einfach wunderbar ist, ein Leben mit Nachwuchs zu führen.

Aber das war erst low level. Da wartet ja noch etwas: der ganz normale hormonelle Wahnsinn! Eben sind die Mädchen und Jungen noch gut drauf, in der nächsten Minute hadern sie mit Desinteresse, Wut oder ungebremster Energie. Verantwortlich dafür ist in der Tat die Flut der Hormone, die den Kindern das Leben schwer macht. Zuständig für die ständigen Gefühlsschwankungen ist das noch nicht voll entwickelte Vorderhirn. Während Erwachsene damit ihre Gefühle mehr oder minder kontrollieren, müssen Kinder dies erst noch trainieren. Soll heißen: Unsere Kinder machen das nicht mit Absicht, die sind fremdgesteuert! Die hätten es selbst gern anders.

Nimm dir folgende Beispielwutausbrüche also nicht zu Herzen:

1. Ein Tobsuchtsanfall, weil eine bestimmte Sorte Leberwurst nicht vorrätig ist.
2. Ein Tobsuchtsanfall, wenn man vergessen hat, den Lieblingshoodie zu waschen/zu trocknen/zu bügeln.
3. Ein Tobsuchtsanfall, wenn man sagt: „Bügle ihn doch selbst."

4. Ein Tobsuchtsanfall, weil man grunzende, gutturale Laute nicht auf Anhieb versteht und deswegen „voll gestört", „voll peinlich", „megakrass doof" oder „jdäekdöädjhrgrrrrrr" ist.
5. Ein Tobsuchtsanfall, weil man fragt, ob für die Schule alles getan ist (gern gepaart mit einem wolkenbruchartigen Weinkrampf).

So. Jetzt schauen wir uns aber Gehirn und Körper erst mal ganz in Ruhe und genauer an. Mittlerweile beginnt die Pubertät früher als noch vor Jahrzehnten beziehungsweise Jahrhunderten. Gründe dafür sind Umwelteinflüsse, sogenannte Weichmacher in Verpackungen und Hygieneprodukten und die fettreichere Ernährung. Der Körper schaltet ja, wie schon erwähnt, Pubertät und also auch Geschlechtsreife erst dann ein, wenn eine gewisse Kilozahl vorhanden ist. Als reine Vorsichtsmaßnahme, da ansonsten, wenn zu wenig auf den Rippen wäre, eine Schwangerschaft möglicherweise nicht überlebt werden könnte.

Eigentlich ganz logisch.

Man kann also sagen: Heutzutage beginnen im gesunden, wohlernährten menschlichen Körper in der Regel schon ab einem Alter von acht oder neun Jahren die der Pubertät zugrunde liegenden hormonellen Veränderungen. Ja, krass, sagt manch einer jetzt. Auch wenn ich jetzt schon ein paarmal versucht habe, es ihm sanft beizubringen. Und ich verstehe dieses ungläubige Kopfschütteln gut, es bleibt schwer zu begreifen: Eben haben sie noch Windeln vollgemacht und nach dem Fläschchen gebrüllt, und plötzlich wollen sie coole Boxershorts und brüllen wegen anderer Dinge, die aber angeblich lebenswichtig sind.

„Der Beginn der Pubertät findet im Gehirn etwa im Alter von acht Jahren statt, ohne dass die Kinder zunächst etwas davon bemerken", so der Erziehungswissenschaftler Dr. Werner Stangl.

Und äußerlich sieht man auch erst mal nichts. Aber innerlich geht es los: Die Hormone kommen. Genauer gesagt die Sexualhormone. Und das sind Testosteron bei den Jungs und Östrogene bei den Mädels. Da wird im Körper ganz langsam ein explosiver Cocktail angemixt. Leider kein schlichter Martini und leider nicht so harmlos wie bei James Bond. Aber es wird geschüttelt und gerührt. Alles gerät durcheinander.

Diese Unklarheit passt gut zum Lebensgefühl der Kinder dieses Alters: Sie fühlen sich nicht selten wie benebelt. Und sie wissen selbst nicht genau, ob sie noch Kind sind oder schon ein bisschen Teen. An der Fleischtheke bekommen sie kein Stück Fleischwurst mehr. Ich trauere dem ehrlich gesagt bis heute hinterher. Andererseits möchte ich auch nicht wirklich, dass man glaubt, mich mit einem Stück Wurst glücklich machen zu können. Andererseits natürlich doch. Es ist schon unfair, wenn mein Sohn gefragt wird und ich nicht. Als ich einmal sagte, ich hätte auch gern was, ist er fast in Ohnmacht gefallen, so peinlich war ihm das. Ich habe aber auch nichts bekommen. Ärgerlich.

Jedenfalls: Noch ist es wichtig klarzumachen, für was die Familie steht, für was du stehst und wie man beispielsweise anderen Menschen respektvoll begegnet. Trotz Hormonen, trotz Cocktail.

Aber was passiert nun genau bei den Jungs und Mädels?

Manch ein Vater wird sich, wie ich, an seine Akne erinnern. Es waren so viele Pickel! Man steht vorm Spiegel und ist machtlos. Eine Kraterlandschaft des Grauens. Manchmal dachte ich, ich verbinde sie mit einem Eddingstift, dann kommt vielleicht eine witzige Figur raus. Und was haben wir probiert, um die loszuwerden! Clearasil-Gesichtswasser, Zahnpasta, weil die angeblich Pickel austrocknet. Eine Schulkameradin hatte so ein Gesichtssolarium, vor das sie sich täglich gesetzt hat, um die Pickel mit UV-Strahlen in den Griff zu kriegen. Sie sah jedes Mal aus wie ein zorniger Hummer ohne Scheren, wenn sie von ihrer Selbstbestrahlung kam. Es gab Cremes, Lotionen, Tabletten und Heilerdemasken, mit denen man aussah wie ein gegen den Feind getarnter, verzweifelter und etwas zurückgebliebener Wikinger, der vor seinem Dorf im Winter Wache stehen muss und sich eigentlich mehr von seinem Leben erhofft hatte. Nichts, aber auch gar nichts hat auch nur ansatzweise genützt. Sogar der olle Hautarzt hat nur gesagt, dass sich das schon wieder legt. Ja, wann denn, dachten wir. In zwanzig Jahren, oder was? Ich habe die immer beneidet, die ihre Akne Akne sein ließen und nicht an den Pickeln herumdrückten – wie ich natürlich, und das ohne Papiertuch! Danach sah man noch mehr zum Reihern aus und so wie dieser eine Russe, der vergiftet worden ist. Und der konnte einem wirklich leidtun. Nun, wir wollen das Thema nicht unnötig vertiefen. Es ist allen klar: furchtbare Angelegenheit.

Machen wir mal weiter. Mit den Mädchen. Schauen wir mal, was bei denen in dieser ersten Phase der Pubertät so passiert.

Ein typisches äußeres Zeichen für die beginnende Pubertät ist bei Mädchen die einsetzende Brustentwicklung. In dieser Phase möchten die Mädchen sich auch in ihrer Wirkung und Erscheinung deutlich von anderen Kindern unterscheiden. Sie entdecken, dass ihr Verhalten nicht immer dem der anderen entsprechen muss. Die Mädchen entwickeln eine eigene Meinung. Das ist keine herausragende Neuigkeit. Das bekommen wir Eltern im Alltag intensiv zu spüren. Tranquilizer helfen hier sehr zuverlässig. Dann schwebst du über allem und lächelst maliziös und bist irgendwie unnahbar, wenn du wegen fehlender Tennissocken wie ein aus der Reihe tanzender Fremdenlegionär angebrüllt wirst.

Gleichzeitig verlangen die Kids nach Idealen und Vorbildern, mit denen Sie sich identifizieren können (das können Fußballer wie Ronaldo sein oder grenzdebile YouTuber, die psychedelisch in die Kamera glotzen und einem was vom Pferd erzählen). Leider sind das nicht mehr wir. Noch nicht mal, wenn wir ein Ronaldo-Trikot tragen. Das ist den Kindern nur a) peinlich, b) megapeinlich, c) grauenhaft peinlich, oder d) sie verlangen Gerechtigkeit im Duell, dabei können sie auch gleich mit ihren ‚Fortnite'-Kenntnissen auftrumpfen. Also die Jungs.

Ah, wir waren ja bei den Mädels. Also: Mädchen können ihre Körperbewegungen besser koordinieren und feiner abstimmen (deswegen würden Jungs im Duell wahrscheinlich kläglich scheitern, weil sie mit ihren Armen und Beinen nicht wirklich zurechtkommen und dann versehentlich in die Zuschauermenge schießen).

Diese bessere Koordinationsfähigkeit wirkt sich bei den Mädchen positiv auf die Beweglichkeit, die Flexibilität, die Präzision und die Balance aus. Deswegen sehen Mädchen beim Tanzen auch eleganter aus. Eine Bekannte hat mal eine Halloweenparty für die Kids gegeben. Die Mädchen bewegten sich selbstsicher in ihren Vampir- und Hexenkostümen zur Musik, die Jungs, als Skelett oder E.T. verkleidet, konnten kaum den Takt halten und taten einem leid, weil sie auch hin und wieder stolperten und hinfielen.

In diesem Alter können die Kinder mit unterschiedlichen Werkzeugen recht gut umgehen, und Mädels haben Spaß an Handarbeit, wie Freundschaftsbänderknoten. Deshalb lohnt es sich, ihnen ein paar Hobbys vor Augen zu führen. Gerade auch im musikalischen Bereich. Vielleicht ist etwas dabei. Ich bin nach der Blockflöte über die Triangel nie hinausgekommen, und selbst da hatte ich meine Schwierigkeiten, was den Zeitpunkt der Einsätze und die Töne betraf. Eine Freundin von mir wurde im Musikunterricht damals nur der ‚Xylophon-Kuckuck' genannt, weil sie mit keinem anderen Instrument klarkam und auch auf diesem Xylophon nur *Kuckuck, Kuckuck, ruft's aus dem Wald* mit einem Palisanderhölzchen auf die Klangstäbe klopfen konnte, und das auch nur deswegen, weil sie sich den Klopfablauf mithilfe von Zahlen merken konnte: 9-7-9-7-8-7-6-5. „Lasset uns singen, tanzen und springen" bekam sie nicht mehr hin, weil sie sich die Zahlenfolge nicht merken konnte. Mit einer Triangel konnte sie grundsätzlich nicht umgehen, auf der Trommel trommelte sie wie ein verhaltensgestörter Massaikrieger, und als sie auf Blockflöte umschulen wollte, hat der Opa sein Hörgerät aus dem Ohr gezerrt und ins Klo geworfen. So wurde es zumindest erzählt. Ihre Eltern frohlockten: „Endlich mal eine Situation, in der nicht wir unserer Tochter, sondern sie uns peinlich ist", und strahlten um die Wette.

Die Jungen versuchen sich zeitgleich im Handwerk, und ich lüge nicht, wenn ich sage, dass ‚Handwerk' ein dehnbarer Begriff ist. Die Betonung liegt hier auf „versuchen". Folgende Geschichten sind in der Tat passiert:

1. Es geschah im hessischen Taunus, im Jahre des Herrn 1977. An einem Tag Ende Juli wurde tragischerweise ein Manager von Mitgliedern der RAF ermordet. Entsetzen ging durch die Stadt, und man trauerte mit den Hinterbliebenen.
   Am nächsten Tag spielten vier Jungen und Mädchen zwischen neun und zwölf Jahren in einem Zimmer mit einem Gewehr, das einer der Jungen aus dem nicht abgeschlossenen Waffenschrank des Vaters gemopst hatte. Natürlich, so war man sich sicher, war die Waffe nicht geladen, und so trug es sich zu, dass sich beim Herumhantieren und „Hände hoch!"-Rufen ein Schuss löste. Die Kugel traf einen der Jungen ins Bein, und zwar recht nah an der Aorta. So. Anstatt einen Krankenwagen zu rufen, kam die Gruppe, um von dem

Schützen abzulenken, der natürlich Panik davor hatte, gestellt zu werden, auf eine grandiose Idee. S., eines der anwesenden Mädchen, schlug aufgeregt vor, man solle „so tun, als sei man überfallen worden, und zwar von den Leuten, die auch den Manager überfallen haben". Ach. Eine Diskussion entfachte, während der angeschossene Junge sich japsend auf der Auslegeware wand, die sich sekündlich mehr ins Rote verfärbte. Gesagt, getan. S. rief bei der 110 an und erzählte denen: „Da kamen gerade so Männer mit Strümpfen über dem Gesicht durchs Fenster und haben geschossen. Die waren sehr böse und dann, plötzlich, einfach wieder weg."
Womit man nicht gerechnet hatte, war, dass ungefähr zehn Sekunden später ein Aufgebot an vermummten Gestalten das Haus umstellt hatte. Einige saßen sogar mit Gewehren in den Bäumen. Die Eltern des Angeschossenen, die von einem Spaziergang zurückkamen, trauten natürlich ihren Augen nicht.
„Wir halten dicht", hatte S. noch zum Schützen gesagt und ganz auf cool getan. Selbstredend sind alle gruppendynamisch in Tränen ausgebrochen, nachdem sie von der Polizei befragt worden waren (unter anderem dazu, wie es denn möglich sei, dass bewaffnete Terroristen einfach so durch ein geschlossenes Fenster im vierten Stock klettern konnten). Glücklicherweise kam der Angeschossene wieder voll auf den Damm, der Vater des Schützen musste sich einige unbequeme Fragen anhören, und die Kinder selbst haben selbstverständlich aus dieser entsetzlichen Geschichte gelernt. Es war reiner Zufall, dass zwei Tage später einer der Jungs beim Molotow-Cocktail-Basteln brannte und in eine Pfütze gezerrt werden musste. Und was will ich damit sagen? Kinder in einem gewissen Alter sind zwar selbst anderer Meinung, können aber in Wirklichkeit nicht risikolos mit ihren zwei Händen und unbekannten Gegenständen umgehen.

2. Aber auch Mädchen verhalten sich nicht immer so, dass man vor Glück aufjauchzen möchte. So trug es sich zu, dass zwei Nachbarmädels damals etwas für ihre Mutter genäht hatten und ihr Werk dann mit der Heißmangel mangeln wollten. Dabei spielten sie *Wer die Hände zuletzt wegnimmt*, und das endete dann in einem Fiasko, da die Hände wundersamerweise eben nicht rechtzeitig weggenommen wurden. Und auch beim Basteln stellten sich die zwei ungeschickt an.

Ein selbst gebauter Bumerang flog nicht zurück, sondern hätte um ein Haar eine ältere Dame enthauptet. Ihre selbst gemalten Bilder sollten die Familienhunde darstellen, erinnerten aber sehr an strangulierte Untote mit Migräne, woraufhin die Eltern sich ernsthaft überlegten, einen Psychologen aufzusuchen. Für sich, nicht für die Kinder, denen war ihrer Meinung nach nicht mehr zu helfen.

Nun gut, das sind möglicherweise Extrembeispiele. Aber ich könnte noch Dutzende in dieser Art erzählen. Das deutet doch auf eine gewisse Tendenz Pubertierender in Bezug auf ihre Handfertigkeit hin. Ich war im Übrigen auch so ein Bastel- und Heimwerker-Trottel. Offenbar sieht man es mir heute noch an. Wenn ich etwas im Baumarkt kaufe, fragt man mich immer, ob es als Geschenk eingepackt werden soll.

Zurück zu den konkreten körperlichen Veränderungen. Es dauert ein wenig, bis da etwas sichtbar wird. Von außen betrachtet wirken die kleinen Mädchen optisch immer noch wie Kinder, nur dass sie sich komisch verhalten. Sie können in wenigen Sekunden von einer kleinen Schmusekatze zu einem widerspenstigen und stacheligen Igel mutieren.

Als Eltern steht man da und versteht einfach nicht, warum:

- die Tochter loskreischt, weil sie jetzt bitte ins Auto einsteigen soll, denn die Schule fängt (wie meistens) um 8 Uhr an,
- die Tochter explodiert, weil man sie bittet, sich bei minus neun Grad eine Jacke anzuziehen,
- die Tochter wie ein auf Nulldiät gesetzter Tyrannosaurus Rex auf einen losgeht, weil man sie bittet, die Tür leiser zu schließen,
- die Tochter anfängt, wie ein Werwolf zu heulen, weil man am Telefon zu ihrer besten Freundin „Hallo, Maja, wie geht's dir denn?" gesagt hat,
- die Tochter kreischend auf die Tischplatte schlägt, weil man angeblich mit dem Vater über sie getuschelt hat, obwohl man nur husten musste.

So könnte es nun endlos weitergehen.

Die Hormone kommen zuerst, und dann folgen die körperlichen Veränderungen. Womit man es ganz praktisch zu tun hat, ist eine

Mischung aus kindlichem Verhalten und abgrenzendem Verhalten gegenüber den Eltern. Und ganz klar ist, dass diese neue Mischung niemand mag: Denn eine Schmusekatze mit Stacheln ist eine unangenehme Erscheinung.

Es macht durchaus Sinn, die Entwicklung von Mädchen klar von der der Jungen abzugrenzen, denn beide laufen äußerst unterschiedlich ab. Zum einen sind die Mädchen früher dran. Zum anderen sind ihre Stimmungsschwankungen heftiger. Das Stresshormon Cortisol wird bei Mädchen in der Regel in höherer Menge ausgeschüttet als bei den Jungs. Auch das bekommt man mit.

Sie probieren sich aus, orientieren sich an Idolen und Medienvorbildern. Es geht los: Das Bad wird stundenlang genutzt, und Mamas Schminke ist nicht mehr sicher. Mama kann nun sagen: „Ich hatte Lippenstifte von Chanel, Mascara von Dior und ein Puder von YSL, und nun musste ich mich von meiner Elfjährigen anzicken lasse, wo denn der Eyeliner ist, und schon fängt sie an zu flennen und behauptet, ich hätte ihn voll fies vor ihr versteckt, überhaupt ist das Leben ungerecht und ich sowieso, und sie zieht sofort aus, wenn sie achtzehn ist."

Aber habt Verständnis: Seid hier keine Schminkstiefel! (Man muss zugeben, das war eine Steilvorlage.)

► Körperlich verändert sich das Kind in der ersten Phase der Pubertät kaum – anders als beispielsweise beim Zahnwechsel oder in der späteren Pubertät. Wie schon betont, haben die Hormone hier Vorrang. Messbar ist angeblich nur die Veränderung des Verhältnisses von Atmung zu Puls, weg vom Kind hin zum Erwachsenen. In Ruhe und im Schlaf liegt dieses beim Erwachsenen dann etwa bei 1:4, das heißt bei 15–20 Atemzügen pro Minute erfolgen 60–80 Herzschläge. Bei Belastung steigt die Zahl der Atemzüge, und bei Entspannung verringert sie sich. (Das ‚mehr Puls' in der Pubertät ist parallel dann also auch bei den Eltern zu beobachten.)
Äußerlich merkt man den Kindern erst mal den Start der Pubertät kaum an. Vor allem die Jungs haben es da nicht eilig. Bei einem Klassenfoto in der 4. fällt auf, dass die Mädels früher in der Pubertät sind und die Jungs eher wie deren jüngere Geschwister aussehen.

Man kann sagen: Oft können die Mädels die Jungs nur sehen, wenn sie sich tief herunterbeugen, um sich die Schuhe zu binden.

Nur das Muskelwachstum findet bei Mädchen erst mal so nicht statt. Das wird kompensiert durch die Kaufkraft. Das ist auch ein Kraftakt. Die Mädchen legen bei dem Wort ‚Muskelpaket' Wert auf das Wort ‚Paket'. Jungs eher auf ‚Muskel'.

Nach dieser ersten Phase der Pubertät haben wir oft um das zwölfte Lebensjahr herum ausgeglichene, harmonische Kinder vor uns, die zudem – zumindest statistisch gesehen – in dem gesündesten Lebensalter des Menschen überhaupt sind. Menschen um die zwanzig sind „alte Leute" und Worte wie Rollator oder Grüner Star klingen für die Kinder wie Mitwirkende in einem Fantasy-Film.

Rolly der Rollator kämpft gegen die bösartigen Grünen und Grauen Stare auf dem Planeten Klimakterium. Sein guter Freund Rheuma hilft ihm, gemeinsam mit den Dritten Zähnen, für Frieden zu sorgen. Aber man hat nicht mit den Trollen derer zu Gicht gerechnet, die gnadenlos sind und auch vor dem Wächter Inkontinenz nicht haltmachen. Schon kommt die freche Thrombose und …

Ist ja gut, ich hör ja schon auf. Keine Ahnung, was mich da gerade geritten hat …

Kommen wir nun zu den Jungs!

Paukenschlag, Trompete: Die Pubertät vor der Pubertät beginnt. Aber wie sie abläuft, ist von Kind zu Kind verschieden. Bei Jungen setzen die Veränderungen später ein als bei Mädchen. Es sind oft um die zwei Jahre Unterschied. Die Hormone (ja, wieder die Hormone. Was soll man machen? Es ist einfach so!) beginnen sich schon vor den ersten körperlichen Anzeichen zu verändern, meist im Alter von acht bis neun Jahren. Also körperlich ist das Kind noch normales Kind, aber geht schon ab wie Schmidts Katze. Und daher rührt, glaube ich, auch immer diese Fassungslosigkeit der Eltern, die körperlich dem Kind nichts anmerken, aber ein Verhalten wahrnehmen, das sich doch – teilweise – schon stark Richtung Pubertät verändert.

Die Nebennierenrinde schüttet Hormone aus, die dem Gehirn signalisieren, dass es vermehrt Testosteron herstellen muss.

Das Testosteron sorgt dafür, dass sich alle primären Geschlechtsmerkmale – also Spermien, Hoden und Penis – und die sekundären – also Bartwuchs und Stimme – vollständig ausbilden.

Es gibt mehrere körperliche Merkmale, die mit der Pubertät eines Jungen einhergehen. Im Alter von zwölf Jahren vergrößern sich die Hoden. Der Hodensack wächst ebenfalls, die Haut wird dunkler und legt sich in Falten. (Wie die Stirn der Eltern.) Die Schamhaare beginnen zu wachsen. Die Achselhaare folgen. Auch auf den Schultern, am Rücken und auf der Brust sprießen die ersten Haare. Der Penis wächst in die Länge und in die Breite. Aber zwischen den einzelnen Jungs gibt es natürlich große Unterschiede, was diese Entwicklungen angeht.

Manche Eltern neigen dazu, jetzt versehentlich alles falsch zu machen. Deswegen hier ein paar Tipps, was du in diesen jetzigen und allen folgenden Phasen niemals, aber auch niemals zu deinem Sohn sagen solltest:

1. „Hast du eigentlich schon Schamhaare?"
2. „Ui, da muss sich einer aber bald rasieren."
3. „Sag noch mal was, deine Stimme hört sich so lustig an, wie von einem kleinen Brummbären."
4. „Ich hab dir ein paar Packungen Taschentücher neben dein Bett gelegt." Und dabei verständnisvoll grinsen und/oder zwinkern.
5. „Du musst jetzt anfangen, dich untenrum richtig zu waschen."
6. „Denkst du eigentlich schon manchmal daran, mit einem Mädchen zu schlafen?"
7. „Ach, Nina kommt heute zu dir!? Ach, Hausaufgaben!? Habt ihr euch schon geküsst?"
8. „Was sind denn das für Flecken?"

Das alles ist schon vorgekommen, und die armen Jungs haben sich natürlich fast zu Tode geschämt.

Das muss vermieden werden. Nicht zu vermeiden: der Beginn der Spermienproduktion. Die Anzahl und Fruchtbarkeit der Spermien nimmt im Laufe der Pubertät zu.

Es ist jetzt wichtig und notwendig, dass die Kinder sich von den Eltern abnabeln. Denn unsere Kids werden durch ihre körperliche

Entwicklung fruchtbar (und furchtbar) und tauschen die Eltern bald gegen einen Partner aus. Wenn sie also Sätze sagen wie „Ihr seid die schlimmsten Eltern!", dann ist das okay. Denn bedenkt immer: Sie sind jetzt empfindsam. Und ihr seid mit eurem Verhalten nun direkt für die Fruchtbarkeit eurer Kinder und somit für den Fortbestand der Spezies Mensch verantwortlich. Als hätte man mit der Auswahl des Abendessens nicht genug zu tun.

Ein großer Wachstumsschub lässt Jungen in der Pubertät in die Länge schießen. Sie wachsen bis zu zwölf Zentimeter pro Jahr.

Der Bart beginnt zu sprießen. Das ist eines der sichtbarsten Zeichen für die Pubertät. Nein, es ist kein Dreck. Es sind die ersten Haare. Bitte nicht thematisieren! Nicht thematisieren! Nein, nicht!!!

Dieses neue Wachstum ist für den Teenager kein ‚Bart de Triomphe', sondern wird erst mal kritisch gesehen. Wenigstens lenkt es von der verhassten, kindlichen Zahnspange ab. Ein krasser Gegensatz.

Mein Sohn hat letztens auch zum ersten Mal Aftershave ausprobiert. Dabei ist da noch gar nichts gewachsen. Eine Rasur wird eher in zwei bis drei Jahren nötig sein. Aber es ist vielleicht eine Marktlücke: Beforeshave. Ich schaffe es schließlich auch schon, ‚After Eight' before eight zu essen!

Jungen, die in der Pubertät sind, bekommen eine tiefere, männlichere Stimme. Sie durchlaufen den sogenannten Stimmbruch, bei dem der Adamsapfel in der Kehle wächst. Er formt die Stimmbänder so, dass eine tiefere Stimme entsteht.

Zu den körperlichen Veränderungen gesellt sich in der Pubertät außerdem ein größeres Schlafbedürfnis. Logisch. Das ist schließlich schwer anstrengend mit diesen ganzen Hormonen und dem Wachstum.

Es gibt Eltern, die behaupten, ihr Kind wäre mit zehn Jahren ins Zimmer gegangen und mit achtzehn wieder herausgekommen.

Dann treten sie aus ihrem Zimmer, ausgeruht und fröhlich, mit frischen Gedanken und geläutert, und behaupten, jetzt ein Leben ohne uns Eltern führen zu wollen. Eigenständig und unabhängig. Dann fragen sie nach Geld fürs Kino oder ein neues Game.

Ernsthaft. (Sie sind leider doch noch nicht achtzehn.)

Jungs ziehen sich einerseits zurück, sprudeln aber andererseits auch oft vor Energie und Kraft. Sie sind oft noch sehr verspielt, toben gern lautstark herum, fangen aber ebenfalls an, die Zimmer- und Badezimmertür abzuschließen. Mein Sohn springt ständig auf der Couch rum, als sei es ein Trampolin. Sie sind ständig in Bewegung und messen ihre Kräfte mit Altersgenossen in Rangeleien und beim Sport. Ich bin froh, dass ich jetzt ein paar Kilo los bin, denn früher schaute er immer meinen Bauch an und meinte: „Papa, Hüpfburg!"

Ich frage mich immer, wie die es in der Schule schaffen, stundenlang still zu sitzen. Beim Abendessen heißt es nach zwei Minuten: „Darf ich aufstehen?" Wenn man höflich nachfragt, ob es dem werten Kind nicht schmeckt, kriegt man irgendwas an den Kopf geknallt, also kann man es auch gleich sein lassen!

Auch Mädchen haben körperliche Unruhe, einen stärkeren Bewegungs- und vor allem Rededrang. Sie sind in diesem Alter oft albern, kichern und tuscheln gerne. Und sie sind laut. Wer einmal an einer Bushaltestelle gemeinsam mit zwanzig Mädels in diesem Alter gewartet hat, weiß, wovon ich spreche, wünscht sich einen Hörschaden und bekommt ihn auch.

Viele Mädchen werden launisch – mal sind sie gesellig, mal bevorzugen sie das Alleinsein. Oft verbringen sie Stunden mit ihren Freundinnen und plaudern über unglaublich wichtige Dinge, die man ernst nehmen muss, obwohl man den Kopf schütteln möchte:

- „Valerie hat Ben getextet, dass sie ihn gut findet, das ist voll fies, weil ich find den ja gut."
- „Felix hat komische Hosen an."
- „Warum whatsappt Henry denn nicht zurück, er hat die Nachricht doch gelesen?"
- „Ah, Henry schreibt."
- „Henry hat nicht mir geschrieben."
- „Julia hat voll gemein das Freundschaftsband zerschnitten, weil sie sauer auf mich ist."
- „Meinst du, ich soll Henry mal anrufen?" (JA!)
- „Nein, ich ruf ihn nicht an. Ich schreib noch mal."
- „Ich ruf doch an."
- „Ich ruf auf gar keinen Fall an."
- „Oh, er ruft an."

Ja, so ist das.

- Wissenschaftler fanden heraus, dass bei Mädchen schon vor der Pubertät die Eierstöcke langsam beginnen, vermehrt Östrogene herzustellen. Dieser hormonelle Schub erklärt oft den unangenehmen Körpergeruch und die fettigen oder, um es etwas netter auszudrücken, strähnigen Haare. Der Geschlechtshormonanstieg löst später den Beginn der Entwicklung von Brust, Gebärmutter, Scheide, weiblichen Körperformen und den Beginn der Menstruationszyklen aus. Es werden in den Nebennieren kleine Mengen Androgene gebildet, die das Längenwachstum und irgendwann den Beginn der Schamhaarentwicklung anregen.

Wie können wir unseren Kindern etwas über das Körperwachstum erklären? Unsere Neu-Pubertierenden haben auch bei Diskussionen und Erklärungen der Eltern eine kurze Aufmerksamkeitsspanne. Da sollte man nicht so viele Nebensätze einbauen und keine Reden halten. Kurz und knackig bitte. Denn das nehmen sie dann eher an und auf. Und das habe ich jetzt hier auch gemacht:

- Einmal ‚Was passiert mit euren Körpern?' in wenigen, kurzen Sätzen – für eure Kinder. Los geht's:

  Dein Körper wird sich verändern. Die Füße wachsen am Anfang besonders schnell, und schnell wirst du deine Erwachsenen-Schuhgröße erreichen. Die bleibt ein Leben lang so. Wichtig beim Shoppen!

  Dann werden deine Haare fettiger. Daran sind die Hormone schuld, die für mehr Fett sorgen, was Feuchtigkeit für Haut und Haare bedeutet. Kannst du nichts für. Macht dein Körper. Nimm es einfach hin. (An dieser Stelle passt ein weiser Spruch:) „Ich freue mich, wenn es regnet, denn wenn ich mich nicht freue, regnet es auch!", das ist von Karl Valentin. Musst du nicht kennen. Der Spruch passt zufällig ganz gut zu deiner momentanen körperlichen Situation.

  Ihr Mädchen werdet nun breiter in den Hüften. Alles normal. Es wird keine Diät helfen – lasst sowieso die Finger von Diäten! Das ist von der Natur so vorgesehen! Aus euch sollen ja später mal Babys rauskommen. Der Schweißgeruch nimmt zu. Auch hier haben wir die Entwicklung der Schweißdrüsen. Schrecklich! Und schrecklich normal! Pickel auch. Siehe Schweißdrüsen! Nervt trotzdem! Ich weiß. Hatte ich auch. Hatte gefühlt jeder. Leider.

Euer Körper hat nun das ‚Erwachsenen-Basis-Paket' gebucht und macht euch langsam groß. Das Upgrade wird demnächst vorgenommen.

In der Phase versteht man sich selbst nicht. Schlechte Laune, Wut und Ärger, und dann auch direktes Losheulen. Ihr wisst oft nicht, was mit euch los ist: Hormone.

Eltern sind hoffentlich immer da. Helfen beim Einordnen. Wenn ihr wollt. Machen euch keine Vorwürfe (Eltern: Bitte merken!). Diese neuen Gefühle sind echt heftig.

Für Mädels:

Eure Brust wächst. Doof. Die Brust wächst nicht. Auch doof. Aber es wird passieren. So oder so. Irgendwann kauft ihr euch stolz den ersten BH. Die erste Regel kommt: Unwohlsein ist ganz normal. Mutti ist hoffentlich wieder da.

Für Jungs:

Liebe Jungs, Mädchen sind am Anfang größer. Ihr springt dafür höher. Ihr werdet sie einholen.

Und noch mal für alle:

Denk dran: Du kannst mit Mama und Papa über alles reden. Sie nehmen dich ernst, und du kannst sie alles fragen. Wenn deine Freunde und Freundinnen schlecht drauf sind, kann es auch bei ihnen an Hormonen liegen. Das ist bei ihrem Verhalten zu bedenken. Alle Veränderungen sind normal. Ich weiß, ich sage sehr oft das Wort ‚normal', weil ich dir klarmachen will, dass das, was da in und mit euch passiert, nichts Schlimmes, sondern der

Lauf der Dinge ist. Ihr seid weder krank noch gestört noch verrückt noch sonstwas. Ihr befindet euch schlicht und ergreifend in einem körperlichen Reifeprozess, da müsst ihr durch.

Das alles führt euch zu einer Entwicklung einer individuellen, stabilen Persönlichkeit und eines tollen Jugendlichen und Erwachsenen. Chill die Vorpubertät!

Für eure Kinder – in Kurzform!

Weiterhin ist zu beachten, dass es den Jungs jetzt auch öfter passieren kann, dass die Stimme wegbricht. Viele von euch kennen das von den Spielen des HSV oder wenn sie ihre Tinder-Dates kennenlernen. Tragisch genug.

Kehlkopf und Stimmbänder müssen erst ausgewachsen sein!

Unser Nachbarssohn Benedikt hör sich an wie der Pate und äußert dann auch noch Bedenkliches: „Das letzte Bonbon. Ich lecke es ab, bevor es meine Schwester haben möchte. Keine Sorge! Ich lass es wie einen Unfall aussehen!"

In den letzten Jahren hat sich die Körpergröße eures Kindes zwar kontinuierlich, aber dennoch eher langsam verändert. Hier handelt es sich um die sogenannte Ruhe vor dem Sturm, denn in der Pubertät machen die Kinder einen riesigen Schritt in Sachen Körpergröße und schießen regelrecht in die Höhe. Wie gesagt, Jungs wachsen bis zu zwölf Zentimeter. Acht bis zehn Zentimeter Körperwachstum pro Jahr sind aber generell bei Kindern in der Pubertät keine Seltenheit.

Dabei ist es völlig normal, dass die Gliedmaßen nach einem Wachstumsschub für eine kurze Zeit etwas unharmonisch im Verhältnis zum restlichen Körper wirken. Das gibt sich schnell wieder. Nur in Ausnahmen klappt das nicht, wie man an den Klitschko-Brüdern und am Fußballspieler Thomas Müller erkennen kann.

In der Regel gleichen sich Körperproportionen, Arm- und Beinlängen aber im Laufe der Pubertät wieder an, und das Aussehen ist allgemein erwachsener. Auch die Füße wachsen plötzlich in unvorhersehbaren Schüben, was wiederum den Schuhverbrauch ganz schön in die Höhe treibt. Glücklicherweise gibt's Schuhfetischisten und eBay.

Fakt ist manchmal: plötzlich Schuhgröße 46, aber sonst noch normales Kind. Wenn unser Kind am Morgen in seinem Verhalten schon auf keinen Fall einen Clown gefrühstückt hat und nicht zu einem einzigen freundlichen Wort imstande ist, trägt es nun wenigstens unsere Schuhe auf.

Mein Sohn hat auch auf einmal so große Füße. Wenn er beim Fußball jemandem ein Bein stellt, fällt das komplette Team um.

Oft haben die Kinder ihre Erwachsenen-Schuhgröße mit zwölf Jahren erreicht. Das ist dann fein für den Geldbeutel.

Eine neue Phase im Leben eures Kindes beginnt: Auf der einen Seite suchen sie nach wie vor die Nähe und Zuwendung ihrer Eltern, auf der anderen Seite will der Nachwuchs unabhängig sein und seine eigenen Entscheidungen treffen können. Auch ist es den Kindern jetzt häufig peinlich, in der Öffentlichkeit Hand in Hand mit den Eltern gesehen zu werden. Wir sollten nicht darauf bestehen, denn sonst gibt's Krieg.

„Mein Sohn David meinte mal zu mir: ‚Wenn wir jetzt einkaufen gehen, dann kennen wir uns nicht!' Dann waren wir im Saturn, und er wollte ein PlayStation-Spiel. ‚Ich will FIFA 22!' Da habe ich ihn zur Information geschleppt und gesagt: ‚Rufen Sie mal die Eltern aus. Der schnorrt mich hier an!'"

„Ich kam neulich aus der Dusche und sehe die Tür meines Sohnes offen stehen. Ich nutze die Chance, gehe rein und krame schnell die Wäsche zusammen. Aber mein Sohn sitzt am Rechner und ruft schockiert: ‚Mama, was machst du denn da? Zieh dir was an! Ich hab gerade Homeschooling!' Am Ende ein guter Schachzug von mir: Jetzt muss der Papa auf die Elternabende gehen!"

Die beginnende Abgrenzung von den Eltern kann sich auch durch die Kleiderwahl, die Frisur oder die Wahl der Freunde bemerkbar machen. All das sind wichtige Prozesse der Selbstfindung und sorgen dafür, dass die Kinder ihren Platz im Leben finden können. So war es doch bei uns früher auch. Erinner dich mal an die Fotos von dir in diesen Jahren. Schlaghosen, orangefarbene Pullover, Minipli, riesige Brillen wie Insektenaugen. Es ging weiter mit Schulterpolstern, himbeerfarbenen

Blousons aus Fliegerseide und lila Lederkrawatten. Und wir waren Fernbedienungen! Ich zumindest: „Matthias, schalt mal um!"

Wie soll man denn da bitte einen normalen Bezug zu Menschen und allem Drumherum aufbauen?

Es ist klar, dass Eltern an der neuerdings auftretenden Zurückweisung ihrer heranwachsenden Kinder zu knabbern haben. Kinder auch – an der Kleiderwahl, der Frisur und der Wahl der Freunde ihrer Eltern. Und auch an der einiger Lehrer. (Wenn ich da an so manchen Rentier-Pulli und beige Cordhosen denke.)

Aber so muss es sein. Die Abnabelung ist ein wichtiger und nötiger Schritt in Sachen Entwicklung und Erwachsenwerden.

Und macht euch immer wieder bewusst, dass die Vorpubertät durch die ständig verrücktspielenden Hormone eine enorme Belastung für euer Kind darstellt.

Die ersten Veränderungen sind dabei unter anderem bei der räumlichen Orientierung sowie in der Sprache zu erkennen. So sind beispielsweise Elfjährige immer besser in der Lage, ihr Sprachverhalten verschiedenen Situationen anzupassen, und die sogenannte Jugendsprache wird immer häufiger im täglichen Sprachgebrauch verwendet, auch wenn wir Eltern kurz vorm Durchdrehen sind. Die räumliche Orientierung in dem Zimmer der Teenager lässt bei den Eltern zeitgleich stark nach. Die interkulturelle Kompetenz ebenfalls.

> „Vor mir stand mal ein junger Mann mit einem starken Drang zur Jugendsprache. Er hatte auch die Hose wie ein Rapper sehr weit unten hängen. Als er dann meinte: ‚Ey, Altaaa, Digga, du bist so lost, Bro! Yihaaa! Episch, Alter, episch!', da war mir klar, das mit der Hose ist keine Modeerscheinung, die will einfach nur abhauen!"

Das räumliche Denken verändert sich insofern, als dass die Lage und Position von Objekten nun aus einem anderen Bezugsrahmen als dem eigenen beschrieben werden kann, also aus einer anderen Perspektive.

Kinder finden nun ohne Probleme ihren Weg von der Schule nach Hause. Wenn sie wollen, sind sie auch noch pünktlich. Auch Vorstellungen über Entfernungen zwischen zwei Orten und die Dauer bis zum Erreichen dieses Ziels erkennen unsere Kinder ohne Probleme. Darunter fällt leider nicht der Weg des Geschirrs vom Kinderzimmer zur Küche. Das ist eine andere Baustelle. Die wird noch lange so bleiben. Da ist noch einiges zu tun.

Ab dem achten Lebensjahr erreicht das Kind eine neue Entwicklungsphase: Seine Denkweise ist nun wesentlich rationaler geworden. Es unterscheidet immer mehr zwischen sich selbst und den anderen. Es versteht und akzeptiert, dass Menschen unterschiedliche Meinungen haben. Bis auf die Eltern! Die haben immer die falsche. Es wird ununterbrochen herumdiskutiert.

Eltern	**Kind**
„Warum kommst du nicht direkt von der Schule nach Hause, so wie ich es dir gesagt habe?"	„Was ist denn dabei, wenn ich noch ein bisschen mit Dennis und Oliver bolze. Du stellst dich echt an, Mama. Du sagst doch immer, ich soll an die Luft."
„Was ist so schlimm daran, einen Lappen zu holen und aufzuwischen, wenn du Cola auf dem Boden verschüttet hast?"	„Ist doch egal, wie ich wische, du sagst doch eh, du wischst besser, und dann telefonierst du mit deinen Freundinnen und erzählst ihnen, ich hätte sowieso nicht richtig gewischt. Da kann ich es doch auch liegen lassen."
„Nach einer Woche können die Socken jetzt wirklich mal in die Wäsche."	„Ej? Geht's noch? Ich hab ja wohl von denen nur ein Paar, weil du mir neue nicht gönnst, dann muss ich die eben dauernd anziehen. Das ist deine Schuld."
„Wann ist eigentlich der nächste Elternsprechtag?"	„Woher soll ich das wissen? Du kramst doch immer in meiner Tasche rum und suchst verfaultes Obst, verschimmelte Brote, saure Milch, fängst dabei an, alles zu sortieren, sagst ‚Oje-oje' und schüttelst den Kopf. Wie soll ich denn da noch irgendwelche Briefe von Lehrern finden."

Eltern	Kind
„So, jetzt reicht's. Die Switch kommt weg, bis du in Mathe mindestens auf einer Drei stehst."	„Ist gut. Dann nehm ich die PlayStation. Außerdem sollten Eltern ihre Kinder nicht erpressen, das ist nicht gut für die Entwicklung. Krieg ich ein neues Spiel für die PS?"

- Geht einem das Verhalten des Nachwuchses zu weit, ist es wichtig, mit dem Kind im Gespräch zu bleiben. Wie bereits ungefähr einmal erwähnt: Unsere Kinder sind wie Überraschungseier im Mai vor der Sommerpause. Noch kommen wir an sie ran. Noch hören sie halbwegs zu, noch kann man mit ihnen offen reden. Man erklärt ihnen selbst seine Sicht der Dinge und was man gerne hätte. Man hört aber auch dem Fast-Teenager zu. Denn er möchte ebenfalls ernst genommen werden.
  Solche ersten Auseinandersetzungen sind wichtig für eine gelungene Eltern-Kind-Bindung. Denn jeder weiß, was der andere über bestimmte Themen des Alltags so denkt. Das bietet Orientierung, und das Kind lernt etwas daraus. Übernehme ich diese Ansicht, oder habe ich eine andere? Daraus kann sich der Selbstwert entwickeln, und es festigen sich Standpunkte und die Persönlichkeit. Unser Kind fühlt sich wohl, geliebt und geschätzt. Es weiß, hier kann es sich jetzt ausprobieren: Von nun an führt das Leben aufs (pubertäre) Glatteis, die Pubertierenden sammeln Erfahrungen und wissen, wer sie immer wieder vom Eis holt, wenn es eng wird: wir, die Eltern! Wir nehmen sie so, wie sie sind, und deswegen können sie so sein. Sie sind dabei, herauszufinden, wer sie sind. Um dann irgendwann zur ‚Eiskönigin' zu werden.

Die gute Nachricht ist: Oft wird die Hauptphase Pubertät gar nicht so heftig, wenn das Kind bereits in den Jahren vorher erfahren hat, dass es sich entfernen beziehungsweise wieder annähern kann und darf. Dass es so angenommen wird, wie es ist. Aber sicher kann man sich da leider nicht sein, da es auch immer eine Charakterfrage ist. Grundsätzlich sind vorpubertäre, aber auch sehr trotzige Kinder für Eltern wünschenswert, da sie ein stabiles Selbstwertgefühl entwickeln und sich besser von den Eltern abnabeln können. Hört sich klasse an, hilft aber in der Situation eher wenig, das muss man leider sagen. Die Eltern sind innerlich immer noch die großen Vorbilder, aber es entwickelt sich dennoch langsam eine eigenständige, rationale Denkweise.

Fazit: Pubertät beginnt im Körper zunächst mit einer Veränderung der – richtig! – Hormone. Dies bleibt jedoch zunächst unbemerkt. Erst mit den sichtbaren, körperlichen Veränderungen beginnt auch äußerlich ein neuer Abschnitt.

Spätestens jetzt ist vermehrtes Duschen oder Waschen oder beides sowie der Kauf eines Deodorants angesagt. Wobei auch Deo nicht immer eine Lösung ist, denn jede Mutter weiß, wie es ist, wenn zehn Jungs gefühlte dreißig Deodorants auf der Haut haben. Das ist eine Geruchsexplosion im Kinderzimmer. Hier rate ich, mit einem Döner zu neutralisieren.

> „Und wenn Sie irgendwann das Gefühl haben, Sie sehen Licht am Ende des Tunnels – seien Sie vorsichtig. Das ist der herannahende Zug namens Pubertät." (Jan-Uwe Rogge)

Ich habe beinahe ein schlechtes Gewissen, weil ich Ihnen nichts anderes sagen kann, aber soll ich etwa lügen? Das ist ja auch nicht das Ziel. Es ist nun mal so, wie es ist, das hat dieser eine Auswanderer auch immer gesagt.

Das andere Geschlecht, eben noch verpönt, aber auf einmal schaut man nach ihnen. Nicole aus meiner Klasse war meine Motivation, jeden Morgen in die Schule zu gehen. Ich fand sie so faszinierend. Nie habe ich mich getraut, ihr ein ‚JA! NEIN! VIELLEICHT!'-Briefchen zu schicken. Ich blieb bei meiner Faszination. Später war es Eva, die ich nur in der Pause, umgeben von anderen Mädchen, sehen konnte. Wir standen zwanzig Meter voneinander entfernt, und wir Jungs schauten die ganze Zeit zu ihnen rüber. Meine Schüchternheit blieb. Ich habe sie nie angesprochen. Und dann kam Jeanette! Der hab ich zitternd ein Briefchen zukommen lassen, und tatsächlich hatte sie das JA angekreuzt. Später hat sie allerdings von ihrem Umtauschrecht Gebrauch gemacht, und es wurde ein NEIN daraus, was zunächst zu einer schlechten Bewertung meinerseits führte. Jetzt verstehen wir uns wieder prima.

Jaja, die ersten Gedanken und Gefühle. Das andere Geschlecht. Eine Reise ins Unbekannte. Viele Fragen stellen sich. Auf die wir auch im Laufe des Lebens keine Antwort finden. Oder warum hat meine Frau bei dreißig Grad noch kalte Füße? Man wird es nie erfahren. Wobei es vielleicht eine gute Aktion gegen die Erwärmung der Meere wäre, wenn alle Damen zur gleichen Zeit mal die Füße ins Wasser stellen würden. Wer weiß, wer weiß.

Es ändert sich so vieles bei den Mädchen in dieser Zeit, aber wenn sie erwachsen sind, bleibt für uns Männer stets noch vieles unklar beziehungsweise bleibt vieles gleich. Mein Freund Wulf – ich erwähnte ihn schon – entdeckt bei seiner Tochter exakt dieselben merkwürdigen Verhaltensmuster wie bei seiner Frau: Wenn die Tochter mal Besteck in die Spülmaschine räumt, müssen die Gabelspitzen immer nach oben zeigen. Auf die Frage „Warum?" antworten Mutter und Tochter unisono: „Weil das so richtig ist."

Auch andere Bekannte können da ein Wörtchen mitreden:

- Wenn GNTM läuft, ist alles andere egal.
- Wer sich über 361 diverse Haarkurpackungen, Lotionen, Gesichtswasser, Augencremes und Badesalze wundert, hat es einfach nicht kapiert.
- Drei Stunden im Bad sind ganz normal. Vier Stunden sind normaler.

Da sind wir Männer mit unseren Söhnen anders. Ganz anders. Und wir würden gern nachfragen, würden es gern verstehen. Ich könnte jetzt alles Mögliche hier aufschreiben, möchte mir aber nicht den Zorn der Leserinnen einhandeln.

Zurück zum Wesentlichen:

Parallel laufen die Veränderungen mit dem Körper. Die Mädels stellen sich die alltäglichen Fragen: „Wann wachsen die Brüste?" – „Warum wachsen sie nicht weiter!" – „Warum wachsen sie andauernd?"

Oder wir kennen alle noch die Fragen an Dr. Sommer aus der ‚Bravo':

„Kann ich schwanger werden, wenn ich einen Jungen küsse?"

Klare Antwort: Nutze Verhütungsmittel – Mundgeruch und Zahnspange!

Bei Küsschen links, rechts auf die Backe ist Vorsicht geboten: Es könnten Zwillinge werden.

Also erst mal nur Luftküsse, Handküsse und Schaumküsse, um auf der komplett sicheren Seite zu sein.

Richtige Küsse verbrennen einige Kalorien. Bei mir waren es umso mehr, weil die Frauen immer vor mir weggelaufen sind. Tragisch, aber wahr. Ich dachte immer, ich hätte nun eine feste Freundin, während die Mädels sich nur ausprobieren wollten.

Unanständige Worte und Gesten werden nun ausprobiert, bei den Jungs lauter, bei den Mädels versteckt.

In der Gruppe werden vor allem bei den Jungs einzelne Ausdrücke auf ihre Wirkung hin geprüft: Mein Sohn probiert in letzter Zeit oft anrüchige Worte aus und testet, was geschieht, zum Beispiel bei „Penis!". Das ist meiner kleinen Tochter nicht entgangen. Als wir dann auf dem Reiterhof waren, brüllte sie auf einmal, als sie ein Pferd sah: „Kommt schnell! Da ist ein Penis!" Ich hatte das Gefühl, selbst das Pferd hätte gerne die Beine verschränkt.

Sie äußern Zweideutigkeiten und lachen sich kaputt – und finden gerade zu diesem Thema ihren Humor. Nebenbei bemerkt: Das macht ihnen ohne Ende Spaß. Und bitte, das dürfen Kinder. Kinder dürfen sich wie Kinder benehmen. Zum Erwachsenen sagt man: „Du benimmst dich kindisch!" Bei Kindern neigt man dazu, dies zu übernehmen. Aber sie dürfen noch kindisch sein. Sie sind Kinder, und da gehört Quatsch dazu.

Mein Sohn kam mal zu mir und meinte, ich solle auf jede Frage „Ich bin ein Mann" antworten. Er meinte weiter: „Ich gehe in eine Disco!"

Ich: „Ich bin ein Mann!"

Er: „Ich lernte eine Frau kennen!"

Ich: „Ich bin ein Mann!"

Er: „Ich nahm sie mit nach Hause!"

Ich: „Ich bin ein Mann!"

Er: „Sie flüsterte mir ins Ohr!"

Ich: „Ich … hahaha!“

Das war noch einer seiner guten Witze. In anderen Situationen ist klar: Am besten, man hört gar nicht hin und/oder tut so, als sei man mit dem Wesen, das diese Laute von sich gibt, nicht verwandt. Das passt besonders gut in folgenden Momenten:

1. Im Supermarkt: Sohn sieht eine vollbusige Kundin und schreit: „Boah, ist das ein Riesenbusen!“ Natürlich drehen sich alle Männer um. (Leider auch ich. Kurz versagt.)
2. Tochter schreit beim Anblick einer korpulenten Frau: „Die hat aber einen dicken Hintern!“ Ich verdrücke mich schnell zu den Konserven.
3. Sohn erzählt jedem ungefragt: „Ich hab einen Schwanz.“ Ich eile zur Käsetheke.
4. Tochter sagt einfach so „Vagina, Vagina, Vagina“ in der U-Bahn. Ich steige schon mal aus.
5. Sohn brüllt überall „Ficken!“. Ich renne einfach fort, egal, wo wir sind. Auch falls wir uns in der Bronx neben brennenden Mülltonnen aufhalten sollten.

Die Gefühle der Kinder haben vielleicht mit Erotik zu tun, aber es ist ein meilenweiter Unterschied zu dem Empfinden für Erotik von Erwachsenen. Wenn sie von sich aus das Thema anschneiden, dann oft ohne Hintergedanken. Vielmehr ist es die kindliche Neugier, die sie treibt. Es sind die Eltern, die das Thema durch die sexuelle Brille sehen und dann direkt und oft falsch nachfragen!

„Papa, habt ihr euch eben geküsst? Ach ja, alte Leute können so niedlich sein!“

Ja, wir sind immer uralt, haben noch Kettenhemden genäht, sind mit Pferdekutschen gefahren, und das Memory-Spiel war immer in Schwarz-Weiß und bestand aus angemalten Steinen.

Sehr interessant auch: wie sich Eltern sehen und wie gleichzeitig deren Kinder ihre Eltern sehen.

Eltern	Kind
Vater und Mutter wollen ausgehen, haben sich in Schale geworfen und finden, dass sie ‚für ihr Alter' doch noch recht passabel aussehen – und bestätigen sich das gegenseitig.	Sieht zwei Greise. Der weibliche Greis trägt ein voll peinliches Kleid, bei dem man die greisigen ARME sieht, der männliche Greis hat Haare über seine Glatze gegelt und ist einfach nur uralt und merkwürdig. Kind versteht nicht, warum Eltern gute Laune haben und sich auf den Abend mit anderen Greisen freuen.
Mutter beschließt, mehr für ihre Fitness zu tun, und geht jetzt täglich walken. Hat sich extra schöne Sportklamotten dafür gekauft und findet, dass sie gut aussieht.	Sieht eine alte Frau, die versucht, auf jung zu machen, und dann voll kindisch heult, wenn sie mit einer Blase am Fuß nach Hause kommt.
Vater kommt abends einfach so ins Zimmer und fragt, ob er bei dem PC-Spiel mitmachen kann.	Sohn schaut seine Freunde an, die werden rot, Sohn wird röter, weil der Vater in einem mit Bärchen und Honigtöpfen bedruckten Frottee-Schlafanzug im Raum steht.
Mutter kommt vom Mädelsabend nach Hause, ist beschwipst und kichert fröhlich, weil der Abend so schön war.	Sieht eine peinliche Alte, die mit verschmiertem Mascara der ganzen Familie ungefragt erzählt, dass der junge Barkeeper sie als Milf bezeichnet hätte, ohne dass sie weiß, was das bedeutet. Kind sucht sich ein Loch, in das es verschwinden kann.

Merke: Nur weil sie sich bereits mit sexuellen Themen beschäftigen, müssen sie noch nicht reif sein. Wir Erwachsenen müssen hier mit unserer Einschätzung vorsichtig sein. Ein Mädchen, das sich sexy kleidet, will etwas ausprobieren (Pubertät ist ausprobieren) und die Reaktion testen. Sie ist neugierig. Sie geht shoppen, kauft Schminke und investiert in ihre Neugier auf die Reaktionen ihrer Mitmenschen. (Pubertät ist auch neu und gierig, da es oft unser Geld ist – das nur mal so am Rande erwähnt.)

Die Mädchen wollen herausfinden, wie sie auf Jungs wirken und welche Gefühle man bei ihnen in Gang setzen kann. Die begonnene Sexualität ist neu, und die muss man erst mal einzuschätzen lernen und schauen, wie man damit umgeht. Es ist nun mal so, wie es ist: Die Klamottenauswahl schwankt sowieso zwischen überdimensionalen Pullis, die den schambesetzten Körper verhüllen sollen, mit dessen Metamorphose man noch nicht so einverstanden ist, und freizügigen Oberteilen, deren Wirkung auf die Mitmenschen genau observiert wird.

Aber da dürfen wir Orientierung bieten und unsere Meinung vertreten. Diskussionen sind hier selbstverständlich vorprogrammiert, machen wir uns nichts vor. Gern zwischen Töchtern und Müttern:

„So ein enges Top! So gehst du mir nicht in die Schule!"

„Boah, Mama, du hast echt keine Ahnung!"

„So ein weiter Pullover. Der hängt ja an dir wie ein Sack. Was sollen denn die Leute von uns denken?"

„Boah, Mama, du hast echt keine Ahnung!"

„So ein roter Mund, du spinnst wohl. Wisch das Zeug ab."

Noch schlimmer ist es, wenn der Vater sich bei der Tochter einmischt:

„Sag mal, sind das da die Träger von einem Büstenhalter? So was brauchst du doch noch gar nicht."

„Oh, Papa, bitte … das geht gar nicht." (Rennt, weiß im Gesicht, davon, höchstwahrscheinlich auch wegen des Worts Büstenhalter.)

„Zieh sofort diese grellen Klamotten aus, du bist keine Bordsteinschwalbe!"

Irritiert: „Äh, Papa, wir proben für die Theater-AG … und was ist denn bitte eine Bordsteinschwalbe???"

„Hallo! Rauchst du etwa?"

„Ej, Papa, das sind Käsestangen."

Und so weiter.

Gern auch mal umgekehrt:

Mutter will sich mit ihrer Freundin treffen und hat sich schön zurechtgemacht.

Tochter zur Mutter: „So willst du weggehen? Das Oberteil ist viel zu gelb. Du siehst voll krass schlimm aus."

Sohn zum Vater: „So willst du dich mit deinen Kumpels treffen? Du siehst aus wie unser Hausmeister an Fasching." Was auch immer damit gemeint sein mag.

Dass die Eltern in dieser recht nervenaufreibenden Phase auch mal untereinander Zoff kriegen, ist ebenfalls vorprogrammiert. Gern ist es dann wechselseitig „deine Tochter" und „dein Sohn", der sich unfassbar aufführt. Selbstverständlich schüttelt ihr, verehrte Leser, nun die Köpfe und sagt: „Bei uns wird's das nicht geben."

Bitte verzeiht, dass ich kurz kehlig auflache.

Geschützte Intimsphäre und taktvolle Zurückhaltung vonseiten der Erwachsenen ist also ratsam. Auch was die Aufklärung angeht. Die Kinder bevorzugen eindeutig, von der Schule oder von Gleichaltrigen aufgeklärt zu werden. Hier bitte nicht sauer sein. Euer Verhältnis ist trotzdem gut. Die Kinder bestimmen, wie sie mit ihrer beginnenden Sexualität umgehen wollen, und wir sollten sie auch zur Selbstständigkeit ermutigen und ihnen Vertrauen schenken. Sie wollen in dem Alter schon große Kinder sein und ‚groß' angesprochen werden – parallel dazu muss man ihnen auch noch zugestehen, dass sie klein und unreif – eben wie gesagt: Kinder – sein dürfen.

Falls sie aber ansprechbar sind für eine Aufklärung von eurer Seite, geht es entspannt an. Abzuraten ist ein Einstieg wie: „Der Storch hat höchstens Frösche im Schnabel, Zalando hat auch nichts damit zu tun und aus glitzerndem Feenstaub, sind wir auch nicht entstanden." Das ist ihnen bereits bekannt.

> „Als wir unserem Sohn sagten: ‚Mama ist schwanger!', schrie er nur geschockt: ‚Was??? Ihr hattet Sex. Wie ekelhaft seid ihr denn?'" (Merke: Eltern sind Eltern. Eltern haben keinen Sex.)

Aber es kann eben auch anders laufen:

> „Kinder sind heute sehr gut aufgeklärt. Trotzdem wollte ich als Vater auch mal ein Gespräch mit meinem Sohn über Sexualität und so führen, und ich bin sehr froh, dass ich es gemacht habe. Ich habe viele neue Informationen erhalten! Jetzt weiß ich, wie es geht!"

Bei den Mädels kommt noch etwas hinzu. Sind alle äußerlichen Merkmale in der körperlichen Entwicklung voll ausgeprägt, kommt der letzte, häufig sehr prägende Schritt: Die Menstruation setzt ein und somit auch die Geschlechtsreife. Mädchen können nun theoretisch schwanger werden, auch wenn die Blutungen noch nicht ganz regelmäßig sind. Eltern beklagen sich in dieser Zeit oft darüber, dass sie ihre Tochter gar nicht mehr wiedererkennen. Und auch der heranwachsende Teenager weiß oft gar nicht, was eigentlich mit ihm los ist. Himmel noch mal, plötzlich ist da Blut, und obwohl man gewusst hat, dass es eines Tages so weit sein wird, ist man doch ein bisschen geschockt. Was macht der Körper denn da einfach? Und warum fühlt man sich während dieser ‚Tage' teilweise so merkwürdig? Darüber denken die Mädchen nach.

Und: Mädchen sind sich nun ihrer Sexualität bewusst und schwanken zwischen Kind sein und erwachsen sein wollen. Sie suchen nach einer neuen Identität, was mitunter für Schwierigkeiten sorgt.

Stars, Influencer oder Models lösen die Eltern als Rollenvorbilder ab. Die Mädchen beobachten, wie die Promis sich kleiden und sich präsentieren. Teenager entwickeln Vater und Mutter gegenüber ein natürliches Schamgefühl. Sie ziehen sich eher zurück, um sich mit der besten Freundin oder dem Freund auszutauschen. Gerade in sexuellen Fragen. Auch das müssen wir abkönnen. Das ist normal. Unsere Vögelchen machen erste Flugversuche.

„Aufklärung ist eine ernste Sache, aber wir haben das humorvoll gelöst. Als die erste Freundin meinen Sohn öfters besuchte, haben wir über Kondome gesprochen. Am Ende habe ich eine Packung Haribo-Lachgummis in sein Zimmer gelegt! Keine Ahnung, wie er das fand, aber er hat drei Wochen nicht mit mir gesprochen."

„Bei der Tochter des Nachbarn ist eine gewisse Torschlusspanik zu erkennen: ‚Mama, ich bin schon seit elf Jahren Single!' – ‚Nicht schlimm, du bist ja auch erst elf!'"

„Wir haben versucht, alle unsere sechs Kinder gut aufzuklären. Klar ist natürlich, dass wir in Sachen Verhütung nicht gerade die Experten sind."

„Ich wollte mit zwölf auch Julia Roberts heiraten. Das ist ganz normal. Nicht normal wäre es gewesen, wenn sie mich hätte heiraten wollen!"

Wie sollten sich Eltern grundsätzlich verhalten? Wir haben zu Hause schon immer offen über alles geredet, und so wird es auch weitergehen. Egal in welchem Alter!

Wenn das auch bei euch so ist, prima. Wenn dem nicht so ist, könnt ihr aber auf solch eine Vertrautheit hinarbeiten:

Wenn die Kinder Fragen haben, zeigt Interesse und gebt Antworten! Da gibt es keine Altersbeschränkung. Nacktheit ist kein Tabu-Thema, aber altersbedingte Scham wird respektiert. Alle Fragen bezüglich Körper, egal ob gefragt wird, woher Babys kommen, egal ob es um Sexualität, Verhütung, Krankheiten und so weiter geht, werden von uns ernst genommen und beantwortet. Kinder sollten niemals das Gefühl vermittelt bekommen, dass ihre Fragen diesbezüglich nicht richtig oder unangebracht sind. Eine Freundin hatte so eine Mutter. Egal was sie fragte, es hieß grundsätzlich: „Dafür bist du noch viel zu jung." Macht diesen Fehler bitte nicht.

Bei dem einen Kind kommen die Fragen früher, beim anderen später. Aber honoriert es, wenn sie kommen. Wichtig ist einzig und allein, dass die Kinder sich ernst genommen fühlen und niemals Angst oder Scham haben, etwas zu fragen, egal, was es ist! Das ist wirklich von Bedeutung!

„Die Aufklärung durch meinen Vater beschränkte sich auf eine Videokassette mit dem Titel ‚Hamburger SV gegen Juventus Turin 1:0'. Sie lag einsam und verlassen in einem Schränkchen unter dem Fernseher. Klar machte mich das in der Pubertät neugierig. Abschließend kann man sagen: Da war kein Fußballspiel zu sehen. Als ich vor ein paar Jahren bei einem Quiz-Duell-Spiel wusste, dass Felix Magath das entscheidende 1:0 für den HSV gegen Juventus Turin geschossen hat, wunderte sich mein Vater. Ich meinte nur: ‚Klar weiß ich das, wir hatten doch früher ein Video davon! Das habe ich mir so oft angesehen, bis ich auswendig mitspielen konnte!' Das Gesicht meines Vaters werde ich nie vergessen!"

„Irgendwann passiert es eben. Jeder muss seine Erfahrungen selbst machen. Du kannst nur aufklären. Vielleicht legst du ihm eine Packung Kondome in den Schrank. Du kannst dich aber schlecht danebenstellen und anfeuern. Ich glaube, die Kids sind klüger und aufgeklärter, als wir Eltern denken. Lass sie mal machen! Vertrau ihnen."

„Offener Umgang war uns sehr wichtig. Wir waren selbst mal jung. Verbote und einfach nicht darüber reden bringt gar nichts. Selbst zwei Kumpels von unserem Großen haben uns um Rat gefragt, und ich habe für sie Kondome besorgt, weil es ihnen peinlich war und sie mit ihren Eltern leider nicht reden konnten! Das hat mir richtig leidgetan!"

„Kondome im Glas ins Bad, aufgeklärt ist er. Und wenn sie benutzt werden, kommentarlos auffüllen! Das ist gelebte Aufklärung!"

Ist so. Ist einfach so.

Kommen wir nun zum Schamgefühl: Aufgrund der körperlichen Veränderungen werden unsere Kinder in der Vorpubertät immer häufiger von Schamgefühlen heimgesucht. Diese äußern sich unter anderem dadurch, dass die Kinder beginnen, sich im Badezimmer einzusperren, und sich nicht mehr nackt vor ihren Eltern oder den Geschwistern blicken lassen. Bei manchen Besuchen in der Sauna würde man sich das öfter auch von Erwachsenen wünschen.

Man kennt den Spruch „Mein Körper ist mein Kapital". Kindern kommt ihr Körper am Beginn der Pubertät dagegen oft wertlos vor. (Mein Motto ist im zunehmenden Alter: „Mein Körper isst mein Kapital". Okay, die Kinder essen es auch …)

Bitte beachten: Die Veränderungen an ihrem Körper führen bei Kindern in diesem Alter verständlicherweise zu einer vorübergehenden Verunsicherung, weshalb ihr als Eltern die Privatsphäre umso mehr respektieren solltet.

Ein wirklich sehr wichtiges Thema: Die Scham vor dem eigenen Körper und seinen Veränderungen wächst vor allem bei den Mädchen. Sie tragen irgendwann nur noch Schlabberlook, am liebsten lange Jeans und Pullover. Und das auch bei dreißig Grad im Schatten. Deutliche Hinweise wie „Nimm doch noch deinen Schlitten mit! Füll Kinderpunsch in die Flasche! Vergiss die Handschuhe nicht! Möchtest du noch eine oder zwei Daunenjacken anziehen?“ könnten sie dezent auf den Sommer hinweisen – es bringt aber nichts.

Der Grund dafür ist ein ernsterer, aber nötig für die Entwicklung: Sie identifizieren sich null mit ihrem sich verändernden Körper, und sie finden ihn schrecklich. Sie verkriechen sich in ihrem Zimmer, wollen nichts hören, nichts sehen.

> „Meine Tochter stört es, dass der Busen wächst. Irgendwann wird es sie stören, dass er nicht mehr wächst. Und mich stört es, wie er bei drei Kindern erst wächst und dann in sich zusammenfällt!"

Klare und einfache Ansage: Es sind *ihre* Körper, sie müssen mit den Veränderungen klarkommen. Wir sind für die Mädels da. Wir erklären und bieten Hilfe und Gespräche an. Aber wir lassen den Kindern Zeit. Sie müssen sich erst mit dem Wandel arrangieren. Hier müssen die Eltern dies auch nicht direkt ansprechen. Jeder in seinem Tempo.

Bitte verkneift euch solche Fragen und Aussagen:

- „Wollen wir mal über deine Schamhaare sprechen?“
- „Sind das da neue Pickel?“
- „Du musst dich öfter waschen.“
- „Wächst bei dir schon der Busen?“
- „Hast du irgendwelche Fragen zum Petting?“ (Furchtbar!)

Jedenfalls ist es nun mal so: Der Zug mit dem Namen ‚Frau‘ wartet am Bahnsteig. Manche Mädels wollen früher einsteigen, einige später. Manchmal hat der Zug auch Verspätung.

Wenn in der Familie der Umgang mit Körperlichkeit offen und geradezu als selbstverständlich vorgelebt wird, gibt es oft weniger Probleme. Das Wachstum ist ein normaler Prozess.

Wenn Mädchen ihren Körper akzeptieren oder sogar positiv sehen, hat das auch bestimmte Folgen, die Eltern im Alltag spüren. Zum Beispiel haben wir dann urplötzlich Kobolde im Haus. Mein Haargel war auf einmal komplett leer. Mein Sohn fühlte sich unschuldig. Als er sich dann durch die Haare fahren wollte, blieb die Hand kleben. Ansonsten hat die Nachbarin schon fünf Pinzetten verloren, kleine und große Scheren, Bürsten, Schminke, Kajalstifte und, und, und. Sie meinte: „Ich weiß nicht, was meine Tochter plant. Aber ich glaube, dass sie bald in ihrem Zimmer eine Drogerie eröffnen wird!" Sie identifizieren sich nun langsam mit ihrem Körper – aber noch nicht so sehr mit dem Bewusstsein für das Eigentum der Eltern. Bleibt nachsichtig. Ich meinte zu meinem Sohn nach der Gel-Geschichte auch ganz entspannt: „Kleben und kleben lassen."

„Ich habe meiner Tochter eine süße Schachtel mit Schleife gepackt. Inhalt: Binden, ein Döschen für Binden für die Schule, Mini-Tampons, ihr erster Rasierer, ein kleines Parfum, eine wohlriechende Kerze, ein Kirschkernkissen, ein Einhorn als Wärmflasche und ganz viel Schokolade. Danach bin mit ihr einen Cocktail trinken gegangen, habe mit ihr angestoßen und gesagt: ‚Willkommen in der Frauenwelt!' Meine Tochter fand das megacool! Sie gehörte nun endlich dazu!"

Was passiert eigentlich parallel im Gehirn? Man könnte meinen, nicht viel. Die Kinder stehen häufig völlig neben sich. Auffällig ist auch eine Art Blackout, ein Systemabsturz in allen denkbaren Situationen. Mein tapsiger Teenie bringt mich zum Wahnsinn, wenn etwas direkt vor der Nase steht, er schon fast darüber fällt, einen dann aber ernsthaft fragt: „Wo ist das denn?"

„Mein Sohn wollte Pudding kochen. Er füllte den Topf mit 500 Milliliter Milch. Ich sage: ‚Du brauchst aber 750 Milliliter.' Was macht er? Er schüttet die Milch weg und füllt neu auf."

„Baustelle im Gehirn? Absolut. Manchmal kommt meine junge Pubertierende in die Küche und guckt mich an, und ich bin mir sicher, sie weiß gerade nicht, wer ich bin und was ich hier will."

Oder: „Ich schau ihm oft in die Augen und denke, Licht ist an, aber es scheint keiner zu Hause zu sein."

Auch wenn man es manchmal kaum für möglich hält, ist im Denkapparat des Jugendlichen Großes im Gange:

- In der Pubertät wird unser Gehirn sozusagen neu verschaltet. Das bewirkt zum einen, dass die werdenden Teenager im Schwerpunkt kaum logisch denken können und aufgrund dessen auch überwiegend emotional reagieren. Zum anderen entwickeln Kinder in diesem Alter besondere Stärken. So haben Hirnforscher festgestellt, dass jetzt das formale Denken ausgeprägt wird. Nun entsteht die Fähigkeit, komplexe oder abstrakte Zusammenhänge zu erkennen und zu bewältigen. Deshalb wird auch der Unterricht in Fächern möglich, die dies voraussetzen, wie Grammatik, alte Sprachen, Mengenlehre und Algebra. Der Wortschatz wächst sprungartig.
  „Wie war die Schule?"
  „Gut." (Ja, sicher!)
  Die Fähigkeit, schwierige Satzkonstruktionen zu bilden, steigt. (Dann nutze sie doch, Kind!) Und wer bisher ein recht chaotisches Kind hatte, darf hoffen: Jetzt entwickelt sich auch die Fähigkeit, zu organisieren und zu planen, diese Pläne zielstrebig zu verfolgen und aus Fehlern zu lernen. (Habt ihr Hirnforscher schon mal das Zimmer meines Sohnes gesehen?)

Nun fangen Kinder allmählich an, über sich selbst – auch kritisch – nachzudenken, und jetzt haben sie auch die Fähigkeit zum Entwurf von Zukunftsplänen.

Die Reaktionszeit ist in dem Alter nach Ansicht der Forschung sehr hoch. Kann man sich bei dem Lieblingswort „gleich" kaum vorstellen. „Bring das Geschirr in die Küche!" Da kann die Reaktionszeit auch schon mal Wochen betragen.

Ein Zwölfjähriger kann sich fünf bis sieben Dinge gleichzeitig merken. Ab dem 25. Lebensjahr lässt dies nach. Er wird zum Mann und kann sich gar nichts mehr merken.

„Was bringst du denn da mit? Ich habe dir doch einen Einkaufszettel geschrieben?“

„Oh, ich weiß gar nicht mehr, wo ich den hab!“

Der pubertierende Junge schafft es, oft gerade im Computerbereich, überraschende Lösungen für Probleme zu finden. Das sieht man bei den sogenannten Strategiespielen, bei denen er sehr hohe Flexibilität und schöpferische Kraft entwickelt. Bei der Beantwortung meiner Fragen bezüglich Schule greift er leider nicht zu überraschenden Lösungen.

Dennoch: Das Denkorgan erlebt eine Hochphase. Jetzt lassen sich sportliche und musikalische Talente am besten fördern. Einem Hobby in der ersten Phase der Pubertät Beachtung zu schenken, lohnt sich. Auch wenn das Kind in der Mitte der Pubertät noch einige andere Dinge ausprobieren wird, ist anzunehmen, dass das Hobby aus der Anfangsphase ein Leben lang bleibt und ihm Freude bereitet. Man kann nur hoffen, dass das Kind anfangs keine Blockflöte mag.

Daher schlage doch gerne etwas vor. Wenn es ihm Spaß macht, dann wird es – eventuell nach einer kleinen Pause in der eigentlichen Pubertät – sehr lange Spaß daran haben.

Aber dein Kind bestimmt da die Richtung.

> „Ich habe meinem Sohn sehr viele Sport- und Turngeräte besorgt. Fußball, Tennisschläger, sogar eine Hantelbank. Aber wie sagte sein Sportlehrer immer so schön: ‚Am meisten Spaß hat er, auf den fahrenden Mattenwagen aufzuspringen. Das war's!‘“

Auch hier mit seinen eigenen Erwartungen bitte auf der Matte bleiben.

> „Ich habe ihm bei der ‚Instrumenten-Olympiade‘ unserer Musikschule so viele Instrumente präsentiert. Er meinte nur, es sei Rhythmus genug, wenn er mit dem klappernden Besteck aufs Mittagessen wartet. Das würde ihm reichen!“

In der Pubertät sind die Kinder schon fast Erwachsene. Glaubt man nicht. Ist aber so. Schauen wir mal in die Vergangenheit. Früher wurden die Menschen viel schneller erwachsen. Alexander der Große, König von Makedonien, hat im Pubertätsalter die halbe Antike erobert.

Der kam bestimmt nicht nach Hause, und seine Mutter Olympia sagte: „Kind! Musst du dein Schwert mitten in den Weg schmeißen! Keine Blutflecke auf die Couch! Nun komm, setz dich und ruh dich aus. Wie war die Schlacht?"

„Gut!"

Mozart hat parallel zwanzig Stücke komponiert. Unsere Söhne finden zu Hause nicht mal die Waschmaschine! Muss auch mal gesagt werden!

Wie meinte ein Freund zu diesen Tatsachen: „Die Zeiten haben sich geändert für unsere Kinder. In der Steinzeit noch Jäger und Sammler – jetzt Schläfer und Gammler!"

Aber was passiert in der Baustelle Gehirn genau?

Es ist wissenschaftlich erwiesen, dass bei unseren Kids im Gehirn so einiges ‚restauriert' wird. Die Stecker werden gezogen, es wird neu vernetzt. Viele unwichtige Informationen verschwinden. Es wird Platz gemacht – für viel Neues im Kopf.

▶ Die Impulskontrolle, um Emotionen zu steuern und richtig einzuschätzen, wird erst gegen Ende der neurologischen Entwicklung einsatzfähig. Das erklärt – in Verbindung mit den Hormonen – ihre Ausbrüche und ihr Ausrasten. Ja, es ist eine Erklärung, aber keine Entschuldigung. Nur hin und wieder in manch brodelnder Situation eine Beruhigung.
Unter der mangelnden Impulskontrolle leidet das analytische, rational abwägende Denken, und die freien, oft sehr lauten, emotionalen Gedanken geraten in den Vordergrund. Der TEENIETUS! Das ist manchmal für alle buchstäblich ohrenbetäubend. Aber: Sie sind jetzt auch bereit für verrückte Ideen. Sie denken origineller, schöpferischer, idealistischer als Erwachsene, begegnen Herausforderungen unvoreingenommen.

Die Pubertät gilt tatsächlich als das ‚Goldene Zeitalter' für Neuerungen. Das ist sehr bedeutsam für die Gesellschaft, wie man sehr gut an der Bewegung Fridays für Future erkennen kann.

„Mein Sohn geht für das Klima auf die Straße. Fridays for Future hat wirklich sehr viel bewirkt. Wer hätte das gedacht, dass mein

Sohn freiwillig noch mal sein Zimmer verlässt? Und ich kann in der Zeit lüften! Er wiederum ist an der frischen Luft, hoffentlich verkraftet das sein Immunsystem."

„Alle Umbauarbeiten bei laufendem Betrieb: Das hat eben Konsequenzen. Beim McDonald's, der 24 Stunden geöffnet hat, erwartet auch keiner absolute Sauberkeit!"

Doch es sei noch mal betont: Jetzt ereignet sich in den grauen Zellen des Heranwachsenden Unglaubliches:

- Auf einmal ergibt sich hier ein irres Potenzial zur Innovation. Niemand ‚zähmt' neue Techniken schneller als Jugendliche. Sie verfügen über eine derart fluide Intelligenz, wie sie später nie wieder vorkommt. Nie werden sie kreativer sein als jetzt. Hinzu kommt eine ausgeprägte Offenheit für Neues, sie sind extrem begeisterungsfähig. Dadurch streben sie natürlich auch nicht selten ungebremst, ungezügelt und auf riskante Weise nach Glück, sexueller Wunscherfüllung und Weltverständnis. Sie sind eben jetzt von neuen Rollen und Welten wie magisch angezogen. Grund für diese Phänomene ist, dass die Botenstoffe des Gehirns mit Einsetzen der Pubertät eine andere Wirkung entfalten.

Während dieser umfassenden Umgestaltung des Gehirns helfen Kinder zwar nicht im Haushalt und vergessen auch alles, was man ihnen aufgetragen hat. Dafür backen sie plötzlich Kuchen, der wirklich sehr gut schmeckt! Das muss man nicht verstehen. Aber man kann sich über den Kuchen freuen.

Und die Moral? Auch da sind Jugendliche zu Spitzenleistungen bereit. Zur Selbstkritik sind sie noch nicht fähig, aber die Welt wird genau bewertet. Dass Tiere in den modernen Mastbetrieben gequält werden, fällt vor allem Jugendlichen auf. In welchem Alter gibt es die meisten Vegetarier? Auch gegen anderes Unrecht begehren in aller Regel zuerst die Jugendlichen auf. Kurz: „Das Jugendalter ist ein moralischer Jungbrunnen", wie der Schweizer Kinderarzt Remo H. Largo einmal bemerkt hat. Es wäre mehr als nur ein Gedankenspiel wert, ob nicht die Regierungsgeschäfte dieser Erde doch besser Jugendlichen überlassen werden sollten.

Und dazu haben sie ein Selbstbewusstsein, das oft sprachlos macht. Immer recht haben, immer das letzte Wort und nie etwas falsch machen. Nur die anderen. Klar. Logisch.

In fruchtlosen Diskussionen packen sie derart abstruse Argumentationsketten aus, dass einem die Spucke wegbleibt, bis man sich maximal unbeliebt macht, wenn man oft aus purer Verzweiflung den Chef raushängen lässt.

„Taschengeld … ich würde sagen, fünf Euro die Woche!"

„Papa, ich nehme nie das erste Angebot an!"

Da kann man kontern!

„Ich gebe dir vier – den Rest regelt der Markt!"

All diese gehirntechnischen Spezialisierungen, die in neuartigen Diskussionsformaten zutage treten, sind nicht dazu da, die Eltern zu ärgern, sondern um auf dem eigenen Lebensweg zu bestehen. Sie sind nicht als Stoff für Konflikte ‚gedacht' – sondern als Stoff für Wachstum und Gelingen. Und davon profitiert übrigens die ganze Gesellschaft. Wenn es diese Spezialisierungen der Jugendlichen nicht gäbe, dann säßen wir womöglich noch immer in Erdlöchern, hörten keinen Mozart, keinen Schubert, keine Beatles, keine Rockmusik – gerade die, die Neues denken und Neues wagen, hatten und haben ja oft noch Flaum um den Mund.[1]

Mit dem Beginn der Pubertät verschiebt sich auch der Biorhythmus der Kinder, und zwar unabhängig vom Zeitpunkt des Zubettgehens. (Das in der Dunkelheit ausgeschüttete Schläfrigkeitshormon Melatonin wird jetzt erst etwa 90 Minuten später freigesetzt, und deshalb kommen sie morgens nicht, äh … mittags nicht aus dem Bett.) Außerdem braucht

der Körper wegen der umfassenden Sanierungsarbeiten tatsächlich Ruhe! Viel Ruhe. Dennoch schlafen Teenager heute etwa eine Stunde weniger als vor dreißig Jahren. Die Gründe: ein dicht gepackter Tagesplan, Medienkonsum (insbesondere PC oder Fernsehen im Schlafzimmer) – und der frühe Unterrichtsbeginn. Letzterer sorgt dafür, dass nicht wenige Jugendliche in der Schule nur beschränkt aufnahmefähig sind.

[1] Siehe hierzu die Seite des Kinderarztes Dr. Herbert Renz-Polster: https://www.kinder-verstehen.de (Zuletzt aufgerufen am 04.03.2022)

Studien zeigen, dass sich die Schulleistungen von Jugendlichen signifikant verbessern, wenn die Schule erst später beginnt. Das weiß auch jede Regierung. Aber dies kommt nur in Schweden an.

Die Umbauarbeiten im Gehirn bewirken auch, dass die Dopamin-Ausschüttung sehr spärlich ausfällt. Dopamin wird wiederum für die Motivation, etwas zu tun, benötigt. Ich sag nur: Hausaufgaben!

Das ist auch der Grund, warum viele Teens einen Kick in Form von gefährlichen und für uns kaum nachvollziehbaren Handlungen brauchen oder permanent am PC zocken wollen. So bekommen sie Adrenalin und mehr Dopamin. Vielleicht sollte man ihnen gestatten, während des Einräumens der Spülmaschine einen spannenden Film zu schauen.

Im Gehirn läuft es so ab wie bei meiner Carrera-Bahn in der Kindheit – ein Auto ist quasi ein Arbeitsauftrag. Es fährt los, nimmt Tempo auf, aber fliegt irgendwann aus der Kurve. Es kommt selten am Ziel an. Wichtig hier: Es hängt sehr stark vom Interessensgebiet ab. Wenn unsere Kinder auf etwas Lust haben, dann brennen sie auch dafür, und jedes Auto kommt in Rekordzeit ins Ziel.

Die Neuordnung im Gehirn ist bei unserem Kind außerdem begleitet von der unglaublichsten Vergesslichkeit, seit es Menschen gibt. Nach dem Motto: Wenn sein Kopf nicht angewachsen wäre.

Der Fernseher wird sehr gerne angelassen, wenn es das Zimmer, die Wohnung, das Haus, die Stadt, das Land, die Erde verlässt. Der erste Satz meines Sohnes als Astronaut wäre: „Mama, ich glaub, ich hab Netflix noch an!"

Ich ärgere mich nicht mehr darüber. Ich denke, wahrscheinlich wollen die Pfandflaschen die Staffel weitergucken. Unsere Kinder sind gedankenverloren, aber sicher nicht böswillig.

Diese Vergesslichkeit wird von den Eltern oft kritisiert. Doch es geht den Erwachsenen bei genauem Hinsehen nicht anders. Wie oft geh ich außer Haus und denke mir: „Sch… hab ich das Licht ausgemacht, oder den Herd, oder abgeschlossen?" Oder ich schicke meinem Lektor zwei E-Mails. In der einen steht: „Hier ist Kapitel 2!"

Und in der anderen: „So, jetzt auch mit Anhang!"

Ich vergesse auch dauernd etwas von meinen Familien-To-dos, obwohl meine Frau mir einen exakten Wochenplan geschrieben hat. Analog und digital. Ich behaupte sogar, ich bin ein wissenschaftliches

Phänomen. Ich kann Sachen vergessen, während meine Frau noch spricht!

Da sollte ich erst recht nachsichtig mit dem in Restaurierung befindlichen Nachwuchs sein.

Bei meinem Sohn fing es schon im Alter von sechs Jahren an. In der ersten Klasse hatte er einen Samen in einen Topf einzupflanzen. Ich habe den Topf dann gegossen, weil er dies immer vergaß. Es passierte nichts. Das konnte echt nicht wahr sein. Dann stellte sich heraus: Er hatte nicht nur das Gießen vergessen, sondern es befand sich auch kein Samen im Topf. Schön, wenn man sechs Wochen lang Erde gießt.

Grundsätzlich: Unterstützt eure Kinder beim Organisieren, erinnert sie, helft ihnen bei der Schultasche, die man am Abend zuvor schon packen könnte (wie oft mahnen wir das im Laufe eines Schullebens an?). Sie schaffen es im wahrsten Sinne des Wortes nicht, ihre sieben Sachen beisammenzuhalten. Es ist zum Wahnsinnigwerden.

„Kieferorthopäde! Jetzt? Warum hast du nichts gesagt?"

(Ich schätze auf acht- oder neunmal.)

„Was glaubst du denn, warum wir zusammen jetzt im Auto sitzen? Und ich gesagt hab, putz dir die Zähne noch mal!" (So zwölf- bis dreizehnmal …)

Aber nur die Ruhe: extra ein wenig aufmerksamer sein, immer noch mal checken, ob alles gepackt ist, und noch siebzigmal erinnern. Mehr nicht.

In dieser Zeit ist ihr Gehirn nun mal mit Komplettsanierung beschäftigt. Da schaffen sie es nicht – weil oben gerade wieder eine Leitung stillgelegt wurde –, auf Schlüssel, Türen und Licht zu achten. Die Kids machen das nicht mit Absicht.

Vielleicht helfen hier kleine Zettel: „Schlüssel abziehen, Tür zu, Fenster schließen" et cetera.

Das Teenager-Gehirn hat die Handwerker im Haus – und wir wissen alle, wie lange das dauern kann und wie viel Dreck das macht. Man kann sagen: Pubertät ist Pech beim Denken!

Zusammengefasst lässt sich sagen: Körperlich ist die Zeit des Rubikons nicht mit solch gravierenden Veränderungen behaftet, wie sie später mit der Pubertät einhergehen. Allenfalls die zuweilen langsam einsetzende Schambehaarung und auch das damit einhergehende Schamgefühl deuten darauf hin, dass Veränderungen anstehen.

Die Phase ist vor allem von einem geprägt: von vielen Fragen. „Das Kind hinterfragt plötzlich, wo vorher totales Vertrauen war – ein Urvertrauen“, so der Pädagoge Axel Föller-Mancini.

Die Fülle an Fragen kommt nicht von ungefähr: „Mit dem anstehenden Ende der Grundschulzeit erwacht das Bewusstsein, hinter die Dinge zu blicken. Ein Stück kindlicher Unbekümmertheit ist für immer verloren! Das kann zu Krisen führen, die sind aber bei den Kindern unterschiedlich ausgeprägt.“

Mancher Heranwachsende beginnt in diesem Alter beispielsweise damit, Lego und Puppen zu entfernen und ein Schild an der Tür des Kinderzimmers anzubringen, um sich seinen ganz privaten Rückzugsraum zu sichern.

Wichtig (ja, ich wiederhole mich, weil es – richtig! – wichtig ist): Fragen und zuhören! Denn oft wissen die Kinder gar nicht oder können es nicht beschreiben und begründen, was sie gerade in dieser Situation so unglücklich macht.

„Ist das jetzt schon die Pubertät?“ (Oder kann das weg?)

Am liebsten wäre es den Eltern, die Party würde abgesagt. Doch die Kids gehen, wollen und müssen hin. Als Eltern würde man am liebsten draußen bleiben. Man wünscht sich den Türsteher, vor dem wir früher vor der Disco alle Angst hatten. Der Satz „Hier kommst du nicht rein!“ klingt heute wie Musik in unseren Ohren.

Die Muttis sagen: „Sehr gerne. Ich bleibe lieber mit meinem kleinen süßen Kind hier draußen. Mein Mann ist ja immer noch drin. Das muss reichen!“

„Es ist etwas Unvorhersehbares. Aber letztlich ist es richtig so. Ich hoffe, du hfattest die Zeit deines Lebens!“ – (*Good Riddance [Time of Your Life]* – Green Day)

3 | Die Schule – der Stimmungs(tinten)killer

Schulformen, Lerntypen und die Abgründe des Elternabends

DER ERSTE SCHULTAG

„An meinen ersten Schultag 1972 erinnere ich mich mit gemischten Gefühlen, denn er war geprägt von Verzicht. In meiner Schultüte befanden sich Äpfel, ein Lineal und Wachsmalkreide, und bis auf Miriam kannte ich keins von den Kindern. Dann kam ein Fotograf mit einer Riesenbrezel aus Hefeteig, die mit Zitronenzuckerguss übergossen war und auf einem großen Backblech lag. Ich jubelte innerlich und dachte, wenn der Fotograf uns alle vor der Brezel geknipst hat, dürfen wir die essen, aber wir durften nicht; die Brezel wurde nach der Knipserei wieder eingepackt und zum nächsten Termin mitgenommen. Auf einem Foto stehe ich neben der Brezel und lächle – da dachte ich noch, gleich kann ich kraftvoll zubeißen. Und dann gab es an diesem Tag auch noch Fenchelgemüse zum Mittagessen. Ich war bedient."

Der Schulstart ist ein einschneidendes Erlebnis, und viele Menschen erinnern sich später genau an ihn. So auch ich. Ich wurde gezwungen, eine entsetzliche erbsengrüne Strickjacke zu tragen, die ich seit der Fastnachtszeit hasste. Im Februar zur Faschingszeit ist es ja sehr kalt, und Mütter sind immer sehr besorgt, wenn es um Kälte geht. „Zieh dir was an, mir ist kalt", hat die Mutter eines Freundes immer zu ihm gesagt.

Und diese weibliche Kälteempfindlichkeit wurde mir erstmals an Fasching zum Verhängnis. Ich habe mich gern als Cowboy verkleidet. Und als Cowboy trägt man, wie allen wohl geläufig ist, eine Kunstlederweste, einen Revolvergürtel, ein schickes Halstuch und einen Hut, und natürlich eine Pistole. Aber doch bitte keine erbsenfarbene Strickjacke, auf die noch ein lustig winkender Stoffelefant gebügelt worden war, weil die Jacke irgendwann mal ein Loch bekommen hatte! Wie würde es denn bitte aussehen, wenn Gary Cooper in *Zwölf Uhr mittags* – bevor die bösen Männer per Zug eintreffen – mit der ihm eigenen rauen Stimme zu Grace Kelly sagen würde: „Muckel, gib mir doch mal eben noch meine Strickjacke, es ist ja schon empfindlich kalt heute, brrr"? Oder denken wir an John Wayne, wie wenn der mit nichts Gutes verheißender Miene auf einem wilden Rappen angaloppieren würde, seinen Revolver zückte, losballerte – und dabei trüge er eine Strickjacke mit einem winkenden Elefanten drauf. Das kann man sich gar nicht vorstellen. Eben.

Ich habe die Strickjacke irgendwann einfach ausgezogen und bin deshalb auf meinem Einschulungsfoto mit einem sehr modernen T-Shirt bekleidet.

Ach je! Aber auch ohne erbsengrüne Strickjacke ist der Beginn der Grundschule ein Sprung ins kalte Wasser: Die wundervolle Zeit in der Kita ‚Wünschelrute' ist ein für allemal vorbei, und ‚der Ernst des Lebens' beginnt. Fangen wir damit mal an! Allein dieser Begriff ist doch für viele Sechsjährige eine Zumutung und negativ behaftet. Im besten Fall soll man sich doch auf die Schule freuen, das Hingehen als eine Bereicherung betrachten und nicht als strengen ‚Ernst des Lebens'.

Der erste Schultag ist ein Großereignis. Und jedes Kind erlebt dieses komplett anders. Für das eine läuft es großartig, für das andere ist es eine auf ganzer Linie frustrierende Veranstaltung. Überfordert sind aber im Grunde alle erst mal.

> „Wo ist Tante Rosi? Hier riecht es komisch. Das Klo ist so weit weg. Warum hat eine Stunde auf einmal nur fünfundvierzig Minuten? Wieso sind die Pausen so kurz? Ich habe Hunger. Der Nico ist doof. Der Ansgar auch. Die Lilli will was von meinem Brot abhaben, ich will aber nichts abgeben. Die Mimi mag nicht neben mir sitzen, sondern neben Lena. Ich hab Durst. Mir ist kalt. Ich will Kakao. Ich bin so müde. Ich will nach Hause."

Die typische Gedankenflut, die unseren Kindern in den ersten Grundschultagen durch den Kopf geht. Unter anderem! Prassel, prassel, prassel – genau! So viel Neues stürzt auf die gerade mal Sechsjährigen ein! Denn auf einmal gibt es weit mehr und ganz andere Regeln als die doch recht überschauberen in der Kita. Man muss ganz pünktlich sein, auch wenn es draußen noch dunkel ist und aus Eimern kübelt. Man muss sich anstrengen, man muss lesen und schreiben lernen, alles ist neu, alles überfordert schnell.

Ich schweife nun aus gegebenem Anlass – denn auch ich war, als mein Sohn in die Schule kam, traumatisiert – vom ersten Schultag ab. Daher muss ich mich heute fragen: Sind möglicherweise wir Eltern gemeint, wenn es um den ‚Ernst des Lebens' geht, den Ernst, der jetzt für uns beginnt? Denn die schönen, lockeren Zeiten sind vorbei, und ‚Jedem Anfang wohnt ein Zauber inne' gilt nur bedingt. Warum? Das ist recht einfach:

1. „Ach, das Wetter ist so schmuddelig, wie gut, dass ich heute frei habe! Weißt du was, Benjamin/Charlotte/Frederika, heute bleiben wir einfach mal zu Hause und lassen den lieben Gott und die Schule einen guten Mann sein." Richtig oder falsch?
   Die böse Sirene: „Mööööp!!!" – Falsch, denn es gibt ja eine Schulpflicht, und wir können das mit dem gemeinsamen Schwänzen vielleicht einmal machen, ohne danach möglicherweise vor schlechtem Gewissen einzugehen – davon mal ganz abgesehen, was wäre, wenn das Kind ausplappert, dass Mama schlicht zu faul war aufzustehen? („Wie geht es denn deinen Bauchschmerzen, Caspar?" – „Häää? Wir haben den ganzen Morgen im Bett gelegen, Schokolade gegessen und Disney Channel geguckt, die Mami und ich!") Das wirft dann nicht ein so ganz gutes Licht auf uns.
2. „Oh, welch trübe, nasskalte Herbstzeit liegt vor uns, lasst uns für zwei Wochen in den Süden fliegen, ich rufe eben bei Sina in der Mäusezahngruppe an!"
   „Mööööp!" – Falsch, denn diese Gruppe ist Geschichte, jetzt gibt es die Schulpflicht, und wenn das mit der Reise rauskommt, weiß ich zwar nicht, was dann passiert und ob die Eltern nachsitzen oder tausendmal „Mein Kind muss in die Schule gehen" schreiben

müssen, jedenfalls ist das keine gute Idee. Es wird ja schon schräg geguckt, wenn wir nicht vor, sondern eine Sekunde nach halb neun in der Schule anrufen, um unser Kind für einen Tag abzumelden, weil es Würfel- oder Gesäßhusten hat. Da kann man nicht einfach zwei Wochen wegbleiben. Denn: es gibt ja wirklich die Schulpflicht, und die ist ernst zu nehmen und einzuhalten, da kann Gran Canaria im Frühling oder ein Besuch bei Tante Stümpfchen im Harz noch so locken. No way! Das Kind muss in die Schule. Punktum. Ich glaube, jetzt hat es jeder verstanden.

3. „Wir bringen die Kinder in die Schule, wann es uns gerade passt." „Mööööp!" – Falsch, denn: Der Unterricht geht meistens um acht Uhr morgens los, und um acht Uhr morgens heißt um acht Uhr morgens und nicht um halb zehn.

Wir müssen uns also immer klarmachen: Dieser sogenannte ‚Ernst des Lebens' hat auch für uns begonnen! Von uns Eltern erwartet die Schule übrigens nicht nur, dass wir es netterweise schaffen, unsere Kinder auch im Winter und bei Dunkelheit pünktlich dort abzuliefern, nein, jetzt geht's erst richtig los, und das muss ich jetzt einfach mal loswerden, denn es ist die pure Wahrheit und der wirkliche ‚Ernst des Lebens', auf den wir später noch detaillierter zu sprechen kommen – hier nur ein kleiner Vorab-Vorgeschmack, damit ihr gewappnet seid und/oder eure Familienplanung überdenken könnt:

- Eltern haben sich für alles, was mit der Schule zu tun hat, wahnsinnig zu interessieren! Geht es beispielsweise um die Sanierung der Toilettenräume, werden gern mal die ‚handwerklich begabten Väter' angesprochen (und/oder die, die einen Betrieb für sanitäre Einrichtungen haben), ob man denn nicht am Wochenende mal beim Fliesenabschlagen helfen und neue Fliesen und Kacheln und WC-Schüsseln und Waschbecken und Spiegel und, und, und zum Einkaufspreis besorgen und natürlich auch gratis verlegen und anbringen kann. Totschlagargument: „Ist ja für die Kinder!"
- Eltern krempeln die Ärmel hoch, wenn es darum geht, die Klassenräume in den Ferien mit umweltfreundlicher Farbe zu streichen (natürlich werden auch hier die Väter mit den entsprechenden

Geschäften und Firmen gerne nach verbilligter Ware und schlicht alle nach kostenloser Arbeit befragt).

- Eltern haben sich freiwillig als Begleitperson auf Klassenfahrten anzubieten, auch wenn sie danach erst mal neunundvierzig Stunden am Stück schlafen müssen, um sich danach in eine geschlossene Anstalt einweisen zu lassen, damit die sorgfältig ausgeklügelten Mordfantasien an den kleinen Menschen nicht zur bitteren Wahrheit werden.
- Auf Elternabenden haben im günstigsten Fall beide Elternteile (auch zerstrittene) zu erscheinen, und man muss sich irre für einen Vortrag von einem Bobo Haberland-Weizenstern interessieren, der erklärt, wie man die Erstklässler spielerisch an den Umgang mit Bienen heranführt, denn er, Bobo, ist Imker und hat seinen Beruf – er war Lehrer – für diese putzigen Hautflügler aufgegeben, und Bobo findet das super, mit den Kindern jetzt mal anders zu arbeiten (die Wahrheit: Er lässt sich lieber vierzehnmal an einem Tag von Bienen stechen, bevor er noch einmal einen Fuß als Lehrer in einen Klassenraum setzt). Und warum tut Bobo sich das dann freiwillig an? Ganz einfach, Bobo möchte seinen überteuerten Honig und seine mit ‚Kesse Biene' oder ‚Bienenkönig' selbst bedruckten Jutetaschen verkaufen und schwafelt was von „bio und nachhaltig" und „Ökosystem" und „Pflicht, die Natur den Kindern nahezubringen". Denn wenn die Bienen sterben, dann stirbt der Mensch und so weiter – und wir sterben auf den viel zu kleinen Hämorrhoidenstühlchen einen langsamen Tod, denn Bobo redet unglaublich gern und für immer weiter.
- Natürlich wird erwartet, dass man sich um die ehrenamtlichen Stellen wie Elternbeirat, Kassenwart und was weiß ich noch alles quasi prügelt, auch wenn man sich eine Tarnkappe wünscht. Hoch mit dem Arm, mit dem Finger geschnippt, „Heda, Leute, seht her, ich bin ein engagierter Vater, ich geh auch an Wandertagen mit und freue mich, mit zwanzig Sechsjährigen durch den schlammigen Wald zu stapfen. Oh ja, ich bin gern Vater, ich bin so wahnsinnig gern mit den Kindern zusammen, hört, hört!" Kleiner Tipp: Frag sie doch einfach am Beginn eines Elternabends, ob man eine Sammelbestellung bei Burger King aufgeben möchte, dann wirst

du zumindest nicht gefragt, ob du die Einkäufe für den Schulkiosk übernehmen könntest.

- Das Entsetzliche ist, dass ich trotz meiner mittlerweile ausgewiesenen Phobie noch zu Elternabenden geschickt werde, und zwar allein. Warum? Nun, meine Frau geht mittlerweile grundsätzlich nicht mehr auf Elternabende. Sie meinte nur, die Eltern kennen sie nackt. Ich habe das nicht weiter kommentiert. Ich nehme an, von den Saunaabenden mit ihrer Freundin Biene jeden Mittwoch!

Und wer jetzt, nach Zurkenntnisnahme all dieser furchterregenden Tatsachen, noch denkt: „Ach Gottchen, so schlimm wird's schon nicht werden", dem sei versichert: doch. Es wird die reinste Folter. Und wenn du dann nach etwa 4,8 Stunden glaubst, du hast den Elternabend endlich überstanden, weil die Lehrerin jetzt Anstalten macht, gleich zur Abschlussformel überzugehen, kommt die entscheidende Frage, die deinen ganzen Abend verändern wird. Es ist der Moment, in dem die Welt stillsteht. „Hat noch jemand eine Frage?" Man hofft, aber im Grunde weiß man längst, es wird niemals passieren: Niemals wird hierauf Stille folgen. Denn ja, es hat immer jemand noch eine Frage. Immer. Genau jetzt fällt der Mutter von Ignaz ein, dass sie noch nachfragen wollte, warum nicht einheitlich zuckerfrei gegessen wird. Der Vater von den Zwillingen Karl und Lisa möchte noch wissen, welche Themen die nächsten Jahre im Sachunterricht behandelt werden. Um sich vorzubereiten. So bis zur 10. Klasse würde ihm reichen. Und Carlas Mutter hat das mit der Cloud nicht verstanden. Diese eine Frage kann Ihren Elternabend um gute zwei Stunden nach hinten verlängern. Mindestens.

Mein Feedback-Kommentar an den Elternsprecher: „Ich finde, wenn es vorher einen Sektempfang mit Häppchen geben würde, wäre es etwas erträglicher. Ansonsten empfehle ich, Hochprozentiges in Wasserflaschen dabeizuhaben."

Aber selbst wenn du dich dann nach dem Ende der Veranstaltung gegen Mitternacht, dem Burnout nahe, zu deinem Auto schleppst und glaubst, erlöst zu sein: es ist nicht vorbei! Es ist niemals vorbei. Im Zuge des technischen Fortschritts gibt es einen Elternabend ‚all inclusive', so wie im Ferienclub, durchgehend geöffnet, Programm ohne Pause, ‚all you can ask'. Darf ich vorstellen:

die 24-Stunden-Elternabend-WHATSAPP-GRUPPE! Ein Quell der Freude! Vor allem, wenn jemand eine Info reinstellt, und dann kommt neunundachtzigmal: DANKE!

Das La Ola der guten Kinderstube, man will schließlich mit gutem Beispiel vorangehen. Aber gute Erziehung kann auch sehr nervig sein!

Regelmäßige Nervenzusammenbrüche habe ich durch die Sache mit Hanno: Hanno weiß NIE, was WIR aufhaben. Aber seine Mutter ruft keine andere Mutter an und fragt nach, so wie man das früher gemacht hätte. Nein, sie stellt die Frage wirklich fast täglich in die Eltern-WhatsApp-Gruppe, was immer einen Rattenschwanz an Diskussionen nach sich zieht und mich langsam, aber sicher zermürbt. Das geht dann so:

Mutter von Hanno: „Was haben die heute in Deutsch auf?"

Vater 1 hat die Gruppe verlassen.

Mutter 2: „Blauer Ordner."

Mutter 3: „Haben wir nicht verstanden."

Mutter 2 schickt ein Foto.

Mutter 4: „Haben wir nicht gemacht."

Mutter 5: „Haben wir so gemacht." Schickt ein Foto.

Mutter 6: „Haben wir so gemacht wie Mutter 2!"

Mutter 7: „Haben wir so gemacht wie Mutter 5!"

Vater 2 hat die Gruppe verlassen.

Mutter 8: „Haben wir auch so verstanden wie Mutter 5!"

Mutter 5: „Habe es gegoogelt, ist so richtig!"

Mutter 9: „Das ist aber unsinnig. Mutter 2 ist logischer."

Mutter 10: „Ja, sehe ich auch so."

Mutter 5: „Ist aber richtig so."

Mutter 11: „Um was geht es denn?"

Vater 3 (und damit letzter Vater) hat die Gruppe verlassen – genau, die Gruppe!

Mutter 11: „Hallo? Habt ihr die Aufgaben aus dem roten Ordner verstanden?"

Nächster Tag:

Mutter 12: „Guck, Mutter 2 lag richtig."

Mutter 2 schickt Smiley.

Alle anderen: Schweigen.

So sieht sie nun aus, unsere ‚Freizeit'.

Der Beginn der Schulzeit ist also für beide Teile eine neue Herausforderung, für Eltern und für Kinder. Nicht nur das Leben unserer Jungen und Mädchen wird sich nun ändern, sondern unseres eben auch. Das ist eine Tatsache, die genauso ernst zu nehmen ist wie die Schulpflicht, so bitter das auch klingen mag.

Aber natürlich ist nicht alles schlecht. Wie sagt man so schön: Man gewöhnt sich dran – und das stimmt auch. Wir werden das schon gemeinsam mit unserem Nachwuchs durchstehen, und danach – kann uns nichts mehr schockieren. Erst wenn die Kinder … halt! Das würde nun den Rahmen sprengen.

Zurück zum ersten Schultag. Bitte vergesst eines nicht, das ist ganz wichtig: Es ist der Tag eures Kindes oder deiner Kinder, solltest du eventuell Drillinge haben. Es geht nicht um möglichst viele Süßigkeiten oder Buntstifte in der Schultüte – und ähem, bitte denke wirklich daran, das ist eine Schultüte und kein Zuckerhut! –, es geht auch nicht um den selbst gebackenen Marmorkuchen, den ihr mit zur Schule nehmt, weil Per oder Anna den schon als Dreijährige so gern gegessen haben, es geht weder darum, ob es in dem italienischen Restaurant, das für die Feierlichkeit im Anschluss an den großen Tag reserviert wurde, Aperol Spritz gibt, noch darum, ob die Cousine aus der Eifel es noch rechtzeitig geschafft hat, obwohl so viel Stau auf der Autobahn war.

Nein, es ist nicht *euer* Tag. Es ist der Tag eures Kindes. Ein wichtiger Tag. Es wird am nächsten Tag wieder dorthin gehen. Und am übernächsten auch. Gut, ihr möglicherweise auch, weil ihr die Kuchenhaube vom Marmorkuchen vergessen habt.

Aber es ist wichtig, dass dieser erste Tag für euer Kind gut wird! Seid einfach nah bei ihm, ohne aufdringlich zu sein. Der erste Schultag sollte in bester Erinnerung bleiben, denn die nachfolgenden Schultage sind schwerer. Denn mehr und mehr wird gefordert! Das verwirrt.

Eben saßen sie noch stolz auf dem Töpfchen und spielten im Sandkasten, haben Maxi die Kuchenbackförmchen an den Kopf geknallt, haben Sicherheitsnadeln verschluckt und mussten immer dann Pipi, wenn man ihnen den Schneeanzug angezogen hatte. Und jetzt? Sind sie sechs Jahre alt und gehören quasi zur arbeitenden Bevölkerung. Da kann man schon mal Mitleid haben.

Zum Glück lebt der Schulanfang aber von einer gewissen Euphorie, weil für Kinder meistens alles Neue toll ist. Erst mal. Aber sie sind auch überfordert mit all den neuen Reizen und Eindrücken, mit den Klassenkameraden und der Lehrerin.

Allein schon der Bewegungsdrang der Kinder, der jetzt im Zaum gehalten werden muss, weil sie während der Schulstunde nun mal auf ihren Stühlen sitzen müssen. Diesen Druck lassen die Kinder dann auch gern mal in den Pausen raus, deswegen kreischen die auch alle immer so, als würden sie von hungrigen Löwen verfolgt. Und oft zieht sich dieser Bewegungsdrang auch in die Nachmittagsstunden hinein, es muss ja viel nachgeholt werden. Konnte man in der ‚Maulwurfgruppe' noch ausgiebig Fangen spielen, heißt es nun Lesen und Schreiben lernen und dann nachmittags auch gern noch ein wenig üben. Hausaufgaben nennt man das dann später.

Auch das ist neu für die Eltern, auf einmal sind die nämlich auch gefragt und fragen sich, ob sie auch alles richtig machen.

► Wenn ihr verunsichert seid, fragt den Lehrer des Kindes. Es ist sowieso wichtig, hier ein gutes, persönliches Verhältnis aufzubauen, denn wenn alles nach Plan läuft, wird diese Person vier Jahre lang fast jedes Fach deines Kindes unterrichten. Natürlich kann man Sympathie nicht erzwingen, sollte aber trotzdem das Gespräch suchen, allein schon für die Selbstgewissheit, die Dinge richtig zu machen. Wir hatten mit der Klassenlehrerin unseres Sohnes großes Glück: Sie kam mit uns klar und hat uns nicht sitzenlassen!

► Kommt dein Kind in einem Fach nicht so gut mit, herrje, dann ist das kein Beinbruch! Denk immer daran, die kleinen Knupsels müssen gerade so viel aufnehmen, so viel lernen, so viel Neues verarbeiten, da kann schon mal ein Teil des Oberstübchens streiken. Man muss sich das kleine Gehirn wie ein Wollknäuel vorstellen, das eine junge Katze mit viel Tagesfreizeit bearbeitet hat. Da ist alles durcheinander. Das wird schon wieder.

► Es muss übrigens nicht immer ein Upgrade sein – dass beispielsweise mehr geübt wird –, auch ein Downgrade kann hilfreich sein. Das bedeutet keinesfalls gleich das für viele Eltern so schlimme S-Wort (das ‚Sitzenbleiben', furchtbarer Ausdruck), sondern beispielsweise die Vereinbarung, dass der Sohn/die Tochter eine Zeitlang vom Ganztagsunterricht befreit wird, also die Zeit in der Schule reduziert wird. Das hilft auch beim Reduzieren der Probleme und Baustellen der Kinder.

- Mache dir bitte eins klar: Es geht um dein Kind. Diese ersten vier Jahre sind enorm wichtig. Deshalb sollte man seine eigenen Ansprüche und Wünsche ein wenig herunterschrauben. Jetzt ist nicht alles perfekt, auch wenn man das als Eltern gerne hätte. Wie soll es denn gehen, dass die kleinen Kinder zwischen ihrem sechsten und zehnten Lebensjahr keine Fehler machen?

- Der Sinn der Grundschule ist auch nicht, dass man möglichst schnell ganz, ganz viele neue Sachen kann, sondern der Sinn ist, dass sich die Kinder langsam in die Welt des Lernens einfinden. Auch wenn wir es manchmal nicht glauben wollen, die Kinder wollen lernen. Das ist in ihnen drin und will raus.

Ich erinnere mich diesbezüglich gern an meinen frisch eingeschulten Sohn, der täglich etwa zwölfmal in der Minute „Warum?" fragte (an manchen Tagen kommt das bis heute vor). Kinder sind wissbegierig. Und zwar alle Kinder! Und sie begreifen nach einiger Zeit, dass die Schule nicht nur ein netter Zeitvertreib für zwischendurch ist, sondern dass sie dorthin gehen müssen, dass das eine Verpflichtung ist und dass das Leben nun mal nicht nur aus Freizeit besteht. Man fährt nicht jeden Tag zum Ponyhof und kann auch nicht nur das *Prinzessin Lillifee*-Buch kennen, oder einfacher gesagt: Das Leben ist nicht jeden Tag Wasserrutsche!

Deshalb gilt es umso mehr, diesen Einstieg in das ‚neue Leben' erst mal mit so viel Freude und Spaß wie nur möglich zu verbinden. Lernen soll Freude bereiten – das muss unser Ziel in den ersten Schuljahren sein. Und sie dürfen Fehler machen! Das hat auch eine gewisse Logik: Würden sie schon alles wissen und richtig machen, bräuchten wir die Schule nicht.

Damit die Kleinen aber mit Freude lernen können, kämpfen wir uns jeden Morgen aus dem Bett, auch wenn wir uns schrecklich gern noch zwölfmal umdrehen würden. Und da können wir auch noch hundertmal an die Kita ‚Kleine Engel' denken, die kommt nicht wieder! Das ist vorbei. Vergangenheit!

Niemand hat uns versprochen, dass das Leben mit der Schulzeit unserer Kinder ein Zuckerschlecken wird. Niemand. Die Schule und das ganze Drumherum werden uns nun viele Jahre begleiten, mit allem, was dazugehört. Auch dass Hausaufgaben doof sind, werden nicht nur unsere Söhne und Töchter feststellen. Wir können uns nachmittags auch Schöneres vorstellen. Aber sei's drum.

Es geht darum, das Beste a) fürs Kind und b) aus der Situation zu machen. Im besten Fall sollten wir uns später, wenn die Schule hinter uns liegt, mit guten Gefühlen an diese Zeit erinnern – gemeinsam mit unseren Kindern. Die ‚Weißt du noch'-Frage wird da gern genommen.

Als Eltern werdet ihr in dieser ersten Schulzeit ständig gefordert. Man will alles richtig machen, was so gut wie nie gelingen kann und was auch überhaupt nicht schlimm ist. Schule ist nicht Instagram, wo alles bunt und lustig, luxuriös und gut gelaunt ist. Schule ist echtes Leben. Also sozusagen der Start ins echte Leben und nicht unbedingt der Ernst!

Ein Start mit Spaß im besten Fall – dann wird's schon werden.

Kommen wir noch mal kurz zurück zum Elternabend. Ja, noch mal und ein immer gern genommenes Thema, um über die anderen Eltern zu lästern, um sich selbst besser zu fühlen, denn natürlich lästern andere ja nie über uns. Und auch ihr werdet um das Thema Elternabend nicht herumkommen. Deswegen ist es besser, sich vorzubereiten.

Auf einem Elternabend trifft man auf Menschen jeder Couleur. Am allerersten Elternabend kommt bereits die Gewissheit: Mit den meisten dieser Menschen, und natürlich auch ihren Kindern, muss ich die nächsten vier Jahre auskommen. Zunächst einmal sollte man wenig sagen, einfach zuhören. Was geben die alle so von sich? Manche viel.

Fangen wir an mit den Vätern:

1. Der Übereifrige

Ist meist praktisch gekleidet – Jeans und hochgekrempelte Hemdsärmel oder Strickpulli –, damit man gleich seine Bodenständigkeit erkennt. Dieser Vater ist sich für nichts zu schade. Hausmeister Lepper ist krank? Kein Problem für Jochen. Der zupackende Vater löst

Verstopfungen in der Schultoilette, baut auf Klassenfesten mit den anderen Übereifrigen Tische und Bänke auf, hat bei so was sehr gern das Sagen, zieht oft eine ernste Miene oder runzelt die Stirn, wenn die anderen Väter aus seiner Sicht einen Fehler gemacht haben. Stößt nach getaner Arbeit gern mit einem ‚Mädchenbier' an, aber wirklich nur mit einem, man muss ja noch fahren.

2. Der ehemalige Waldorf-Schüler
Er heißt Torben oder Magnus und verkraftet es noch nicht, dass die Waldorfschule keinen freien Platz für die kleine Mathilda oder den Joshua hatte. Torben geht sehr gern barfuß und findet seine strubbeligen Haare völlig okay so. Einen Termin bei der Fußpflege findet er überflüssig, da Kommerz.

   Diese Spezies favorisiert Rudolf-Steiner-Holzspielzeug und wundert sich dann, dass der Nachwuchs bei den Gleichaltrigen nicht so mitkommt, weil Joshua keine Xbox, kein Playmobil und kein Netflix kennt. Dass Mathilda dafür kleine Europaletten aus Holz, einen nach oben schauenden Hasen aus Holz und natürlich FSC-zertifizierte Bauklötze zum Konstruieren von irre spannenden Holzlandschaften ihr Eigen nennt, hilft ihr auch nicht weiter. Die Purzelzwerge im Set (aus Holz) reißen's auch nicht raus.

3. Der Klugscheißer
Wie der Name schon sagt: Er weiß einfach alles besser und hört sich irre gern reden. „Wenn ich mich da kurz einmischen darf …" und „Moment, ich möchte dazu auch etwas sagen …" sind Lieblingssätze von ihm. Egal ob es um Thermo-Unterwäsche geht („Ich kenn da einen sehr guten Hersteller") oder um umweltfreundliches Löschpapier („Man sollte nicht jedes nehmen"), um die Schulmilch von depressiven Kühen („Bei unserem Bauern hört das Milchvieh Beethoven") oder Ausflüge in den Zoo („Ein wütender Elefant kann Mauern durchbrechen"), der Klugscheißer ist immer einen Tick schlauer als die anderen. Man erkennt ihn übrigens leicht daran, dass er unmittelbar vor dem Klugscheißen meist leicht resigniert den Kopf schüttelt und dabei süffisant lächelt, bevor er einen Zeigefinger hebt und loslegt.

4. Der Alles-an-sich-Reißer
   Haltet euch den bloß warm! Er hatte höchstwahrscheinlich eine schwierige Kindheit, wurde nicht oft gelobt, und man hat ihm immer gesagt, dass er sich die Anerkennung mit Leistung erarbeiten muss. Deswegen kann man mit dem Alles-an-sich-Reißer auch ein bisschen Mitleid haben, grundsätzlich aber gilt: Lasst ihn machen! Egal ob Elternbeiratsvorsitz, Kassenwart oder das Organisieren von Moorwanderungen – er wird da sein und auch vorher alles regeln. Alles, was dieser Mensch braucht, sind lobende Worte, die saugt er auf wie ein Schwamm, um dann „Ach, das ist doch nicht der Rede wert" zu sagen. Dabei wird er gern ein wenig rot, um sich kurz darauf schon wieder der nächsten Aufgabe zu widmen. Solche Väter gibt's übrigens auch beim Fußball, die fahren dann im Schneesturm und bei Glatteis die Brut samstagmorgens um sieben zu einem Pokalspiel und sagen devot: „Ach, ich mach's ja gern!"

5. Der Helikoptervater
   Diesem Menschen ist nur das eigene Kind wichtig, das würde er aber nie zugeben, weil das ja nicht richtig wäre. Aber es ist eine Tatsache. Die Gedanken dieses Vaters kreisen nur um die eigenen Töchter und Söhne. Ob diese Väter von ihren Helikopterfrauen verseucht worden sind oder umgekehrt, ist noch nicht hundertprozentig erforscht worden. Eine weitere Tatsache ist allerdings, dass Helikopterväter meistens noch schlimmer sind als Helikoptermütter. Sie steigern sich bis ins Unermessliche in ihre diversen Horror-Fantasien hinein und halten ihre bedenklichen Vorschläge für absolut angemessen:

   - Das Kind könnte den falschen Umgang haben, wenn es neben Serpil oder Ahmed sitzt oder, eine konkrete Begründung für den Platzwechsel des Kindes: Die kleine Sophie habe eine Knoblauchallergie (leider kein Witz, das hat tatsächlich mal einer gesagt). Rügt man den Helikoptervater wegen dieser Aussage, zieht er die Augenbrauen hoch und sagt: „Ich nehme die Intoleranzen meines Kindes ernst, wenn Sie das nicht hinkriegen, kann ich Ihnen auch nicht helfen."

- Sein Kind könnte im Zug sitzen, also nicht im Zug nach Brüssel oder Garmisch-Partenkirchen, sondern im Windzug, auch wenn alle Fenster geschlossen sind („Unter der Tür kann auch Zug durchkommen!"). Ein steifer Nacken oder eine Kopfgrippe bei seinem Kind (die Kinder dieser Väter und Mütter haben übrigens gern Doppelnamen wie Anna-Luisa oder Marc-Henri) könnten schlimme Konsequenzen nach sich ziehen. Nicht nur gesundheitlich, auch die Schulleitung wird bluten.
- (Noch dramatischer wäre nur, wenn das Kind tatsächlich in einem Zug nach Garmisch sitzen würde, während man denkt, es befindet sich in der Schule.)
- Helikopterväter stellen grundsätzlich alles essenstechnisch von der Schule Geplante infrage: „Woher kommt der Orangensaft? Warum haben manche Kinder überhaupt keine Schulbrote, sondern Nutellabrötchen oder, ganz schlimm, Brötchen mit Schaumküssen [die sauleckeren Mohrenkopfbrötchen – Himmel, nein, das heißt jetzt Schaumküsse!] als Proviant dabei? Was sind denn das für Eltern, die so etwas zulassen? Lesen die keine Zeitung? Haben die kein Internet? Also so was."
- Der kleine Karl-Hendrik kann auch auf dem harten Schulstuhl nicht lange sitzen, das ist nicht gut für die Hoden, also die Spermienbildung, die er ja später braucht. Denkt denn da mal einer mit?
- Die Krönung der Helikopterväter aber sind jene, die auf ihrem Mercedes GLE (siehe Helikoptermütter) einen Aufkleber haben, auf dem „Chauffeur von Casimir und Laurenz" steht. Das Schild „Achtung, Baby fährt mit" wurde direkt von diesem abgelöst.

Und nun die Mütter:

1. Die Helikoptermutter – mit ihr fangen wir gleich mal an, weil's sich anbietet:
   Sie lächelt eigentlich nie und wohnt mit ihrer Familie in den „guten" Stadtteilen der Großstädte oder in den entsprechenden Vororten, in denen man Frauen wie sie „Perlen-Paula", „Elblette", „Perlhuhn" oder „Taunustörtchen" nennt. Die Helikoptermutter ist

grundsätzlich dünn bis dürr, hat mittellanges, zum Pferdeschwanz gebundenes Haar. Der Modedesigner Wolfgang Joop hat über solche Frauen – in seinem Fall über die, die in Hamburg wohnen – mal Folgendes gesagt: „Ich habe sie kürzlich wieder gesehen: das mehr oder weniger dünne Blondhaar mit einem Tuch zusammengefummelt, frische Gesichtsfarbe, wenig Make-up, viel Zahnfleisch. Dazu eine Steppjacke, Möhrenjeans, Hermès-Gürtel, Lui-Vui-Tasche und Wildlederballerinas von Tod's."

Dieses niemals berufstätige Muttertier lebt in seinem iPhone und den WhatsApp-Gruppen: Ungefähr einhundertzwölf davon sind die schon erwähnten Eltern-WhatsApp-Gruppen, in denen den ganzen Tag lang heiß diskutiert wird und völlig unbegründete Vermutungen geäußert werden, wie die über eine mögliche Schwangerschaft von Frau Witwenzahn („Dann müssen sich die Kinder wieder an eine neue Lehrkraft gewöhnen, wie soll es nur weitergehen?") oder die hochrelevante Frage, wer welchen Kuchen zum Schulfest backt. („Ich wette, Diana von Riedinghaus kommt wieder mit einer Käsesahnetorte von Coppenrath & Wiese, weil sie ja so schrecklich mit ihrem Charitykram beschäftigt ist …")

Ich würde hier jetzt gern etwas anderes schreiben, so etwas wie: Diese liebe Mutter fährt mit dem Fahrrad, oder sie läuft, oder sie benutzt den Bus, oder sie hat, von mir aus, einen alten Volvo, aber nein, ich erfülle ein Klischee, ein wahres noch dazu: Sie fährt SUV, natürlich, was sonst. Und wenn sie mit dem beim Abholen der Kinder nur einmal ganz kurz ohne Warnblinker in der dritten Reihe so parkt, dass kein Durchkommen mehr ist („Himmel, müssen die Rettungswagen auch so konstruiert sein, dass sie nicht mal durch die Straßen passen???"), verpassen die unverschämten Verkehrspolizisten ihr direkt einen Strafzettel! Bodenlos!

Eigentlich würde die gewöhnliche Helikoptermutter ja auch gern auf dem Land leben, so wie Duchess Kate of Cambridge, deswegen hat die Familie auch einen Labrador („vom Züchter natürlich, einem Hund vom Tierheim kann man nicht vertrauen, der hat mir nichts, dir nichts die Kinder gefressen, weil er unter anderem die Gene von einem Mastino Napoletano in sich trägt und auch gern mit einem Rhodesian Ridgeback verwandt wäre"), der heißt

Thaddäus von der Zauberheide und hat einen Stammbaum, der bis zu Heinrich VIII. zurückreicht, noch Fragen?

Nun, in ihrem Porsche Cayenne oder BMW X7 fährt die Helikoptermutter manchmal auch extra durch Pfützen, damit der SUV so aussieht, als sei man auf Cornwalls unbefestigten Straßen unterwegs gewesen, und dann bringt sie ihre beschützenswerten Kinder nicht nur wie eine Leibwächterin zur Schule, nein, sie holt sie auch wieder ab und fährt sie des Nachmittags stirnrunzelnd zum wahlweise Tennis/Klavier/Hockey/Ballett, dazwischen liest sie ihre WhatsApp-Nachrichten und macht sich Sorgen, sie geht zwischendurch auf den Markt und macht sich Sorgen, und sie sitzt beim Friseur und macht sich Sorgen. Irgendwann dazwischen sitzt sie bei einem Botoxarzt und lässt sich die sorgenzerfurchte Stirn glattspritzen, um danach nicht mehr sorgenvoll, sondern nur noch schlecht gelaunt auszusehen. Abends wird sie ihrem Mann, nachdem die Haushälterin den Salat mit gedachtem Dressing und Stückchen gebratener glücklicher Pute serviert hat, davon berichten, wie grausam der Tag gewesen ist. Die Kinder sitzen gelangweilt dabei und spielen auf ihren Smartphones herum oder füttern unerlaubt Thaddäus, mit dem man natürlich vorher in der Hundeschule war.

Die Helikoptermutter ist schadenfroh und gehässig. Sie freut sich, wenn Klassenkameraden ihrer Brut eine schlechtere Note schreiben und im Bodenturnen versagen. Das Gewicht anderer Mütter ist ein viel beachtetes Thema. „Marie hat sich offenbar über Weihnachten essensmäßig gehen lassen, und Anneke hat sich mit Sicherheit einen Bandwurm einsetzen lassen – wie Maria Callas das ja getan haben soll –, sonst hätte Anneke nicht so eine Traumfigur, obwohl sie jeden Tag eine Dose Quality Street oder zwölf Snickers inhaliert."

So, ich denke, nun ist ein bisschen was über die Eigenheiten von Helikoptermüttern gesagt.

2. Die Mutter Teresa

Ihr ist nichts zu viel. Sie redet nicht, sie tut. Mit schräg gelegtem Kopf verdingt sie sich ehrenamtlich zum Kinderbasteln und Plätzchenbacken im Advent. Sie fährt herum und sammelt Geld für

Klassenlehrergeschenke, sie ist einfach vorbildlich in allen Lebenslagen. Nur für sich selbst tut sie nichts. Sie legt keinen Wert auf schicke Kleidung, denn für die Kinderarbeit reicht eine Kittelschürze. Auf dem Elternabend wird sie wenig sagen, aber das, was sie von sich gibt, wird leicht leidend ausgesprochen und macht nach einiger Zeit aggressiv.

Sie kontrolliert die Hefte und Bücher unter dem Ablagefach im Klassenraum am Elternabend. Fotografiert mit dem Handy, was noch nachgearbeitet werden muss, um es morgens dem Kind mitzuteilen. Sie schaut sich die gebastelten Sachen genau an und fotografiert sie. Sie kontrolliert die Malsachen und hat Wechselmaterialien in der Handtasche. Materialien, die der Lehrer vorstellt, hat sie immer schon parat und mit dem Kind vorab schon geübt. Damit ist sie gut vorbereitet. Es könnte ja nach den Hausaufgaben noch ein wenig Zeit für Freizeit und Spaß sein. Grauenhafte Vorstellung.

3. Die Lehrerin
   Auf dem Elternabend trifft eine Mutter, die zufällig Lehrerin von Beruf ist (und im schlimmsten Fall noch als solche tätig), auf die Klassenlehrerin ihres Kindes. Es könnte in Mord und Totschlag enden, meist genügen ein paar spitz ausgetauschte Bemerkungen, um Lehrerin und Lehrerin in Feinde zu verwandeln. Man erkennt die Lehrerin-Mutter oft an einer Lesebrille, die an einer Kette hängt.

4. Die Öko-Aktivistin
   Hat sie neben dir Platz genommen? Schnell, setz dich woandershin, alles andere wäre Selbstmord!

Und das ist nur eine kleine Auswahl an Elterntypen. Ihr werdet noch viele andere kennenlernen. Spätestens wenn es um Ämter geht. Eine schöne Situation der intensiveren Begegnung miteinander ist die Wahl des Elternbeirats. Ein Vater oder eine Mutter möchte diesen Job unbedingt machen. (In der Regel der Alles-an-sich-Reißer oder die Öko-Aktivistin.) Das ist eine gute Nachricht. Meist werden sie von einem befreundeten Elternteil vorgeschlagen und zieren sich einen kleinen Moment, um dann ein „Ja, ich würde es machen“ hervorzupressen!

Jetzt bloß nichts Falsches tun!

Denn jeder weiß, dieser Kandidat flippt aus, wenn er nicht gewählt wird. Innerlich unruhig sitzt er oder sie auf seinem Stuhl und verfolgt mit angestrengt fröhlichem Gesicht, wer noch alles auf die Wahlliste geschrieben wird. Meist hat man Glück, und es findet sich nur noch ein einziges Elternteil, das aber nur den Stellvertreter machen möchte. Trotzdem tun dann beide überrascht, wenn sie ohne Konkurrenten gewählt werden, und betonen auch, dass es nicht wichtig wäre für sie, und lassen sich noch Zeit, die Wahl anzunehmen. Sie werden es natürlich tun, und in dem Moment sollte man sich fragen, ob es tatsächlich eine gute Nachricht war.

Die Diversität innerhalb der Gattung Eltern wird auch besonders deutlich, wenn es um das Thema Geschenke geht. Der Elternbeirat meines Sohnes schickte kurz vor Weihnachten ein Bild in die WhatsApp-Gruppe. Darauf war eine Wundertüte mit der Aufschrift „Königin für einen Tag. Mit Krönchen und Glitzer und Pipapo". Uns wurde mitgeteilt, dass das unser Weihnachtsgeschenk für die Lehrerin sei. Wir würden übrigens seit zwei Jahren bereits etwas zu Weihnachten schenken, und der Elternbeirat bezahle das aus eigener Tasche. Ich war froh, für den Scheiß kein Geld ausgeben zu müssen, zum anderen war es mir peinlich, so einen Mist mitzuschenken. Das Leben ist keine Wundertüte. Glücklicherweise wurde das Geschenk schließlich von der Mehrheit abgelehnt.

Der Elternbeirat der Klasse meiner Tochter hat dem Lehrer indes eine Tasse mit der Aufschrift „Unser Lehrer ist der Beste!" gekauft. „Wer möchte, darf sich beteiligen, wenn alle mitmachen, wären es 1,73 Euro pro Kind bzw. Eltern." Leider wurde die Tasse verspätet geschenkt, weil es Schwierigkeiten gab mit der Lieferung. Aus Versehen wurde eine andere Tasse zugestellt: „Oma ist die Beste!" Fand ich persönlich lustiger. Nach mehrfacher Kritik meinerseits an Lehrergeschenken wird meine Meinung allerdings in diesen Angelegenheiten nicht mehr berücksichtigt.

Übrigens: Hält man sich auf Elternabenden dezent zurück, wird einem das selbstredend als Desinteresse ausgelegt. Sagt man zu viel, hat man wohl ADHS. Egal was, niemand wird jemals mit allen Eltern zufrieden sein, und von manchen wird man meinen, dass sie als Kind zu heiß gebadet wurden. Aber wir müssen nun mal mit ihnen auskommen, deswegen Augen zu und durch.

Kommen wir zu einem fast ebenso wichtigen Thema: den Hausaufgaben. Sie sind meist bei den Kindern wenig beliebt. Einige verweigern sie komplett. Ein anderes Phänomen ist die komplette Unkenntnis unseres Kindes. Mein persönlicher Hausaufgaben-Wahnsinn!

Was machen wir im Falle eines vermeintlichen Blackouts unseres vorpubertären Zöglings?

Stufe 1: Zuhören und sanft Fragen stellen.

Stufe 2: Tief einatmen und Frage noch einmal neu formulieren.

Stufe 3: Über ein Bier nachdenken.

Stufe 4: Das Kind gibt einem zu verstehen, dass man der schlechteste Lehrer aller Zeiten ist.

Stufe 5: Noch mal Frage stellen.

Stufe 6: Frage noch einmal ganz langsam und deutlich formulieren (so wie man mit einem Ortsunkundigen spricht, der unsere Sprache kaum versteht).

Stufe 7: Ergebnis vorsagen.

Stufe 8: Das Ergebnis noch mal zuschreien.

Stufe 9: Bier öffnen und Ergebnis selbst hinschreiben.

Das klingt bedenklich. Aber es gibt Schlimmeres: zum Beispiel, wenn euer kleiner Schüler ganz grundsätzlich keine Lust auf Schule hat. Oder auf Hausaufgaben. Doch auch in einer solchen Situation sollte man erst mal gelassen bleiben. Dies ist kein irre neues Phänomen. Das gab es auch in anderen Generationen. Kaiser Nero hatte bestimmt auch nicht immer Bock auf Mathe.

Frédéric Chopin war wahrscheinlich in Chemie keine Leuchte, weil zu theoretisch, und Marie Curie konnte ganz sicher nicht gut an diesen schrecklichen Ringen turnen, weil das ihre präzisen Gedanken über die Elemente ganz durcheinanderbrachte.

Ich selbst hatte auch eine Phase, in der ich der Schule, sagen wir: eher negativ gegenüberstand. Und meine Hausaufgaben habe ich auch immer erst im Bus gemacht. Das ging allerdings irgendwann nicht mehr. Der Busfahrer meinte, es seien alle ausgestiegen, und er müsste weiterfahren.

Manchmal liegt es nicht am Nicht-Wollen, sondern entweder an Langeweile oder Überforderung. Bitte hier keine Sanktionen einleiten oder die PlayStation einkassieren. Es wird nichts bringen, wenn man dem Kind etwas wegnimmt, außer dass Gefühle von Hilflosigkeit, Wut, Scham, Trauer und Vertrauensverlust dadurch hervorgerufen werden – das ist nicht hilfreich und wahrscheinlich sogar kontraproduktiv.

Viel mehr Sinn macht es, den Druck rauszunehmen und eine ruhige Atmosphäre zu schaffen, in der dann vielleicht ein ehrliches Gespräch möglich wird.

Macht euch doch mal einen gemütlichen Nachmittag. Pfeift auf die Hausis, macht einen leckeren Tee oder Kakao mit Keksen, holt die dicken Socken raus und schöne Kerzen und macht euch ruhige Musik an. Und dann frag dein Kind einfach mal: „Wie geht es dir? Ich hab den Eindruck, in der Schule klappt etwas nicht – weißt du, wo der Schuh drückt? Fehlt dir etwas? Vielleicht hast du eine Idee, was dir helfen könnte? Ich liebe dich und will dir helfen, dass dir Schule Spaß machen kann – lass uns einen Weg finden. Ich bin immer für dich da, egal was mit der Schule ist."

Es kann an vielen Dingen liegen, warum dein Kind keine Lust auf Hausaufgaben oder Lernen hat. Und warum es dann mit vermehrter Wut, Aggression, Rückzug und sogar Angst reagiert. Denk doch einfach mal an deine Schulzeit zurück. Könnte Folgendes möglich sein?

- Der Stoff ist einfach zu schwer.
- Der Stoff ist zu einfach. Ja, auch das gibt's! Dann sind Hausaufgaben eine Belastung, da man alles schon kann.
- Die Schule dauert zu lange – eine Grundschule, in der bis in den späten Nachmittag Unterricht stattfindet, ist anstrengend, und nicht alle Kids kommen mit der Ganztagsschule klar. Das sind oft acht Stunden, ein kompletter Erwachsenen-Arbeitstag. Sehr heftig.
- Ist das Kind vielleicht müde? Sollte es eventuell früher ins Bett gehen? Oder ist es möglich, in der Schule mittags abzuschalten? Power Nap in der Mensa zwischen Spinat-Pizza und Vanillepudding?
- Bei Ganztagsschulen sollte es dann eigentlich keine Hausaufgaben mehr geben. Und schon gar nicht für einzelne Kids zum Nacharbeiten.

Das ist dann nämlich eine Strafe und absolut nicht förderlich für die Lust am Lernen.

- Andere Fragen sind: Kommt sie oder er mit den Klassenkameraden klar? Kommt sie oder er mit den Lehrern klar?

Viele Kinder finden schon früh heraus, dass die Institution Schule oder zumindest bestimmte Fächer nichts für sie sind. Denn noch mal: Wir sind nicht freiwillig da. Ich finde, Kinder, die etwas intuitiv bevorzugen und anderes eher ablehnen, sind erst mal wunderbar selbstbestimmte Wesen, die in erster Linie das tun möchten, was sich richtig anfühlt, und nicht das, was andere für richtig halten. Es gibt aber natürlich auch diese Klugscheißerkinder, die alles von vornherein besser wissen.

Niemand kann alles können, aber man kann alles lernen.

Wenn man es möchte. Das ist der springende Punkt.

Es ist auch manchmal wie beim Spielen, genauer: wie beim Verlierenlernen. Es ist hart, aber es kann nun mal nicht jeder der Beste sein.

Natürlich hat man immer irgendwelche Überflieger in der Klasse (siehe Per-Benedikt), die die Besten sind und einfach vieles können. Sie haben sich – ähnlich wie die Kamele oder die Kakteen an die Wüste – an die Institution Schule sehr gut angepasst. Nicht mehr, aber auch nicht weniger. Ich erinnere mich auch, dass in meiner Schulzeit Dominik immer zu mir kam und meinte: „Für die 1 habe ich gar nichts gelernt!" Und ich betonte feierlich: „Für die 6 habe ich auch nichts gelernt, du Depp!"

> „Dem einen liegt Mathe, dem anderen Deutsch, wieder ein anderer ist super in Sport oder Musik. Die eine kann Skateboard fahren, die andere Schlittschuh. Und wenn mal Frust aufkommt, weil meine Kleine noch nicht perfekt Ski fahren kann, ermutige ich sie weiterzuüben, weil man nur durch Üben besser werden kann! Bestärke dein Kind in dem, was es kann, und ermutige es, den Rest zu lernen, niemand ist blöd oder zu doof, jeder lernt bloß in seiner Geschwindigkeit!"

> „Ich finde es ganz wichtig, meinen Schülern auf der Gesamtschule und meinen eigenen Kindern zu vermitteln, dass 1 sehr

gut, 2 gut, 3 alles okay, 4 du musst etwas mehr üben, 5 jetzt aber hurtig und 6 auweia bedeutet. Das entspannt viele bei einer 3. Und doch, es ist sinnvoll, auch die sehr guten Schüler wertzuschätzen, das sagt nicht aus, dass die ‚Durchschnittsschüler' schlecht sind, sondern einfach normaler Durchschnitt!"

Und am Ende gilt das alte afrikanische Sprichwort: „Das Gras wächst nicht schneller, wenn man daran zieht." Es geht in der Schule um Eigenmotivation. Die kann man nicht erzwingen.

Deshalb ist es wichtig, gemeinsam Lernziele auszuarbeiten, Verantwortung an das Kind zu übertragen, Anerkennung zu schenken, aber auch Regelverstöße zu ahnden.

Und erinnere dein Kind ab und zu: „Nicht Noten entscheiden über deine Zukunft, du entscheidest über deine Zukunft."

Besprich mit deinem Kind, dass man neuen Dingen, Situationen. Menschen und Abläufen erst mal etwas Zeit geben muss. Das ist ein so wichtiges Thema. Zeit. Nie hat man Zeit für irgendetwas, dauernd fehlt die Zeit. Diese verdammte Zeit bestimmt das ganze Leben. Man sollte manchmal einfach kurz innehalten, sich für etwas Bestimmtes die Zeit nehmen oder die Zeit Zeit sein lassen. Wann haben wir mit unseren Kindern das letzte Mal in den Tag reingelebt, ohne dass die Zeit gedrängt hat? Fußballturniere am Wochenende, dann kommt Oma, dann müssen wir zu Tante Mühmchen nach Bad Schwartau, weil die Sechzigsten feiert, und da auf unbequemen Luftmatratzen liegen (keine Lust, keine Lust, keine Lust!), und zum Friseur muss ich auch (keine Zeit, keine Zeit, keine Zeit!).

Das ist doch furchtbar!

Um Himmels willen – nehmt euch für euch und eure Kinder Zeit. Denn diese Zeit, in der euer Kind Kind ist, die kommt nie wieder. Man kann nicht sagen: Mach ich später – nein, später hat längst begonnen!

- ► Zeigt Verständnis für ihre jetzigen Gefühle und macht ihnen Mut, sodass sie sich bald ‚angekommen' fühlen in der Schule.

- ► Gebt euren Kindern Zeit und ein offenes Ohr.

- Und bei Problemen in der Schule: Sprecht erst mal mit dem Klassenlehrer. Der möchte doch meist auch, dass die Kinder sich wohlfühlen.

- Habt eine positive und verständnisvolle, aber dennoch klare Haltung. Seid immer für sie da und nehmt ihre Probleme immer ernst.

- Das heißt nicht, dass man alles tolerieren soll.

Horch mal in dich hinein: Wie würdest du reagieren, oder wie hast du reagiert, wenn du irgendwo neu warst? Da fühlt man sich auch nicht sofort wohl. Das kann dauern.

Die Schule ist ein ganz neuer Abschnitt für unsere Kinder, und die Umstellung braucht eine Weile. Für das Kind und auch für uns. Auch für Eltern ist in der Schule vieles neu, vor allem, weil man gefühlt rein gar nichts mehr vom Leben des Kindes mitbekommt und es wenig Rückmeldung gibt. Kinder haben feine Antennen, und sie werden spüren, dass auch die Eltern verunsichert sind. Versuch, da noch mal gut in dich hineinzuhören, damit du dir deiner eigenen Situation bewusster bist und deinem Kind Sicherheit vermitteln kannst, denn die braucht es jetzt. Gib dein inneres Einverständnis – das macht so viel aus!

Nicht jeder von uns empfand die Schule als angenehm. Das kann unterschiedliche Gründe gehabt haben. Nun ist zum Glück die Prügelstrafe längst vorbei. Aber ich kenne Geschichten von tobsüchtigen Lehrern, die Schlüsselbunde nach den Schülern warfen, oder solchen, die einen bestimmten Schüler auf dem Kieker hatten und den immer süffisant vorführten. Andere, die zu ihren Schülern sagten, sie würden mal in der Gosse landen, und so weiter. Und natürlich gibt's Lehrer, die aus Berufung Lehrer geworden sind und für diesen Job brennen und leben. Man kann nur hoffen, dass unsere Kinder an solche geraten.

Auch sollte man nicht vergessen, dass Lehrer auch Menschen sind, die Gefühle haben. Also auch mal einen schlechten Tag haben können. (Zeigen sollten sie das natürlich nicht, das nutzt die Schülerbande gnadenlos aus …)

Wenn es also Probleme in der Schule gibt: Druck rausnehmen, Verständnis zeigen, viel kommunizieren – auch mit der Schule, Kind mitentscheiden lassen und Geduld haben.

Fakt ist: Über Schule und das System kann man zwar schimpfen, aber was bringt es? Eben.

Prinzipiell sollten Eltern auf sämtliche negativen Prophezeiungen verzichten – das gilt übrigens nicht nur für die Schule. Kinder werden durch solche Aussagen nur emotional beschwert und sind in ihrer Sichtweise dann nicht mehr frei. Dabei sollten wir unsere Kinder viel eher dazu anregen, neuen Lebenssituationen unvoreingenommen zu begegnen.

Es kann bei alldem durchaus helfen, sich auch mal in einen Pädagogen hineinzuversetzen: Bei 26 Kindern in der Klasse und einem vorgegebenen Lehrplan kann auf Einzelbefindlichkeiten nicht durchgängig Rücksicht genommen werden. Da muss die Gruppe ein Stück weit funktionieren. Die Lehrkraft braucht dann ein Instrument, um die Klasse zu einem sozialen Miteinander zu erziehen. Es ist vielleicht nicht immer das, was du gewählt hättest. Aber sicher möchtest du trotzdem eher nicht mit der Lehrkraft tauschen. Es sei denn, du bist selbst Pädagoge. Aber dann siehst du die Sache sicher ohnehin mit anderen Augen.

„Ich war vor meiner Elternzeit an einer Brennpunktschule und habe die Erfahrung gemacht, dass Bindung und Beziehung alles sind. Ich nutze keine Systeme, ich spreche mit den Kindern. Bisher hat das immer super funktioniert, trotz vieler Inklusionskinder. Ich habe kein festes Konzept, sondern behandle die Kinder gleichwertig, lasse sie mitbestimmen. Die meisten Schwierigkeiten lösen sich dann von selbst."

„Ich bin selbst Grundschullehrerin und finde es ganz schlimm, wenn Kinder schon in der Grundschule keine Lust mehr auf Schule haben. An dieser Stelle können Eltern ruhig mal schauen: Wie ist es bei den anderen Kindern? Schaffen sie die Hausaufgaben in 30 Minuten? Es gibt einen Erlass zum Thema Hausaufgaben! Im ersten und zweiten Schuljahr maximal 30 Minuten, in Klasse 3 und 4 dann 45 Minuten. Und daran müssen wir uns halten. Ich habe beispielsweise einen Hausaufgabenwochenplan. Da die Kinder ja auch unterschiedlich arbeiten, habe ich da drei verschiedene Schwierigkeitsstufen. Mal abgesehen davon: Es muss auch nicht jedes Kind zum Gymnasium."

„Mein Respekt vor der Leistung, die ein/e Lehrer/in erbringen muss, ist riesig. Ich habe gemerkt, dass diejenigen, die mit liebevoller Strenge die Klasse führen, die tollsten Gemeinschaften haben. Lehrkräfte machen einen tollen Job und sollten viel mehr unterstützt werden. Sie übernehmen immer mehr ‚Erziehung' und Förderung als früher. Müssen sie auch, weil viele Eltern einfach zu wenig Zeit haben."

Wenn die Kinder sich dann in der Grundschule endlich eingelebt haben und sich richtig wohlfühlen, ist damit dann auch schon wieder Schluss: Es geht an die weiterführende Schule. Der Abschied von der Grundschule ist für die Kinder der nächste big deal. War die Grundschule noch überschaubar, finden sie sich nun plötzlich an einer riesigen Institution voller älterer Kinder wieder. Von den ‚Größten' in der 4. Klasse werden sie in der 5. Klasse wieder zu den ‚Kleinsten'.

Viele kennen das vom Werdegang des HSV. Ein hartes Los.

Dann sind sie also in der 5. Klasse: eine neue Schule, neue Umgebung, alles ist gigantisch groß …! Erinnerst du dich noch an deinen ersten Besuch in einem Flughafen? Das hat dich ganz sicher auch erst mal umgehauen. Es fängt schon mit den Wegen an: Die sind weit. Liebe Helikopter-Eltern, wenn ihr euer Kind wirklich bis zum Klassenraum bringen wollt, zieht bitte sicheres Schuhwerk an. Es dürften ein paar Schritte mehr sein. Einen Schirm braucht ihr aber nicht. Auch keinen Proviant. Auch keine Tabletten gegen Reiseübelkeit.

Die nächste Herausforderung heißt neue Klassenkameraden. Da muss man sich erst mal einsortieren und sich seiner Rolle klar werden. Generell ist natürlich der sozioemotionale Faktor daheim auch für das Gefühl des Kindes in der Schule sehr entscheidend. Denn wer durch eine Trennung der Eltern beispielsweise sehr belastet ist, kann nicht lernen und wird auch keinen Spaß daran haben.

Zu Hause muss Stabilität herrschen, um gut lernen zu können.

Ein paar grundsätzliche Dinge, die ihr als Eltern beim Wechsel auf die höhere Schule beachten solltet:

- ▶ Euer Kind sollte sich seiner Stärken bewusst sein – hat schließlich in der Grundschule einige davon kennengelernt – und mit Freude und Zuversicht die weiterführende Schule beginnen.

- ▶ Ihr könnt euer Kind dabei unterstützen, indem ihr im Vorfeld eventuelle Sorgen gemeinsam besprecht und dem Kind versichert, dass ihr fest an seine Fähigkeiten glaubt.

- ▶ Versucht gerade zu Beginn keine Erwartungen an das Kind zu formulieren oder Druck auszuüben. Kinder brauchen Zeit, um sich in ihrem neuen Umfeld zu orientieren und einzuleben. Diese Herausforderungen müssen Kinder in den ersten Wochen und Monaten für sich bewältigen. Zusätzlicher Druck von außen blockiert da nur.

- ▶ Achtet darauf, dass es mittags einen Ausgleich für die Kinder gibt. Lasst sie spielen. Wenn es geht, draußen. Das bringt auch was für die Schule. Wie sagte eine Pädagogin so schön: „Wer schaukeln kann, versteht auch Subtraktion!“ Und Physik – wegen des freien Falls.

Wenn es an der weiterführenden Schule Probleme gibt, würde ich zunächst das Gespräch mit meinem Kind suchen und versuchen herauszufinden, was es bedrückt. So ein Verhalten entsteht ja nicht ohne Grund, und diesen gilt es herauszufinden. Sofern das Kind keine Auskunft geben kann oder möchte – und der Zustand längere Zeit anhält –, rate ich dazu, die Klassenleitung zu kontaktieren. Vielleicht gab es in der Schule eine Situation, die das Kind als sehr unangenehm empfunden hat? Oder es gibt neue schulische Inhalte, von denen es sich überfordert fühlt? Darüber kann die Lehrkraft gezielt Auskunft geben, denn sie hat täglich mehrere Stunden intensiven Kontakt zu dem Kind. Meistens lassen sich diese Probleme durch gemeinsame Gespräche sehr gut in den Griff bekommen. Wichtig ist auch die Rückmeldung an das Kind, dass seine Sorgen ernst genommen werden und sich bestimmt eine Lösung finden lassen wird.

Natürlich gehen Kinder primär in die Schule, um zu lernen. Doch Schule ist viel mehr als Fachunterricht, und auch der kann – mit dem richtigen Lehrer – sehr viel Spaß machen. Schule ist soziales Leben, denn hier werden Freundschaften geschlossen. Schule ist wertvolle Lebenszeit, denn diese wird hier zuhauf verbracht. Schule bedeutet Emotionen, denn hier wird geweint, gelacht, gestritten, vertragen und gerne auch verliebt. Schule ist nicht der Ernst des Lebens. Schule ist das pralle Leben mit all seinen Höhen und Tiefen – immer wieder neu und aufregend.

- Sag deinem Kind, dass es an sich glauben soll. Die Kinder dürfen auf sich vertrauen, denn alles, was sie für ein erfolgreiches (Schul-)Leben benötigen, tragen sie bereits in sich. Es muss nur noch reifen.

- Sie sollen mutig sein und ihren eigenen Weg gehen. Nicht immer ist dabei der kürzeste Weg der beste. Manchmal dauert es, bis man sein Ziel (zum Beispiel eine gute Note oder neue Freunde) erreicht. Wichtig ist nur, dass man darauf vertraut, dass man sicher am Ziel ankommen wird.

Der Spaß am Lernen, der Spaß an Schule sind am wichtigsten.

Wenn es meinem Kind gut geht, dann kann es Leistung bringen. Habe Geduld und gib ihm Zeit. Nicht jedes Kind gehört aufs Gymnasium. Besprecht das mit dem Lehrer und mit eurem Kind. Bei Kindern, die beispielsweise zwischen Realschule und Gymnasium stehen, sollte man eher aufs ‚falsche Pferd' setzen. So wird es uns vorkommen, da wir wollen, dass es aufs Gymnasium geht. Es soll Abi machen. Das ist ja auch nicht ausgeschlossen. Das kann auch immer noch passieren. Bedenkt hier: Es liegt noch eine komplette Pubertät dazwischen. Da wird noch viel passieren. Also lieber hier erst mal Realschule wählen.

Wir denken hier wieder kurz an den Fußball: Aufsteigen macht mehr Spaß als absteigen.

Achte darauf, dass dein Kind nicht zu viele Sätze mit „Ich muss" anfängt, denn das impliziert einen gewissen Zwang und fehlende Freude.

Und bitte: Sobald eine schlechte Note kommt – nicht direkt zum Direktor rennen. Erst mit dem Lehrer besprechen und keinem den schwarzen Peter zuschieben. Gehe mit dem Gedanken, zusammen eine Lösung zu finden, in das Gespräch.

Noten sind nicht wichtig. Motiviert euer Kind, stärkt es, damit es selbstbewusst wird. Das ist das entscheidende Gefühl. Und dann kommt die Begeisterung für ein Fach oder für mehrere Fächer von ganz allein. Vermittelt euren Kindern: Ich bin was wert! Dieses Gefühl bleibt ein Leben lang. Die Note 4 in Deutsch vergeht relativ schnell wieder!

Viele ältere Kinder lernen sehr spät in der Nacht. Jeder hat da seinen Rhythmus. Ich war zum Beispiel als Kind oft schon drei Stunden im Bett, als mein Bruder so richtig anfing: „Jetzt was über Fotosynthese erfahren wäre doch geil!"

Mein Sohn hört Musik beim Hausaufgabenmachen. Das habe ich auch gemacht als Kind. 23 Fehler im Französisch-Test korrigieren und dabei Queens *We Are the Champions* mitgrölen scheint dem Selbstbewusstsein gut zu tun. Damals gab es auch noch Beck mit *Loser*. Hätte vielleicht hier besser gepasst. Oder etwas aus *Les Misérables*. Wahlweise auch *Help!* von den Beatles.

Ich persönlich hatte einen Abischnitt von 3,2, mit dem auch ein solides Pädagogikstudium möglich war. Meine Frau und ich haben uns letztens eine Matratze gekauft, die hatte bei Stiftung Warentest einen Notendurchschnitt von 1,4. Da habe ich schon kurz gedacht: „Da hätte eigentlich die Matratze studieren können, und ich hätte mich ins Bett gelegt."

Lasst euer Kind selbst herausfinden, was passt, wie es am besten lernt und Hausaufgaben macht, lasst es seine eigenen Wege finden und greift nur ein, wenn es gar nicht funktioniert und das Kind konkrete Schwierigkeiten hat.

„Es gibt Kinder, die eine klare Struktur brauchen. Seitdem ich mehr vorgebe, ist mein Sohn ruhiger geworden. Ich schätze, ich habe ihn vorher mit zu vielen Wahlmöglichkeiten überfordert und zudem auch zu wenig auf meine Grenzen geachtet."

„Meiner Tochter waren Strukturen extrem wichtig. Sie musste immer ganz genau wissen, wann was passiert, wie die Abläufe sind. Das gab und gibt ihr Sicherheit und lässt Sorgen und Ängste weniger werden."

Was aber, wenn die Tochter oder der Sohn gar nichts mehr für die Schule macht? Keinen Druck machen! Ich kann es nur wiederholen. Durch Druck wird das Kind noch mehr dicht machen. Druck erzeugt oft Gegendruck. Du wünschst dir etwas, das es momentan nicht erfüllen kann und vielleicht auch nicht will. Das Kind kann alles nachholen. Es verbaut sich nicht alles. Es wird auch später noch Möglichkeiten haben.

Meine Güte, wenn ich an meine Schulfreundin Grit denke. Deren Mutter hat alles, wirklich alles falsch gemacht.

Grit kommt in Deutsch mit einer Drei nach Hause.	„Wie soll denn aus dir was werden? Wie soll denn das weitergehen, wenn du noch nicht mal deine Muttersprache beherrschst? Bei dir ist wirklich Pfropfen und Salz verloren! Womit hab ich so eine Tochter verdient!"
Grit kommt in Mathe mit einer Zwei nach Hause.	„Meine Güte, kannst du noch nicht mal Allegra?! Was soll nur aus dir werden? Wo soll das hinführen? Ach, ach, ach!"
Grit kommt in Musik mit einer Eins nach Hause.	„Das machst du doch nur, um mich zu ärgern! Ich hatte in Musik immer eine Fünf. Weil ich diesen Dreisatz nicht spielen konnte."
Grit kommt in Sport mit einer Sechs nach Hause.	„Wenn du noch ein bisschen schlechter gewesen wärst, hättest du eine Eins bekommen. In diesem komischen Notenkram geht's ja nur bis Sechs, und dann kommt wieder Eins."
Grit kommt in Englisch mit einer Fünf nach Hause.	„Ich hatte in Französisch immer eine Zwei."

Man darf heute froh sein, dass Grit nicht furchtbar viel von ihrer Mutter geerbt hat, auch intellektuell nicht. Mit der Mutter wollte man wirklich nicht in der Öffentlichkeit gesehen werden. In einem Restaurant rief sie mal: „Clochard, ich möchte zahlen“, und sie sagte gern so etwas wie: „Er hat mir Stricke in den Weg gelegt“, „Ich hab das Übergewicht verloren und bin gestürzt“ oder „In seinem Gebiet ist dieser Arzt eine Konifere“.

Ihre Tochter Grit hingegen ist Fachanwältin für Familienrecht, und wenn es stimmt, was ich in meinem Heimatort gehört habe, hat Grits Mutter jedem erzählt, ihre Tochter sei Anwältin für Amphibienrecht, wobei wir uns alle fragen, woher sie das Wort Amphibie kennt.

Grit hat es also auch mit Vieren und Fünfen hingekriegt. Ich kenne auch viele, die auf ihrem zweiten Bildungsweg ihr Abitur abgeschlossen haben. Wo ist das Problem? Eine weitere Klassenkameradin hat erst eine Ausbildung zur Zahnarzthelferin gemacht und später Zahnmedizin studiert. Geht alles!

Man kann auch in der achten Klasse noch aufs Gymnasium wechseln. Oder, oder, oder. Es gibt noch so viele „oder“ im Leben der Kinder. So viele Möglichkeiten, die sie alle noch nutzen können.

Und: Schule ist tatsächlich nicht das Wichtigste.

> „Mein Sohn liest nicht. Er möchte es einfach nicht. Er hat ein Buch geschenkt bekommen, das er mit in sein Zimmer genommen hat. ‚Dann wackelt das Regal nicht mehr so‘, meinte er. Wir haben ihn gelassen. Wir waren mit ihm in Berlin in der größten Buchhandlung Deutschlands, aber er hat kein Buch gefunden. Wie mit einem Vegetarier, mit dem man in eine gut sortierte Metzgerei geht und sagt: ‚Such dir mal was aus!‘“

Vielleicht macht für diesen Jungen das Lesen um des Lesens willen einfach keinen Sinn. Lesen kann man auch in den Alltag integrieren. Zusammen einen Kuchen backen und ihn das Rezept lesen lassen, jeden Tag ein Leserätsel für ihn raussuchen, welches er dann knobelt, oder die Einkaufsliste lesen/schreiben lassen, WhatsApp-Nachrichten von/an Oma lesen/schreiben oder die Verkehrsschilder auf dem Weg in den

Urlaub vorlesen lassen. Ich habe unserem Sohn mal den Weg zur Nordsee ausgedruckt, und er sollte ihn mir vorlesen. Wir wohnen in Mainz. Und es hat gut geklappt. Natürlich hätte der Umweg über Erfurt nicht sein müssen, wobei dies eine sehr schöne Stadt ist. Durch Umwege lernt man die Gegend kennen. In Erfurt heißt die älteste Domkirche St. Marien, und ihr Turm ist über achtzig Meter hoch. Das Haus ‚Zum breiten Herd' am Fischmarkt Nr. 13 hat an der Fassade im ersten Stock personifizierte Darstellungen der fünf Sinne. Es gibt die Krämerbrücke und ‚Bernd das Brot' als Zwei-Meter-Figur. All das weiß mein Sohn jetzt. Sollte er mal Geschichte studieren, kann er sich bei seinem Vater bedanken. Nächstes Mal fahre ich, wenn ich ans Mittelmeer will, über Hamburg.

Eine neue Idee hatten wir nun: Ich habe ihm jetzt ein Witze-Buch geschenkt, und er liest jeden Abend zum Einschlafen einen Witz. So liest und er schläft mit positivem Gefühl ein – wenn es nicht die Witze vom Papa sind.

Endlich liest er.

Übrigens: Wenn ein Kind sehr gute Noten hat, keine Hausaufgaben macht und auch sonst nichts für die Schule tut, ist es wahrscheinlich unterfordert. Und sein Verhalten ist auch ganz logisch: Warum sollte es denn Hausaufgaben machen, lernen und sein Zeug anschauen? Das Kind kann's doch und würde sich zu Tode langweilen.

Manchmal habe ich das Gefühl, wir trauen unseren Kindern so etwas wie „Ich kann's doch" nicht zu. Sollten wir aber!

„Ich selbst hatte bis Klasse 7 keine Noten. Es hat mir nicht geschadet. Das sind nur Momentaufnahmen. Ich finde, zum Abi hin macht ein Vergleichssystem Sinn, vorher nicht. In Hamburg wird mit Lernentwicklungsgesprächen gearbeitet, an denen die Schüler ihre nächsten Ziele selbst festlegen und diese dann in der Folge überprüfen. Lernen sollte so oft wie möglich selbstgesteuert sein. Druck von außen ist selten hilfreich. Für meine Kinder wünsche ich mir auch eine individuelle Rückmeldung. Lehrer sollten weniger lehren, sondern mehr als Lerncoach fungieren. Jeden Tag etwas besser zu machen, wäre doch ein tolles Ziel."

„Meine Tochter muss immer dienstags und donnerstags bis um 15 Uhr 30 in der Schule bleiben und kommt dann auch erst nach 16 Uhr nach Hause. Meistens macht sie kurz Pause, und dann muss schon wieder gelernt werden, der Tag ist somit gelaufen. An den Tagen, an denen sie um 14 Uhr nach Hause kommt, ist alles ruhiger und stressfreier."

Was die Wahl der weiterführenden Schule angeht, gilt prinzipiell: Ich melde mein Kind in der Schule an, in die mein Kind gehen möchte. Nicht ich muss die Schule besuchen und einen Abschluss absolvieren, sondern mein Kind!

Für meine Tochter oder meinen Sohn spielen andere Faktoren eine Rolle als für mich als Mutter oder Vater: Gehen die Kumpels mit? Ist die Schule so nah wie möglich an meinem Zuhause? Ist es eine Ganztagsschule, weil ich da gerne hinmöchte?

Wenn das Kind selbst Befürchtungen äußert, dass es zu stressig werden könnte, ist es keine gute Idee, es trotzdem auf das Gymnasium zu schicken. Warum unnötig Druck erzeugen?

Was habt ihr davon, wenn sie sich quälen?

Wie schon gesagt, sie können später immer noch wechseln und das Abi machen. Ich persönlich würde ihrem Wunsch nachkommen und die Schule wählen, die sie für sich ideal finden. Ansonsten kann es zum Boykott kommen. Dann kann es durchaus passieren, dass ein Kind, wenn es auf eine Schule gehen muss, auf der es partout nicht sein möchte, mit Absicht nicht so gute Noten schreibt, um wieder zu seinen Freunden zu kommen. Außerdem solltet ihr immer bedenken, dass die Kinder früh genug Druck bekommen und Gymnasium nicht ohne ist. Lasst ihnen lieber noch etwas Zeit am Nachmittag. Wir sollten nicht vergessen, dass es immer noch Kinder sind.

Und noch etwas: Das Gymnasium ist auch ganz schön hart für Schüler, denen die Noten früher zugeflogen sind. Natürlich kann auch alles weiter bestens laufen, aber es könnte auch sehr viel härter werden für die bisherigen ‚Überflieger'. Auch das sollte man bedenken bei der Schulwahl. Das Gymnasium verlangt den Schülern Eigenverantwortung ab, vieles wird vorausgesetzt, ohne explizit erwähnt zu werden. Recherche, Aufbereitung des Gelernten zu Hause und so weiter! Die

Gymnasien halten die Schüler zum selbstständigen Lernen an. Da braucht es eine Portion mehr Motivation, Ehrgeiz und Willenskraft.

Alternativ kann dein Kind auch auf die Integrierte Gesamtschule gehen, die viel mit Projekten arbeitet und auf der jeder Schüler noch mal individuell gefördert werden kann. Mein Sohn will beispielsweise in eine Sportklasse. Deshalb empfiehlt sich eine IGS oder ein Gymnasium mit Sportzweig.

Wenn das Kind mehr Struktur nötig hat, klare Ansagen braucht, was zu machen ist, dann passt wohl ein Gymnasium als ein sehr geschlossener Ort mit klaren Vorgaben besser zu ihm.

Die Kinder werden sich in der weiterführenden Schule auch verändern. Mein Sohn war eher immer etwas schüchtern, jetzt läuft er mit seiner Gang umher, cooler geht's nicht. Im Ernst: Die Art, wie er geht, versetzt einen ins Schaudern. In meinen Gedanken gerade erst eingeschult, jetzt läuft er rum, als hätte er eingestuhlt.

Sie lernen in der weiterführenden Schule neue soziale Gruppen kennen, in denen sie sich nun bewegen und ihre Rolle finden.

Viele Kinder sind nach kurzer Zeit in der 5. Klasse viel selbstsicherer, reifer und selbstständiger. Sie trauen sich mehr zu und sind direkter. Ja, eine große Klappe entwickeln sie dabei auch oft, und die neue Coolness kann anstrengend sein. Aber man erlebt jetzt auch Momente, in denen man so richtig stolz auf sie ist.

Die erste Phase in der weiterführenden Schule ist ein großer Sprung. So viel Neues: Lernstoff, neue Fächer, viel mehr Lehrer und neue Mitschüler. Es pendelt sich wieder ein, aber es braucht Zeit. Es können auch erst mal schlechtere Noten folgen. Das sollte kein Beinbruch sein. Versuch jetzt unbedingt erst mal locker zu bleiben. Und fühl dich mal unbekannterweise gedrückt! Ich kann verstehen, wie es dir geht.

Bei mir und meiner Schwester lief es damals dann mit Druck, was ich auf keinen Fall weitergeben will. Ich weiß noch nicht, ob mir das gelingt. Aber eins solltest du immer im Hinterkopf behalten, und das wiederhole ich gern an dieser Stelle: Heutzutage kann man über den zweiten Bildungsweg problemlos höhere Abschlüsse nachholen. Ich würde Sohn oder Tochter also unterstützen, aber nicht bedrängen. Biete ihnen Hilfe an, und wenn sie nicht möchten, auch gut.

Ich habe erst mit zehn Jahren Schwimmen gelernt. Es ist letztlich egal. Man kann alles nachholen. Ich habe von einer Seniorin gelesen, die erst mit 86 Jahren ihr Seepferdchen gemacht hat. Und sie meinte: „Jetzt kann Olympia kommen!"

Wie motivierst du dein Kind nun zum Lernen?

- Mach dir bewusst: Lernen heißt ja eigentlich nur, neugierig auf alles zu bleiben. Ein wenig Spaß ist auch dabei. Aber im Laufe der weiterführenden Schule versteht dein Kind auch schon gut, dass Schule nicht nur Spaß ist, sondern auch Fleiß verlangt ist, wenn man sein Ziel erreichen will. Welche Ziele hat dein Kind denn? Urlaub in England? Ein Auslandsjahr in Australien? Eventuell schon einen Berufswunsch? Denkt es über ein Studium nach? Sage deinem Kind: „Alles, was du tust, auch wenn's keinen Spaß macht, ist eine Eintrittskarte mehr! Je mehr Freifahrten du im Phantasialand hast, desto mehr Möglichkeiten hast du!"
  Es gibt Kinder, die brauchen und suchen diese Möglichkeiten nicht. Die sind sehr fokussiert. Für die ist Schule eventuell auch nicht der richtige Ort. Auch eine wertvolle Erkenntnis, dann dränge sie nicht, länger als nötig dort zu bleiben. Aber die anderen spüren, dass sie sich im Leben einige Dinge offenhalten wollen, und dann lohnt es sich eventuell doch, ein besseres Abi zu machen.

Nehmen wir mal eine lernfaule Tochter: Wichtig ist jetzt die Motivation. Helfen kann da Routine. Immer zur gleichen Zeit wird etwas für die Schule getan, danach ist frei, und dann kann die Tochter einfach machen, was sie will. Lass sie dann auch bitte in Ruhe. Am besten geht der 50/10-Rhythmus. Immer nach fünfzig Minuten bekommt sie zehn Minuten Pause.

Genug zu trinken sollte auch bereitstehen (für dich natürlich auch, aber das ist ein anderes Thema).

In dieser Zeit der Pubertät wird sie über die Logik nicht erreichbar sein. Worte wie „Du machst das für dich" mantraartig zu wiederholen oder einen auf Lateinprofi zu machen und bedeutungsschwanger „Non scholae, sed vitae discimus" zu dozieren, wird auf taube Ohren stoßen.

Versuch sie über die Gefühlsebene zu kriegen. „Wie fühlst du dich wohl, wenn du es geschafft hast?“

Natürlich ist diese Frage keine Garantie für eine befriedigende Antwort. Wir erhoffen uns überschwängliche „Ganz toll!“-Aussagen, aber die Realität kann uns auch hier einholen.

Was wir sagen	**Auf welche Antwort wir hoffen**	**Welche Antwort wir bekommen können**
„Wäre es nicht einfach wundervoll, eine Eins in Latein zu haben? Latein können nur die Großen!"	„Gaudeo et gratus sum quod hanc linguam discere possum."	„Ja, genau, die Großen. Nero zum Beispiel. Oder Caligula. Ganz große Nummern! Ich will so werden wie die!"
„Oma und Opa wären auch stolz, wenn du fleißig für die Schule lernst."	„Gewiss, Mutter. Nur für Oma und Opa werde ich lernen und lernen und lernen, dann backt Oma einen Mirabellenkuchen, den ich so mag, und wir feiern mein Einser-Zeugnis."	„Bla bla bla."
„Du lernst schließlich für dich. Begreif es doch!"	„Oh, Mama. Wie gut, dass du es endlich gesagt hast. Ich habe mich die ganze Zeit schon gefragt, für was ich eigentlich so viel über meinen Schularbeiten hocke. Ich tu es für mich, für meine Zukunft, damit ich Arzt oder Anwalt werde oder als Kriminalhauptkommissar Verbrecher fange!"	„Ich hab es schon längst begriffen, ich hab aber keinen Bock drauf!"

Was wir sagen	Auf welche Antwort wir hoffen	Welche Antwort wir bekommen können
„Wir haben doch alles für dich getan."	„Mama! Natürlich habt ihr das, und ich bin auch so dankbar! Ich werde alles dafür tun, dass ich euch nur noch Freude mache, und nun lass mich allein. Ich muss für Physik lernen! Und ich tu es gern!"	„Dann war's vielleicht zu wenig."

Man muss eben für alles gewappnet sein.

Das Problem ist, dass die Kinder in den ersten Schulklassen in der Tat noch nicht erfassen können, was die Schule langfristig bringen kann. Deshalb ist es umso wichtiger, sich auf das Praktische zu konzentrieren und grundsätzlich eine positive Lern-Atmosphäre zu schaffen, anstatt zu belehren. Überlegt mit dem Kind gemeinsam, wie es gut lernt, und findet heraus, was es abhält. Denn dass es lernen muss, ist ihm ja bekannt, aber das Wie wurde noch nie ergründet. Es kann viel verändern, wenn ihr zusammen schaut, was für ein Lerntyp das Kind ist, aber auch welcher Motivationstyp – bei alldem ist zentral, mehr vom Kind auszugehen und weniger von den eigenen Vorstellungen als Erwachsener.

Welche Lernstrategien sind für das eigene Kind am geeignetsten?

1. Ist die Uhrzeit die richtige, oder will es nach der Schule erst mal runterkommen und später lernen?
2. Soll die Mama in der Nähe sein, oder will das Kind es erst mal alleine versuchen?
3. Hört das Kind gerne Musik dazu, läuft es manchmal umher, wechselt es die Orte, setzt sich auf den Boden oder nutzt auch mal das Bügelbrett als Ausweichort?

Ich kenne Kinder, die lernen ihre Vokabeln abends im Bett, bevor sie schlafen. Meine Tochter kann ihre Matheaufgaben am besten lösen, wenn sie dabei herumläuft. Einmal habe ich sie gesucht, da ist sie in Gedanken die Haustür raus. Getreu dem Motto: Die binomischen Formeln habe ich jetzt drauf, aber ich muss mit dem Bus nach Hause zurückfahren.

Insgesamt gilt: Gehe unvoreingenommen in das Schulleben deiner Kinder. Deine Erfahrungen sind zunächst mal nicht ihre Erfahrungen. Leider ist es oft so, dass man den Kindern mehr Negatives sagt, weil man sich ärgert und sich das ja anders vorgestellt hat. Stell dir besser nichts vor! Mache dir lieber klar: Für jede negative Äußerung braucht es mindestens drei positive, um das Gefühl wieder aufzulösen. Bleib positiv und reflektiert. Unterstütze dein Kind einfach bedingungslos. Und da ist der Schultyp egal. Unseren Kindern stehen alle Türen offen. Steht immer hinter ihnen oder geht voraus und bleibt nicht im Weg stehen, sodass sie problemlos durch die Türen hindurchgehen können.

▶ Die Beziehung zu deinem Kind ist immer wichtiger als die Schule. Die Noten sind kein Druckmittel, sondern eher eine von der Bildung instruierte Vergleichsmöglichkeit und natürlich in keinster Weise entscheidend dafür, welches Leben Kinder als Erwachsene leben werden. Ich habe keine Note in der Schule jemals für die Zukunft gebraucht. Manche brauchen sie beispielsweise für ein Studium, aber diese Erkenntnis wird in der Vorpubertät noch nicht reifen. Ich kenne kein zehnjähriges Kind, das sagt: „Ab sofort muss ich nur noch Einsen schreiben, denn ich will Rechtsmedizinerin werden, und dafür brauche ich später einen Numerus Clausus von 1,0!" So weit denken sie jetzt einfach nicht. Das wäre auch – mit Verlaub – gar nicht gesund, denn Kinder sollten in dem Alter immer noch Kinder sein und sich ausprobieren dürfen.

In der Vorpubertät geht es darum, den Kindern beiseitezustehen, wenn es verlangt wird, zu helfen und eine Lernumgebung zu gewährleisten, in der sie sich wohlfühlen. Es zu ermöglichen, dass es Spaß macht zu lernen. In der Pubertät hat dann die Schule kaum mehr Bedeutung. Erst ab der 10. Klasse bedienen die Teenager den eigentlichen Startknopf, und es geht los. Dann erkennen sie einen Sinn. Dann merken sie: Du lernst nicht für die Schule, nicht für die Eltern, sondern nur für dich.

Endlich! ENDLICH!

Aber was, wenn die Tochter bis dahin die absolute Null-Bock-Schiene fährt?

Vielleicht solltest du es mit Empathie und Verständnis versuchen, ihr aber trotzdem sagen, dass es keinen Ausweg gibt. Es gibt im Leben nun mal Sachen, die sind wirklich ätzend, und trotzdem müssen sie gemacht werden. Aufs Üben hat deine Tochter wahrscheinlich keine Lust, weil es extrem schwer ist für sie. Sag ihr, dass die Aufgaben durch das Üben leichter werden. Sag ihr, dass es auch in deinem Leben Dinge gibt, die du nicht machen magst, aber trotzdem tun musst.

Gestaltet euch zu Hause eine schöne Atmosphäre, setzt euch zum Beispiel gemeinsam an einen Tisch, vielleicht mit einem Tee und ganz viel Ruhe. Sie macht ihre Hausaufgaben, du machst inzwischen etwas, das für dich nervig ist, Papierkram halt. Sag ihr, dass es dir viel mehr Spaß macht, wenn ihr zusammen seid. Und belohnt euch hinterher gemeinsam für das Geschaffte.

Tatsächlich würde ich das Kind ansonsten seine Art und Weise finden lassen, die Aufgaben zu erledigen. Deine Hilfe kannst du aber anbieten und fragen, ob du erinnern und fordern sollst (manche Kinder wollen das), oder ob es deinem Kind lieber ist, wenn du dich raushältst und wartest, bis es von sich aus um Unterstützung bittet.

Ich würde erklären, wie wichtig es ist, die Kompetenzen zu erlangen, die man als Grundlage für den weiteren Verlauf braucht. Ansonsten sind die Noten der 5. und 6. Klasse doch total egal. Diese Zeugnisse möchte nie wieder jemand sehen! Außer später die Kinder der Kinder, und dann können die immer noch sagen, sie haben sie nicht mehr.

Noch eine Anmerkung zum Thema Hausaufgaben: Ich persönlich finde sie komplett unnötig! Ja, das klingt jetzt vielleicht irritierend. Aber wenn man es sich einmal genau vor Augen führt, dann werden gute Schüler durch Hausaufgaben nicht unbedingt noch besser, und schlechte Schüler begreifen zu Hause durch bloßes Wiederholen noch lange nicht, was sie schon am Vormittag nicht richtig verstanden haben.

Für viel sinnvoller halte ich auf das Kind zugeschnittene, zusätzliche Lernangebote, wenn diese notwendig erscheinen.

Wenn meine Tochter die Hausaufgaben nicht gemacht hat, muss sie in der Schule erklären, warum. Am Anfang war der Grund oft noch „keine

Lust“, mittlerweile ist es „das Thema hat mich nicht interessiert“ oder „es war langweilig, weil ich alles schon wusste“. Die Lehrerin meiner Tochter schreibt sich diese Begründungen auf und passt ihre Hausaufgaben entsprechend an. So bekommt meine Tochter zum Beispiel keine Schriftübungen, weil sie sich dabei langweilt und sowieso schönschreibt, dafür darf sie öfter mal etwas auswendig lernen oder beispielsweise Blätter im Garten sammeln und bestimmen, welche Bäume wir hier haben.

Ich habe meinem Sohn mal angeboten, dass er während der anstrengenden Matheaufgaben eine Pause machen könnte. Er meinte: „Ja, ein paar Tage wären schon cool!“

Das erinnerte mich an eine Mutter, die vier Wochen lang die Mathehausaufgaben ihres Sohnes machte. Aber er sollte sie sich danach ansehen und ins Heft übertragen. Nach einem Monat war er durch die Pause wieder frisch und mit neuem Elan dabei. Heute ist er Mathe-Lehrer.

Ich kann mich nur wiederholen: Hausaufgaben finde ich nicht mehr zeitgemäß. Hausaufgaben sind dafür da, den Stoff zu vertiefen. Das Erlernte soll gefestigt werden. Das brauchen einige Schüler, aber einige eben auch nicht. Für viele sind Hausaufgaben auch schlicht nicht die richtige Form dafür.

Höchstens eben die speziellen, individuell abgestimmten Hausaufgaben. Ansonsten machen Hausaufgaben keinen Sinn.

Es ist für die Kinder bei diesem Thema auch eine neue Herausforderung, dass sie das alles selbstständig regeln sollen und notfalls auch die Konsequenzen tragen müssen. Diese muss die Schule vorgeben, was oft durch ein „Drei Striche bei nicht gemachten Hausaufgaben ergibt eine schlechte Note“ der Fall ist. Dadurch werden sie manchmal einsichtig. Aber das ist eine Sache zwischen deinem Kind und seinem Lehrer, denn die Vereinbarung der Hausaufgaben haben Lehrer und Schüler getroffen. Wir als Eltern können nur motivieren, gut zureden und eventuell Kompromisse schaffen, wie zum Beispiel: Eine halbe Stunde machst du Hausaufgaben, und dann kannst du aufhören, auch wenn du noch nicht fertig bist.

Mein Kumpel Jens hat im 12. Schuljahr zum ersten Mal in seinem Schulleben Hausaufgaben gemacht. Er war vorher auch ohne sie ein sehr guter Schüler gewesen und hatte dann ganz nüchtern festgestellt: „Jetzt brauche ich sie!“

„Mit den Hausaufgaben ist es so, als wenn in einer Firma eine neue Stelle besetzt wird. Man hilft dem neuen Mitarbeiter bei der Einarbeitung, stellt ihm alles vor, aber irgendwann zieht man sich zurück."

„Ich bin der Meinung, die Schule macht es sich ziemlich einfach, wenn sie von den Eltern erwartet, durchzusetzen, was sie mit den Schülern vereinbart hat. Das macht Eltern zum verlängerten Arm der Schule. Die Schule sollte aber ein in sich geschlossenes System sein. Ich habe diese Aufgabe nicht angenommen, und wir sind trotzdem gut damit gefahren."

„Vertraue ihm von Herzen und ohne Zweifel. Wenn er dies fühlt, findet er SEINEN Weg sicher und geborgen. Darum geht es doch im Leben. Die Schule will Anpassung. Ich will ein Kind, das weiß, was es will und wie es das erreichen kann."

Was ist zu tun bei Aggressionen und Frust aufgrund von Hausaufgaben?

- Wenn sie wütend werden und dich sogar wegen den Hausaufgaben verbal beleidigen, habe zunächst Verständnis für ihre Emotionen und frage nach den Hintergründen. Biete deine Hilfe an. Mehr kann man in dem ersten gefühlsstarken Ausbruch sowieso nicht machen. Sie werden schon kommen, wenn sie deine Hilfe brauchen, beziehungsweise kann man auch nach einer Abkühlung der Emotionen noch mal genauer nachhaken. Dann aber auch deutlich sagen, dass man so nicht angegangen werden möchte. Bitte aber nie persönlich nehmen. Die fehlende Impulskontrolle lässt sie Dampf ablassen. Ja, dieses Mantra „Nicht persönlich nehmen!" wird hier häufig wiederholt. Das macht Sinn, denn es ist schließlich ein Mantra. Und es wird uns von nun an bis zum Erwachsenwerden unseres Kindes jahrelang begleiten. Es ist unser Rettungsanker und lindert alle Not.

- Darauf erst mal einen Whisky.

Oft kommt es auch zum Streit, wenn man sich zu stark einmischt und über die Schulter Fehler kontrolliert. Fehler machen ist so wichtig, dass es Managerseminare dazu gibt, wie man Fehler macht. Es ist nicht deine Aufgabe, sondern Aufgabe des Lehrers zu korrigieren. Dass man auch mal hilft und auch ab und zu aus Motivationsgründen oder aufkommender Müdigkeit was ausfüllt und Ergebnisse vorsagt, ist klar. Hin und wieder darf auch die „Hausaufgaben-Fee“ (angeheiratete Großkusine der Zahnfee) ruhig mal erscheinen und Wünsche und Ergebnisse erfüllen. Sollte aber eine Ausnahme bleiben.

„Ich bin in der Grundschule immer gerne zur Schule gegangen, war auch eine gute Schülerin. Einmal, ich weiß nicht mehr warum, hat meine Mama für mich eine Hausaufgabe gemacht. Es war unser kleines Geheimnis. Wir hatten dann mehr Zeit für andere schöne Dinge. Ich denk bis heute gerne an dieses Erlebnis zurück. Geschadet hat es mir in keiner Weise. Vielleicht nimmst du ihm einfach etwas ab und schaffst so eine Erinnerung."

„Die Lehrerin sagte uns, wir sollen nicht verbessern, sonst denkt sie, dass die Kinder alles können und sie den nächsten Test schreiben kann. Seitdem streiten wir hier viel weniger."

Schon der großartige Schweizer Pädagoge Remy Largo betonte: „Kinder können nur dann eigene Lernstrategien entwickeln, wenn man sie lässt. Die Erwachsenen müssten für die Kinder einfach da sein. Selbstständigkeit und Individualität entwickeln Kinder aus sicheren Bindungen. Sie erkennen ihre Stärken und ihre Schwächen. Mit ihnen gilt es umzugehen, und wenn man es möchte, lässt sich auch aus einer Schwäche eine Stärke machen.“

Die Hausaufgaben im Hort oder in der Ganztagsschule zu machen, erleichtert vieles. Denn die Kinder können dann zu Hause ihre freie Zeit genießen.

Eine Mutter hat mir mal erzählt, dass die Hausaufgaben so viele Streitereien hervorriefen, dass sie eines Tages mit der Nachbarsmutter die Kinder für die Hausaufgaben getauscht hat. Dieser Tausch lief super, da sich die jeweiligen Kinder in der ‚fremden‘ Umgebung sehr angestrengt und sich benommen haben. Ich wollte dies mit unseren Nachbarn auch mal machen, aber sie wollten nicht. Sie haben keine Kinder, aber ich hatte mich so auf den Hund gefreut.

„Der Grund für seine Abneigung gegen die Hausaufgaben ist zum einen, dass er sagt, er arbeitet ja schon in der Schule, zu Hause will er Freiheit! Und zum anderen, dass er sich in der Schule schon an so viele Regeln halten muss, und hier zu Hause nicht auch noch gezwungen werden will."

„Unser Großer hat einige Zeit vor dem Kitaschluss des kleinen Bruders Schule aus. In der Zeit machen wir, was er will: reden, kuscheln, spielen, essen oder eben auch fernschauen. Wenn ich den Bruder abhole, bleibt er daheim und macht seine Hausaufgaben. Meistens ist er längst fertig, wenn ich nach dreißig Minuten wiederkomme. Und bisher gab es keinerlei Probleme mehr."

Schulkinder brauchen letztlich Methoden und Rituale, um sich Wissen zu erarbeiten. Einfach nur hinsetzen und durchlesen reicht oft nicht. Den Kindern das Lernen von Stoff beizubringen, sollte in den Schulen viel mehr vermittelt werden. Manchmal wissen die Kids einfach nicht, wie sie es denn machen sollen, was überhaupt zum Erfolg führt. Das ist oft noch zusätzlich demotivierend.

Als Eltern kann man sich da die Tatsache bewusst machen, dass viele andere Eltern mit ähnlichen Herausforderungen zu tun haben. Im Austausch kann man sich gegenseitig unterstützen und Tipps geben. Und es gibt inzwischen auch online viel: Schau mal in die Gruppe ‚Mit Kindern lernen' auf Facebook. Die haben auch einen Newsletter, den man sich zuschicken lassen kann, und Videos bei YouTube. Die sind richtig toll! Und geben sehr einfache Tipps, die man ganz leicht umsetzen kann. Ich finde es total logisch, aber manchmal kommt man auf die einfachsten Dinge nicht.

Auf dem Weg zur weiterführenden Schule warten aber natürlich noch zahlreiche weitere Prüfungen – auch für die Eltern.

Druck rausnehmen fällt den Eltern immer schwerer, je näher man dem Zeugnis des ersten Halbjahres der 4. Klasse kommt. Da drehen alle ein wenig durch. Meine Frau hat unseren Sohn jede Minute gefragt, ob er Mathe schon zurückhabe. Alle Nachbarn wussten, dass man auf Mathe wartete. Selbst der Paketzusteller fragte, wie Mathe gelaufen sei. Nichts anderes war mehr wichtig, denn auf diese eine Note würde es wahrscheinlich ankommen.

Ein Meteorit hätte in unser Haus einschlagen können, meine Frau hätte nur gefragt: „Und was ist mit der Mathearbeit?"

Serienkiller hätten ihr Unwesen treiben und bei uns klingeln können, meine Frau hätte nur gesagt, dass das jetzt gerade ungünstig sei, denn man warte auf Mathe.

In dieser Zeit verbringt man außerdem viel Zeit damit, sich Schulen anzuschauen, alle wissen: Jetzt gilt es. Danach, im zweiten Halbjahr der 4. Klasse, läuft es dann wieder entspannter. Da ist man einfach auf einer langen Abschiedstournee.

Was ist nun das Fazit?

Wir müssen begreifen, dass es bald so weit ist: nein, kein Abitur! Das Gegenteil. Keine Lust mehr auf Schule! Schule hat auf einmal keinerlei Wert mehr für unsere Kinder. Die Wichtigkeit ist irgendwo zwischen ‚Teller in die Küche bringen' und ‚Tante Hilde besuchen' angesiedelt. Zu Beginn der Grundschule wollen unsere Kinder noch alle stolz machen. Die Eltern, die Großeltern, die Lehrer. Ja, man lernt sogar für die Lehrer. Auch sie sollen stolz sein. Aber das ändert sich. Bald. Sehr bald. Ist leider so. Ich habe mir das nicht ausgedacht.

Euer Kind kommt in die Pubertät. Da ist Lernen nicht das Wichtigste. Die Teenager haben mit vielen anderen Dingen zu kämpfen. Unsere Erwartungen und die unserer Kinder stimmen nicht mehr überein. Daher: Druck rausnehmen und nicht noch mehr Druck aufbauen. Und sich immer wieder selbst fragen: Hattet ihr immer Lust auf Schule?

Für mich ist die Schule ein verpflichtendes Angebot, von dem unsere Kinder mehr oder weniger Gebrauch machen. Zu Beginn der Pubertät ruht dieses Angebot oft. Und so etwa ab der 9. oder 10. Klasse erleben wir eine Wiederaufnahme. Ungefähr so wie bei meinem Fitnessstudio-Vertrag. Der ruhte auch lange. Leider kann man in der Schule keine Karteileiche sein. Dafür ist sie in der Regel kostenfrei.

Irgendwann geht es also auf jeden Fall wieder los. Mit dem Engagement. Den Startschuss, das sei auch noch einmal deutlich gesagt, bestimmen aber unsere Teenager – nicht wir. Ja, zum Thema Schule ist viel Geduld notwendig. Und dies von Anfang an. Das Schöne ist: Abschlüsse können immer nachgeholt werden!

Wir sind schnell mit unserem Latein am Ende, wenn wir wollen, dass unser Kind mit Latein beginnt. Im Endeffekt können wir es aber schlecht zur Schule schleifen, ihm Begeisterung für bestimmte Fächer eintrichtern oder es an den Schreibtisch ketten. Das einzig Mögliche sind Abmachungen. Zum Beispiel die, dass die Kinder die Noten zu Hause immer erzählen und dass sie die Vorbereitung auf die Klassenarbeiten, so gut wie es für sie geht, selbstständig durchziehen. Wir bieten Hilfe und Hilfsmittel an. Sie gehen ihren Weg. Und: Nein, ‚Fortnite' spielen als Erdkundeersatz, weil man da auch die Klimazonen kennenlernt, ist keine Alternative!

Gerade ab der 5. Klasse werden die Karten dann neu gemischt. Es geht erst mal darum, dass die Kinder lernen, wie man lernt. Braucht er eine Pause nach der Schule? Sollte sie direkt weitermachen? Das bewährte Muster: „Erst die Arbeit, dann die Freizeit!"

Ist Ganztagsschule machbar? Frustriert es ihn total, wenn er von der Schule nach Hause kommt und trotzdem noch so viel machen muss. Denn eigentlich fängt doch jetzt die Freizeit an. Dann eventuell lieber um 14 Uhr nach Hause kommen lassen. Wenn es mit dem Job schwer vereinbar ist, kann man Kinder in dem Alter auch mal ein bis zwei Stunden alleine lassen. Oft mögen sie das auch, weil sie sich dann erwachsener und ernst genommen fühlen.

Dann am besten auch noch mal ab nach draußen. Gerade in den frühen Pubertätsjahren wollen die Kinder ihren Bewegungsdrang ausleben. Von daher solltet ihr ihnen immer wieder die Gelegenheit geben, sich auszupowern und an der frischen Luft zu bewegen. Also zum Beispiel: erst Sport und dann Lernen.

Letztlich müssen sie wissen, dass es ihre Aufgaben sind. Die Kinder stehen morgens vor dem Lehrer oder der Lehrerin und müssen mit den

Konsequenzen leben. Ich habe in meinem Leben alle Hausaufgaben gemacht. Zumindest für die Schule.

Es geht darum, eine Lernumgebung zu finden, in der es unserem Kind leichter fällt zu lernen. Braucht es die Eltern ständig, oder will er es erst mal alleine probieren? Wir befinden uns eigentlich ständig im selben Raum und stehen mit Rat und Tat zur Verfügung. Ich war oft etwas zu nah dran und habe die Hausaufgaben stets verbessert: Da hat der Sohnemann irgendwann gemotzt. Wichtig ist, dem Kind die Zeit zu geben, sich zu sortieren, und dann zu schauen, wie es läuft. Die Tochter unserer Nachbarn war in der Grundschule der Überflieger. Auf dem Gymnasium fingen die Probleme an. Man freute sich, wenn es keine Sechsen waren. Bei einer Fünf wurde gejubelt, bei einer Fünf plus ein neues Game gekauft. „Wir sind drangeblieben", sagen die Eltern. Jetzt macht sie gerade Abitur.

Und es kann auch sein, dass man irgendwann feststellt, dass das Gymnasium doch nicht das Richtige ist. Und man sucht sich Unterstützung in der Nachhilfe.

- ▶ Auf dem Gymnasium zählen vor allem auch Wille und Motivation. Wenn das Kind beides nicht mitbringt, wird es auf Dauer schwer. In der Grundschule konnte man auch trotz Faulheit noch gute Noten haben. Das ändert sich nun. Das sollte unser Kind wissen. Und ja, es kann sein, dass es das nicht sofort allein begreift: Das müssen wir ihm sagen!

- ▶ Auch in der Schule gilt, dass wir die Verantwortung für unser Kind haben, aber auch genau schauen sollten, dass wir die Zügel nun etwas lockern und sie kleine Strecken auch schon allein gehen lassen. Nicht bei den Hausaufgaben immer dicht nebendran sitzen, lieber gegenüber oder einfach in der Nähe sein und das auch mitteilen. Hilfe ist immer da. Natürlich auch bei schlechten Noten. Biete Hilfe an, aber lass auch Raum zur freien Entfaltung und zum Abnabeln. Sie müssen und wollen wachsen. Dafür braucht es Raum. Auf Dauer geht es nur so: seine Noten, seine Verantwortung. Dann wird vieles entspannter. Und vergesst den Humor nicht: Lacht auch mal gemeinsam über dumme Fehler.

- Druck raus, mehr und mehr auf Augenhöhe agieren. Besprecht mit euren Kindern, was gut läuft, aber auch, was nicht so gut läuft. Sie entwickeln dann auch eigene Ideen, eine eigene Haltung zum Thema Schule. Und die ist und bleibt dynamisch.

Deine Haltung sollte es währenddessen nicht sein. Strahle immer aus: Egal, was du in der Schule erlebst, im Umgang mit anderen Menschen, denk immer daran, dass du dich in einer Familie nicht erst beweisen musst, um geliebt zu werden. Sie liebt dich so, wie du bist.

Unser Grundschuldirektor sagte zum Abschied:

„Ihr seid wunderbare, einzigartige Kinder. Ihr geht euren Weg. Und tut mir den Gefallen: Wenn einer was anderes sagt, dann glaubt das bitte nicht! Ihr seid genau richtig!"

So sollten alle Kinder irgendwann auch die höhere Schule verlassen: Brust raus, Kopf hoch. Nach dem Motto: ‚Auf geht's, leben! Wir schaffen das!'

4 | Das Leben ist eine Outdoor-Veranstaltung!

Freunde, Geschwister und Freizeit

Für mich ist es dieser eine Blick. Wenn irgendetwas passiert, dann schauen wir uns kurz an, und der andere weiß genau, was man denkt. Dieser eine Blick ist der Akku unserer Freundschaft. Mit jedem Blick wird sie wieder neu aufgeladen. Und dann ist es letztlich egal, ob man sich fünfzigmal oder nur einmal im Jahr sieht! Wir lachen zusammen, wir weinen zusammen, und wir regen uns zusammen auf. Wenn wir lachen, dann lachen nur wir. Um uns herum versteht keiner unseren Humor, der anscheinend nur für uns geschaffen wurde. Wenn es sein muss: unsere vier Mittelfinger gegen den Rest der Welt!

Mein bester Freund Frank und ich denken und ticken ähnlich. Ich habe immer das Gefühl, dass ich ihn Tag und Nacht anrufen kann (was vielleicht daran liegt, dass ich ihn schon des Öfteren Tag und Nacht angerufen habe). Wir haben die gleichen Wertvorstellungen, und unsere Chemie stimmt einfach. Wir beide stehen in ernsten und lustigen Situationen zueinander, und wir haben in Indien zusammen einen Elefanten gestreichelt. Wenn dein Leben zu Ende ist, wird in deinen ‚unvergesslichen Momenten' dein bester Freund oder deine beste Freundin eine große Rolle spielen. Und fast genauso wichtig ist die Gang.

Das fliegende Klassenzimmer, *Pippi Langstrumpf*, die ersten *Harry Potter*-Bände oder auch die *Vorstadtkrokodile* – all diese Storys handeln von Zusammenschlüssen Vorpubertierender. Die Gruppen haben oft einen eigenen Ehrenkodex oder eine Geheimsprache. Begeisterungsfähigkeit, Treue, Verschwiegenheit, Verlässlichkeit, Kameradschaftlichkeit, Mut und Einsatzbereitschaft sind gefragt. Und das kommt an. Ich hätte auch gerne ein Äffchen und ein Pferd mit schwarzen Punkten gehabt. Und einen Limonadenbaum. Heute ist das nicht mehr so. Da schwebt mir eher ein Spirituosen-Baum vor.

Ach, ich liebe diese Fantasie. Ich liebe Astrid Lindgren. Denn so sollen unsere Kinder werden! Sie machen sich die Welt, wie sie ihnen gefällt!

„Sei Pippi, nicht Annika!" – Trau dich was, hab Mut!

Die Freunde werden in der Vorpubertät immer wichtiger. Und so auch die Codes. Ich beobachte das bei meinem Sohn. Er redet mit mir relativ normal. Doch plötzlich erschlafft sein Körper, der Rücken wird krumm, und er sagt zur Begrüßung des gerade auf uns zukommenden Kumpels:

„Alder, was geht?"

Dann wieder zu mir gewandt: „Bekomme ich Geld für den Kiosk?"

Und ich sage: „Ey, dein Alder hat keine Kohle, ist komplett lost, Digga!"

An dieser Stelle einige Beispiele für ähnliche Konversationen mit typischen sprachlichen Hürden:

Vater	Sohn/Freund vom Sohn/irgendjemand im gleichen Alter
„Würde es dir etwas ausmachen, die Musik leiser zu drehen?"	„Ej bist du Opfer und weich in Birne sag ich mach ich nicht leiser Musik haben Rapper auch sei kein Lauch."
„Was hast du gerade gesagt? Ich habe das nicht verstanden."	„Geh ich gleich auf Kopf sag ich doch hab ich gesagt Alder was ist Problem sag mir hast du."
„Du bist viel zu dünn angezogen."	„Bist du dünn oben in Kopp sag bist du lost bist du zu wild ich mach cringe ist Porno und überhaupt auf dein Nacken bist du Ehrenmann oder was."
„Ich glaube, du brauchst ärztliche Hilfe."	„Geh ich fernschimmeln Alder Habibi läuft bei dir oder was oder wie mit dein Overcut ich bin swag du nicht ej."

Schon aufgrund der Sprachbarrieren brauchen Kinder einander. Die Eltern sind ja leider nicht zweisprachig. Aber, nun kommt eine weitere Herausforderung ins Spiel: Während bestimmte Kinder in der ersten und zweiten Klasse noch miteinander gespielt haben, können sie sich auf einmal nicht mehr riechen. Auch im wörtlichen Sinne. In der Nase wird es leider besonders deutlich. Schuld daran sind die – ja, ich sehe, wie du gleich ausholst, und ducke mich schon weg, aber was soll ich machen – Hormone.

Für viele Jungen und Mädchen ist diese Veränderung verwirrend und bringt einige Probleme mit sich. Jetzt wird geschaut, zu wem man passt. Alles wird auf den Prüfstand gestellt: Eltern, Lehrer und nun auch die Freunde.

Mein Freund aus Kindheitstagen war Sascha. Er hatte eine Tischtennisplatte und einen Computer, der so groß war wie eine Garage. Also wollte jeder sein Freund sein, und die Bude war voll. Dass wir beide uns bis heute noch gut verstehen, lag eher an anderen Dingen wie Charakter und Werten.

Aber wie findet man heraus, ob er oder sie der oder die Richtige ist? Wie tickt man überhaupt selbst? Und zu wem passt man? Wie erprobt man seine sozialen Fähigkeiten? All diese Fragen stellen sich in dieser frühpubertären Zeit. Die Antworten kommen nicht von heute auf morgen. Auch dieses Thema ist ein herausforderndes. Welcher ‚Digga' wird mein ‚Aldaa', und zwar for life? Da sind unsere eigenen Erfahrungen mit unseren Pippis, Tommys und Annikas wichtig.

Steh deinem Kind also auch hier bei: Zeige Interesse an den Freunden deiner Kinder. Noch geht es. In der Pubertät wird es dann peinlich. Also du wirst peinlich. In den Augen deines Kindes. Ab dann kannst du das Ganze noch dramatisieren – indem du dich mit den Freunden des Kindes unterhältst, besser gesagt unterhalten willst.

Ich rate von folgenden Sätzen ab:

1. „Na, Julius, du bist aber groß geworden."
2. „Hast du denn schon eine Freundin?"
3. „Ach, du bist also die Sarah. Der XYZ hat schon sooo viel von dir erzählt." (Zwinker)
4. „Ist das da an deinem Hals ein Knutschfleck, hihi."
5. „Möchtest du ein Glas Milch?"
6. „Mensch, du hast aber viele Pickel gekriegt."
7. „Vielleicht mal ein Deo nehmen, Emily?"
8. „Na, hat da jemand eine neue Zahnspange? Zeig doch mal."

Und dann läuft er mit den Freunden in der Stadt an dir vorbei und wenn man Glück hat, grüßt er noch, der Herr Sohn. Aber wirklich nur, wenn man Glück hat.

Aber was eigentlich, wenn das merkwürdige Gestalten sind, mit denen er da abhängt? Erst mal abwarten. Nie die Freunde immens kritisieren. Du kannst dir natürlich eine eigene Meinung bilden, aber lehne sie nicht grundsätzlich ab und verbiete auch nichts, dieser Schuss wird nach hinten losgehen. Aber frage gerne nach: „Was findest du denn toll an denen?"

Auch hier gilt wieder: Rede mit deinem Sohn oder deiner Tochter. Lade die Freunde mal ein und lerne sie kennen. Noch ist es in der Regel für unsere Kinder nicht (zu) peinlich. Das müssen wir ausnutzen. Falsche Freunde können deinem Kind Dinge vorschlagen, die es nur tut, um dazuzugehören. Es soll Alkohol trinken, Drogen nehmen, klauen. Wenn du das mitbekommst, aber am besten bereits präventiv: Erkläre deinem Kind, dass es ‚Nein' sagen kann und auch muss. Dass das nicht richtig ist, was diese ‚Freunde' da verlangen. Reden, reden, reden. Und zwar jetzt. Denn, genau: Noch hören sie auf uns. Komplett verbieten wird schwierig. Aber ich würde dem Kind auf jeden Fall ordentlich ins Gewissen reden und ihm auch genau erklären, warum man sich Sorgen macht, wenn es Zeit mit diesen Kindern verbringt!

- Das ist nicht einfach für die Eltern. Wenn man schlecht über diese speziellen Freunde redet, rebellieren unsere Kinder oft, und es macht diese Gruppe noch interessanter.

Aber trotzdem:

- Sprich mit deinem Kind und sage ihm, dass du dir Sorgen machst, und erkläre auch warum. Aber tue das in einem guten Moment, in dem gerade eine ruhige Gesprächsatmosphäre herrscht. Sei dabei immer der sichere Hafen. Es ist am Ende die eigene Entscheidung des Kindes, sich mit diesen Jungs oder Mädels abzugeben. Es ist irgendwann auch seine Verantwortung. Sei für dein Kind da. Mit Verboten und Strafen treibst du es noch weiter weg!

Und auch hier haben wir nichts falsch gemacht. Der falsche Freundeskreis ist echt eine Katastrophe für die Eltern. Da helfen das beste Elternhaus und die beste Erziehung nichts. Manche Kinder sind in der Pubertät einfach leicht durch andere zu beeinflussen. Der Gruppendruck steigt. Stärkt eure Kinder, sodass sie lernen, Dinge abzulehnen, die sie nicht wollen! Wenn das Kind in der Trotzphase ständig gesagt hat: „Nein, das will ich nicht!", war das für uns herausfordernd, da der Zug auf Gleis 1 wartete und das Kind schreiend an Gleis 4 lag. Aber es gibt daran auch etwas Gutes: Es hat schon früh gelernt, Nein zu sagen. Das kann deinem Kind auch später in einer Gruppen-Konstellation zugutekommen.

Man sollte an dieser Stelle nicht vergessen, dass man nicht der Freund seines Kindes ist. Man ist Vater, man ist Mutter. Zusammen sind wir Eltern. Und wir haben eine Aufsichts- und Fürsorgepflicht. Das Kind „einfach mal Erfahrungen sammeln lassen" hört sich gut an und ist sicher richtig, wenn es um die Auswahl eines Musikinstruments oder um einen Kleidungsstil geht, kommen aber Drogen, Alkohol und/oder Kriminalität ins Spiel, dann ist Schluss mit lustig, denn das kann böse enden.

Nein, es ist nicht immer einfach mit unseren Kindern, und vieles haben wir vorher nicht gewusst – oder aber man denkt konkret: „Bei meinem Kind passiert das nicht."

► Es kann aber immer passieren – egal, wo und wie ein Kind aufwächst. Wir sollten unseren Kindern immer die Sicherheit vermitteln, dass wir für sie da sind, und sie mit allen Problemen zu uns kommen können, wenn sie auch noch so nichtig oder geradezu gigantisch erscheinen.

„Ich versuche meiner Tochter zu sagen, dass sie mir immer vertrauen kann. Und dass sie nichts machen soll, nur um dazuzugehören. Wahre Freunde haben keine Erwartungen!"

Sei deinem Kind ein verlässlicher Partner. Erkläre ihm, dass das, was die anderen da tun und verlangen, absolut falsch ist und auch gefährlich sein kann. Rede über Gruppendruck: „Mach nicht mit, nur weil die anderen es tun. Sag fest und sicher NEIN! Vielleicht passen diese Freunde nicht zu dir."

Oft merkt es unser Kind auch selbst, aber traut sich nicht, etwas zu sagen. Dann sag deinem Kind: „Mach es dir doch leicht: Schieb die Schuld auf uns. Sag einfach: ‚Meine Eltern zicken wieder rum.'"

Mit den richtigen Freunden ist es einfach schöner, und das werden die Kinder merken, sobald sie welche haben. Dann werden gemeinsame Erfahrungen gesammelt, man hat dieselben Vorbilder, bekommt positives Feedback. Mit diesen Freunden teilt man Ziele, Ideen und Wertvorstellungen!

Diese Freunde nehmen dann einen immer höheren Stellenwert bei Mädchen und Jungen ein. Jede freie Minute innerhalb und außerhalb der Schule wollen die Kinder wenn möglich mit ihren Freunden verbringen oder „chillen". Unter den Freunden bilden sich bestimmte Subkulturen, die unter anderem Modetrends, Vorbilder in der Musik- oder YouTube-Szene sowie die besagten spezifischen Sprach- und Verhaltensformen beinhalten. Durch die eigene Sprache oder den Kleidungsstil wollen sich die Kinder bewusst von den Eltern beziehungsweise der Erwachsenenwelt abgrenzen. Und das geht am besten mit ihresgleichen.

In der Gruppe ein gutes Ansehen zu haben, wird daher enorm wichtig. Hierfür tun Jungs sehr viel. Es zählen dabei Treue, Verschwiegenheit, Mut. Und oft gibt es, wie bei Teens, schon einen Gruppenkodex und eigene Begrüßungsrituale.

Mein Sohn und sein Freund begrüßen sich auf eine Art, bei der ich mir die Finger brechen würde. Es heißt ‚High Five', weil es fünf Minuten dauert. Wenn die Begrüßung zu Ende ist, können sie schon langsam wieder mit der Verabschiedung beginnen.

Nun werden soziale Netze aufgebaut. Das war schon früher bei den Jägern und Sammlern so. Da ist bekannt, dass vor allem die Jugendlichen die Außenbeziehungen zu befreundeten Clan-Gruppen unterhalten haben. Gemeinsam hat man Zeichen an die Höhlenwände geritzt – quasi das Facebook der Steinzeit.

Gar nicht so einfach für unsere Teenager. Sie lernen sich in der Pubertät kennen und merken, dass sie besonders sind und dass ihre Eltern schrecklich normal und anders sind. In der Gruppe suchen sie aber

Gleiches. Sie wollen dort das machen, was die anderen machen, aber doch etwas Eigenes tun und einzigartig bleiben.

Und sie denken und vermitteln: „Schaut mal, was ich kann!"

Manchmal wollen sie es auch beweisen, und das kann ein wenig nach hinten losgehen. Wulfs Sohn hat zum Thema Nachhaltigkeit seine eigenen Vorstellungen. Er bewahrt Lebensmittelreste, die man „noch essen kann", monatelang irgendwo in seinem Kleiderschrank auf, bis die Tupperschüssel mit dem Nudelsalat im Hochsommer explodiert. Er hat sich eine Glatze rasiert, um ein Zeichen zu setzen (welches, war nicht herauszubekommen, jedenfalls sollte das nachhaltig für die nächsten Generationen sein), und er hat vorgeschlagen, ein ‚Fridays for Furniture' ins Leben zu rufen, einen wöchentlichen Flohmarkt, der immer freitags in der elterlichen Wohnung stattfinden sollte.

Wulf war froh, dass er Letzteres zumindest verhindern konnte.

Es ist so: Die Zukunft unseres Kindes liegt außerhalb der Familie. Sie liegt bei den anderen Heranwachsenden. Ab der frühen Pubertät lernen sie ihre Freunde intensiver kennen und auch ihre Generation. Mit der möchten und werden sie ein Leben lang zu tun haben. Dort suchen sie auch ihren zukünftigen Partner. Meistens jedenfalls. Heidi Klum sieht das etwas anders, aber so hat sie auch direkte Spielkameraden für ihre Kinder gefunden und jemanden, der ‚Catweazle' bei Bedarf doubeln könnte.

Kinder sollen keine Kopien ihrer Eltern werden, sagen Pädagogen. Da haben sie auch recht. Es wäre mehr als merkwürdig, wenn ich plötzlich anfangen würde, Käse-Sahne-Torte zu backen und wunderschöne Feinripp-Unterhemden trüge, denn ich will ja nicht sein wie meine Eltern.

In diesem frühen Alter der Pubertät ziehen sich unsere Kinder auch immer mehr zurück. Aber natürlich ist es wichtig, dass sie sich auch mal draußen, in der Natur, mit ihresgleichen beschäftigen. Nein, liebe Teenager: Stoßlüften gilt nicht! So richtig nach draußen. Das mit der frischen Luft. Das Wimmelbild hinter deinem Fenster.

Wenn andere Kinder auf sie warten, stehen die Chancen gut, dass sie das Angebot nutzen. Es wird dann oft geklettert und gerannt. Gerade Jungs haben sehr viel Energie in dem Alter. Und die nutzen sie dann oft auch sinnig. Auf einen Baum zu klettern, verlangt eine vernünftige Risikoabschätzung. Schön, wenn man das in der Natur gelernt hat, sonst wird das später anderswo erprobt. Und das könnte dann gefährlicher werden. In Form von einer anderen Art Abenteuer und Trips (siehe Drogen)!

► Wenn man als großes Kind schon mal das Risiko für gewisse Dinge und Situationen kennengelernt hat, geht man zukünftig souveräner und erfahrener damit um. Und diese ersten Erfahrungen macht man idealerweise in der Natur oder an Plätzen, die von den Erwachsenen nicht so strukturiert werden.

Aber auch hier: Geduld haben. Jetzt nicht ins Zimmer rennen und brüllen: „‚Fortnite‘ aus! Ab auf den Baum mit dir!“

Wenn man Bekannte fragt, wie es denn ‚früher‘ gewesen ist, und das dann mit heute vergleicht, fällt einem die Kinnlade runter. So etwa:

Früher ...	Heute ...
... kletterte man beherzt auf Bäume, stellte dann fest, dass es viel schwieriger war, wieder runterzukommen, aber alles Brüllen nützte nichts, denn man war ja allein nur mit den Freunden im Wald, und die saßen auch auf Bäumen und kamen nicht mehr runter. Irgendwie ging's dann doch, und man war megastolz.	Was sind denn Bäume?
... spielte man am Bahndamm ‚Wer zuletzt von den Gleisen springt, wenn der Zug kommt, hat gewonnen‘.	... sucht man für das Kind eine Selbsthilfegruppe für suizidgefährdete Vorpubertierende, die von einer Frau Krischelbach-Staubenheimer geleitet wird und in der man zum Mörder wird.

Früher ...	**Heute ...**
... entdeckte man unterirdische Gänge und Höhlen, baute Staudämme und kam klatschnass nach Hause, wenn die Straßenlaternen angingen.	... kennt man Gänge und Höhlen aus *The Last of Us Part II*, baut ganze Galaxien in den Games und wird ja Gott sei Dank am PC nicht nass.
... kloppte man sich wegen irgendeiner Sache, die damals unglaublich wichtig war, und dann hat man sich vertragen, ohne dass irgendeiner heulend nach Hause lief.	... schaut man sich den Film *Gott des Gemetzels* an und kloppt sich dann wegen irgendeiner Sache, die man schon wieder vergessen hat.
... fuhr man auf Rollschuhen versehentlich in einen elektrischen Weidezaun, lag dann wie ein Käfer auf dem Rücken und bekam sekündlich Stromschläge.	... saust man höchstens mit einem Bezahlroller in einen Fluss, weil man während des Fahrens aufs Smartphone geglotzt hat. Stromschläge zur Bestrafung folgen leider nicht.

Natürlich sollte man all die aktuellen Erfahrungen unserer Kinder aber dennoch ernst nehmen, auch wenn es andere sind als die in unserer Kindheit: Mit dem dadurch gewonnenen Selbstbewusstsein in den Anfängen der Pubertät legt man den Grundstein, um später ein starkes Selbstwertgefühl zu haben und sich auch gegen Gruppendruck durchzusetzen. Denn diese Selbstzweifel und die Sorge, auf Ablehnung zu stoßen, keimen jetzt immer mehr auf. Ab der 5. Klasse geht es los mit dem Ärgern der Kinder, die besonders gut in der Schule sind – jetzt ist man vielleicht plötzlich der ‚Streber'. Da bereits eine gewisse innere Stärke entwickelt zu haben, um gut mit den Anfeindungen umzugehen, ist für die Betroffenen sehr hilfreich.

Stärken finden die Kinder jetzt auch gut durch Hobbys. Die meisten Mädchen mit zehn Jahren interessieren sich für Dinge wie Musizieren, Sport oder kreative Tätigkeiten. Sie wollen sich damit auch von ihren Freunden und der Peergroup abgrenzen. Im gleichen

Zusammenhang steigen die Relevanz der Teamarbeit und die gegenseitige Unterstützung.

Man probiert da einiges aus. Erst Weitsprung – dann sprunghaft zum Tennis und zum Judo. „Och nee, ich spiele doch lieber Querflöte." Unsere Kinder sind begabungsflexibel.

Anmerkung der Lektorin: Nur in einer Sache bleiben die meisten Mädchen sich lange treu: Pferde. Pferde? Ja, Pferde. Diese wunderschönen Vierbeiner mit einem Fell wie Seide und Augen wie die schönsten Edelsteine, Nüstern wie Samt und dann dieses leichte Schnauben. Wie vorsichtig das hübsche Pferdemaul das Apfelstückchen von der flachen Hand nimmt, wie herrlich es ist, von diesem Zauberwesen durch Wald und Flur getragen zu werden, in einem gleichmäßigen Galopp, alles zieht vorbei, die Mähne flattert im Wind, man selbst flattert vor Glück. Es ist … *Anmerkung des Autors:* … jetzt mal gut mit dem Bibi-und-Tina-Gequatsche …

Hauptsache, die Eltern verwechseln die Hobbys nicht und verlangen etwa beim Reiten den schwarzen Gürtel und einen doppelten Rittberger beim Klarinettespielen.

In der frühen Phase der Pubertät ist die Leidenschaft für ein Hobby dennoch oft etwas Nachhaltiges (natürlich in anderem Sinne als bei Wulfs Sohn). Man hat herausgefunden, dass man dieses Hobby oft noch mit vierzig Jahren gerne ausübt oder – wegen dem ollen Rücken – zumindest gerne zuschaut. In der eigentlichen Pubertät wird oft viel experimentiert, und einige Leidenschaften sind nur von kurzer Dauer. Ein ‚One Kick Wonder'. Manchmal ist es aber auch ganz gut, dass es dieses ‚One Kick Wonder' gibt. Wulfs Sohn – ja, schon wieder – hat mal mit Ballett angefangen, dann wollte er Stepptanz lernen, dann Hochhäuser für Barbiepuppen entwerfen, dann wollte er in irgendwelche Sümpfe reisen, um Salzwasserkrokodile zu jagen, dann wollte er „mit einem guten Freund", den keiner kannte, lustige kleine Pillen herstellen, mit denen man den Alltag vergisst.

Keines dieser Hobbys fand bei den Eltern Anklang, und glücklicherweise konnte man ihn von all diesen Interessen entweder bald oder bereits vor Ausübung abhalten. Wulfs Frau hat in ihrer Verzweiflung sogar darüber nachgedacht, ihren Sohn ins Koma versetzen zu lassen, bis alles vorbei ist. Da aber keiner wusste, wann es vorbei sein würde, hat sie die Idee wieder verworfen.

Die Begabung für bestimmte Bewegungsabläufe und damit für entsprechende Hobbys, die euer Kind in der frühen Phase der Pubertät hat, wird es ein Leben lang behalten. Ein schnelles Kind wird immer ein schnelles Kind sein. Es sei denn, so einige Schnitzel und Rahmsoßen kommen dazu. Aber die theoretische Veranlagung bleibt.

Auch die soziale Entwicklung spielt jetzt eine ganz zentrale Rolle: soziale Strukturen kennenzulernen und zu begreifen. Die soziale Entwicklung befindet sich im wahrsten Sinne des Wortes in den Kinderschuhen.

„Das ist Erpressung. Du lügst. Das ist unfair. Da mach ich nicht mit!" – Unsere Kinder erfahren Begriffe wie Beleidigung, Ehre, Bescheidenheit und Angeberei. Sie wollen erleben, was Vertrauen ist, wie Verrat sich anfühlt, Rücksichtnahme und Skrupellosigkeit, Bewunderung, Rache und Vergebung. Dazugehören oder ausschließen? Einer ist Bestimmer, oder alle sind gleichberechtigt?

Diese sozialen Erfahrungen sind sehr wichtig. Es etablieren sich soziale Gesetze und Regeln innerhalb der Gruppe. Ein eigener kleiner Staat, der nichts vom Zimmeraufräumen hält. Ein ganzer Staat, wo ‚König Alder' und ‚Königin Digga' herrschen, wo Nutella und Schminke niemals ausgehen und man keinen Boden sieht, da alles voller Wäsche liegt …

Was ich eigentlich sagen wollte: Sie üben – fern von Erwachsenen! – in ihren Cliquen, wie man sozial wird: Gegenseitig helfen und sich vertrauen! Moderne Unternehmen üben Teamgeist. Machen Maßnahmen in Sachen ‚Teambuilding'. Das Fundament dafür wird in der frühen Pubertät gelegt, wo man schon üben kann, wie es ist, im Team zu arbeiten. Dass man füreinander da ist und dass man den anderen später als Erwachsener bei der ‚Lass dich ruhig fallen'-Übung dann auch auffängt, auch wenn der Chef schreit: „Freibier!"

(Ergebnis: fünf Beulen, die mit 500 Liter Freibier betäubt wurden. Kein schlechter Schnitt.)

- ► Unsere Kinder lernen leider auch, andere in der Pubertät seelisch und körperlich zu verletzen. Denn das Gespür, wie weit man gehen kann, ist nicht angeboren. Das entwickeln sie erst im Umgang mit den Gleichaltrigen – gegeneinander kämpfen, Grenzen zwischen

Spiel und Ernst wahrnehmen und setzen. So bildet sich allmählich Taktgefühl und Einfühlungsvermögen. Mädchen lernen die Grenze der Verletzlichkeit durch gezielte Wortgiftpfeile. Sie konzentrieren sich aufs Innere.

Ich versuchte mich auch schon früh in sozialem Verhalten. Meiner Mutter habe ich aus einer Zeitschrift eine Gartenharke bestellt. Ich dachte, dass sie sich freut. Tat sie auch ein wenig, aber mein Vater drehte gänzlich durch. Denn ich hatte dabei ein Jahresabo für die Zeitschrift abgeschlossen. Immerhin war es die *Schöner Wohnen*, was mir bei dem vierwöchigen Hausarrest zugutekam.

Ich habe mich auch mal im Bekanntenkreis umgehört und herumgefragt, wie sozial sich andere als Kind verhalten haben. Hier einige Ergebnisse:

1. Eine Bekannte sammelte in der Fußgängerzone Geld – angeblich für die Kinder in Afrika, aber in Wirklichkeit wollte sie damit ihr eigenes Taschengeld erhöhen, ohne ihre Eltern zu belasten.
2. Ein Freund hatte die geniale Idee, seine Spardose einem Humpelnden zu schenken, damit er sich einen Arztbesuch leisten könne. Kurz nachdem die Spardose den Besitzer gewechselt hatte, kam es zur Spontanheilung, und der Mann konnte plötzlich wieder gehen.

Ein sicheres Gefühl dafür, wann und in welcher Form es richtig ist, sich für einen anderen Menschen einzusetzen, ihm zur Seite zu stehen, auch zu dessen Gunsten zu verzichten, entwickelt sich erst allmählich. Man lernt: a) was man sich selbst zumuten kann, b) was einem gegen den Strich geht, und hier gilt auch wieder c) zu lernen, ‚Nein' zu sagen.

► Im Alter von acht bis zwölf Jahren wird der Grundstein dafür gelegt, wie emotional reich und differenziert oder wie gefühlsmäßig arm, oberflächlich und einseitig ein Mensch wird.
Natürlich haben wir die Chance, uns im weiteren Leben in diesen Dingen noch zu entwickeln und zu verändern, aber es besteht ein nicht geringes Risiko, in dieser frühen Orientierung stecken zu bleiben.

Wenn Kinder erzählen, kommen zwar auch Erlebnisse mit den Eltern vor, doch geht es da eher um Fakten: „Wir waren letztes Jahr in Italien!“, oder: „Jeden Sonntag kommen Oma und Opa zu uns.“

Doch bei Erlebnissen mit Gleichaltrigen bekommen sie das Funkeln in den Augen: „Als Emil und Viktor und ich auf der Klassenfahrt den Berg runter- und auf der glitschigen Hängebrücke über den Fluss gelaufen sind, das war mega-gefährlich. Das waren richtige Stromschnellen unter uns. Aber so krass cool!“ Viele Muttis hören jetzt auf zu lesen und starten panisch ihre Helikopter.

▶ Bitte bedenkt vorher: Je mehr Gefühle wie Aufregung, Begeisterung, Fröhlichkeit etc. in dieser Phase erlebt werden, umso reicher wird der Gefühlsschatz, den das Kind ein Leben lang in sich trägt. Und es ist einfach besser auf die Ereignisse des Lebens und die damit zusammenhängenden (eigenen und fremden) Empfindungen vorbereitet. Freut euch also an der Intensität und Lebendigkeit, die euer Kind an den Tag legt! Zumal sich das emotionale Repertoire, das wir als Eltern in der eigentlichen Pubertät miterleben dürfen, auf den mürrisch geäußerten Satz „Mama, Tür zu!“ beschränkt.

Die Qualität der einzelnen Gefühle ist dabei für jeden Menschen eine andere. So wird zum Beispiel Aufregung ganz unterschiedlich erlebt. Ich war eher sensibel: Aufregung passierte bei mir schon, als ich den Topf beobachtete und wartete, bis die Milch hochkochte. Wir hatten nicht viel früher.

Eine recht pragmatische Freundin von mir – ohne Abenteuergen – wäre schon damit überfordert gewesen, einer Wanderdüne oder einem Gletscher bei der Fortbewegung zuzuschauen. Die bekam schon Pickel von einer Fototapete von den Alpen.

Ja, Menschen sind verschieden.

Dann kam bei mir die erste Rebellion: den Stars auf unserer Fernsehzeitschrift Pickel und Narben zu malen. Ich war quasi ein ‚Hässlichkeitschirurg‘. Da haben meine Eltern schon geschimpft, zumal ich es auch zweimal im Zeitungskiosk gemacht habe. Ein paar Jahre später kam ich mit einer Tätowierung nach Hause. Da war was los. Ja, ich habe trotzdem noch Kontakt zu meinen Eltern.

Und was machen die Helikopter nun?

Die hohe Kunst in dieser Zeit ist es, Kinder unbeaufsichtigt zu lassen, ohne sie aus den Augen zu verlieren.

Freundschaften verfestigen sich mit zehn Jahren. Die Kinder achten mehr darauf, dass man gleich tickt. Sie brauchen einen Zwilling, einen Kameraden, der das Echo der eigenen Gefühle darstellt: *„Der ist blöd." – „Finde ich auch. Komm, WIR spielen noch eine Runde."*

Dabei wird auch immer geschaut: Sind meine Gefühle okay, und wie kommen sie an?

Mit ungefähr zwölf Jahren hat man sich eher in der Welt der Gleichaltrigen zurechtgefunden und positioniert sich. Was Hobbys angeht, haben die Kinder jetzt oft ein Wissensgebiet, in dem sie ein großer Experte sind. Und in der Tat liegt auch hier später oft das Berufsfeld. Ein Bekannter von mir hat alles geliebt, was mit Chemie zu tun hatte, und er nannte ein kleines Labor im elterlichen Keller sein Eigen. Stundenlang konnte Thomas sich mit seinen Experimenten beschäftigen. Eines Tages beschäftigte er sich ein wenig zu viel damit, und etwas explodierte, woraufhin sein ganzes Gesicht schwarz wurde und teilweise blieb. Fortan wurde er Kokel genannt und ist tatsächlich Chemiker geworden, und ein guter noch dazu. Er lehrt nicht nur Chemie, er lehrt auch, mit den Gefahren umzugehen.

Die Mädchen fangen an, sich sozial zu engagieren, hüten beispielsweise Kinder oder Pferde, wie es Erwachsene nicht besser machen könnten. Sie begreifen: Ab jetzt kann ich die Welt verändern. Sie erkunden neue Bereiche, probieren aus, was ihnen Spaß macht, testen sich selbst, lernen ihre Altersgenossen und die Welt kennen.

> „Mein Kind hat feste Termine: Schule, Hort, Schwimmen, Geige, Reiten, Fußball, Kieferortho, Krankengymnastik! Da wird man schnell kirre im Kopf. Ich habe letztens gefragt: ‚Wie kommt er mit dem Geigenspiel voran?' Und der Arzt meinte: ‚Ich mach hier Zähne!'"

In der frühen Kindheit sehnten sich die Kinder noch nach der Anerkennung der Eltern. Jetzt werden die Meinungen der Freunde immer wichtiger. Unsere Heranwachsenden lieben es einfach, von Gleichgesinnten Bestätigung zu erfahren. Deshalb sind sie auch so viel im Internet unterwegs. Posten schon frühmorgens etwas in den sozialen Netzwerken und freuen sich über Smileys und Herzchenkommentare. Sie erarbeiten sich die Dinge mit ihren Freunden, sie forschen und erfahren. Und hier rate ich euch als Eltern noch mal: Jagt die Kinder nach draußen! Ab ins Freie! Die Welt da draußen zu erleben und zu erforschen, ist so eine gute Übung, um später sozial gefestigt durchs Leben zu gehen.

Ich wünsche euren Kindern viele unvergessliche Kindheitsmomente. Ja, richtig, in diesen Momenten sind wir Eltern meist nicht dabei. Zu uns werden sie nicht sagen: „Weißt du noch, wie wir heimlich Mist gebaut haben. Total bekloppt, aber geil." Und das macht auch Sinn so.

Ich wünsche euren Kindern ein Baumhaus im Wald, den ersten Kuss im Zeltlager, zerrissene Hosen nach dem Schlittenfahren, den ersten Kater (nie werde ich meinen vergessen) nach einer durchfeierten Nacht und einmal Tanzen in den Sonnenaufgang. Lasst sie los und spontan eine Radtour mit Wildcampen starten, nachts im Meer schwimmen, sich über Kleinigkeiten riesig freuen und ins Abenteuer Leben fallen – als wär's der letzte Tag!

Das geht nicht zu Hause. Das geht nicht vor den Bildschirmen. Sagt es euren Kindern: „Das Leben ist live am geilsten!"

Ich merke das immer wieder bei meinen Vorträgen. Man kann sich die online oder auf dem Fernseher anschauen, aber das ‚Live-Gefühl' ist etwas ganz anderes.

Ich erinnere mich an mein erstes ‚Rock am Ring'-Festival. Ich hätte nie gedacht, dass kalte Ravioli so gut schmecken.

Jeder hat solche Erinnerungen. Nach zehn Bacardi-Cola ins Tulpenbeet der abwesenden Mutter fallen, das erste Madonna-Konzert in Frankfurt, der Abend, an dem ich endlich Stehblues zu *The Carpet Crawlers* von Genesis mit Marcus tanzte, der erste Urlaub allein, fast ohne Geld und mit Ameisenstraßen im billigen Hotelzimmer. Aber wunderwunderwundertoll!

Also. Raus mit den Kindern! Raus!

Parallel zur Freude an den Augenblicken, die tiefe Verbindung mit Gleichaltrigen schaffen, gibt es noch das Bedürfnis der Abgrenzung zu ganz bestimmten anderen Wesen: den Geschwistern.

„Auch wenn er schon zehn ist, kann es trotzdem sein, dass er noch oder wieder in der Entthronung steckt!? Er merkt vermutlich auch, dass wir mit dem kleinen Geschwisterchen anders umgehen – sie braucht ja auch aufgrund ihrer Entwicklung mehr Aufmerksamkeit!"

Vielleicht buhlt er oder sie in dieser Phase auch intensiv um deine Aufmerksamkeit. Mit mehreren Geschwistern geht gerne mal zeitweilig eines etwas unter. Gerade ein Kind in der Mitte. Mein Sohn fängt an zu provozieren, wenn er der Meinung ist, ungerecht behandelt zu werden, oder das Gefühl hat, hintenan zu stehen. Dann versuche ich, auf seine Bedürfnisse zu reagieren.

Er war jahrelang der heimliche Prinz der Familie. Am Anfang wurde das kleine Geschwisterchen noch nicht so wahrgenommen. Aber irgendwann fiel auch bei meinem Sohn der Groschen. Kurz bevor wir in den Urlaub fuhren, meinte er: „Kommt meine Schwester mit?" Wir haben dies bejaht. Und er merkte: „Jetzt habe ich Konkurrenz!"

Es geht nun quasi auch um eine Form von Wettbewerb. Das sieht und hört man immer wieder. Ich bekomme da viel mit.

Jungs fragen, ob man die kleine Schwester zurückgeben kann.

Oder wenigstens in einen Jungen umtauschen. Was dann hilft, ist, dem größeren Kind auch mal wieder etwas ungeteilte Aufmerksamkeit zu schenken. Am besten mit einem Ritual.

„Was wir eingeführt hatten, waren reine Mama- oder Papa-Tage. Nur dieses eine Kind – ohne etwas mit dem Bruder und der Schwester teilen zu müssen. Einfach mal drei Stunden solo mit einem Elternteil. Tut allen richtig gut!"

„Mein Sohn und ich schauen natürlich nicht dieselben Filme und hören nicht die gleiche Musik. Trotzdem gehe ich mit ihm ins Kino, und wir sehen etwas an, das ihm gefällt. Einfach der gemeinsamen Zeit wegen. Oder er zeigt mir YouTube-Videos von Menschen, die mich null interessieren, und trotzdem kann ich Interesse zeigen an den Dingen, die ihm wichtig sind. Das hängt auch nicht von der Zeit ab, manchmal sind zehn Minuten schon wertvoll. Qualitative Zeit mit deinem Kind und ohne das Geschwisterkind kann sehr wertvoll sein!"

„Ich war mit der Großen in der Sauna. Sie liebt es! Die Mittlere wollte Kekse backen und ins Kino. Und wir haben ihr Zimmer neu eingerichtet und angemalt. Gemeinsame Projekte ohne das andere Kind sind super für alle. Bau die momentan aus seiner Sicht fehlende Bindung neu auf!"

Ich habe auch ein Ritual mit meinem größeren Sohn. Nachdem wir einmal im Hallenbad waren, sah ich am Ausgang einen Getränkeautomaten, bei dem es diese köstlichen Brühen gab. Die hatte ich in der Schule immer sehr gemocht. Auch mein Sohn war begeistert von der Knorr-Rinderbrühe für einen Euro. Also fahren wir jetzt immer mal wieder am Hallenbad vorbei. Nur die Kassiererin hat das noch nicht verstanden. Sie fragt immer wieder: „Schwimmbad oder Spaßbad?“ Und ich sage: „Suppe reicht!“

Doch auch wenn man versucht, Aufmerksamkeit gerecht zu verteilen: Geschwister streiten sich. Mein Sohn ärgert seine kleine Schwester unablässig. Und sie verhält sich wie Ronaldo oder Neymar: Sobald eine leichte Berührung vorliegt, fällt sie hin und schreit los. Ich gebe beiden eine Gelbe Karte. Der Video-Assistent Mutter wird zur näheren Beurteilung hinzugezogen.

Unsere Kinder sind oft Gegner in dieser Zeit, Rivalen, und es entsteht ein Wettbewerb. Der Große will zurück in den Mittelpunkt. Methoden à la ‚Bild‘-Zeitung sind an der Tagesordnung: Bad news are good news!

„Unsere Mädels sind acht und elf und in ständiger Streitlaune.
Ich sage: ‚Sollen Papa und Mama sich auch mal so viel streiten? Fändet ihr auch nicht so toll, oder?'
Unsere elfjährige Tochter: ‚Das kann man nicht vergleichen. Ihr habt ja freiwillig geheiratet!'"

Streit ist in diesem Alter ‚normal‘. Sie suchen ihren Platz – auch in der Familie. Die Eltern haben da nichts falsch gemacht. Wirklich nicht.

Wichtig ist: In die Situation erst dann eingreifen, wenn es eskaliert, und dann bitte nicht automatisch direkt dem Älteren die Schuld geben. Man neigt dazu. Denn das ältere Kind sollte schließlich schon groß und vernünftig sein. Ist es aber nicht, denn es ist ja ein Kind.

Besser: Wie ein Boxringrichter die beiden Kontrahenten auseinanderbringen. Ohne Wertung.

Und: Bitte in der Pubertät nicht das Handtuch werfen. Auch wenn man es wegschleudern und auch noch darauf herumtrampeln möchte. Davon abgesehen habt ihr eben auch keine Wahl. Ihr könnt die Kinder nicht zurückgeben oder umtauschen. Da beißt die Maus kein' Faden ab!

Später kann man dann auch noch mal mit dem ‚schuldigen' Kind ruhig ins Gespräch gehen, damit das Bedürfnis nach Aufmerksamkeit gestillt wird und man die Ursache konkret besprechen kann. Was nervte dich? Was wünschst du dir? Denn die entscheidende Frage ist: Warum macht er das? Warum provoziert sie ihre Geschwister?

- ► Hier bitte auch wieder auf ‚Ich-Sätze' achten – nicht: „Du hast dich wieder unmöglich verhalten. Du warst nicht brav. Du sollst anständig mit deiner Schwester umgehen!" Möglichst keine Schuldgefühle hervorrufen. Erkläre im Nachhinein: „Ich habe die Situation so wahrgenommen, was magst du dazu sagen? Was hat dich genervt?" Weniger ‚du', mehr ‚ich'!

Was auch in dieser Zeit auffällt: Es muss ab sofort geteilt werden. Teilen hieß bei meinem Bruder und mir: Wer ist schneller?

Auch mit dem Geschwisterchen wollen sie ihre Grenzen neu austesten. Sie ahnen längst, dass das nichts mehr wird: Aber sie wollen alleinige Aufmerksamkeit. Sie wollen wieder die Nummer eins werden.

In dieser Beziehung gibt es oft nur schwarz oder weiß. Entweder sie lieben sich so sehr, dass sie zusammen die Juwelen der Königin klauen würden, eine gemeinsame Weltreise planen, um dann zusammen auf einer einsamen Insel zu stranden. Oder sie hassen sich abgrundtief, weil der andere nur falsch geatmet oder den Löffel hingelegt hat!

Während perfideste Bösartigkeiten zwischen Geschwistern also gang und gäbe sind, verhält es sich gänzlich anders, wenn ein Kind von einem fremden Kind permanent geärgert wird: Da ist Vorsicht geboten und gezieltes Handeln gefragt! Wenn du merkst, dass dein Kind auf einmal viel weniger online ist, es verstört auf Nachrichten reagiert, verschlossener wirkt, ausweicht und plötzlich nicht mehr gerne zur Schule geht, können das Hinweise auf Mobbing sein. Oft kommen noch Schlafstörungen, Appetitlosigkeit, Nervosität und Depressionen dazu.

Dieses Thema ist mit Sicherheit ein eigenes Buch wert. Und es sprengt unseren Rahmen hier. An dieser Stelle möchte ich euch aber eine Sache mitgeben.

Es gibt eine banale Regel: Empathische und geliebte Kinder werden eher keine Mobber.

Und der Satz „Das sind eben Kinder" führt in der Mobbing-Prävention nicht weiter. Ebenso wenig wie „Mein Kind macht so was nicht!" oder „Das müssen sie unter sich regeln!".

▶ Redet darüber, klärt das Kind ganz konkret über Mobbing auf und kontrolliert mit.
Die Qualität eurer Beziehung ist entscheidend. Es muss wissen, dass es mit jedem Problem zu euch kommen kann. Das ist wirklich so wichtig. Euer Kind braucht verlässliche Eltern, denen es vertrauen kann. Die es schützen. Mama, Papa oder beide sind im Idealfall eine sichere Burg, und die ziehen auch die Zugbrücke hoch, wenn der Feind angaloppiert kommt.

▶ Das Problem in dieser früher Phase der Pubertät ist: Kinder, die mobben, können nicht einschätzen, wie grausam das für das Opfer ist. Das kriegen sie im Gehirn einfach noch nicht verarbeitet.
Sie probieren sich aus, in diesem Fall ganz falsch. Aber oft kann Mobbing mit einem Gespräch zwischen den beiden Kindern, betreut durch die jeweiligen Eltern, beendet werden. Denn wenn die Mobber erkennen, was sie angerichtet haben, führt das meistens zur Einsicht. Wir müssen auch den Mobbern zur Seite stehen und ihre Bedürfnisse hinter dieser Tat erkunden.

Zurück zu den Freunden.

In der frühen Phase der Pubertät findet man nun eine beste Freundin oder einen besten Freund. Beim Übergang in die weiterführende Schule verändern sich unsere Kinder. Da werden oft Freundschaften aus der Grundschule noch mal auf die Probe gestellt. Man nimmt seine Freunde nun anders wahr. Sie finden heraus, wer zu ihnen passt. Und haben dann manchmal mit dem guten Freund oder der besten Freundin aus der Grundschulzeit kaum Kontakt mehr. Neue Beziehungen entstehen, und auch hier gilt es: Ermutige deinen Sohn oder deine Tochter, die eigene Meinung kundzutun. Sie dürfen sich trauen, zu den neuen Schul- und Spielkameraden zu sagen, was sie möchten und was nicht. Sie dürfen ‚Nein' sagen, widersprechen: „Ich habe jetzt keine Lust zu spielen", oder: „Ich möchte das jetzt haben." Oder: „Du warst vorhin in der Schule unfair zu mir!" Das Kind wird vielleicht sauer sein, aber vielleicht ist es auch verständig. Das sind wichtige Lehrstunden für kommende Freundschaften.

Man wird mit der Zeit wählerischer im Blick auf die Menschen, mit denen man sich umgibt. Ich war damals flexibel, und bin es heute noch. Wer eine Tischtennisplatte hatte, war und ist mein Freund.

Ganz wichtig ist, dass man Kinder jetzt auf konkrete Gefahren und Risiken in der späteren Pubertät vorbereitet. Gerade wenn wir noch mal an den Gruppendruck denken.

Wir leben am Rhein und hören des Öfteren Helikopter um uns herumfliegen (hier sind ausnahmsweise die Flugobjekte gemeint), die im Rhein nach Vermissten suchen, die sich eventuell beim Schwimmen überschätzt haben. Darauf bereiten wir unseren Sohn vor. Im richtigen Moment, bei welcher Challenge auch immer, in der Gruppe unbedingt ‚Nein' zu sagen.

„Los, schwimm durch den Rhein." – „Nein."

„Los, ärger doch mal diesen Kampfhund da." – „Nein."

„Los, zünde doch mal das Haus da an." – „Nein."

„Los, versteck doch mal den Autoschlüssel von unserem Lehrer, damit wir die Arbeit nicht schreiben müssen." – „Ja."

Sie müssen dabei eben auch lernen, Prioritäten zu setzen.

Mache deinem Kind bewusst: „Ein Freund nimmt dich so, wie du bist. In guten und in schlechten Zeiten. Höre auf deine innere Stimme.

Wenn sich was falsch anfühlt: ‚Nein' sagen! Neinsagen kann so befreiend sein."

Erleben und Ausprobieren werden heutzutage oft künstlich erzeugt. Wenn Menschen im Erwachsenenalter versuchen, intensives Erleben nachzuholen, saßen sie wahrscheinlich als Kinder zu viel vor der Glotze. Dann wollen sie den Kick erleben – den Jochen Schweizer in sich spüren. Alles muss dann extrem sein. Extrem-Skifahren, Extrem-Expeditionen, Extrem-Climbing, Extrem-Parcours, Extrem-Schach. (Wie normales Schach – nur mit Helm auf dem Kopf.) Jeder nach seinem Gusto.

Mein Freund Robert ist ein begnadeter Tischtennisspieler, und ich bin gnadenlos Mittelmaß. Er hat auch noch heute eine Tischtennisplatte im Keller. Wenn wir spielen, langweilt er sich nach einiger Zeit und sucht den Kick, wie er sein Match gegen mich spannender und letztlich extremer gestalten kann. Er nimmt dann immer eine kleine Mikrowelle in die linke Hand, um es in der Bewegung schwerer zu haben. So habe ich eine bessere Chance zu gewinnen. Aber letztlich ist es keine Auszeichnung, wenn man nach Hause kommt und sagt: „Schatz, ich habe 21:14 gegen eine Mikrowelle gewonnen!"

Kinder müssen sich nun in der frühen Phase der Pubertät von Erwachsenen loseisen, um gemeinsam mit Altersgenossen, auf eigene Faust und auf eigenes Risiko, loszuziehen. Daran wachsen sie. Wir überlassen sie nicht ihrem Schicksal, sondern wir beobachten sie aus sicherer Entfernung.

Manche Eltern reden sich raus: „Er macht ja Sport in der Schule!" Aber das hat nichts mit Leidenschaft zu tun. Gar nichts.

Wie oft denke ich morgens nach dem Aufstehen: „Jetzt hätte ich aber mal Bock auf so einen geilen Felgaufschwung!" Ja, klar.

Der größte Thrill beim Sportunterricht war tatsächlich, auf den fahrenden Mattenwagen zu springen oder sich in Riesenmatten einzurollen. Ich kenne auch niemanden, wirklich niemanden, der Schulsport liebte. Echt jetzt! Schulsport war verhasst. Warum?

1. Man musste sich in einer übelriechenden Umkleidekabine umziehen und ständig seine Sachen suchen. Immer fehlte am Ende eine Socke.
2. Man musste auf einem Schwebebalken balancieren, obwohl man gar nicht balancieren wollte.

3. Man musste mit Anlauf auf ein komisches Holzbrett springen, das die Sprungkraft erhöhen sollte, aber man knallte trotzdem mit den Knien gegen den blöden Bock.
4. Man musste wie ein Affe an Ringen hängen und dann auch noch irgendwelche bizarren Übungen machen.
5. Man musste Volleyball spielen und brach sich dabei die Finger.

Ganz einfache Regel: Immer das, was Eltern oder Lehrer nicht vorgeben und mit Gleichaltrigen stattfindet, macht am meisten Freude. Sportunterricht gehört für die wenigsten dazu.

> „Der Umzug bei einem Kumpel ist wie Hilfestellung im Sportunterricht – man fasst mit an, aber wenn was runterfällt, ist es einem auch egal!"

Es geht nun darum, was man aus seinem Körper mit energischem Willen herausholen kann, und dass man selbst merkt, wo die Grenzen liegen.

Beim Fahrradfahren nehmen sie auf einmal die Hände vom Lenker. Sie können ohne Hände lenken. (Deutschland – das Land der Dichter und Lenker.)

„Schau mal, Papa, was ich kann!"

„Sehr schön, aber bitte nicht die Rutsche runter!"

Höher, schneller, weiter, geschickter, akrobatischer – Leitmotive aller körperlichen Aktivitäten. Auch bei Mädchen sind es die akrobatischen Ziele. Sie haben Bewegungshunger und Spaß an Körperlichkeit.

Es kommt (Achtung! Wichtiges pädagogisches Wort) zur Selbstwirksamkeit: aus eigener Kraft etwas zu erreichen und dann die Wirkung zu genießen. Entwicklung von Willenskraft, Selbstbeherrschung, Ausdauer und Motivation.

Ich wollte beim Basketball immer einen Dunking schaffen. Es hat nicht geklappt. Ich habe den Ring berührt. Das schaffe ich heute noch. Das fällt mir sogar leichter. Ich sehe meinen Bauchring jeden Morgen im Spiegel.

► Freies Spiel mit anderen Kindern führt erwiesenermaßen zu einer besseren physischen und psychischen Entwicklung des Kindes. Es trainiert nicht nur den Körper und die Koordinationsfähigkeit, sondern auch das Gehirn und die soziale Intelligenz. Die Lernkompetenz der Kinder nimmt zu.

- Zudem ist freies Spiel die beste Vorbeugung gegen Haltungsschäden. Kaum ein Kind kann heute noch rückwärtsgehen. Höchstens bei dem Satz eines Mädchens: „Nett, dass du mich ansprichst, aber ich habe schon einen Freund, das ist der, der gerade mit dem grimmigen Gesicht auf uns zuläuft!"

Es muss mehr Sport gemacht werden! Auch in unserer Familie. Meine Frau habe ich letztens zum ersten Mal sprinten sehen. Sie raste wie ein Karnickel einem DHL-Lieferwagen hinterher. Da war sie motiviert. Stellen Sie sich ein 100-Meter-Finale bei den Olympischen Spielen vor, und ein gelber Kastenwagen fährt vorneweg. Meine Frau würde es unter elf Sekunden schaffen. Am Ende wird die Goldmedaille aus dem Paket ausgepackt. Wer glaubt, sie nicht verdient zu haben, schickt sie einfach portofrei zurück!

Ich bin zutiefst dankbar: Durch Politessen und Zalando-Mitarbeiter halten wir uns fit! Unsere kostenlosen Personal Trainer.

Viele Kinder müssen auch schauen, wo sie in der Gruppe stehen. Am liebsten Erster sein, auf jeden Fall wissen, wo ihre Position im Vergleich zu den anderen ist. Das hat erst mal mit Arroganz und Ego nichts zu tun. Sie wollen einfach verstehen, wo ihre Stärken und Schwächen liegen, das für sich herausfinden, um sich besser einschätzen zu können. Das nenne ich immer ein ‚inneres Wachstum'.

- Freies Spiel von Kindern außerhalb der Reichweite von Erwachsenen hat eine vorbeugende und therapeutische Wirkung gegen seelische Auffälligkeiten und Verhaltensstörungen. Helikoptert also gerade in dieser Hinsicht bitte nicht zu sehr hinter euren Kindern her! Lasst sie los! Überbehütung und zu viel Kontrolle ist kontraproduktiv! Kindern geht es seelisch am besten, wenn sie ihre Fantasie und ihren Erlebnishunger in der freien Natur ausleben können. Und sie machen die Erfahrung, dass sie Mut für etwas Neues entwickeln können und dabei ihre Ängste erfolgreich überwinden. Das wissen wir doch auch noch. Und wir alle waren nun wirklich viel draußen, oder? (Meine Oma würde jetzt fragen: „Und, hat es euch geschadet?" – „Nein, Oma! Du hattest immer schon recht!")

In einer neuen Umgebung, wie es zum Beispiel in der ersten Klasse oder auch später in der weiterführenden Schule der Fall ist, müssen sich unsere Kinder erst mal zurechtfinden. Manche sind überheblich und großspurig, um ihre eigene Unsicherheit zu kaschieren. Ganz normal. Andere sind ruhig und schauen erst mal. Ganz normal. Beide wollen gerngehabt, angenommen und aufgenommen werden. Auch normal.

Jeder von uns kennt die Situation, irgendwo neu zu sein. Man ist unsicher und gehemmt, und man weiß nicht, ob man hier richtig ist. Ich habe mich auch mal so gefühlt, und eine Dame meinte zu mir: „Junger Mann, hier ist der Spanischkurs! Der Geburtsvorbereitungskurs ist ein Zimmer weiter!" Man muss es manchmal erst herausfinden. Gracias!

► Unsere Kinder brauchen ihre Gruppenerfahrungen mit allen dazugehörenden sozialen und emotionalen Lehrstunden. Sie können diese Erfahrungen ganz gut einordnen und überwinden damit die Sorge, in einer neuen Situation komplett ausgeliefert zu sein.

Mädchen messen sich nicht unbedingt körperlich, sondern eher im Spinnen hinterhältiger Intrigen. Sie spielen und testen ihre Sprache aus. Das sind raffinierte kleine Biester. Nicht umsonst sind sie später beim Morden so kreativ. Da werden hier die Grundsteine gelegt! Also nur bei ganz wenigen Exemplaren natürlich.

Die Fähigkeit, Freundschaften zu schließen und zu erhalten, muss ebenfalls geübt werden. Eltern sind jetzt noch ‚Freundemanager'. ‚Playdates' werden ausgemacht und vor allem von Eltern organisiert. Allerdings schauen die Kinder schon, wer in die Gruppe passt. Man kann hier von Elternseite nichts forcieren. Man kann keinem Kind befehlen, mit wem es befreundet sein will und soll. Auch wenn man es sehr schade findet bei bestimmten Kindern. Gerade wenn man weiß, dass der Papa immer eine gute Flasche Whisky zu Hause hat. Aber zehnjährige Mädchen reagieren nun mal nicht auf ‚whisky tasting', bei ihnen steht jetzt ‚friends tasting' auf dem Programm.

Auch kann es dazu kommen, dass Kinder mal kurz Außenseiter sind, die sich dann eventuell eine neue Gruppe suchen. Das kann man auch positiv sehen. Sie sind stark genug, um eine schwierige Situation zu meistern. Manchmal bringt ein Schulwechsel eine große Erleichterung für unser Kind oder auch ein neuer Verein. Das sollte man einfach mal beobachten.

Eltern müssen den Rahmen schaffen, aus sicherer Entfernung betrachten und den Kindern das Übrige selbst überlassen. Die können das!

Ich möchte auch noch mal erwähnen, dass manche Kinder sich nun gerne ins Zimmer zurückziehen und wenige Freunde haben. Als Eltern darf man da nicht gleich verzweifeln und denken, das Kind sei ‚unnormal' oder ein Nerd oder gar Autist. Man muss nicht immer gleich das Schlimmste annehmen. Es gilt die Regel: Wenn es unserem Kind damit gut geht, ist es auch gut!

Wenn nicht, müssen wir uns etwas überlegen und schauen, woran es liegen könnte. Im Gespräch mit unserem Kind.

▶ Freu dich über jeden Schritt deines Kindes in die Selbstständigkeit. Es hängt viel davon ab, dass man den Kindern zutraut, Dinge alleine regeln zu können. So entsteht Selbstvertrauen!

Wichtig ist:

- die eigenständige Erkundung der Welt außerhalb des Elternhauses (in sicherem Abstand von Erwachsenen),
- das Zusammensein und die Auseinandersetzung mit Altersgenossen. Geheimnisse und Heimlichkeiten gehören dazu,
- zu lernen, selbstverantwortlich zu handeln und Fähigkeiten einzuschätzen. auch zu lernen, ein Geheimnis zu wahren, dazu wird beträchtliche Charakterstärke entwickelt. Denn an sich wollen Geheimnisse verraten werden. Ich komme vom Dorf. Ich weiß, wovon ich rede. Meine Mutter ist da bei uns im Dorf die unangefochtene Meisterin. Wenn ich bei ntv ‚Breaking News' lese, denk ich immer an meine Mutter. „Wisst ihr schon das Neueste?" Das sind dann immer die bereits erwähnten irren Geschichten, da stehen einem die Haare zu Berge: „Die Inge hat jetzt rote Strähnchen,

die Frau vom Schlachter hat zugenommen, die Frau vom Bäcker hat abgenommen, und der Herr Müller hat jetzt die *Zeit* im Abonnement. Der hält sich für was Besseres, aber das hab ich ja schon immer gesagt."

Wenn Erwachsene dabei sind und Orte vorstrukturieren, ist es für Kinder eher langweilig. Die bunten und aufregenden Gefühle bleiben aus. Dann sucht man sich gerade in Städten ‚Ersatzkicks', wie im Kaufhaus etwas klauen. Raus mit Gleichaltrigen in die Natur und ohne Eltern ist die beste Kombi!

Ja, liebe Eltern, das fällt oft schwer.

Aber seid bitte stark! Ansonsten gebt ihr den Kindern mit auf den Weg: „Diese Welt da draußen ist zu gefährlich für dich, lass die Finger davon, du bist unfähig, darin zu überleben!" Die wohnen dann mit vierzig noch bei Mutti, und Mutti meldet sie dann bei *Schwiegertochter gesucht* an.

Traut euren Kindern mehr zu und schafft die Bedingungen, damit sie frei, aber auch geschützt ihr Kinderleben führen können.

Egal mit welchem Problem euer Kind zu euch kommt: Ihr werdet es manchmal nicht gutheißen, aber belohnt bitte ihr Vertrauen. Es ist viel wert, dass sie sich trauen und so mutig sind, damit auf euch zuzugehen. Das stärkt ihr Selbstwertgefühl, die eigene Initiative zu ergreifen und Hilfe zu suchen.

Wenn die Kinder dann zusammen draußen mit Altersgenossen unterwegs sind, dann handeln sie auf eigenes Risiko und außerhalb eurer Kontrolle. Unterstützt genau das! Ein selbstbestimmtes Kinderleben ist so wichtig! Selbstständig den Dingen auf den Grund gehen, eigenverantwortlich handeln und die eigenen Fähigkeiten einschätzen lernen.

In der Gruppe stellt man sich die Frage: Was ist fair, und was ist gemein? Der Begriff ‚Ehre' wird immer öfter in den Mund genommen. Es geht auch um Beleidigung, Hinterhältigkeit und Verlässlichkeit. Man lernt auch, wie sich Verrat, Vertrauen und Rücksichtslosigkeit anfühlen. Auch das gehört dazu und ist gut so! „Du bist nicht mehr mein Freund!", hört man nun oft.

Deshalb schätzen wir auch den Hund so sehr als den treuen und oft auch besten Freund des Menschen. Denn er bleibt immer unser

Freund und läuft uns immer noch schwanzwedelnd entgegen, wenn wir zur Tür reinkommen.

Es geht natürlich auch darum, Scheiß zu bauen – eigene Ideen, Kreativität und Mut rauszulassen. Oft wissen unsere Kinder nicht, wie weit sie gehen sollen. Sie suchen nach

Orientierung. Das ist Pubertät! Sie probieren sehr viel aus. Manchmal geht's halt in die Hose.

Während wir Eltern da stabile Bindungspartner sind, sind die Freunde dies erst mal nicht. In Freundschaften laufen dynamische Prozesse ab, an denen die Kinder erkennen und lernen können, wer zu ihnen passt, wem sie vertrauen können und wer sie nicht hintergeht.

Wichtig in dieser frühen Phase der Pubertät: Handlungen sind noch sehr ichbezogen. Die Kinder können sich noch nicht gut in andere hineinversetzen. Deshalb wirken sie oft rücksichtslos und egoistisch. Sie müssen erst mal schauen, wie andere Kinder so ticken, um dann später auch empathisch sein zu können.

Und noch mal: Dass Kinder sich körperlich und seelisch wehtun, ist unvermeidbar. Denn dieses Gefühl, wie weit man gehen kann, ist wie gesagt nicht angeboren. Das ist die Pubertät: sich der Konsequenzen des Handelns nicht bewusst zu sein. Bitte verinnerlicht das! Da probiert einer aus, wie schnell so ein Feuer entfacht wird, und ist dann überfordert damit, dass es hohe Flammen schlägt.

In der Körperlichkeit schauen sie ebenfalls, wie weit sie gehen können. Ich habe versucht, als Kind gegen Ältere mein Judo anzuwenden. Das Doofe war, ich hatte vorher keine einzige Stunde Judo gehabt. Da wusste ich schnell, wie weit ich gehen sollte – einfach zum nächsten Arzt.

Zum Kennenlernen von Grenzen gehört auch mal Schmerz. Bei Mädchen sind das wie gesagt meist andere Verletzungen. Mädchen zanken eher, indem sie aufs Innere abzielen. Aber das ist nicht immer direkt Mobbing. Sie testen die Grenzen aus und brauchen vom Erwachsenen hier ein klares Feedback.

Auch mit Demütigungen wird geschaut, was der andere aushalten kann. Das Soziale ist für Kinder nicht selbstverständlich, das müssen sie sich erst erarbeiten. Sie wachsen nach und nach in ihre soziale Entwicklung hinein.

Kleine Kinder sind im gemeinsamen Spiel bei sich und allein, selbst wenn ein anderes Kind dabei ist. Unsere großen Kinder schauen jetzt auf andere Kinder und erlernen nun soziale Fähigkeiten.

Kurzum: Die Gruppe der Gleichaltrigen wird immer wichtiger.

Und was Hobbys angeht: Druck raus, Spaß an!

Mit Freunden spielen oder einfach allein. Wenn es für eure Kinder gut ist, dann ist es auch gut!

Das ist, denke ich, auch einfach Charaktersache. Es gibt viele Kinder, die es genießen, allein zu spielen, und nicht immer noch andere Kinder brauchen und wollen. Erinnern wir uns doch an die romantische Familienkomödie *Shining*. Da hat der kleine Junge auch immer allein in den langen Gängen des ‚Overlook'-Hotels gespielt oder ist mit einem Kettcar die langen Flure entlanggebraust. Oder er hat mit Tony, dem kleinen Jungen in seinem Mund, gesprochen. Dem hat das Allein-Spielen auch nicht geschadet, auch wenn der Vater doch sehr streng mit der Axt war und alles sofort erledigen wollte. Was du heute kannst besorgen … erinnerst du dich? Ein durchaus heiterer Streifen, den jeder mal mit seinem Kind angeschaut haben sollte.

Okay – genug der Ironie.

Sprecht mit euren Kindern und fragt, was sie möchten, wonach ihnen ehrlich ist? Nach einem Arbeitstag habe ich es auch oft schon genossen, allein zu Hause zu sein, und mich nicht noch groß verabredet. Es ist gut und wichtig, allein sein zu können. Jeder sollte das für sich erleben. Ob groß oder klein.

„Ich war früher auch mehr diejenige, die lieber allein etwas gemacht hat. Gezeichnet oder so. Das ist bis heute nicht groß anders. Diese Playdates sind wie ein erzwungenes Treffen und eigentlich meist eher für die Eltern, finde ich!"

„Lass ihn, wenn du nicht das Gefühl hast, er leidet. Am Ende müssen sie selbst ihren Weg finden, und wir müssen loslassen. Bei meinem Sohn ist das ähnlich, er findet einfach keinen Draht zu den Jungs und ist eher außen vor. Dafür versteht er sich mit Mädchen gut. Seit zwei Jahren hat er seine Freundin, die auch eher Außenseiterin ist, und unternimmt die meiste Zeit mit ihr etwas!"

„Machen lassen! Wir hatten hier auch Gothic, Emo, Punk. Auch wenn ich manchmal am liebsten nicht hingeschaut hätte: machen lassen! Hab sogar beim Färben diverser Haarfarben geholfen. Wunderschönes Naturblond in Grün, Pink, Aubergine etc.! Auch wenn es mir in der Seele wehtat ... so what ... wann, wenn nicht jetzt?!"

Pfadfinder sind übrigens die besten Lebensvorbereiter. Ich erinnere mich noch gerne an meine erste Fahrt zurück. Meine sechzehnjährige Gruppenleiterin und meine Sippe von Zwölf- bis Vierzehnjährigen. Es war eine fantastisch abenteuerliche Zeit in Holland. Draufloswandern, mit dem, was man auf dem Rücken tragen kann. Auch mal kein Brot haben, wenn man keins eingekauft hat. Sich überwinden, Fremde zu fragen. Auf dem Heuboden schlafen und von der Bauersfrau mit Kuchen überrascht werden. Die Natur ... ach, es war herrlich ...!

Im frühen Pubertätsalter: „Allzeit bereit!"

Im späten Pubertätsalter: „Allzeit breit!"

Oder wie die Oma eines Freundes in den 1990ern gerne gesagt hat: „Jaja, die Jugend von heute: Haschgift spritzen und Stromgitarre spielen!"

Aber mal im Ernst: Die Kinder müssen und sollen sich austoben und lernen, ihre Haare färben und finden, dass es scheiße aussieht, und sie sollen merken, dass sie dies und jenes besser nicht gemacht hätten!

Wann sollen sie es denn sonst tun? Wenn sie Rentner im Seniorenstift sind? Dann rollatoren plötzlich 85-jährige Männer mit lila Punkfrisur über den Flur, Oma hat ein Arschgeweih, andere Oma klettert aufs Dach, um sich auszuprobieren, gruppendynamisch fährt man auf Skateboards ins Verderben, und nachts hauen alle ab, um ins örtliche Freibad einzubrechen. Dazu gibt's Wodka-Red Bull aus der Schnabeltasse. Das sollen sie doch lieber früher tun! Da lassen sich viele Knochenbrüche und Herzinfarkte vermeiden.

Hobbys geben Stabilität in der Übergangsphase! Denn die eignen sich fast immer für Kinder wie Teens gleichermaßen und geben so Kontinuität. Etwas zu können, gemeinsam zu schaffen (zum Beispiel Teamsport, Orchester, Chor etc.) und auch mal Hürden zu überwinden, macht stark.

Jungs sind hier deutlich körperbetonter: Eine Studie der Trinity School of Physiotherapy zeigte, dass Jungs in der Vorpubertät mehr als doppelt so viel Sport machen wie Mädchen. Sport hilft auch, angestaute oder schwierige Emotionen abzureagieren, die eigene Stärke zu spüren und sich zugleich in eine Gruppe eingegliedert zu fühlen.

Die Kinder hegen nun auch oft den Wunsch, sich regelmäßig ganz einem Hobby zu widmen. Ihr solltet euch vielleicht nach einem Verein in der Nähe umsehen. Kinder- und Jugendvereine versprechen eine erste Möglichkeit, sich unabhängig von den Eltern auszutesten und die eigene Persönlichkeit zu entwickeln. (Und man ist die Brut für eine Weile los!)

Die Frage nach der eigenen Stärke, Persönlichkeit und auch den eigenen Ängsten rückt in den Fokus. Kinder fragen sich: Was macht mich einzigartig? Für die meisten Jungen ist der Vergleich mit den Kumpels sehr wichtig. Sie orientieren sich am Freundeskreis und eifern anderen nach. Gleichzeitig treten sie gegeneinander an. Für Kids ist es wichtig, sich gegenseitig in der Gruppe zu unterstützen und zu erfahren, dass sie im Team etwas erreichen. Da ist es vollkommen normal, wenn die eigene Teamfähigkeit an ihre Grenzen stößt und nicht immer alles gelingt.

Kurzum: Sie lernen ihre Stärken und Schwächen kennen, wollen der Beste sein, aber auch gleichzeitig schauen, wie so ein Team funktioniert. Wie gut bin ich? Was unterscheidet mich von meinen Freunden? Wo liegen meine Stärken? Wie kann ich meine Freunde unterstützen und wie sie mich? Wie kann man sich gegenseitig ergänzen?

Wichtig: Einigen Sie sich auch auf gemeinsame Familienunternehmungen. NOCH sind sie eher dazu bereit.

Ja, noch.

Unstimmigkeiten und Streits um Ungerechtigkeit landen auf dem Familientisch und sollten auf offene Ohren stoßen. Versucht, eure Kinder im Alltag zu unterstützen, und nehmt auch anschauliche Kleinigkeiten ernst. Wer eine Situation verlacht, setzt ein Stück Vertrauen aufs

Spiel. Denn dann kommen sie mit ihren größeren Problemen erst recht nicht mehr zu uns. Und das wäre – gerade wo wir uns am Anfang der Pubertät befinden – sehr schade.

Aber schon Goethe wusste: „Man muss jung sein, um große Dinge zu tun."

Grundsätzlich geht es auch um das Risikoverhalten unserer Teenager: Es geht nicht um persönlichen Nervenkitzel, sondern sie hoffen, für ihr riskantes Verhalten eine Belohnung zu erhalten und Eindruck bei den Freunden zu hinterlassen. Und natürlich: zu schauen, dass die Eltern einen nicht erwischen.

Ich finde den Gedanken hilfreich, dass unsere Kinder an Herausforderungen wachsen und stärker werden. Und dass sie nur in ihre Kraft kommen, wenn man sie auch mal machen lässt.

„Es erfordert viel Mut, sich seinen Freunden zu stellen." (J. K. Rowling)

Ich habe mich mal im Bekanntenkreis umgehört, was damals in unserer Vorpubertätszeit so an Mutproben und Ausprobieren interessant war:

- Miriam hatte für 5 DM einen lebenden Goldfisch verschluckt, der ihr angeblich heute noch Probleme bereitet.
- Karsten hat sich mal aus seinem Zimmer aus dem dritten Stock abgeseilt (er hatte einen Film mit Luis Trenker gesehen), um dann festzustellen, dass das Seil gar nicht bis runter auf den Boden ging. Die Feuerwehr musste anrücken und ihn zwischen dem ersten und zweiten Stock hängend abbergen.
- Melanie hatte Übernachtungsbesuch, und die beiden Mädels hatten furchtbaren Hunger auf ein Hähnchen vom Wienerwald. Da die Eltern schon schliefen, konnte man sie nicht fragen, ob es in Ordnung sei, das elterliche Auto zu benutzen. Die Fahrt endete in der Mitte eines Kreisels. Ohne Huhn.
- Immo wettete, dass er es schaffen würde, einmal über den seit heute Morgen zugefrorenen Entenweiher zu laufen, obwohl lauter Warnschilder angebracht waren.

  Wie es ausging, muss ich an dieser Stelle nicht erwähnen. Nur so viel: Er war recht nass.

- Simone wettete mit Martin, dass sie es länger auf der Kirchturmspitze aushalten würde. Sie gewann im Vorfeld, da Martin sich gar nicht erst traute, da hochzuklettern. Simone kletterte danach nie wieder auf Kirchturmspitzen. Ein gebrochenes Bein genügte ihr. Zum Glück war sie nur auf den Kirchturmvorbau geknallt.

Zurück zum Hobby: Damals bin ich planlos von Hobby zu Hobby rumgehüpft, ohne mich richtig in der Tiefe mit irgendwas zu beschäftigen. Heute bin ich traurig, dass ich kein Instrument spielen kann (bis auf die fünf Töne auf der Blockflöte). Davon abgesehen ist es viel mühsamer, wenn ich jetzt damit anfange. Zu meiner Mutter sage ich heute: „Du hättest mich zwingen sollen dabeizubleiben" – mit meinen Kindern werde ich es anders machen.

Klar, hinterher ist man immer klüger.

Die meisten Kinder brauchen hier noch die Unterstützung durch ihre Eltern. Denn manchmal bereut man es. Manchmal auch nicht. Hier sollte jeder genau in sich hineinhören. Denn noch kann man sie in der vorpubertären Zeit wirklich gut beeinflussen. Seid auch mal unnachgiebig. Nicht zwingen, aber deutlich vor Augen führen, warum es sich lohnt, weiter zu üben.

Wie überall gibt es auch hier Ausnahmen. Nicht jedes Hobby ist wirklich, sagen wir mal, auf Dauer erstrebenswert und sichert soziale Kontakte.

„Hallo, ich bin die Annette, und mein Hobby ist Seifengießen. Darin bin ich richtig gut." – „Mach's gut, Annette!"

Beim Hobby am Ball zu bleiben, auch wenn es schwierig ist oder wenig Motivation vorhanden ist, trainiert das Durchhaltevermögen. Und manchmal findet man dabei auch heraus, wo die Schwächen liegen. Im Sportunterricht war ich nie der Schnellste. Es haben mich immer viele überholt. Es waren um die sechzig Kinder. So viele Kinder waren wir nicht in der Klasse. Da kam noch die andere Klasse hinzu, die zwei Stunden später Sport hatte. Tragisch.

Beim letzten Geburtstag meines Sohnes gab es auch mal wieder eine kleine ‚Body Challenge' für mich. Wir sind mit sechs Kindern in eine Trampolinhalle gefahren. Bei einer solchen Gelegenheit kann man gut erkennen, dass Kinder am liebsten unter sich sind, sich mit ihresgleichen beschäftigen und letztlich feiern wollen. Und natürlich die komplette Energie rauslassen. Wir setzten nicht nur den Rahmen, sondern uns auch gemütlich ins Café der Trampolinhalle mit Blick auf die fünfzig Trampoline. Alles schön und gut, aber es geht ja ums Trampolinspringen. Das ist neben Wasserrutsche und Schaumparty einfach eine Tätigkeit, die man mit oder ohne Alkohol in jedem Alter gerne ausübt. Nicht umsonst landen irgendwann bei einer Hochzeitsfeier die Gäste zur späten Stunde auf einer Hüpfburg.

Also dachte ich: Auf geht's! Machste mit! Aber ich merkte schnell, dass meine Beweglichkeit doch deutlich eingeschränkt ist. Und als ich mich mutig in ein Schaumstoffwürfel-Bad geworfen hatte, hat es gedauert, bis ich da wieder ans rettende Ufer kam. Es hat so lange gedauert, dass man mir schon mal sicherheitshalber die Öffnungszeiten zugerufen hat.

Nichtsdestotrotz meinte ich positiv gestimmt zu den Jungs (Mädels wurden nicht eingeladen), dass ich sie jetzt fangen würde. Es gibt einfach nichts Peinlicheres als einen grobmotorisch veranlagten Menschen, der über Trampoline hinwegsprintet, um sehr flinke Kinder zu fangen und ständig zu brüllen: „Jetzt krieg ich dich!" Das musste ich in der Tat brüllen, da der Feind schon wieder zwanzig Meter weit entfernt war. Es sah mit Sicherheit so aus, als hätte man einen alten Putzlappen gegen einen Wasserrohrbruch zum Einsatz gebracht. Ich wurde nach zehn Minuten komplett durchnässt ins offene Meer, also zurück ins Schaumstoffwürfel-Bad, getrieben. Ich glaube, wenn mich jemand aus dem Café beobachtet hätte, der hätte mit dem Kopf geschüttelt. Wobei ich den Eindruck hatte, dass dies die Kinder in der Halle auch getan haben. Es war schon cool, aber … nee, was soll's! Kein Aber! Ich freue mich schon auf den nächsten Kindergeburtstag!

5 | Digitale Welten

„Der Letzte macht das WLAN aus“

Neulich beim Einkaufen traf ich meinen Freund Wulf, der völlig durch den Wind schien.

„Ich bin fix und fertig“, sagte er mit waidwundem Blick, „quasi am Ende.“

Das machte mich neugierig.

„Vorhin im Keller“, erzählte Wulf, „fand ich eine alte Strandtasche, in der sich noch Windeln und Feuchttücher von Till befanden.“ Er schluckte, und ich ahnte, was er nun sagen würde.

„Ich sah die Windel an, und dann öffnete ich die Dose mit den Tüchern.“ Seine Stimme kippte. Ich fasste ihn an den Schultern.

„Dieser Geruch“, sagte Wulf, den Tränen nahe. „Der Geruch an früher. An sorglose Zeiten …“

„Ich weiß“, bestätigte ich mit rauer Stimme. Mitten in der Fußgängerzone umarmten wir uns und überließen uns den Erinnerungen an durchwachte Nächte mit agilen, putzmunteren Schreikindern, die einem nicht mitteilen konnten, wo was drückte, an Sprühstuhl, der nach Entfernen der Windel in einem großen Strahl direkt auf das neue, teure Hemd zuschoss, an Bäuerchen, mit denen der ganze Fläschcheninhalt wieder herauskam und nicht nur das Moltontuch komplett durchweichte, sondern auch unsere Anzugjacke, die wir wegen der Einladung zu einem wichtigen Abendessen angezogen hatten.

„Als Till Zähne bekam, habe ich zwei Wochen nicht geschlafen!“ Wulfs Blick verklärte sich.

Ich nickte und erinnerte mich meinerseits an die Murmeln, die sich mein Sohn in alle verfügbaren Körperöffnungen gesteckt und nicht wieder herausbekommen hatte, an die anschließende Fahrt ins Krankenhaus, die Angst, dass die Murmeln durch die Nase ins Gehirn wanderten und mein armes Kind jämmerlich an ihnen sterben würde. Ich dachte an die Erleichterung, als das verhindert worden war und wir einen knappen halben Tag Ruhe hatten, bis er sich Augen und Nase mit Sekundenkleber zugekleistert hatte. Das waren Zeiten!

Und dann die Trotzphase unserer Kinder! Das Gekreische im Supermarkt wegen der Quengelware, die bösen Blicke der älteren Damen, ihre ungebetenen Ratschläge, weil sie einen für erziehungsunfähig hielten. All die Stürze von Bäumen! In Klärwerke! In ungelöschten Kalk! Die kreativen Ideen wie:

1. drei Flaschen Babyöl und zwei Dosen Penatencreme in die nagelneue, hochpreisige Couchgarnitur einmassieren;
2. während einer Geburtstagsfeier sämtliche Schlüssel der Familie sowie der Gäste in die Toilette werfen und so oft spülen und mit der Klobürste nachdrücken, bis sie auch wirklich alle weg sind;
3. Honig und Mehl auf dem chinesischen Seidenteppich verteilen, sich darin wälzen, anschließend durchs ganze Haus robben und eine Indianerspur hinterlassen
4. und so weiter.

„Was würde ich dafür geben, diese Zeiten zurückzuholen", rief Wulf. Die Passanten guckten schon. „Warum gibt's eigentlich eine Maschine wie die aus *Liebling, ich habe die Kinder geschrumpft* nicht wirklich? Wäre das nicht wundervoll?"

Ja, das wäre herrlich. Ich würde mich sofort an den Baukosten beteiligen. Da war ich ganz Wulfs Meinung.

Aber es gibt nun mal nichts Legales, mit dem man Kinder entsorgen könnte. Aus der Nummer kommt man nicht mehr raus.

„Ich muss dann mal weiter", sagte Wulf, und wir klopften uns gegenseitig wie Kriegsveteranen auf die Schulter. Zwei Männer, die das Leben gezeichnet hatte, nahmen Abschied voneinander, zwei Männer, die wirkten, als hätten sie gemeinsam in Schützengräben gelegen und sich bei minus 40 Grad eine gefrorene Brotration geteilt.

„Da müssen wir durch", sagte ich noch, und er nickte weise. Man kann eben nicht alles haben im Leben.

Danach holte ich meinen siebenjährigen Sohn vom Fußballtraining ab. Als kleiner Pimpf von vier Jahren hatte er angefangen zu spielen. Hin und wieder war er ein Böckchen gewesen und hatte verweigert, aber seit die Trotzphase vorüber war, liebte er das Training. Überhaupt gehorchte er im Großen und Ganzen ganz gut. Und glaubte mit strahlenden Augen noch immer an das Christkind und den Weihnachtsmann. Mittlerweile war er aber gewachsen und zum Bock geworden, und er hatte einen sehr großen Wortschatz. Den musste man allerdings deuten können:

Gutturale Laute:	Das meint er:
„Inmeinschtschswasserflschkutgangen."	„In meiner Sporttasche ist eine Wasserflasche kaputt gegangen."
„Hä?"	„Woher soll ich denn bitte wissen, wo mein Mathebuch ist?" Und/oder: „Wieso soll ich denn jetzt den Müll/das Altpapier/den gelben Sack runterbringen?"
„Ng."	„Ich bin gerade voll gut im Game, Papa, bitteeeeee!"
„NNNNNGGGGG!!!!"	„NEIN! Nicht ausmachen, dann verliere ich alle Leben!"
„Neee."	Verneinung, geäußert zum Beispiel bei Aufforderungen wie „Ins Bett jetzt", „ins Bett jetzt" und „ins Bett jetzt".
„NEEEEEEE!"	Grundsätzliche Verneinung von allem, was es so gibt.

Ach ja, wir wollen nicht klagen. Wir lieben sie ja, die kleinen Mistkäfer. Immer dann, wenn man am wenigsten damit rechnet, gucken sie einen an und sagen unvermittelt: „Ich hab dich so lieb, Papa."

Ach, eigentlich ist es doch alles gar nicht so schlimm, oder?

Doch. Ist es. Und das Schlimmste ist: Es wird jetzt immer schlimmer. Und aus der Nummer kommen wir nicht mehr raus.

Also los! Gehen wir es mit vereinten Kräften an!

Nur, wo fange ich an. Am besten hiermit: Ich kannte *Fortnite* nicht. Ich hatte auch nie das Bedürfnis, *Fortnite* kennenzulernen. Ich wollte über *Fortnite* nichts wissen. Aber ich musste, denn meine Freundin möchte, dass ich alle Spiele, die unser Sohn spielt, kontrolliere, auch wenn ich deswegen meinen eigentlichen Beruf aus Zeitgründen an den Nagel hängen könnte.

Also machte ich eine ‚Fort(nite)bildung'. Ich setzte mich brav hin und scrollte mich durch das Spiel. Dabei merkte ich, dass ich alt geworden bin. Noch dazu muss ich sagen, dass ich in einer Brettspiele-Kindheit groß und stark wurde. *Malefiz*, *Monopoly*, auch mal *Spitz pass auf*, später *Scrabble* und *Trivial Pursuit* – heute gerne mal *Bezzerwizzer*. So was eben. Es war schön.

Da ging es nicht darum, einen epischen Sieg zu erringen oder Würfelmonster zurückzudrängen, weil sie eine Gefahr für das Weltall darstellen. Die Menschen, mit denen ich spielte, hatten Gesichter und atmeten, es waren keine Avatare, auch keine Unbekannten, die gerade in Timbuktu, nebenan, in Rosenheim oder in Queensland ebenfalls online spielten. Ich spielte nicht gegen gesichtslose Wesen mit Nicknames, die Waffen herstellten, um merkwürdige Gestalten, die auch noch tanzen, zu besiegen, ich brauchte auch nicht monatlich 1000 V-Bucks (V steht für Verschwendung des väterlichen Geldes).

Das *Fortnite* meiner Kindheit bestand aus Schleich-Figuren und kleinen Matchbox-Autos und höchstens mal einem Super Mario, der einer Schildkröte zärtlich auf den Rücken gesprungen ist. Während eines *Monopoly*-Spiels eine von den teuren Straßen zu kaufen, war aufregend genug. Und auf der Schlossallee lag keine legendäre Waffe rum. Bei *Mensch ärgere dich nicht* kurz vor dem Ziel von Oma rausgekickt zu werden, sorgte für ausreichend Adrenalin. Bei *Fortnite* dokumentiert mein Sohn das Ausscheiden so: „Ich hab verkackt!"

Seitdem es die Welt der Computerspiele gibt, sind Eltern kurz davor, komplett machtlos zu werden. Und die Kinder, die es spielen, werden immer jünger – und nein, keiner von ihnen, in diesem Fall meistens die Jungs, ist bereit, folgende Sätze auch nur ansatzweise zu beherzigen:

1. „Verabrede dich doch lieber mal wieder richtig. Mit Elisa und Henry hast du doch früher so gern draußen gespielt. Da seid ihr auch an der frischen Luft."
2. „Willst du eigentlich eckige Augen kriegen?"
3. „Wir könnten doch auch mal wieder was gemeinsam unternehmen."

4. „Noch eine Viertelstunde, dann ist es gut für heute."
5. „Hast du deine Hausaufgaben gemacht?"

Vergiss es (es sei denn, der Nachwuchs benötigt Hilfe in Form des elterlichen Portemonnaies, weil 8000 Juwelen gekauft werden müssen oder bei *Brawl Stars* ein Leon gezogen werden muss)!

Machen wir uns also nichts vor. Die Zeiten, in denen man sagte: „Ach, zum Glück sind sie noch so klein, man kommt ja erst so mit dreizehn in die Pubertät", tja, die sind leider vorbei.

Ein Grund dafür, dass die Pubertät heute so früh beginnt, ist unter anderem auf Weichmacher zurückzuführen, die in Verpackungen, Pflegeprodukten und Kinderspielzeug vorkommen. Überspitzt gesagt: Wer mehrere Geschwister mit Spielzeug hat, eine stets geschminkte Mutter mit Hang zur Ignoranz von Frischetheken, hat gute Chancen, nach der Kita direkt in die Pubertät überzugehen. Sehr überspitzt. Es liegt übrigens auch an der schlechten Ernährung. Wenn der Körper einen Fettanteil von 16 Prozent hat, kann es schon etwas früher beginnen, denn dann ist der Körper bereit dazu. Also ab zu McDonald's – ab morgen wachsen Pickel, und diese Juwelen müsst ihr nicht mal kaufen.

Wir müssen uns mit einer sehr jungen Brut herumschlagen, für die ein FSK 0 völlig langweilig, aber ab 12 so etwas wie eine Hinrichtung mit der Guillotine ist, bei der sie um jeden Preis dabei sein müssen. Das bringt oft zermürbende Diskussionen mit sich, und man braucht Nerven wie Drahtseile. Aber es ist trotzdem gut, dass es die Freiwillige Selbstkontrolle gibt (auch wenn sie bei den Kids eher den gegenteiligen Effekt auszulösen scheint). Denn sie ist ein wichtiger Anhaltspunkt für uns Eltern. Sie hilft uns, Regeln zu untermauern. „Sorry, liebe Kids, wenn ihr da jetzt gern etwas anderes gelesen hättet – dafür können eure Eltern auch nix. Das haben sich Fachleute angeschaut, und das ist gut und richtig so. Auch wenn ihr glaubt, dass euch ein Soldatenspiel, in dem abgerissene Köpfe durch die Luft fliegen, nicht belastet, weil ihr ja so coooool seid, so könnte das vielleicht doch passieren, und das wollen wir Eltern nicht." Die Nacht ist nämlich zum Schlafen da und nicht dafür, hinter einem schreiend flüchtenden Kind herzulaufen, das geträumt hat, ein böser Mann habe versucht, ihm den Kopf mit einer Rasierklinge abzuschneiden. Wir Eltern sind auch keine Spießer, wir wollen nur das Beste für unsere Kinder. Und deswegen sollten wir auch hin und wieder einfach mal mitspielen. Uns anschauen, was die so machen da vor dem PC.

Eine Freundin von mir hat also neulich beschlossen, mit ihren Söhnen ein PlayStation-Spiel zu spielen und sich dabei auch ein bisschen doof anzustellen, so nach dem Motto: Dann fühlen die beiden sich gut. Es war ein Autorennen, und die Freundin stellte schon nach einigen Runden Folgendes fest:

1. Sie musste sich gar nicht vornehmen, sich doof anzustellen, denn sie stellte sich doof an, weil sie mit dem Joystick nicht zurechtkam und ständig mit Vollgas gegen eine Mauer fuhr,
2. ihr wurde in allen Kurven schlecht,
3. während waghalsiger Überholmanöver rutschte sie so sehr auf ihrem Stuhl hin und her, dass sie zu Boden fiel und sich das Steißbein verstauchte.
4. Nachdem sie immer von der Straße abkam, wurde sie zum Optiker geschickt, um eine „Gaming-Brille“ zu besorgen.

So kann es also auch gehen.

Aber das ist natürlich noch längst nicht alles, denn es gibt ja auch noch ein Leben außerhalb von PlayStation 4. Und damit komme ich auf *Fortnite* und andere Spiele zurück, die für die Knirpse eben noch nichts sind. Es ist natürlich auch wahnsinnig schwer, gegen die Argumente (die wir schon in der Kindheit angebracht haben) anzukommen. Egal, ob es darum geht, mit neun Jahren bis Mitternacht in einem unbeleuchteten Park rumzustreunern, mal ein paar Bier zu trinken oder eben *Fortnite* oder ein beliebiges anderes, „total cooles“ Spiel zu spielen. Zum Beispiel *The Last of Us Part II* – das ist „so ähnlich wie Pippi Langstrumpf“ oder „die komische Sendung mit dem blonden Mann, die ihr letztens geguckt habt, da ging es darum, ob jemand mit einem Traktor Frisbeescheiben werfen kann“.

Beim Lesen der Produktbeschreibung von *Last of Us Part II* ergreift dann allerdings jeden normalen Menschen das nackte Grauen:

Tauch ein in eine durch Ellies rachsüchtiges Handeln ausgelöste Abwärtsspirale aus Gewalt und moralischen Konflikten. Ihre brutalen und erbarmungslosen Ausbrüche lassen die Grenzen zwischen Gut und Böse verschwimmen, und schon bald fällt es zunehmend schwerer, zwischen Richtig und Falsch zu unterscheiden. […] Das neue und weiterentwickelte Gameplay lässt dich tiefer und emotionaler in Ellies Reise durch die feindselige Welt tauchen – jede Situation entscheidet über Leben und Tod. Mit verbesserten Funktionen wie dem hochintensiven Nahkampfmodus mit seinen dynamischen und flüssigen Bewegungen fühlst du jede verzweifelte Anstrengung bei ihrem Kampf ums nackte Überleben.[2]

So, und nun für alle kleinen Wichte zum Mitschreiben: FSK 18 heißt FSK 18 und nicht FSK 1–8.

Die Argumente der Brut:

1. „Moritz darf das auch immer spielen, wenn sein Vater auf dem Sofa eingeschlafen ist."
2. „Vincent kann nur einschlafen, wenn er das gespielt hat."
3. „David kann eh machen, was er will, der hat keine Eltern, das sind Bros, Maaaann."

Und so kann es stundenlang weitergehen, es darf nur nicht zum Ziel führen. Ist klar, oder?

Manch einer mag die folgende Idee als perfide und grausam empfinden, und sie wäre auch nie aufgekommen, hätten unsere Frauen nicht gemeinsam ein Wellness-Wochenende gebucht und wären aushäusig gewesen: Aber besagter Wulf und ich fassten einen Plan. Wulf kam am Samstag mit seinem Sohn Till zu uns, und während des frühabendlichen Genusses einiger Biere und des Spiels *Resident Evil Village* – die Jungs kickten im Garten – konzipierten wir die Details unserer Unternehmung. Eines Vorhabens, das unsere Jungs endgültig davon abhalten sollte, diese grausamen PC- und

2 https://thelastofus.fandom.com/de/wiki/The_Last_of_Us_Part_II (Zuletzt aufgerufen am 04.03.2022)

Konsolenspiele zu zocken. Wir wollten ihnen quasi eine Lektion erteilen.

Wulfs Sohn durfte bei meinem Sprössling übernachten, und natürlich spielten sie vor dem Schlafengehen und schimpften über die steinalten Dinosaurier, die auch als ihre Väter bekannt sind. Wir hatten selbstverständlich vorher kontrolliert, was sie spielten, mussten uns aber währenddessen wieder einmal anhören, wie irre spießig und uncool und voll doofhirnig und was weiß ich alles wir waren, aber wir reagierten wie echte Männer! Wir ließen die Kritik an uns abperlen, als hätten wir in Drachenblut gebadet.

Etwas später folgte dann die wie immer entwürdigende Diskussion, dass jetzt Schluss sei, nein, noch eine halbe, Viertel-, Achtelstunde, noch fünf, vier, drei Minuten, entnervte „Jetzt ist aber wirklich Schluss"- und „Ich sage es jetzt zum letzten Mal"-Sätze, die wir alle auswendig konnten.

Und dann irgendwann putzten sie resigniert ihre Zähne („Dswrnschndreimntn", „Chknndznpstniaust") und begaben sich gnädig ins Bett beziehungsweise auf die beiden Matratzen, mit denen sie sich auf dem Boden ein Fremdenlegionärslager gebaut hatten.

Dann die nächste zermürbende Litanei:

„Licht aus!"

„Licht aus!"

„Licht aus!"

(Noch zehn- bis zwanzigmal.)

Licht war aus.

Ha, dachten wir frohlockend. Nun kam unser Part!

Wulf und ich tranken noch ein paar Bier, aßen ein paar Partyfrikadellen mit Senf, und dann ging es los. Wie kleine Gespenster in der Vorpubertät hüllten wir uns leise gackernd in ausrangierte Bettlaken, die Wulf zu Hause in einer Truhe gefunden und mitgebracht hatte und in die wir Löcher für die Köpfe geschnitten hatten. Wir schlichen in die düstere Küche und schmierten Ketchup auf die weißen Laken, nahmen Messer aus der Küchenschublade, während die Gewänder schon verrutschten. Auf Zehenspitzen liefen wir dann in den stockdunklen Flur, wo ich aus unserem dort heimlich deponierten Faschingssack schnell eine Scream-Maske und eine andere Fratze aus

Gummi hervorzog, und wir stülpten uns die bösen Gesichter über die Köpfe. Es war zu herrlich, denn nun sahen wir ja ungefähr so aus wie die schrecklichen Kreaturen, gegen die man in diesen entsetzlichen FSK-18-Spielen antreten musste.

Wir fühlten uns stark und furchteinflößend, als wir leise die Tür zum Zimmer meines Sohnes öffneten. Da lagen sie, die beiden kleinen Monster, im gelben Schimmer der katzenförmigen Nachtlichtlampe. Sie trugen ihre mit Äffchen bedruckten Frottee-Schlafanzüge und hielten ihre Kuscheltiere fest im Arm. Aus einem CD-Player klang die Stimme von Benjamin Blümchen, der gerade Probleme mit dem Zoodirektor Herrn Tierlieb hatte, während die rasende Reporterin Karla Kolumna im Hintergrund schon auf ihrem Mofa anbrauste.

„Sehen sie nicht süß aus?", fragte ich Wulf. Der nickte und trat barfuß auf etwas Hartes, das ihn einen entsetzlichen Laut ausstoßen ließ, der die Kinder natürlich umgehend weckte. Sie setzten sich auf und starrten uns an.

„Papa, ist alles in Ordnung?", fragte mein Sohn vorsichtig und schaute erst zu Wulf, dann zu mir, offenbar konnte er mich nicht erkennen.

„Ihr müsst keine Angst haben", sagte Wulf. Ein Satz, der natürlich in unserer Planung nicht vorgekommen war.

„Wieso sollten wir Angst haben?", fragte Till.

„Vor uns", sagte ich und überlegte, ob ich kurz mit dem blutverschmierten Messer fuchteln sollte.

Und dann sah ich uns im Kleiderschrank-Spiegel. Wir hielten keine Messer in der Hand, sondern Löffel, und wir trugen keine Scream-Masken, sondern die Gesichter von Homer und Bart Simpson. Wir hatten im Dunkeln die falschen Masken gegriffen. Es war niederschmetternd. Aber am schlimmsten war der Blick unserer Söhne. Noch nie habe ich so viel Mitleid in ihren Augen gesehen.

Wir sind dann einfach gegangen.

Es war nicht leicht. Wurde es auch am nächsten Abend nicht. Denn mein Sohn erzählte seiner Mutter haarklein, wie „peinlich" Papa da vor ihm gestanden hätte. In diesem bescheuerten weißen Teil mit dem Ketchup drauf, das würde man doch riechen, dass das Ketchup sei. So was

Dämliches. Und dann rief auch noch Wulfs Frau an und blökte, ob wir denn beide von allen guten Geistern verlassen wären, ob wir denn selbst noch in der Pubertät seien, ob wir vielleicht Hilfe bräuchten und ob ich denn wüsste, dass die zerschnittenen Bettlaken nicht etwa ausrangiert, sondern von ihrer Urgroßmutter seien, da seien Monogramme draufgestickt gewesen, schönen Dank auch, die könne sie jetzt vergessen.

Ich nuschelte unbeholfen mehrere „'tschuldigung" und „tut mir leid, tut mir leid", dann ging meine Frau ans Telefon, und die beiden verbrachten den restlichen Sonntagabend damit, sich gegenseitig zu versichern, mit den größten Schwachköpfen der Nation liiert zu sein.

Ja. So war das. Und wir waren natürlich keinen Schritt weiter. Keine Ahnung, was wir eigentlich mit dieser Aktion hatten erreichen wollen.

„Ihr seid doch nicht dicht", sagte meine Frau wütend. „Stell dir bitte mal vor, ihr hättet wirklich so Fratzenmasken aufgesetzt und Messer statt Löffel in den Händen gehalten, unser kleiner Zwerg wäre bis ans Ende seiner Zeit traumatisiert gewesen. Ist es das, was du wolltest?"

„Natürlich nicht", sagte ich. „Aber *Fortnite* will er spielen, und diese komischen anderen Spiele, die alle ab achtzehn sind. Warum ist es eigentlich so wahnsinnig wichtig, dass die Spiele erst ab achtzehn gespielt werden dürfen?"

Meine Frau sah mich mitleidig an. „Erinnere dich bitte mal daran, als du jung warst, da war doch auch alles ab achtzehn erst interessant, UND NICHT NUR SPIELE."

Ich wurde rot, denn sie hatte natürlich recht.

Trotzdem. Ich würde das nicht zulassen. Ich würde weiter kontrollieren – natürlich ohne wie ein Diktator zu fungieren. Ich würde mich mit den Dingen auseinandersetzen, auch wenn sie mir kostbare Lebenszeit rauben und auch wenn sie mir die Verachtung meiner Brut schenken sollten.

Ich werde das schaffen.

Aber *Fortnite* würde es nicht geben. Nur über meine Leiche. Ich bin der Herr im Haus, ich habe das Sagen, jawohl!

Das machte ich meinem Sohn auch klar, und der grinste mich an und sagte: „Es gibt übrigens eine Version ab zwölf, Papa. Die darf ich spielen, hehe."

Ich drehte innerlich durch.

„Die gibt es auch nicht“, sagte ich trotzig.

„Dann also doch die ab achtzehn“, freute sich mein Sohn.

„Nein“, sagte ich.

„Dann erklär mir, warum. Erklär es mir.“

Nicht schon wieder: Gott, hab doch Erbarmen!

„Das weißt du genau, ich habe es dir schon hundertmal erklärt. Das ist ein Spiel für Volljährige, also Erwachsene, und nichts für Kinder in deinem Alter.“

„Aha“, sagte mein Sohn gedehnt. „Für Erwachsene. Also für so Homies, die mit Homer-Simpson-Masken und Löffeln und Ketchupflecken auf Bettlaken nachts vor dem Bett ihres Sohnes stehen.“

Ich beschloss, autoritär zu werden.

„Schluss, aus, Ende, diese Spiele gibt's nicht, gar nichts gibt's. Weder ab zwölf noch ab achtzehn, Schluss.“

„Okayyyy, ich geh rüber zu Till“, sagte mein Sohn, und ich kippte fast hintenüber. Okay? Sollte es wirklich diesmal so einfach gehen?

Natürlich nicht. Gegen Abend rief Wulf an. Der war gerade nach Hause gekommen und hatte eine mehr als unschöne Entdeckung gemacht:

„Till hat herausbekommen, wie man diesen Kindersicherungscode auf der PlayStation umgeht. Und die zwei haben stundenlang gezockt. So ein Spiel, in dem es darum geht, dass Allesfresser bei Vollmond herumlaufen und den Kindern mit einem Brecheisen die Zähne ziehen wollen. Extrapunkte gibt es, wenn der Zahn entzündet ist.“

„Gibt es auch ein Level, in dem es um Zahnpflege geht?“, fragte ich spontan, denn dieses Thema lag bei meinem Sohn doch sehr im Argen.

„Natürlich NICHT, mach dich nicht lustig, wir sind schuld daran, wenn unsere Kinder zu Serienkillern werden. Erinnerst du dich an diesen Fritz Haarmann?“

„Nein. Wer soll das sein?“

„Der hat vor ungefähr hundert Jahren Kinder in Konservendosen gesteckt.“

Ich kapierte nicht gleich. „Das müssen aber kleine Kinder gewesen sein.“

„Matthias, bitte, natürlich hat er sie vorher ZERTEILT. Also angeblich.“

Irgendwie stand ich auf dem Schlauch. „Was hat denn Fritz Haarmann mit unseren Söhnen zu tun?"

„Ich will mir nicht vorwerfen müssen, dass Till irgendwann Menschen zerstückelt. Und du willst das auch nicht."

Ich sagte nichts. Das war ja entsetzlich.

„Hallo?", fragte Wulf.

„Äh, nein, ich will das auch nicht."

Wir redeten ernsthaft mit unseren beiden Jungs, und obwohl wir in ihren Augen seit der Nachtaktion zu Witzfiguren mutiert waren, schafften wir es, dass sie uns zuhörten.

Die Gründe, die die beiden dann erfolglos anbrachten, um uns doch noch umzustimmen, möchte ich euch an dieser Stelle nicht vorenthalten:

1. „Du guckst doch immer auf YouTube so Videos, in denen Elefanten stolpern, und dann weinst du fast, und die Mama guckt *Bachelorette* – das ist genauso schlimm."
2. „Ihr seid doch viel zu alt, um uns zu verstehen."
3. „Die Mama sagt immer Ja."
4. „Du gönnst mir das nicht."
5. „Die Mama sagt IMMER Ja!"
6. „Wir müssen das für die Schule spielen."
7. „Der X, die Y und der Z MÜSSEN das sogar spielen, weil sie es ihren Eltern erklären sollen."
8. „Der Opa schläft sogar immer ein, wenn ich das bei ihm spiele."
9. „Die Oma backt dann immer Apfelpfannkuchen, damit ich groß und stark für das Spiel werde."
10. „Ihr seid die fiesesten Eltern auf der ganzen Welt!"

Es gibt noch drei Millionen weitere Gründe, das dürfte klar sein. Auch ein beinahe geheultes „Wenn ihr *Schwiegertochter gesucht* geguckt habt, hatte ich immer Angst" hätte dabei sein können. Es hätte nichts genützt.

Denn auch wenn man das Ganze mit einem Augenzwinkern sieht: Eltern sind nun mal verantwortlich für ihre Kinder und auch dafür, was die Kleinen schauen. Und mit Kleinen meine ich Kleine, denn in der Grundschule sind sie nun mal noch klein, auch wenn sie schon voller Stolz ihre Milchzähne verloren haben. Grundsätzlich gilt: nicht gleich alles abwiegeln, sondern erklären. Davor: sich informieren. Denn natürlich ist nicht alles schlecht.

Bei den Mädels ist es sowieso erst mal einfacher und nicht ganz so extrem, was die Games betrifft. Die schauen sich das ein oder andere YouTube-Video an und texten mit ihren Freundinnen. Wobei das auch teilweise überhandnimmt. Handysucht ist eben bei Jungs und Mädels ein großes Thema. Die Tochter einer Freundin ist, nachdem man ihr das Handy wegen schlechter Noten abgenommen hat, wirklich richtig krank geworden, mit Fieber und Schüttelfrost. Wegen des Handys!

Und bei den Jungs ist – zusätzlich – das Game-Fever ausgebrochen. Ich bin sicher: Es wird nicht mehr lange dauern, bis es einen Gaming-Schreibtisch und bestimmt schon bald ein Gaming-Bett und eine Gaming-Badewanne geben wird.

Hier ist wirklich Kontrolle angeraten! Sonst nimmt es irgendwann überhand …

Also: Erst mal im Gaming-Stuhl zurücklehnen und in aller Ruhe schauen, was Medien bei meinem Kind so auslösen.

Spiele grundsätzlich zu verbieten, halte ich für falsch – vor allen Dingen dann, wenn die aufgetragenen Jobs erledigt sind. Hausaufgaben? Für die Englischarbeit gelernt? Zimmer aufgeräumt? Okay, dann darfst du. Wir kommen schließlich auch von der Arbeit und sagen, wir brauchen jetzt erst mal etwas für uns und unsere Ruhe, auch wenn unsere Art der Freizeitgestaltung anders aussieht, bei manchen zumindest. Ich kenne Männer, die setzen sich noch im Mantel vor den PC, um online Skat zu kloppen, oder sie wollen Bürgermeister einer fiktiven Stadt werden. Oder erinnern wir uns an das Spiel *Farmville*. Online mussten Blattläuse von Rosen entfernt, Zucchini geerntet und Erdbeeren gepflanzt werden. Wer zu spät online war (und damals gab es noch keine Smartphones), den bestrafte *Farmville* mit Unkraut oder bösen Nachbarn, die sich über hinüberwuchernde Zweige beschwerten.

Eine Bekannte von mir war mit einer Freundin in St. Peter-Ording zum Baden, und sie mussten allen Ernstes um vierzehn Uhr bei strahlendem Sonnenschein ihre Sachen packen und nach Hamburg zurückfahren, weil die Freundin zu einer bestimmten Zeit online Mangold ernten und den Rasen wässern musste, um irgendwie vorwärtszukommen.

Es sind eben nicht nur die Kinder.

Wir ‚Großen' sind nämlich auch nicht perfekt.

Prinzipiell jedenfalls würde ich sagen: Sobald das Tagewerk verrichtet ist, gibt's Spielefreizeit. Kontrollierte allerdings. Und es gibt die allgemeine Internetzeit.

Hier gilt es auch, zu reden und natürlich auch aufzuklären.

Mache deinem Kind klar, dass es nicht gut ist, wenn es Fotos von sich ins Netz stellt. Sage ihm, dass man nichts dagegen unternehmen kann, wenn das die falschen Menschen sehen und womöglich benutzen. Dass das auch gefährlich werden kann, wenn man in Chaträumen unterwegs ist. Sage das bitte ernst. Das ist ein Verbot. Das gibt es nicht. Punkt.

Wichtig ist hier: Wenn sie noch am Anfang der Pubertät sind und auf uns hören, dann können wir auch noch besser in Absprache kontrollieren. Das akzeptieren sie eher, und das scheint mir in der weiten digitalen Welt auch noch absolut nötig zu sein. Ich wiederhole: in gemeinsamer Absprache kontrollieren.

Genervte Forderungen nach mehr Internet- oder Bildschirmzeit könnt ihr eindämmen, indem ihr selbst mit gutem Beispiel vorangeht. Ihr seid die Vorbilder! Klare Regeln für ein gutes Miteinander könnten hier sein:

1. Beim Essen werden grundsätzlich alle Handys weggelegt, und es wird auch zwischendurch nicht aufgesprungen, weil die Maja bestimmt gerade eine ganz wichtige Message geschickt hat.
2. Abends ab 19 Uhr wird das Handy ausgemacht, und zwar bei allen Familienmitgliedern!

   Ein Unding: das Handy zum Schlafengehen mit ins Bett nehmen. Es ist wissenschaftlich nachgewiesen, dass das Handylicht unruhig macht und wir nicht gut einschlafen können.

3. Für PC-Games wird eine gewisse Zeit verabredet, und die wird auch eingehalten, auch wenn man gerade voll gut ist und irgendwelche hämisch grinsenden Zwerge gefangen hat.
4. Genauso halten wir Erwachsenen uns aber auch an die Vorgaben. Wenn wir gesagt haben, wir hören mit einem Spiel auf oder legen das Handy weg, dann tun wir das auch.

Viele Eltern haben Angst, dass ihre Kinder süchtig werden.

Nun, das kann passieren, muss es aber nicht. Hier mal ein paar Anhaltspunkte, ob es sich um Sucht handelt:

- wenn das Kind regelmäßig zu viel spielt, auch in der Nacht,
- wenn es Hobbys, Freunde und Draußen-Aktivitäten komplett links liegen lässt,
- wenn es oft sehr müde oder extrem aggressiv ist, vor allem seinen Geschwistern gegenüber,
- wenn es sich verändert, wie auch immer. Veränderung ist immer ein Zeichen. Und für mich das deutlichste.

Wir werden das mitbekommen. Wir haben unsere Antennen, und darauf sollten wir vertrauen!

Das Spielen wird im Laufe der Pubertät immer intensiver werden. Hier gilt: Wehret den Anfängen. Denn auch Sucht braucht Zeit, um sich zu entwickeln. Nur weil das Kind eine Sache sehr gerne macht, ist es nicht direkt süchtig. Und wenn es meckert, weil ihm die Handyzeiten nicht passen, ist es auch nicht direkt süchtig, sondern zeigt Durchhaltevermögen für eine Sache, die es gern macht und anders haben möchte!

Ein wichtiger Punkt: Erkläre deinem Kind, was Sucht eigentlich ist. Denn viele Kinder fragen: „Warum sagt Mama immer, das macht süchtig?" Das verstehen unsere Kinder nicht.

► Erklärt es präzise und verallgemeinert es nicht.
Zunächst mal ist da das Gehirn. Das kann diese Eindrücke des langen, intensiven Spiels oft nicht verarbeiten. Es folgen Konzentrationsschwächen, die körperliche Entwicklung und der Bewegungsdrang

verkümmern, soziale Fähigkeiten sind einseitig und weg von realen Kontakten.

Es gibt natürlich auch ein paar Vorteile (die wir den Kindern nicht unbedingt aufs Brot schmieren müssen). Man lernt strategisches Denken und Kooperationsfähigkeit anderen Teammitgliedern gegenüber. Mein Sohn lernt beim *Rocket League*-Spielen auch Englisch. Ja, wirklich. Wenn auch nur in Abkürzungen: „OMG, WTF, IDK, LOL, ROFL!"

ROFL bedeutet, falls dein Kind das vergessen haben sollte, dass man sich lachend auf dem Boden rollt. Vielleicht könnte es dabei gleich seine Schmutzwäsche aufheben.

Alles wird extremer, und da gilt es aufzupassen.

Natürlich sind unsere Kinder nicht doof. Die finden auch im Netz raus, wie man die Bildschirmzeit ignorieren kann. Schon dreist, klar. Aber: auch mutig und kreativ, und es zeigt den Ehrgeiz!

Meistens macht das unser Nachwuchs natürlich deswegen, weil er mit den Zeiten nicht zufrieden ist. Und das wird auch mit Gesprächen und Aushandeln ein Stück weit so bleiben. Das ist auch ein wenig der Job eines sich entwickelnden Teenagers, sich abzunabeln, zu diskutieren und zu rebellieren – das ist wirklich ganz normal. Stell dir mal folgendes Szenario vor:

Du suchst deinen Sohn und findest ihn mit seinem Mathematikbuch auf dem Sofa. Gespenstische Stille im Haus. Kein Fernseher läuft, keine PlayStation, niemand brüllt „Wir müssen ihn vernichten!" oder „Es bleibt uns nichts anderes übrig, als mit der legendären Maschinenpistole in den Nahkampf zu gehen!". Du bleibst stehen und runzelst die Stirn. Was ist hier los? Was geht hier vor sich? Dann setzt du dich deinem Sohn gegenüber und versuchst, dein nervöses Lidzucken zu unterdrücken.

„Was ist los, Leon/Elias/Ben?"

Der Sohn schaut genervt von seinem Buch auf. „Wie bitte?"

„Was?" Du bist irritiert. ‚Wie bitte' hat er noch nie gesagt.

„Was möchtest du von mir?" Auch ganze Sätze sind unheimlich in dieser Wachstums- und Entwicklungsphase.

„Du lernst Mathe?" Deine Stimme ist rau.

„Ja, Papa. Ich lerne Mathematik." Der Sohn beugt sich wieder übers Buch. „Wir schreiben übermorgen eine Arbeit, und ich möchte unter den Besten sein und einmal so richtig gut abschneiden. Dafür muss ich natürlich etwas tun."

„Aha. Ja, das stimmt natürlich. Geht es dir gut?"

Der Sohn schaut wieder auf. „Weshalb sollte es mir nicht gut gehen?"

„Weil du gar kein PC-Spiel spielen möchtest und auch dein Handy nicht neben dir liegt."

Langsam wird dir die Situation unheimlich.

Maliziöses Lächeln des Nachwuchses. „Man muss nicht ständig spielen oder whatsappen. Es gibt Wichtigeres. Und wenn du mich jetzt bitte entschuldigen möchtest ..."

Er muss wahnsinnig geworden sein.

Du stehst auf. „Ich bereite mal das Abendessen vor."

„Habe ich schon, Papa, die Lasagne ist schon im Ofen, und der Tisch ist auch schon gedeckt."

Du bekommst Angst.

„Aha", sagst du. „Nun, dann spiele ich etwas *Solitär* auf dem Handy."

Dein Sohn zieht die Augenbrauen nach oben. „Hast du nicht schon heute Morgen gespielt, vor der Arbeit, auf der Toilette und heimlich während des Frühstücks, während Mama schon abgeräumt hat?"

„Äh ... ja." Das gibt kein Fleißkärtchen.

„Das ist genug Bildschirmzeit, Papa. Mach doch was anderes. Geh raus an die frische Luft oder lerne für DEINE Arbeit. Bilde dich fort. Tu etwas Sinnvolles."

Du verlässt den Raum.

Das ist ja entsetzlich.

So sollte das Kind nun auch nicht werden.

Aus dem Wohnzimmer schallt ein: „Und die Tür geht auch nicht von allein zu."

Dann hörst du noch den leise gemurmelten Satz: „Wann lernt er es endlich?"

Und ab sofort wünschst du dir einen Sohn, der Mathe unzumutbar scheiße findet, nachts heimlich aufsteht, um bei einem inakzeptablen Spiel weiterzukommen. Einen Sohn, der Widerworte gibt und alles ätzend findet. Der Pausenbrote verschimmeln lässt und in Schmutzwäsche lebt. Der seine Zahnklammer verachtet und uns phasenweise auch.

Aber bitte nicht so ein Weichei, das mit dem Mathebuch dasitzt und freiwillig LERNT.

Das ist grauenhaft. Ich kann es dir sagen. Ich musste diese Situation einmal durchstehen.

Meine Frau meinte danach: „So schön. Er wird erwachsen!"

Ich meinte: „Schlimmer, er wird wie seine Mutter!"

Sie redete an diesem Tag kein Wort mehr mit mir.

Auch wenn man das gar nicht glauben will, aber es gibt diese Familienkonstellationen, in denen alles völlig komplikationslos verläuft, diese Familien, in denen die vorpubertierenden Kinder sonntags freiwillig leise aufstehen, um die Eltern mal ausschlafen zu lassen und sie dann mit einem wunderbaren Frühstück zu überraschen. Während die Neunjährige vorsichtig Eier verquirlt und Kaffee aufsetzt, radelt der Zehnjährige pfeifend durch die frische Morgenluft zum Sonntagsbäcker, um gesunde Brötchen, aber auch Croissants zu kaufen, denn es ist ja Wochenende.

Dann begeben sich die beiden Sprösslinge auf Zehenspitzen ins elterliche Schlafzimmer, um leise Spotify auf der Sonos-Box zu laden, und es erklingt ‚Der Kaffee ist fertig, klingt das nicht unheimlich zärtlich' von Peter Cornelius (wenn du das Lied nicht kennst, sei froh).

Die Eltern schlagen die Augen auf, sind bewegt vor Rührung und schließen ihre beiden Lieblinge erst mal in die Arme, um ausgiebig zu kuscheln und sich dann in Pyjamas auf die sonnenüberflutete Terrasse zu setzen, wo liebevoll drapierte kulinarische Köstlichkeiten auf einem Teakholztisch warten. Manchmal läuft auch noch ein Labradorwelpe durchs Bild, der leise bellt und Zuneigung sucht, und Nachbarn winken freundlich über den Zaun und ergötzen sich an dem schönen Familienbild.

Du glaubst jetzt, ich beschreibe einen Werbespot? Mitnichten. Das sind Realitäten! Tatsächlich kommen nach Veranstaltungen Menschen auf mich zu, die sagen: „Ach, David muss man gar nicht kontrollieren. Mit seinen elf Jahren ist er schon so weit. Er macht freiwillig nach einer Stunde den PC aus und liest ein gutes Buch."

Aber ich kann dich beruhigen: Das ist die Ausnahme.

Wenn es auch bei euch immer wieder Streit um das leidige Thema Online-Zeit gibt, setz dich mit deinem Kind zuammen und frage es einfach mal: „Wie hättest du's denn gerne?"

Gar nicht selten liegt man mit dem älteren Nachwuchs gar nicht so weit auseinander. Bei den Jüngeren wird es schwieriger. Denn natürlich und prinzipiell dürfen alle Kumpels immer mehr und länger. Hier hilft wieder die gute alte Drohung, bei den Kumpels X und Y zu Hause anzurufen und zu fragen, ob das stimmt. Ganz oft geben die Kinder dann klein bei.

Letztendlich wird unser Nachwuchs aber nie komplett mit allem einverstanden sein, was wir ihm vorsetzen. Beruhige dich! Das ist normal. Das ist sie eben, die beginnende Pubertät.

Und: Es gibt keine klare Regel, wie lange ein Kind nun spielen darf. Beobachte dein Kind. Du wirst merken, wann es zu viel wird. Wenn es völlig hibbelig wird, dann ist es Zeit aufzuhören. Ist ein Freund da, darf's auch ruhig mal länger gehen … es ist also auch situationsbedingt. Natürlich sind auch hier die Kinder sehr gewitzt. Plötzlich sind ständig neue Freunde da? „Wer ist das denn?"

„Äh … das ist … äh … ist auf meiner Schule … glaub ich …"

Ein weiterer wichtiger Ratschlag ist das Interesse: Zeige ihm oder ihr, dass du dich für das, was er oder sie macht, interessierst. Schaut euch die Sachen gemeinsam an. YouTube oder Dokus, eben das, was das Kind gerade sehen will. Bei den Mädels ist es meistens einfacher. Die schauen sich gerne Back-Tutorials an, Pinterest oder andere, meist harmlose Sachen. Da fällt es einem schon schwer zu sagen: „Wenn der Hefeteig gegangen ist, machst du aber aus."

Nicht die Zeit allein ist also entscheidend, sondern die Auswahl.

Im Idealfall nutzen die Kinder das Internet eigenverantwortlich und so, dass noch Zeit fürs Familienleben bleibt, ohne dass Machtkämpfe ausgetragen werden müssen. Aber da hinzukommen, dauert in der Regel etwas.

Zum leidigen Thema TikTok: Mach deinem Nachwuchs auch hier klar, dass es im World Wide Web Menschen gibt, die gestört, krank oder kriminell oder alles zusammen sind. Dass du nicht möchtest, dass hier Fotos oder Videos von deinem Kind herumschwirren, auf die jeder Zugriff hat. Bestehe darauf, dass die Fotos und Clips so eingestellt werden, dass nur Freunde Zugriff darauf haben – und bitte deinen Sohn oder deine Tochter unbedingt, wenn ihm oder ihr etwas komisch vorkommt, es dir sofort zu sagen.

Grundsätzlich kann man darüber philosophieren, ob wir die Kontrolle des Medienkonsums einfach einer App anvertrauen sollten, andererseits kann man es doch auch selbst machen. Einen Google Family Link als Unterstützung finde ich in jedem Fall in Ordnung. Viele Kinder brauchen einfach eine Begrenzung, eine Struktur, mit der sie besser leben und spielen können. Meistens, zumindest nicht immer können wir das nicht komplett alleine gewährleisten – Hilfe ist oft notwendig.

Der dänische Familientherapeut Jesper Juul sagte immer: „Kinder wissen nicht, was sie brauchen, sie wissen, worauf sie Lust haben!“[3]

Wenn diese Lust aufs Zocken überhandnimmt, dann müssen wir einschreiten. Denn wir wissen, was sie brauchen!

Was also gehört zur digitalen Aufklärung?

1. Zum Thema Fotos: erklären, erklären, erklären. Was einmal im Netz ist, bleibt da über Jahrzehnte!
2. Andere Fotos aus dem Internet zu benutzen, ist strafbar, und das sollte ebenfalls kommuniziert werden.
3. Es ist nicht alles Gold, was glänzt – und das heißt Photoshop. Gerade Mädchen wird immer wieder vorgegaukelt, dass alle anderen Mädels perfekt aussehen. Das ist zu einem gefährlichen Kult geworden, den man kritisch beobachten sollte. Ich selbst hätte bei meinem Führerscheinfoto gern einen Photoshopfilter benutzt, aber so etwas gab es ja damals noch nicht. Und so haben alle, außer mir, bei jeder Polizeikontrolle ihren Spaß, und das ist doch auch schön.

Aber man kann das kontrollieren – mit einer guten Eltern-Kind-Bindung nämlich. Gespräche und Aufklärung führen zu Vertrauen und zu einem Gemeinschaftsgefühl, bei dem die Eltern auch mal gemein sein dürfen. Aber die Bindung steht!

Und noch mal zur Nutzung der digitalen Welt: Wer früh aufklärt, verhindert, dass sein Kind mit den falschen Leuten chattet oder telelefoniert oder sich womöglich trifft.

---

[3] Jesper Juul: *Dein selbstbestimmtes Kind. Unterstützung für Eltern, deren Kinder früh nach Autonomie streben.* München 2020.

Es gilt:

- Keinem Fremden schreiben.
- Keine Passwörter weitergeben.
- Keine Telefonnummer an Fremde weitergeben.
- Also eigentlich nichts weitergeben. Nichts, was wir schreiben, ist privat. Irgendjemand liest immer mit oder hört zu!

Eine Nachricht, die uns aufatmen lässt: Ja, es geht vorbei. Wirklich. Es soll Kinder geben, die mit fünfzehn Jahren ihre PlayStation wieder verkaufen, und auch der Medienkonsum pendelt sich ein. Zudem nutzen sie oft dann ihren PC für kreative Prozesse, die auch mit ihrem Hobby im ‚real life' zu tun haben, beispielsweise Erstellung von Parkour-Videos.

Am Anfang ist halt alles neu und muss ausprobiert werden. Als ich damals einen Sandwich-Toaster geschenkt bekam, habe ich zwei Monate lang nur Toast mit unterirdischem Schmelzkäse gegessen. Danach lag der Toaster nur herum und ich auch, weil ich mich nicht mehr bewegen konnte.

Bei meiner Mutter und ihrem Thermomix ist das anders. Da gehört das Elektrogerät zur Familie. Es wird mit ihm gesprochen, und es wird verhätschelt. Und natürlich bleiben auch einige Kinder bei ihrer Konsole und verhätscheln sie, und die studieren dann später mal Informatik und werden Programmierer, wer weiß?

Die meisten konzentrieren sich allerdings später eher auf Live-Kontakte und reduzieren das Zocken.

Und ich erkläre es den Kindern immer so: „Egal, wie ihr digital kommuniziert, eins ist sicher: Live ist immer geiler. Dinge live zu erleben, zum Beispiel in der Natur zu fühlen und zu spüren, ist das Größte. Das Leben ist live!"

Das erklärte ich auch Wulfs Sohn, als er an einem Sonntagnachmittag wieder bei uns war, und er ging daraufhin nach draußen und wollte die Natur spüren. Ich hätte ihm sagen sollen, dass ich damit nicht meinte, dass er sich in einen Brennnesselbusch werfen soll. So ergab sich dann wieder ein längeres Telefonat mit seiner Mutter, in dem auch diesmal keine Komplimente ausgetauscht wurden.

Geht mit euren Kindern auf Konzerte, in Comedy-Shows, in Musicals, ach, überallhin. Es kommt am Bildschirm nie so rüber wie live!

Und kontrolliert die digitalen Medien in Abstimmung! Die Kinder können die Gefahren einfach noch nicht sehen und noch keine Risiken abschätzen. Erst denken, dann posten – nein, das schaffen sie eben noch nicht!

Alo: Browser-Verlauf regelmäßig checken und immer wieder mal ins Handy gucken. Das ist zumindest anfangs notwendig. Mache das aber gemeinsam mit deinem Kind – stichprobenartig. Mache dem Kind klar, dass es nicht ums Spionieren geht, sondern um die gemeinsame Kontrolle. Es geht stets um Aufklärung und nicht um Verbote, denn die erzeugen Druck und werden zu Gegendruck führen.

Irgendwann werden sie das alles ohne Kontrolle schaffen.

Klar kommt oft das Argument, dass ja alle in der Klasse so was spielen, und das ist nicht von der Hand zu weisen, man kann sich da als Nichtspieler schnell ausgeschlossen fühlen, weil der Gruppendruck steigt. Mein Sohn durfte ja lange dieses *Fortnite* nicht spielen – aber ich habe ihm dann erlaubt, sich ab und an ein Video bei YouTube anzuschauen und zu gucken, wie andere Kinder *Fortnite* spielen, so wusste er ein bisschen Bescheid und konnte in der Schule mitreden.

Noch ein wichtiges Thema: Cyber-Mobbing. Dabei wird ein Kind permanent beleidigt, und es werden beschämende Fotos von ihm gepostet – und die werden dementsprechend kommentiert.

Oft wissen die Kinder, die das tun, nicht, was sie ihrem Opfer damit antun. Und das leidet sehr. Es gibt viele Mitläufer, die einfach nur mitmachen. Es gibt die Unbeteiligten, die sich entziehen und damit nichts zu tun haben wollen. Oder aber es gibt die Helfer, die das Opfer unterstützen!

Frage dein Kind: Wer möchtest du sein?

Welche Rolle in diesem Film ist deine Rolle?

Redet, redet, redet mit euren Kindern darüber, denn das alles könnte bereits ab der 6. Klasse, also schon in den Anfängen der Pubertät, Thema sein!

Und sage deinem Kind: „Sperre die, die mobben. Antworte nicht, das macht es oft nur schlimmer. Sichere Beweise mit Screenshots.

Wende dich an Erwachsene deines Vertrauens. Schütze deine Privatsphäre. Und vertraue dir! Bleib stark!"

Wenn dein Kind dir erzählt, dass ein Mitschüler sich immer mehr zurückzieht, nicht mehr im Unterricht mitmacht und soziale Kontakte meidet – versuche herauszufinden, was da los ist. Gleiches gilt natürlich, wenn dein eigenes Kind sich so verhält. Handle!

Um es auf den Punkt zu bringen: Das Gespräch mit deinem Kind sollte dir immer wichtig sein! Da kann man auch mal selbst das Handy weglegen. Die Kinder gehen nicht immer vor, aber sehr oft! Weil die gerade in einer wichtigen, teilweise auch problematischen Phase stecken.

Sie werden immer wieder versuchen, mehr Online-Zeit herauszuschlagen, und greifen auch gern mal zu unlauteren Mitteln wie mein Sohn, der behauptet, seine jüngere Schwester hätte genauso viel Medienzeit wie er. Von wegen. Die hat meine Zeitung zerrissen – sie ist erst zwei! Schön, dass es überhaupt noch Zeitungen gibt, oder? Aber online gibt es nun mal ebenfalls, und auch viele Ältere gehen mit der Zeit. Der Vater von Wulf hat jetzt Netflix und findet das wunderbar. Ich glaube, er ist der einzige Mensch, der Netflix immer um Punkt 20 Uhr 15 beginnt.

Bitte interessiert euch für Hobbys und Leidenschaften eures Kindes. Ja, es wird in den ersten Pubertätsjahren auch oft mit einem Bildschirm zu tun haben. Wie gesagt, sie werden selbst mit der Zeit kritischer. Unterstütze sie darin!

Eine Mutter schrieb mir mal, ihre Tochter nutze die sozialen Medien weniger, sie sehe, dass viele ihrer Freundinnen davon besessen seien: „Es schürt viele falsche Erwartungen, was Leute tun sollten. Die sozialen Medien repräsentieren eine Person nicht als Ganzes!"

„Es führt dazu, sich selbst nicht gut genug zu finden, führt zu Depressionen. Essstörungen. Es wird schlimm, wenn man glaubt, dass das, was man dort sieht, wahr ist", so der Psychologe Brad Klontz bei CNBC.[4]

---

4 Zitiert nach: https://www.tagesschau.de/wirtschaft/unternehmen/instagram-131.html#:~:text=%22Es%20f%C3%BChrt%20dazu%2C%20sich%20selbst,Psychologe%20Brad%20Klontz%20bei%20CNBC. (Zuletzt aufgerufen am 04.03.2022)

Bietet den Kindern Alternativen. Gemeinsame Zeit ist kostbar, also geht gemeinsam in einen Film, der dich selbst vielleicht überhaupt nicht interessiert. Aber er ist ab FSK 12 und deswegen wahnsinnig interessant für dein Kind, wenn es erst elf ist. Alles, was verboten ist, ist interessant, war doch früher bei uns auch so, oder? *Halloween* war für uns verboten, rauchen sowieso, und wir haben es trotzdem irgendwie geschafft!

Wenn nicht alles gleich klappt – mach dir keinen Kopf. Es kann nicht alles sofort klappen, das kommt mit der Zeit. Aber baue auf eine Beziehungsarbeit, die eine gute Eltern-Kind-Bindung hervorbringt.

Das ist für mich IMMER das Wichtigste!

Und wenn du merkst, dass dein Kind die ihm gewährten Freiheiten zu sehr ausnutzt und beginnt, auffällig zu werden, dann wird eben darüber gesprochen, dass das reduziert wird. Auch hier gilt: Es ist zum Wohl des Kindes, wenn du dich da durchsetzt! Aber bitte nicht mit Strafen.

Strafen bringen ja nicht mal etwas. Der bestrafte Mensch lernt nicht das vom Strafenden erwünschte Verhalten, sondern einzig und allein der Strafe aus dem Weg zu gehen. Zusätzlich zur Entwürdigung auf beiden Seiten kommt für mich noch die vollständige Vergeudung von Energie, die an anderer Stelle gebraucht oder zumindest sinnvoller eingesetzt wäre.

Natürlich haben unsere Kinder eine Privatsphäre, und die sollten wir ihnen auch geben und ihnen vertrauen. Sie entwickeln sich und brauchen ihren eigenen Bereich. Diese Entwicklung ist schwer und ungewohnt für uns, aber sie gehört dazu. Denke mal an dich zurück. Hättest du das als Kind gewollt, was du gerade gegenüber deinem Nachwuchs tun möchtest? Vertraue und gib ihnen den Freiraum und ihre Privatsphäre, dann werden sie dir viel mehr von selbst erzählen.

6 | „Bitte recht unfreundlich!“

Entspannt durch den vorpubertären Alltag

„Bei uns ist alles richtig harmonisch! Wir haben einfach Glück mit unseren drei Kindern. Sie sitzen jeden Tag frisch geduscht und super gelaunt am Frühstückstisch. Bevor sie das Haus verlassen, räumen sie ihre Zimmer auf, die so sauber sind, dass man vom Boden essen könnte. Sie helfen einem, wo sie nur können, räumen die Spülmaschine aus, hängen die Wäsche auf, bringen den Müll raus – ja, es ist fast schon ein wenig unheimlich ... Aber da ...“

... klingelt auch schon der Wecker.

Eine reibungslose Pubertät ist ein frommer Wunsch. Genauer gesagt ein Wunschtraum. Und völlig unrealistisch. Stattdessen ist diese Zeit geprägt von Unruhe, Aufruhr und Zoff. Das ist nun mal die Wahrheit.

Aber wir wissen jetzt ja bereits: Reibung ist wichtig für die Ich-Entwicklung. Kinder wollen eigene Entscheidungen treffen, fordern Selbstständigkeit ein. Dabei kommt es zwangsläufig zu Diskussionen und Streit. Verbuchen wir es positiv unter ‚lebendiger Alltag mit Kindern‘ – okay, sehr lebendiger und sehr anstrengender Alltag.

Ansonsten wird im Laufe der Pubertät alles immer weniger: die Präsenz unserer Kinder, die Kommunikation und vor allem die Nähe. Obwohl sie nach wie vor nur eine Tür weiter in ihren Zimmern hocken. Die Beziehung gleicht einer Fernbeziehung, man sieht sich kaum und verschickt WhatsApps nach nebenan: „Komm bitte essen!“

Dein Kind kapselt sich in der Pubertät zunehmend ab, und du fühlst dich so allein wie eine Packung *Mon Chéri* vom Osterfest 2008, die im Wandschrank auf besondere Anlässe wartet. Oder wie eine grüne Paprika, die hinter ihren roten und gelben Brüdern und Schwestern immer, immer zurückstecken muss.

Aber du bist nicht allein, und es geht vorbei!

Und du musst auch nicht alles loslassen – lediglich deine Vorstellung davon, wie dein Kind zu sein hat. Du befindest dich in einem Lernprozess und übst, die Entscheidungen deines Kindes zu akzeptieren. Du erfährst, dass dein Kind lernen will, erwachsen zu werden. Freue dich, dass du live dabei sein darfst, wenn dein Kind selbstständig und reifer wird. Dabei springt auch wieder mehr Zeit für dich selbst heraus – genieße es! Du hast dich lange genug über das Mutter- oder Vatersein definiert und deine eigenen Bedürfnisse hintangestellt. Erinnerst du dich? Man kann auch etwas ohne Kinder unternehmen …! Egal, ob du in der Küche, im Wohnzimmer oder auf Sri Lanka bist, dein Kind hockt sowieso in seinem Zimmer und kriegt es gar nicht mit.

Wie gut kannst du schon loslassen? Hier ein kleiner Test:

Situation	**Reaktion A: Du freust dich**	**Reaktion B: Du haderst**
Das Kind hat sich in sein Zimmer verkrochen, du könntest getrost zum Friseur gehen und würdest nicht vermisst werden.	„Ich glaube, ich gehe mal zum Friseur. Ein neuer Haarschnitt wird mir guttun."	„Eigentlich müsste ich ja mal wieder zum Friseur gehen, was FÜR MICH tun. Aber nein, unter der Woche, während mein Kind womöglich Hunger bekommt, es weiß ja nicht, wie man sich ein Brot schmiert, noch, wo das Brot überhaupt zu finden ist."
Dir ist, nachdem du eingekauft und Mittagessen gekocht hast, dringend nach einem Mittagsschläfchen.	„Eine wunderbare Idee. Das kann ich ja machen, mein Kind will ohnehin nicht mit mir, sondern lieber allein in seinem Zimmer essen."	„Nein, das geht nicht, die Mahlzeiten muss man zusammen einnehmen, ich bin doch keine Rabenmutter!"

Situation	Reaktion A: Du freust dich	Reaktion B: Du haderst
Eine Freundin ruft an, um dich abends auf ein Glas Wein einzuladen.	„Oh, wie toll! Wenn ich mit dem Fahrrad fahre, kann ich sogar zwei trinken!"	„Schade, das geht leider nicht. Ich kann meinen Mann schließlich nicht allein lassen mit dem Kind, während ich mich aushäusig vergnüge."
Du hast das neue Buch deines Lieblingsautors geschenkt bekommen (sagen wir mal, dieses hier).	„Prima, da verkrümele ich mich doch gleich mal in meine Leseecke!"	„Ach, schade, würde ich jetzt gerne lesen, was der mir über mich und meine Situation erzählen kann, bestimmt so Sachen wie: ‚Lass dein Kind los.' Aber jetzt muss ich erst mal schauen, was mein Kind auf seinem Zimmer so treibt. Ob es ihm gut geht?"

Ich denke, du benötigst keine Auflösung hierzu. Du merkst jetzt sicher selbst, wie weit du schon bist mit dem Loslassen. Mach dir nichts draus, die meisten Eltern sind in dieser Sache unglaublich langsam. Aber Biologen wissen: 65 Tierarten können lachen. Eltern auch! Seid gewiss: Die Pubertät kostet euch nicht das Leben, sondern nur ein wenig Überwindung, möglichst oft zu lächeln. Die Pubertät bedeutet das Ende der Kindheit: Im Prinzip gibt es jetzt nichts mehr zu erziehen.

Wie können wir also den Alltag so angenehm und gechillt wie möglich gestalten?

So wichtig der Abnabelungsprozess für die Kinder ist, so wichtig ist es auch, dass wir weiterhin ein offenes Ohr haben und Anerkennung spenden! Das Kind fällt aus dem Rahmen, und wir sind nicht mehr im Bilde. Wir sind trotzdem da! Also: Höre und schau genau hin und versuche, die Gefühle zu verstehen und nicht nur zu meckern, schlaue Ratschläge zu erteilen oder ironische Kommentare abzugeben. Lass dein Kind auch einfach reden, wenn es sich mitteilen möchte, damit es sich gehört und verstanden fühlt. Sieh es als Geschenk, dass es überhaupt etwas erzählt – bevor die Pubertät komplett zuschlägt und es phasenweise stumm wie ein Fisch wird.

Mit dem genauen Beobachten und Präsent-Sein aber bitte nicht übertreiben:

> „Unter den Achseln meines Sohns sprießt ein Haar, oh nein!!! Schnell, wir müssen mit ihm über Drogen sprechen! Und, Schatz, du musst ihn noch aufklären!"

> „Himmel hilf, jetzt dreht sich meine Tochter nach Gleichaltrigen männlichen Geschlechts um. Bevor alles den Bach runtergeht und wir zur Unzeit Großeltern werden, sollte sie vielleicht ein Praktikum in der Kita machen, dann weiß sie, wie stressig das mit Kindern ist!"

Wir wissen aus den vorherigen Kapiteln: Nichts ist mehr sicher, nichts ist mehr, wie es war. Es knallt ständig zwischen uns allen, und alles scheint ausweglos. Aber uns ist nun auch bewusst: Unser Kind ist dennoch normal. Es wird von Gefühlen beherrscht, mit denen es nicht umgehen kann. Um es mit Andrea Berg zu sagen: „Die Gefühle haben Redepflicht." Oder so ähnlich.

Und wir haben gelernt: Die Phase geht vorbei. Die Kinder kommen wieder auf uns zu. Ja, das ist so! Aktuell sind sogar noch gute Zeiten. Noch sind sie, wie gesagt, empfänglich für das, was Eltern sagen. Aber die Meinungsverschiedenheiten im Alltag nehmen zu. Denn der Alltag ist der erste Bereich, in dem sie rebellieren.

25 Prozent der Kommunikation sind Diskussionen, 70 Prozent des Tages ist er oder sie in ihrem Zimmer, und 5 Prozent wird diskutiert, dass sie nicht mehr aus dem Zimmer wollen.

Wie machen wir es uns nun gechillt?

Indem wir uns stets fragen: Wofür lohnt sich eine Auseinandersetzung, und wo können wir Fünfe gerade sein lassen.

Immer daran denken: Druck erzeugt Gegendruck! Der baut sich in der Pubertät sukzessive auf. Man kann es nicht oft genug erwähnen. Denn unsere Teenager sind auf Unabhängigkeit programmiert. Sie kommen nun aus ihrer sicheren Deckung raus. Wir erkennen schnell: Wenn Eltern hier viel zulassen, wird wenig rebelliert. Oft wird das Thema, das vorher wild diskutiert wurde, bei gechilltem Umgang direkt von unserem Kind als uninteressant eingestuft. Ist so.

- ▶ Aber auch wichtig: Kein Laisser-faire, sondern durchaus klare Kante zeigen! Nicht immer den geringsten Widerstand fahren. Genau schauen, wo brauchen sie auch Grenzen!

- ▶ Prinzipiell wollen unsere Kinder uns als Eltern jetzt auch nicht immer um sich herumhaben. Freuen sich auch mal, wenn sie alleine zu Hause sind. Man kann also als Mutter durchaus nachmittags zum Friseur gehen und muss auch nicht alle fünf Minuten Nachrichten schicken oder anrufen und fragen, ob es brennt oder ein Entführer gerade tätig werden will. Die kriegen das hin, die Kinder.

„Mama, Papa ... Ihr könnt alleine Urlaub machen. Oma ist ja da. Ich pass schon auf sie auf!" Richtige Einstellung!

Wenn eine Sache wichtig ist, die du deinem Kind mitteilen willst, dann rede simple Sätze mit deinem Teenager. Nicht ausschweifen, nicht verkünsteln. Bleib eindeutig! Rede so, wie meine Mutter Touristen aus dem Ausland den Weg erklärt. „Zum Dom. D O M, Kirche, ja! Dom: hier geradeaus. Vorne Supermarkt, Netto, N E T T O, nach Supermarkt rechts abbiegen. Ja, rechts. Gegenteil von links. Nein, nicht links, rechts. Dann weiterlaufen. Weiter-laufen. Nein, nicht rechts, auch nicht links, einfach weiterlaufen. LAUFEN. Dann vorne: Dom! Wunderschön. Doooooom!" Kurze und knackige Sätze.

- ▶ Man muss dabei nur nicht so laut reden wie meine Mutter.
  Klare und einfache Regeln! Sei nicht zu allgemein. Nicht: „Kümmere dich um den Hund." Dann setzen sie den Hund für zwei Stunden

beim Zocken neben sich. Eher: „Geh bitte mal eine halbe Stunde Gassi." Sei möglichst präzise!

Wir haben aus dem Gehirn-Kapitel gelernt: Wenn man einem Kind in diesem Alter drei Dinge sagt, vergisst es zwei davon. Wenn man Glück hat, fällt ihm vielleicht eines kurze Zeit später – nach ein bis zwei Jahren – wieder ein!

Oder es wird behauptet und sogar mit todernster Miene geschworen, Mama hätte „niiiemals" ein Wort davon erwähnt oder Bescheid gesagt. „Niiiiiiemals ...!" Termin beim Kieferorthopäden vergessen? „Niemals hat Mama ...! Echt nicht, nie!"

Kinder stellen außerdem jetzt viele Fragen. Wir geben Antworten und Informationen, aber bitte nicht immer Meinungen als Vorgaben. Damit sie sich ihre eigene Meinung, ihren eigenen Standpunkt bilden können, bleiben wir dabei eher zurückhaltend. Wir bieten unsere Meinung nur zum Abgleich an. Bei schwierigeren Fragen, Themen oder Problemen lieber nicht direkt antworten, sondern vielleicht auch mal kurz überlegen. „Ich weiß da selbst gerade nicht weiter!" ist auch eine legitime Aussage. Lasst euch Zeit. Ihr könnt den Telefon-Joker nehmen, das Publikum befragen. Ehrlich sein, authentisch, auch mal eine gemeinsame Lösung suchen und auch mal Fehler einräumen. Ja, damit tut man sich als Eltern schwer, ich weiß. Es muss aber sein, ihr macht euch damit glaubwürdig.

Wenn unsere Kinder reden möchten, geben wir ihnen volle Aufmerksamkeit. Wenn es machbar ist. Es gibt durchaus Situationen, in denen das gerade nicht so günstig ist, das müssen auch unsere Kinder verstehen.

- Am Flughafen von Colombo am Check-in-Schalter ist es nicht sooo prickelnd, wenn der Sohn lautstark darüber diskutieren will, ob man Cannabis grundsätzlich legalisieren soll.
- Während einer Trauerfeier ist es nicht sooo gut, wenn das Fräulein Tochter damit anfängt, dass niemand es respektiert, dass sie sich vegan ernähren möchte, dass man über das Tierwohl reden muss und überhaupt.

- Während du in einer wichtigen Zoom-Konferenz vor dem Laptop hockst, ist es nicht sooo günstig, dass der Sohn es überhaupt nicht einsieht, Schimmel von einem verloren gegangenen Teller zu kratzen, weil uns das überhaupt und gar nichts angeht, und darüber muss jetzt gesprochen werden.

In Zukunft wird sehr wichtig sein: die Wege des Nachwuchses zu akzeptieren und diese nicht ständig mit unseren eigenen ins Verhältnis zu setzen.

Frag dich nach Gesprächen stets:

- War dieses Gespräch positiv oder negativ?
- Informativ oder korrigierend?
- Ehrlich? Konkret? Locker?

Bitte immer eine positive Grundhaltung haben oder, wie ich den Gästen meiner Shows auch immer sage: „Seid im Zweifel für den Gag!"

▶ Es gilt, unser Kind zu verstehen und ihm immer den Rücken zu stärken.

▶ Wir räumen ihm mehr Eigenständigkeit ein – und fangen jetzt langsam damit an.

▶ Lob vor Kritik, aber auch hier bitte nicht übertreiben!

Meine Mutter hat geheult, als ich mein Seepferdchen machte. Einerseits schön und rührend, andererseits fragte ich mich, ob sie wohl dachte, dass da nicht mehr viel kommt?

Denn klar ist: Mit Seepferdchen ist man noch kein toller Schwimmer. Da kommt noch Bronze, Silber und Gold. Die Stufe vor dem Seepferdchen ist allerdings Ertrinken. Die Freude meiner Mutter hieß eigentlich nur: Super, er ertrinkt nicht!

Trotzdem gab es Standing Ovations. Und bei meiner Fahrprüfung haben meine Mutter und der Fahrlehrer mit dem Prüfer auf der Rückbank *We Are the Champions* gesungen.

Ich bin ein genügsamer Mensch. Noch heute freue ich mich darüber, nach der Teigzubereitung für den Kuchen die Schüssel auszulecken. Dadurch, dass meine Kinder das auch gerne tun, wird es am Ende immer ein sehr mickriger Kuchen. Egal. Macht doch einfach lustige Sachen mit euren Kindern: Spielt zusammen *Wahrheit oder Pflicht!*. Wettet mal um irgendetwas, plant eine Challenge. Noch verstehen sie Spaß. Als Teenager wird auch das weniger. Seid albern. Jetzt ist eure Zeit!

Welcher Erziehungsstil ist ansonsten im Alltag nötig?

Bist du vielleicht zu kontrollierend oder zu passiv?

Sei nicht zu nachgiebig, sie haben noch nicht die Reife und Erfahrung, alles in eigener Regie zu machen.

Weise auch mal auf Dinge hin: „Ich bin frustriert, wenn das Geschirr im Wohnzimmer rumsteht. Bringe es bitte in die Küche. Sonst muss ich noch mehr laufen!"

Als Prämisse gilt: Im Gespräch bleiben. Wir können unsere Kinder aber nicht vor allem bewahren und ständig überwachen. Es ist nötig, dass sie sich mal wehtun, dass sie Enttäuschungen erleben. Die unglaublich überbehüteten Kinder können einem leidtun. Sie gehen so was von unbedingt davon aus, dass Mama oder Papa sie beschützt, dass sie im Straßenverkehr nicht aufpassen müssen, dass sie überall herunterspringen oder jederzeit andere beleidigen können – es ist ja immer jemand da, der alles für sie geradebiegt, sie rettet und bewahrt.

Halte hier die Verbindung zu deinem Kind aufrecht. Gib ihnen mehr Informationen und Verständnis als Vorwürfe. Vorwürfe treiben sie weiter weg. Und noch weiter, und noch weiter.

Wenn Kinder klare Grenzen kennen, fühlen sie sich sicher.

Klare Grenzen, die spannend sind, die man versucht, mal auszudehnen und zu überspannen, und die dann Stück für Stück neu verhandelt werden. Liebe Eltern, es gibt einen Unterschied zwischen Reden und Nerven: erst dem Kind zuhören, dann reden. Wir sind nicht in einer Talkshow. Man muss dem anderen nicht unentwegt ins Wort fallen, um seine Meinung zu sagen.

Lasst die Kinder aus der Realität lernen.

Mein Sohn hat im Auto gezockt. Ihm wurde schlecht. Nein, ich hielt nicht für eine halbe Stunde an der Raststätte an, damit er weiter zocken konnte. Er hat es schließlich verstanden. Jetzt legt er das Handy immer nach zwei Minuten weg. Wir sollten viel mehr Auto fahren, fällt mir da auf. Vielleicht ist auch ein Wohnwagen als neues Zimmer für ihn ganz praktisch, und dann fahre ich ihn, wenn es wieder überhandnimmt, einfach ein bisschen durch die Gegend.

Die Kinder lernen langsam, sich den Konsequenzen des Handelns zu stellen. Das ist neurologisch betrachtet noch ein langer Weg, denn dieser Teil des Gehirns für vorausschauendes Denken wird erst am Ende der Baustellenzeit bearbeitet. Aber diese Konsequenzen, dieser „Realitätsabgleich", sind für ihre Entwicklung sehr wichtig.

Und noch etwas zum Thema Konsequenzen: Immer wieder vergessene Hausaufgaben sollten wir nicht mehr vor den Lehrern verteidigen. Jeder darf mal etwas vergessen, aber den Luxus zu haben, dass Mama immer in der Hinterhand Gewehr bei Fuß steht und mich für alles entschuldigt, ist eine schwierige Ausgangslage. Es ist wichtig, dass die Kinder spüren, wie sich ihre Handlungen auswirken.

Mein Sohn isst gerne abends immer noch etwas vor dem Schlafengehen. Mit Vorliebe Nüsse. Allerdings ringt er immer sehr mit sich, ob er das aus Langweile oder Lust wirklich tun sollte, oder lieber nicht. Denn danach muss er sich schließlich noch mal die Zähne putzen. Das findet er doof und argumentiert dann: „Nüsse bleiben nicht lange im Mund. Da muss man keine Zähne putzen!"

Am liebsten wäre es ihm wohl, wenn er wie ein Delfin den Mund öffnen würde, und man würde ihm den Snack oder die Mittagsmahlzeit einfach reinschmeißen, und er könnte sie im Ganzen schlucken. Kauen ist ihm zu anstrengend. Als er einmal eine Tomatensuppe aß, musste er sich danach erst mal „erholen". Fischstäbchen zu essen, ist generell „irre anstrengend". Ich möchte mal wissen, was er macht, wenn es irgendwann mal ein Fünf-Gänge-Menü gibt. Am Tisch einschlafen wahrscheinlich.

In diesen Zeiten drängt sich die Frage auf: Welche Werte vertrete ich eigentlich?

Oft fallen einem dann spontan keine ein, aber wenn ich jetzt ein paar nenne, wirst du dich wohl bei vielen wiederfinden. Und wenn du dich leidenschaftlich für diese Werte engagierst, wirst du dein Kind anstecken.

Hier also: Selbstbewusstsein, Respekt, Kreativität, Empathie, Ehrlichkeit, Verantwortungsbewusstsein.

Dein Kind lernt jetzt, eigene Entscheidungen zu treffen, und du gibst ihm die Anleitung dazu. Wir Eltern sind in der Tat wie eine Ikea-Aufbauanleitung. Wir stecken den Rahmen, geben mit unseren Werten die Basis und die grundsätzliche Struktur vor – ja, auch in verschiedenen Sprachen –, und am Ende kommt etwas Großartiges dabei raus, bei dem allerdings immer ein paar Schrauben übrigbleiben. Und ein paar andere locker sind.

Unsere Kinder ziehen dann irgendwann aus, und die Erinnerungen und ein paar Schrauben mit Inbusschlüssel bleiben hier. Denn niemals geht man (und verbaut alles) so ganz.

Bedenken sollten wir im Alltag: Unsere Kinder akzeptieren eher Sachen, die sie mit aufgebaut beziehungsweise ausgehandelt haben. Als Eltern sollten wir ruhig Projekte anschieben und dann Vertrauen schenken, ihrer Kreativität Raum geben. Warum nicht auch mal einen Sonntag von unserem vorpubertierenden Kind planen lassen?

Mein Sohn war sehr dankbar für das Angebot. Er begann diesen Tag direkt mit einer selbstbewussten Entscheidung: „Wir geben meine Schwester zu Oma …!"

Es macht uns natürlich auch Sorgen, wenn wir mehr Verantwortung abgeben müssen. Angst tritt dann auf, wenn wir uns für Dinge verantwortlich fühlen, die wir nicht beeinflussen können. Je älter die Kinder werden, desto weniger Einfluss haben wir aber.

> „Seitdem mein Sohn umgezogen ist, habe ich das Gefühl, ich nehme gar nicht mehr richtig an seinem Leben teil. Manchmal denke ich auch: ‚Stell dich nicht so an! Er lebt doch nur im Dachgeschoss.'"

Im Idealfall hat man die Vorpubertät gut genutzt und aufgeklärt, dass man etwas beruhigter sein kann. Oder man hat alles falsch gemacht, gerade wenn der Sohn nicht mehr aus dem Zimmer kommt, dafür aber abwechselnd jede Menge Freunde und Freundinnen in diesem Zimmer verschwinden und dann darin bleiben und wir uns die ganze Zeit fragen, was um alles in der Welt machen die da drin!?! Und dann kommt man auf die grandiose Idee, einfach mal unter einem Vorwand ebenfalls in dieses Zimmer zu gehen. Ich habe mich mal im Bekanntenkreis und in den sozialen Medien umgehört und gebe hier gern ein Best-of der dämlichsten Erklärungen von Müttern und Vätern, die einfach zu neugierig waren:

- Platz 5: „Ach, hallo, ich bin's nur, ich wollte nur mal kurz fragen, ob ich das Bett eben schnell abziehen kann, ich glaub, das hat's nötig, hihi."
- Platz 4: „Ui, ihr spielt aber schön zusammen. Weißt du noch, Alexander, wie du dich beim Spielen oft so aufgeregt hast, dass du dich übergeben musstest? Das war was!" Setzt sich auf die Bettkante. „Also, das war so …„
- Platz 3: „Oh, Herrenbesuch. Da will ich gar nicht länger stören. Na, habt ihr euch schon geküsst? Wohl eher nicht, so eine feste Zahnspange kratzt ja an seiner Zunge, nicht wahr!" Schaut ihre Tochter an, diese möchte abwechselnd die Mutter und sich selbst erwürgen.
- Platz 2: „Puh, hier stinkt es aber. Ich muss mal lüften. Ja, das ist doof mit dem Erwachsenwerden. Man müffelt schrecklich nach totem Iltis und aus jeder Pore. Manchmal hilft duschen. Sven, hast du Gwendolyne schon erzählt, wann du zum letzten Mal geduscht hast?"
- Platz 1: „Hallo, ihr zwei. Guckt mal, was ich hier habe. Das sind Kondome, und das sind Möhren und eine dicke Gurke. Damit können wir mal zusammen das Überrollen üben. Jeder Penis ist ja unterschiedlich groß, nicht wahr, Oscar?"

Nach der Ausführung derart kreativer Einfälle muss man sich als Eltern nicht wundern, wenn das ‚Bitte nicht stören'-Schild nicht mehr an der Kinderzimmertür hängt, sondern direkt vor der Haustür inklusive eines gewechselten Türschlosses.

Und wer möchte das schon erleben.

Bedenke also auch: Der wichtigste Schritt für eine gelungene Erziehung ist, dafür zu sorgen, dass es dir selbst gut geht. Dein Kind geht einfach seiner Entwicklung nach. Aber du solltest dich richtig gut um dich kümmern, denn seine Veränderungen werden dich auch mehr und mehr betreffen, und du wirst mehr und mehr freie Zeit geschenkt bekommen.

Du bist nicht nur ‚Mama', sondern eine eigenständige Person mit eigenen Interessen. Abnabelung ist ein langsamer, aber ein gewünschter Prozess. Sie lernen, ihr Leben selbst zu gestalten und dafür Verantwortung zu übernehmen. Vetraut euren Kindern bedingungslos und fangt nun in dieser frühen Phase der Pubertät Stück für Stück an, Freiheiten zuzugestehen.

Findet heraus:

Wie viel Freiheit verträgt ein Kind, und wie viel Kontrolle braucht es? Das hängt vom Kind ab. Ebenso wie von Entwicklung und Alter. Wichtig: Unsere Kinder brauchen Orientierung. Sie sehnen sich nach Regeln, Mahlzeiten und Zubettgehzeiten. Ehrlich jetzt! Denn daran können sie sich nun perfekt abarbeiten und entwickeln.

Durch ihre immensen Gefühle haben sie auch oft Ängste. Sie kommen aus der sicheren Deckung der Familie, und dieses Alleinsein macht sie besorgt oder sogar panisch. Sie fühlen sich ihren Gedanken schutzlos ausgeliefert. Es kann auch nur eine kleine Beobachtung in einem Film oder einer Werbung oder etwas Blödes in einer Begegnung gewesen sein, schon fühlen sie sich danach nicht mehr sicher. Hier kann es passieren, dass sie abends wieder im Ehebett schlafen wollen oder zumindest auf einer Matratze daneben. Dies bitte nicht verwehren, sondern für eure Kinder da sein. Es sind echte Sorgen, und es geschieht nicht einfach aus der Überzeugung, dass sie bloß kein weiteres Geschwisterchen haben wollen.

Da sind durchaus Gefahren, die sie jetzt wahrnehmen und von denen sie sich bedroht fühlen und die sie ohnmächtig machen. Mein Sohn hatte immer Angst vor einem Dieb, der nachts kommt. Auf dem Dorf hatte ich diese Sorge als Kind nicht. Dafür ist das Benzingeld zu hoch. Der Einbrecher hätte ja richtig viel klauen müssen, um das Geld wieder hereinzubekommen.

Wir müssen das Gefühl der Angst immer ernst nehmen, dem Kind vermitteln, dass sie keinen Grund zur Besorgnis haben, dass sie von Erwachsenen beschützt werden. Das Beste für das Kind ist: dass die geliebten Menschen – also die Eltern – Verständnis für die Angst haben, es ermutigen und selbst zuversichtlich und optimistisch sind, auch wenn diese Angst nicht komplett von der Hand zu weisen ist, denn es gibt ja Einbrecher, die theoretisch auch in unsere Wohnung kommen könnten.

Meine Leitsätze für mich selbst in dieser Zeit:

- habe Vertrauen!
- sei immer gesprächsbereit!
- Sei da, wenn es brennt!
- Mach keine Vorwürfe, wenn etwas schiefgeht, wie: „Hab ich dir doch gleich gesagt …" (Das habe ich immer zu hören bekommen.)
- Sende beruhigende Botschaften: „Du machst nichts falsch" und „Ich kümmere mich um dich."
- Alles geht besser mit einem Lächeln. (Das Leben ist auch nicht immer eine Grinsekatze. Ich weiß!)

Wir müssen Verständnis haben und dieses Verständnis auch benennen: „Ich verstehe gut, dass dir die Konsequenzen nicht gefallen. Trotzdem … DAS IST DAS LEBEN!"

Wir sollten gleichzeitig einen klaren Standpunkt beziehen und loslassen. Es also auch mal aushalten, richtig doof gefunden zu werden. Auf keinen Fall ständig fragen: „Hast du deine Hausaufgaben gemacht?" oder „Kannst du nicht endlich dein Handy ausmachen?", und dann am besten noch: „Hast du die Mama noch lieb?" Das erzeugt nur Widerstand.

Es gibt nicht den goldenen Tipp. Außer: Sei authentisch! Eltern dürfen Fehler machen. Familie ist ein Projekt. Ein Großteil der Aufgaben wurde von uns vorher noch nie erledigt. Eltern sein ist kein Ausbildungsberuf. Wenn mein Sohn provoziert, sage ich auch manchmal: „Sorry, ich mache das hier zum ersten Mal!"

Und mein Sohn sagt: „Ach, das merkt man!"

Ich kann leider auch nicht zu meiner Frau sagen: „Erziehung? Och … Ich schau erst mal zu, wie du das machst!" Man ist mittendrin.

Dass die Diskussionen fordernd sind, haben wir ja in unserem ‚Schlechte-Laune-Kapitel' schon besprochen.

Der Grundsatz der Kinder bleibt: „Es macht eh keinen Sinn, mit Eltern zu streiten, die haben eh immer unrecht!" Wir wissen nun: Unsere Kinder finden uns unfair und gemein. Sie legen alles auf die Goldwaage, stellen alles infrage und werden einfach nur zickig. Gerade Mädels sind weinerlicher und provozieren gerne. Ja, das alles ist normal. Und es ist dennoch sinnig, auch immer wieder hinzusehen und zu fragen: Woher kommt diese Verhärtung? Woher der Frust der Tochter? Hat sie Probleme in der Schule? Das sind alles Fragen, die Hinweise darauf geben können, warum sie so viel Wut in sich trägt.

Und der Alltag besteht oft aus Unverständnis und Wut!

Denn die Kinder suchen ja vermutlich Kontakt und Aufmerksamkeit mit ihren Provokationen. Versuche, deine Verletzung nicht in den Mittelpunkt zu stellen, sondern ihr Verhalten eher als Hilferuf zu sehen. Versuch mal herauszufinden, wie es deinem Kind geht. Was es beschäftigt, kränkt oder verletzt. Irgendein Bedürfnis ist vermutlich nicht erfüllt. Und dein Job ist nun herauszufinden, welches …

Man ist immer auch *Inspektor Columbo* in der Pubertät.

► Wut ist ein Ausdruck von unerfüllten Bedürfnissen. Sie ist immens wichtig! Wut möchte dich darauf aufmerksam machen, dass Bedürfnisse grundlegend unerfüllt sind. Und Wut möchte gesehen werden. Ich finde es tragisch, dass wir uns als Menschen meist selbst verurteilen, wenn wir wütend sind. Genau DAS erfüllt noch weniger unsere Bedürfnisse danach, gesehen und wertgeschätzt zu werden. Und genau deshalb sollten wir unsere Kinder erst recht nicht dafür verurteilen, sondern die Tatsache ernst nehmen, dass ihnen etwas fehlt.

Ich weiß inzwischen auch durch Reflexion meiner eigenen Kindheit, dass das Wichtigste ist, Gefühle so anzunehmen, wie das Kind sie empfindet. Es darf und muss ja seine eigene Meinung finden, und dieser Prozess spiegelt sich nach außen oft in Abwehr, Unzufriedenheit, Frust oder Verzweiflung. Wenn die Bedürfnisse dahinter und die Gefühle von uns akzeptiert werden, entsteht auch keine Wut. Einfach mal sagen: „Ich verstehe dich! Dein Plan wäre anders, aber es ist, wie es ist." Das ist oft schon eine große Hilfe für die Kinder.

Man muss dabei auch nicht immer ihren Segen für die eigenen Entscheidungen bekommen. Manchmal entscheiden wir eben ohne Zustimmung des Kindes.

Sie bedingungslos anzunehmen, an ihrer Seite zu stehen und ihnen der sichere Hafen zu sein, den sie so dringend brauchen, darum geht es jetzt. Sie brauchen nicht noch mehr Ignoranz, Strafe, Verurteilung und Abwertung. Eure Söhne und Töchter brauchen Empathie, Liebe, Akzeptanz und Annahme, insbesondere und gerade auch in ihrer Wut. Nur wenn wir Wut empfinden, beginnen wir, Dinge verändern zu wollen. Und ich habe das Gefühl, dass unsere Kinder viel verändern wollen. Dabei müssen die Kids auch ihre eigenen Fehler machen dürfen! Man kann im Leben nicht immer alles mit Baiser überbacken.

Und, wie auch bereits gesagt: Versuche, in der Wut deines Kindes immer fünfzig Prozent mitzugehen, denn es gibt nichts Schlimmeres für ein wütendes, unverstandenes Kind als ein Gegenüber, das stoisch bleibt wie das Denkmal von Seneca in Andalusien.

Anstatt mit dem Hormonvulkan Kind zu sprechen, kann es übrigens auch dienlich sein, mit den Händen zu kommunizieren. Oft wird dadurch der Anfall unterbrochen, da ein anderer Teil des Gehirns aktiviert wird. Nach drei Jahren Pubertät kann ich bereits perfekt Gebärdensprache, und das Kind wächst dreisprachig auf: Deutsch, Hand und Fuß!

Diese Sprachen spricht auch nicht jeder!

Apropos Sprache. Jetzt vermittelt das Kind am liebsten die eindeutige Botschaft: „Darauf gebe ich dir mein Widerwort!“

Widerworte in allen Varianten hat es drauf. Und das meistgenutzte ist: „NEIN!“ – „Kannst du helfen?“ – „NEIN!“ – „Wollen wir was unternehmen?“ – „NEIN!“ – „Räum dein Zimmer auf!“ – „NEIN!“ – „Wir fahren jetzt einkaufen.“ – „NEIN!“ – „Hast du deine Hausaufgaben gemacht?“ – „NEIN!“

Nur Widerworte, auch in Bereichen, in denen es ganz besonders darauf ankäme zu kooperieren, wie eben zum Beispiel bei den vermaledeiten Hausaufgaben. Gerade das wurmt uns. Aber unser Kind unterscheidet da nicht. Hauptsache dagegen!

Oft gibt es auch diese Situationen beim Abendbrot:

„Ich hab keinen Hunger!“, sagen sie dann, wenn er oder sie sich überhaupt noch freiwillig mit an den Tisch setzt. Denn es ist ja eigentlich eine Zumutung, mit den Eltern in einem Raum zu sein. Es ist zum Heulen: Immer wollen sie recht haben, und dann diese Diskussionen ohne Ende. Teilweise über Lächerlichkeiten.

- „Mama, du hast meine Socken weggeworfen. Die Nike-Socken, das waren meine Lieblingssocken."
  „Nein, mein Schatz, hab ich nicht. Die sind bestimmt noch im Sportbeutel zwischen den mutierten Äpfeln und den verbogenen Broten, mit denen man die Klitschkos erschlagen könnte."
  „Nein, sind sie nicht. Du hast die weggeworfen, du bist fies, du bist gemein, jetzt hab ich keine Nike-Socken mehr! Buhuuuuu!"
  (Mutter dreht den offenen Sportbeutel um, zwischen mutierten Äpfeln und verbogenen Broten tauchen auf: jawohlja, zwei Nike-Socken.)
  Kind (anstatt sich zu freuen):
  „Das hast du extra gemacht, du hast die extra da reingetan, geh weg, du bist nicht mehr meine Mutter!"

- „Mama, das WLAN geht nicht."
  „Ja, dafür kann ich jetzt auch nichts. Starte den Router doch noch mal neu."
  „WAS? Dann gehen meine ganzen Leben weg, nein, das geht nicht, du musst das anders machen, sonst ist alles weg."
  „Aber was soll ich denn machen?"
  „Irgendwas."
  „Kannst du bei diesem Spiel nichts abspeichern?"
  „MAAAAANN! Nein, dann ist alles weg, warum bist du so doof zu mir. Du willst, dass das alles weg ist."
  „Nein, ich ..."
  „Und dann sagst du, geh doch mal raus an die frische Luft oder so andere blöde Sachen, und alles ist hier weg, ich will zu Robin ziehen, da macht die Mutter immer, dass das Internet wieder geht, buhuuu!"

- „Mama, ich hab Hunger."
  „Dann iss doch einen Apfel."
  „Warum denn?"
  „Na, weil du Hunger hast. Und Äpfel sind gesund."
  „Immer musst du alles besser wissen. Morgen sind Birnen gesund, und dauernd gibt's Salat, ich will keinen Salat, ich will Bolo, und ich will Nutella, und ich will kein Vollkornbrot."

„Nutella gibt's nur am Wochenende."

„Das kannst du bestimmen, ja klar, nur am Wochenende, ne, und sonst muss ich so Körner essen, ne."

„Genau!"

„Ich hasse dich, du gemeinste Mutter auf der ganzen Welt, ich frag Papa!"

„Papa ist auf Geschäftsreise."

„BUHUUUUBUHUUBUHUUUUU!"

Dauernd sind sie genervt, und niemand versteht sie. Man stellt ihnen nur eine Frage, direkt sind sie megagenervt. Man atmet nur: „Mama, kannst du das bitte später machen! Du bist echt voll nervig gerade."

Und immer dieses Besserwissen. Unsere Kinder sind jetzt Besserwisser und die Eltern die Geringwisser.

Wenn das alle so machen würden!?

Wenn wir in einem Land leben würden, wo jeder alles besser weiß, dann wären Chaos und Anarchie vorprogrammiert! Endlose Schlangen an der Kasse, weil jeder den Preis besser weiß, Unterricht wäre nicht machbar, da Schüler und Schülerinnen alles besser wissen, und endlose Debatten im Bundestag, da dort nichts mehr entschieden wird, weil jeder alles besser … Moment. Das passiert da auch so!

Aber das ist zum Glück hier nicht unser Thema.

Es ist nun gewiss: Der Abnabelungsprozess beginnt, und wir Eltern stehen dem Ganzen fürchterlich im Weg. Unsere Kinder fragen jetzt: „Darf ich hier mal vorbei?" Und wir sagen manchmal „Ja" oder auch „Nein!".

Sie fangen nun an, ein gehöriges Wörtchen mitreden zu wollen. Das kommunizieren sie dann auch klar und ausschweifend, während wenn wir etwas wissen wollen, es bei einem einzigen Wörtchen oder grunzenden Geräusch unseres Kindes bleibt.

Die Message ist klar: „Lasst mich gehen, aber nie allein. Begleitet mich! Und gebt mir auch am Anfang der Pubertät noch gerne eure Hand, auch wenn ich sie wegschlage!"

Unsere Kinder wollen sich aus den gewohnten Familienabläufen öfter mal ausklinken: „Nein, ich fahre nicht mit zu Tante Uschi! Die streichelt mir immer über die Haare und überhaupt. Nein, ich bleibe hier!“ Und wenn meine Frau dann meint, wir lassen ihn zu Hause, denke ich jedes Mal: Das kann doch nicht wahr sein. Warum muss ich mit zu Tante Uschi?

Was die Heranwachsenden uns sagen wollen, ist: „Ich muss meinen Weg gehen und kritisch werden. Denn nur so bewege ich mich in eine, in meine Richtung. Ich bin anders als du, kannst du das ab? Und meine Meinung ist auch nicht falsch, sie ist nur anders, und meine Erwartungen sind nicht mehr eure Erwartungen!“

Sie üben Erwachsenwerden. Es gibt mehr Kritik, mehr Nachdruck.

Wichtig: Wenn wir unseren Teenagern die Stirn bieten, dürfen wir kein Brett vorm Kopf haben!

Uns muss klar sein: Sie wollen mitbestimmen, ihre Meinung durchsetzen. Und sie vergleichen sich mit ihren Freunden und Freundinnen: „Alle dürfen“, „Alle haben“, „Keiner muss“, „Nur ich darf nicht“, „Hab nicht“ und „Muss alles“. Sie müssen die Dinge für sich ins Verhältnis setzen. Das brauchen sie. Und auch dazu ziehen sie sich zurück. Lasst sie! Lasst eure Kinder grübeln. Ab und an müssen die Eltern halt mal mit sich selbst ein Wörtchen reden!

- Aber: Niemals alles laufen lassen. Das Kind jetzt nicht sich selbst überlassen. Wir sagen weiterhin, was richtig und was falsch ist – im Sinne unserer Werte. Es sind die letzten Ausläufer, bevor die Pubertät komplett zuschlägt. Das gehörige letzte Wörtchen habe ich: „Okay, jetzt wo du es sagst, muss ich sagen: Nein!“

Mein Sohn sagte mal: „Papa, ich habe nur eine Kindheit. Du solltest dir echt Mühe geben, alles richtig zu machen!“

Die Zeiten ändern sich auch in Sachen Zuneigung gehörig:

Ich weiß noch genau, wie ich früher am Bahnhof ankam und mein Sohn freudestrahlend einen Zahn zugelegt hat, um in meinen Armen zu landen. Heute, mit zehn Jahren, kommt er nicht mal mehr mit, um mich abzuholen. Meine Frau bedauert immer, dass er nicht mehr so am Familienleben teilnehmen will. Na ja: Er guckt immer noch kurz von der PlayStation hoch, wenn ich zu Tür reinkomme. Und wenn ich nicht da bin, fragt er Mama oft, wo ich bin. Meine Frau weiß es dann selbst oft nicht. Vielleicht sollte sie mehr an meinem Leben teilnehmen.

Zu ihrer Verteidigung: Der Tourplan ist lang. Gerne mal auf der Homepage vorbeischauen! Und natürlich grüße ich auch wieder meine Muttis und Vatis unserer Facebook-Pubertätsgruppe ‚Keep cool, Mama', in der wir die Probleme der Pubertät besprechen.

Okay, weiter im Text.

Keine Angst: Unsere Kinder mögen uns schon noch. Sie werden es nur nicht mehr ständig zeigen oder zugeben. Aber bei meinem Sohn merkt man es, wenn wir lange ohne ihn unterwegs sind, beispielsweise beim Einkaufen, und er auch garantiert nicht richtig zugehört hat, dann kommt ein Telefonanruf: „Wo bleibt ihr denn?"

Das hat er schon dreimal gemacht. Beim letzten Anruf kam ein wütendes: „Was ist los? Wo seid ihr? Wann kommt ihr?"

Und ich meinte: „Schau mal links rüber, wir sitzen am Küchentisch!"

Die Stimmungsschwankungen, die wir auch schon im vorherigen Kapitel besprochen haben, merken wir im Alltag ständig: Die Emotionen gehen mit unseren Teenagern durch. Das Essen schmeckt auf einmal nicht mehr. „Auf der Pizza ist Käse! Warum hat mir das keiner gesagt?" Zwei Stunden später isst er sie ganz normal, ohne ein Wort darüber zu verlieren. Oder wir erfahren von einem Freund, dass er Dinge isst, die er bei uns nicht nur verneint, nein, es wird auch mit viel Drama kommuniziert, dass er „so was Schlimmes nie im Leben" zu sich nehmen würde. Wenn seine Schwester dieses Gericht isst, setzt er sich ans andere Ende des Tisches. Man kann ja froh sein, dass sie überhaupt noch mit uns essen. Aber auf so ein Ritual sollte man immer pochen (aber Ausnahmen gibt es auch da, man sollte auch hier nicht verhärten).

Da man diese Familienzeit in der Kindheit schon ritualisiert hat, sehen die Kinder dies oft auch als Fixpunkt. Aber klar ist auch im Laufe der Pubertät: Unsere Kinder haben zu verschiedenen Zeiten Hunger. Es wird tendenziell immer später, und oft geistern sie auch nachts in der Küche herum.

Der Alltag indessen bleibt schwierig: Mal findet die Tochter ihre komplette Kleidung hässlich, provoziert ihren Bruder und weint, weil sowieso alles gerade total doof ist. Dann ist sie wieder zahm wie ein Lämmchen.

Sie darf jetzt länger aufbleiben, verschwindet dann meist wortlos, liest bis spät in der Nacht ‚Harry Potter' und ordnet sich neu. Oft kuschelt sie sich abends aber plötzlich auch noch mal eng an uns, tauscht sich mit uns über ihre Gedanken und Sorgen aus, braucht wieder viel Nähe, Zuspruch und emotionale Zuwendung, während sie tagsüber verstärkt ihre eigenen Wege geht. Sie werden zu ‚Kuschelvampiren!'

Und immer bitte: alles direkt! JETZT!

Kuscheln, aber zack, zack!

Man kann den letzten Teil der Erziehung auch dazu nutzen, sich seinem Kind noch mal von der eigenen Seite sehr stark zu nähern. Ja, das wird es ab und an nervig finden. Aber versucht, noch gemeinsame Momente zu planen, zum Burgeressen, zum kleinen Stadtbummel und ins Kino. Eben auch ohne die jüngeren Geschwister. Neue Rituale, wie vor dem Schlafengehen noch mal Gedanken austauschen, ein Spiel spielen, können neu eingeführt werden. Tatsächlich lieben es auch viele Kinder, wenn ihnen in dieser Zeit wieder (ab und zu) vorgelesen wird, obwohl sie schon selbst lesen können. Das ändert sich wie gesagt dann recht schnell wieder. Und dann wird es wieder so, dass man weglaufen möchte:

> „Seit der Pubertät habe ich meine Tochter nicht mehr gesehen. Sie kommt nur raus, um die Küche in ein Schlachtfeld zu verwandeln, Süßigkeiten zu plündern oder um nach Geld zu fragen!"

Oder man resigniert schlicht und ergreifend:

> „Die Pubertät meines Sohnes war ganz entspannt, er ging mit dreizehn in sein Zimmer, und mit sechzehn kam er wieder raus. Dazwischen hat er gezockt ..."

Kinder sind Menschen, die nach dem Weg fragen. Und wir sind eine Begleiterscheinung. Quasi der Halsschmerz der Krankheit Pubertät. Aber das ist positiv gemeint. Man begleitet und erscheint, wenn es sein muss, um Orientierung zu geben.

Mein Sohn stand schon sehr früh für seine Ziele ein, er gab nicht auf und blieb bei seiner Meinung. Das fanden wir toll, ein Junge, der schon mit vier Jahren für das kämpft, was ihm wichtig ist! Aber warum musste das mitten auf dem Boden vor der Rewe-Kasse sein?

Und in ein paar Jahren wird er dann wieder meckern, aber dann liegt er chillend auf seinem Bett und müffelt nuschelnd vor sich hin: „Bring mal aus dem Rewe Chips mit, aber nur Chipsfrisch Ungarisch, und Mezzo Mix!"

Jetzt befinden wir uns in der Zeit dazwischen! Zwischen ‚an der Kasse liegen' und ‚im Bett liegen'. Während er quasi kurz aufrecht ging und man auf die Frage „Alles senkrecht?" gerade noch so ein „Ja!" als Antwort bekam.

Aber es wird besser:

> „Unser Sohn hat drei Jahre im Zimmer verbracht, jetzt ist er fast gar nicht mehr zu Hause. Wenn ich's gewusst hätte, hätte ich mir nicht so einen Stress gemacht!"

Oft tritt mit etwa fünfzehn Jahren die bekannte Hotelgast-Haltung ein. Der Nachwuchs verhält sich, als sei er hier in der Stadt auf einer Konferenz und selbstverständlich auch abends noch auf diversen Get-Togethers unterwegs, kommt praktisch nur zum Schlafen und um die Wäsche auf den Boden zu werfen. Ab und zu lädt er die Kollegen zur Zimmerparty ein. Ansonsten sehen wir ihn nicht mehr. Leider geht das dann noch drei Jahre so, bis er endlich auscheckt. Und die Getränke und Süßigkeiten aus der Minibar mitgehen lässt. Ohne zu zahlen. Vielleicht nimmt er wenigstens den Müll mit runter.

Aber das braucht dich jetzt noch nicht zu beunruhigen, noch ist das Kind nicht so weit. Erst mal wird es noch lauter und launischer, diskutiert auf einmal Sachen, die man eigentlich nicht ernst nehmen kann. Das Problem ist, das sollte man aber! Auch wenn es schwerfällt.

> „Maya fing eines Tages eine Diskussion über Eier an. Wo die Eier herkommen, warum die Eier von dort kommen, wieso die Eier den Hühnern weggenommen werden, dass die Hühner Depressionen bekommen, dass wir keine Eier essen sollen, dass Eier was für Bonzen wären, Eier wären schädlich, und Eier

braucht kein Mensch. Ich also: ‚Gut, verzichten wir auf Eier.‘ Dann wollte sie einen Kuchen backen und fragte nach Eiern. Ich sagte: ‚Du wolltest doch keine Eier, Eier sind doch sooo schlecht.‘ Und was war die Antwort: ‚Das ist doch was ganz anderes! Du kapierst aber auch gar nichts.‘“

Euer Kind ist in anderen Situationen wiederum wie ein Vulkan. Nicht nur wegen der Hormone. Nein! Auch wegen der zwischenzeitlichen Reglosigkeit, der man niemals trauen darf! Man schaut den Sohn ständig an, wie er auf dem Bett liegt, und denkt: Ist er noch aktiv?

Oder schon in der Pubertät?!

Wann geht es wieder los?

Sei dir sicher: Der nächste Ausbruch ist vorprogrammiert.

Der ständige Wechsel zwischen Bambi und Rambo ist jetzt an der Tagesordnung! Wir laufen auf einem Minenfeld. Überall kann sie hochgehen, die nächste Bombe. Und dann geht es wieder los, das Diskutieren, Mauern und Verweigern! Das alles kostet sehr viel Energie. Uns bleibt keine Wahl, wir müssen dann auch Machtworte sprechen und Dinge vorgeben. Mein Sohn sagt dazu gerne: „Das ist keine Erziehung. Das ist Erpressung!“

„Unser Sohn hat seinen Vater manchmal so unglaublich heftig provoziert, dass ich echt geschluckt habe. Hat aber die Beziehung der beiden nicht beeinträchtigt, im Gegenteil. Mittlerweile glaube ich, dass er wollte, dass sein Papa sich ‚zeigt‘ und nicht immer nur Verständnis hat!“

Das Problem an diesem Beginn der Pubertät ist: Die Emotionen unserer Kinder kommen ohne Voranmeldung. Wisst ihr, was ich gerne hätte? Eine Laune-App, vergleichbar mit dem Wetter. Ich wache auf, schaue auf mein Handy und denke: „Cool, heute gibt es bei meinem Kind ganze sechs Gute-Laune-Stunden!“ Dann könnten wir uns, ähnlich wie bei den Sonnenstunden, darauf einstellen. Wie dann letztlich die gefühlte Temperatur ist, kommt wohl auf die Themen und unseren eventuell leicht hitzigen Umgang damit an. Ich stelle auf jeden Fall schon mal selbst gemachte Minz-Limo kalt (und ein paar Biere).

Die Kommunikation reduziert sich nun vielfach nur noch auf das Wesentlichste. Vor allem bei den Jungs.

> „Meine Mädels fragen mich relativ schnell um Rat, während die Jungs meiner Freundin erst ewig lange selbst probieren, bis sie um Hilfe bitten. Sie wollen keine ‚Schwäche' zeigen und sind auch extrem verschlossen. Nur da hilft leider kein Schlüsseldienst."

Mit Reden erreicht man meistens mehr als mit Streiten und Schimpfen. Wenn eine Phase ansteht, wo nur gezickt und gestritten wird, verschließen sie sich noch mehr und hören gar nicht mehr zu. Verständnis entgegenbringen ist meiner Meinung nach der einzige Weg, um Konflikte längerfristig zu lösen und zu begleiten.

Auch ein verbaler Rückzug ist nicht selten. Wie oft höre ich von Eltern: „Wenn ich nicht frage, kommt gar nichts!" Das stimmt. Teenager sagen einfach nicht Sätze wie: „Könnt ihr mal die Handys weglegen, wir haben uns ja schon lange nicht mehr unterhalten. Papa, was macht denn die Arbeit? Mama, tut dein Rücken noch weh? Du solltest wirklich mal nachschauen lassen! Jetzt kommt doch mal her, Eltern. Man lebt hier immer so nebeneinanderher. Holt euch doch mal einen Saft, und dann quatschen wir mal, was wir am Wochenende so machen!"

Unsere Kinder machen nun viel mit sich selbst aus, sortieren sich erst mal. Aber das ist nicht schlimm. Sie kommen schon, denn sie wissen ja, dass sie kommen können.

In ihren Zimmern gilt für uns indessen die neue Abwesenheitspflicht. „Raus hier, das ist mein Zimmer!", oder etwa: „Was ich anziehe, geht dich gar nichts an!" Solche Sätze werden künftig öfter fallen.

Gefühlt beginnen die Kinder aus heiterem Himmel, Probleme nur noch mit ihren Freunden auszumachen und die Eltern immer weniger in ihr Leben einzubeziehen. Das merkt man eben auch daran, dass die

Tür vom Kinderzimmer nun immer häufiger geschlossen bleibt oder das Kind beim Eintreten genervt reagiert. Auch beim Verlassen des Raums sollte man die Tür keinen Spalt offenlassen. Ein derart dramatisches „Mamaaa, Tür zu!" ist dann zu hören – Shakespeare hätte seine Freude gehabt. Auch ‚Viel Lärm um nichts' ist für uns Eltern in der Pubertät allgegenwärtig, aber für unsere Teenager hat dieses ‚Nichts' einen hohen Stellenwert. Denn Kinder haben nun etwas, das sie als Kleine nicht hatten. Es ist neu, es ist spannend, es muss verteidigt werden: das Gefühl von Privatsphäre! Die Abwehr der als Provokation empfundenen Tat des Eindringens in jene Sphäre ist aber nichts anderes als ein gesunder Entwicklungsschritt. Das Kind empfindet mehr oder weniger unbewusst: „Ich gehöre nicht nur einer Familie an, ich bin auch ich, ein eigenes Individuum!"

Von nun an fordern die ‚Fast-Erwachsenen' beispielsweise auch ein, allein über die Nutzung ihres Taschengeldes zu bestimmen, oder möchten selbst entscheiden, an welchen Aktivitäten der Familie sie teilhaben möchten. Letztere werden immer seltener, denn die Kinder ziehen sich nach und nach in ihr virtuelles Schneckenhaus zurück.

Wobei zwischendurch die Kindheit eben immer noch durchkommt. Mein Sohn legt abends noch großen Wert darauf, dass Papa und Mama immer ans Bett kommen und „Gute Nacht" sagen. Auch das wird sich ändern. Bald wird er so lange wach bleiben, dass ich darauf bestehe, dass er mir immer noch „Gute Nacht" sagt.

Jetzt steht auf der Stirn unseres Teenagers geschrieben:

„Ich bewege mich nicht."
„Ich dusche nicht."
„Mach ich später."
„Jetzt nicht."
„Gleich ...!"

Das ist genau das Alter, in dem sie viel liegen und schlafen. Ich kenne fast keinen Teenie, der diese Phase nicht hatte. Man sollte daran nicht verzweifeln! Der Teenie-Alltag ist in der Tat, wie bereits erläutert, sehr stressig.

Ich würde meinem Kind immer wieder ein Angebot machen, damit es weiß, dass es Möglichkeiten gibt, etwas anderes zu tun (auch mit Eltern), aber ansonsten würde ich es machen lassen.

Nur weil unser Kind passiv wird, müssen wir nicht immer direkt aktiv werden. Auch in der Langeweile steckt viel Potenzial, um kreative Prozesse voranzutreiben. Ich hätte auch gerne mal wieder Langeweile.

Unsere Kinder haben andere Bedürfnisse als wir. Und das auch oft überraschend. Gerade die Jungs müssen und wollen sich in bestimmten Momenten, wenn die ‚Liege-Phase' noch nicht begonnen hat, plötzlich viel bewegen – das kann auch mal in der Wohnung passieren. Verstecken, Fangen et cetera. Unser Bedürfnis ist aber da oft, einfach Ruhe haben zu wollen.

dies dann klar kommunizieren, aber auch in Aussicht stellen, dass man ja später noch gemeinsam rausgehen kann, um zu toben. Es ist oft ein Bedürfnisabgleich. Ein Diskutieren wird immer mehr auf Augenhöhe stattfinden.

Ganz klar: nicht bei jedem Thema.

Aber es wird mehr ausgehandelt, und der Machtkampf tritt in den Hintergrund. Anstrengend bleibt es weiterhin. Aber diese Diskussionen sind enorm wichtig, um die Persönlichkeit, die Haltungen zu bestimmten Themen herauszufinden.

Das ist ja auch in unserem beruflichen Alltag so. Wenn der Chef Arbeitsaufgaben von oben herab, arrogant und streng erteilt, gehe ich gedanklich auf Abstand und bin nur halb so motiviert, als wenn wir gleichberechtigt auf Augenhöhe kommunizieren.

Zurück zum Rückzug aufs Zimmer und zur damit verbundenen Passivität, die irgendwann ganz klar die Vorherrschaft übernimmt. Man gewinnt dann den Eindruck:

„Ganze Kontinente bewegen sich schneller als du!"

Auch Mädels ziehen sich zurück. Es ist wie bei den Gezeiten.

Ab und an kommt die Flut, dann kommen sie kurz herangeschwappt und wollen, wie gesagt, meistens Geld. Da darf man den Geldbeutel zeigen und sagen: „Sorry, ist gerade Ebbe …!"

Mein Sohn sagte mal: „Ich musste 16 Stunden am Stück im Bett liegen. Ich war gestern beim Kumpel ganz am anderen Ende der Stadt. Ich habe Jetlag!"

Er hat jetzt auch eine Uhr, die zählt Schritte. Er hatte letzten Sonntag 23 Schritte. Wir haben es mit Humor genommen und ihm für den Weg zum Klo die Wanderschuhe hingestellt, abends Blasenpflaster bereitgelegt, und als ich ihn zum Einkaufen schickte, wurde mir klar: Da müssen Reisetabletten her!

So ziemlich alle Kinder: „Dornröschen! Mein großes Vorbild. Macht nix, pennt nur und wird dann zur Königin!"

Ein gechilltes Dasein. Es ist überall so.

Wir haben hier auch mal bei uns zu Hause einen Teenager-Tag gemacht. Die Eltern haben sich verhalten wie Teenager. Das war der Hammer. Meine Frau und ich waren von morgens bis abends im Bett, schauten Netflix und kamen nur zum Essen raus. Das war superentspannt. Seitdem gönne ich das meinem Sohn richtig. Ich würde es auch immer so machen, wenn ich könnte. Zumal auch meine Eltern an diesem Tag extra zum Kochen kamen.

Unsere Teenager gehen also ins Zimmer und liegen oft nur rum. Mein Sohn hat eine Alexa. Sie meldet sich, wenn sich jemand bewegt. Nach fünf Stunden hat Alexa endlich mal etwas gesagt: „Mir ist langweilig!"

Der Vergleich mit einer Raupe trifft es, denke ich, ganz gut. Wir haben eine süße kleine Raupe, die sich in der Pubertät immer mehr vollfrisst, sich in den Kokon zurückzieht, ihre Kopfhörer aufzieht und dann zu einem wunderbaren Schmetterling wird. Ohne Pickel.

Manchmal ziehen sie sich allerdings auch zurück, wenn sie Probleme haben und nicht wissen, mit wem sie darüber reden sollen oder können. Versucht euch anzubieten, ohne euch aufzudrängen. Aber wie gesagt: Bitte nicht penetrant werden! Denn euer Kind braucht jetzt das Gefühl, nicht mehr alles mit den Eltern zu teilen. Mein Stubenhockersohn denkt wahrscheinlich, sein Zimmer wäre ein ‚Escape Room'. Soll ich ihm Hinweise geben, wie er ihn verlassen soll … und wenn ja, welche?

„Mein Sohn führt mittlerweile das Leben eines unzufriedenen Rentners. Er hängt nur im Zimmer ab, glotzt auf den Bildschirm (das ist sein Fenster, aus dem er sich herauslehnt) oder aufs Handy und beschwert sich über alles."

„Mein Sohn verhält sich wie ein Säugling. Schläft viel, liegt nur rum und schreit nach Futter."

„Meine elfjährige Tochter hat drei Jahre auf der Couch gesessen. Sie war nur am Handy. Dann plötzlich war sie jeden Tag mit ihren Freunden weg. Ich weiß nicht, was danach kommt, aber es muss das ‚Happy End' sein."

In diesem Alter kann man schon noch versuchen, den Kindern einen Schubs zu geben, um etwas zu unternehmen. Sich selbst motivieren klappt oft noch nicht.

Ihre Privatsphäre, ihr eigener Bereich, sowohl innerlich als auch äußerlich, wird hier immer mehr erkennbar. Also: Klopf an, wenn du sein Zimmer betrittst, schau ihm nicht ungefragt beim Chatten über die Schulter, misch dich nicht in seine Kleidungsvorstellungen ein und räum sein Zimmer oder seine Schultasche nicht ungefragt auf (ja, auch wenn's schwerfällt …)

Es geht los: Wahrgenommen wird der Duft der großen, weiten Welt, und parallel leben sie im Gestank des kleinen Zimmers.

Ja, man riecht auch die Pubertät kommen. Im Deutschunterricht ‚Das Parfum' von Patrick Süskind zu lesen, ist möglicherweise eine unbewusste Entscheidung des Deutschlehrers oder der Deutschlehrerin. Natürlich ändert sich nach der Lektüre – nichts.

Ach ja, und das mit dem eigenen Reich: Ich weiß, wenn sie in der Schule sind, werdet ihr reingehen, die Schmutzwäsche aufheben, das Bett frisch beziehen, unterm Bett nach verschimmelter Pizza schauen und lüften. Ich weiß es einfach. Ja, es ist so. Und es ist okay. Heimliches Lüften und Wäscheholen ist in Ordnung. Ihr könnt ja dann frische Wäsche auf dem Boden verteilen. Auch Eltern brauchen manchmal Geheimnisse. Die nächste Klassenfahrt kommt. Da können wir fünf Tage durchlüften. Das wird ein Fest.

Ein anderer beliebter Rückzugsort ist jetzt die Toilette. Stundenlang sind sie auf der Bude! Stundenlang auf dem Klo! Zum Chillen! Die Begründung meines Sohnes ist klar: „Heißt ja auch WC! WIR CHILLEN!"

Das Handy ist dann auch immer mit dabei. Einmal hat unser Sohn gebrüllt: „Mama, Mama!"

Mutter: „Was denn? Klopapier?"

Er: „Nee, Ladekabel! Schieb mal drunter durch!"

Eine andere Form des Rückzugs zeigt sich wie erwähnt in der Sprache:

> „Mein Sohn sitzt mit zwei Kumpels zusammen. Zwei schweigen, einer hört zu!"

> „Meine Tochter – die spricht fließend nix!"

Ein Mensch hat zwanzigtausend Wörter am Tag zur Verfügung. Die nutzt er. Unser Sohn nutzt eins davon. „Wie war die Schule?" – „Gut!" Das reicht. Im Drehbuch des Lebens haben die Kids in der Pubertät eine Nebenrolle. Der Text hält sich in Grenzen.

Die reden nicht mehr wie ein Wasserfall. Es ist eher so: Man kippt die Flasche um und hofft noch auf ein Tröpfchen ... und es kommt ein ... „Okay!"

Früher sagte man:

- „Wenn die ruhig sind, stellen die was an." Die stellen aber nix an. Die sind so.

- Die stellen höchstens alles hintenan.

- Unsere Kinder ziehen sich zurück. Auch verbal. Sie kommen ab und an wieder raus. Dann müssen wir bereit sein.

- Oft klagen die Jugendlichen, dass ihre Eltern ihnen nicht zuhören würden, dass sie ihren Eltern egal seien. Das tiefe Bedürfnis der Jugendlichen ist nicht nur, selbstständig und eigenverantwortlich zu sein, sondern von ihren Eltern auch verstanden zu werden.

- Schenkt eurem Kind eure Aufmerksamkeit, wenn es gerade was auch immer erzählen will. Diese Chance wahrzunehmen und dabei selbst zurückhaltend im Reden zu sein, ist die effektivste und einfachste Methode, um den vertrauten Kontakt aufrechtzuerhalten.

► Nicht zurückweisen – jetzt ist der Moment kostbar.

Durch Gespräche werden Nervenbahnen aktiviert, und die vernetzen sich weiter – was den Umbau zum erwachsenen Gehirn vorantreibt. Also immer im Gespräch bleiben!

Will sagen: Dann ist die Pubertät schneller fertig, unser Kind früher gechillt, und wir haben eher unsere Ruhe. Nur jetzt bitte nicht das Buch weglegen, ihr Kind wecken und sagen: „Lass uns mal reden!“ Oder wenn wieder mal nach einem „Wie war die Schule?“ ein einfaches „Gut“ kommt, direkt losbrüllen: „So werden wir hier nie fertig!“ Es wird schon der passende Augenblick kommen. Bleibt entspannt.

Eine im wahrsten Sinne des Wortes augenfällige Art der Abgrenzung vollziehen Mädchen jetzt mit Make-up.

> „Mein achtjähriges Patenkind ist mittlerweile im Besitz mehrerer kleiner Schminkartikel. Die Handhabung der Teile muss aber noch geübt werden. Mit dem Lippenstift werden gerne Kreise und Blumen quer durchs Gesicht gemalt. Ein Regenbogen oder ein Schmetterling auf der Wange ist ihr deutlich lieber als Mascara oder Eyeliner an den Augen, obwohl sie sich die beiden Geräte auch schon mal ordentlich ins Sehorgan gedrückt hat."

> „Mein zehnjähriger Sohn hat meinen Haarkleber benutzt. Die komplette Tube ist im Haar, und das ist jetzt bretthart. Oder anders gesagt: Wir haben jetzt einen Beistelltisch mehr!"

> „Moisturizer, Primer, Make-up, Rouge, Schicht um Schicht ... heute gibt's Gesichtslasagne!"

Und das kommt konkret auf uns zu (bitte tief durchatmen und aufmerksam lesen):

- Die Mädels gehen ins Bad. Und schminken sich. Oft eher zu viel als zu wenig. Es ist eine Selbstfindungsphase, sie müssen ihren ‚Stil' finden.
- Verbote bringen weniger, geh lieber mit ihr in die Drogerie und sucht zusammen ein bisschen was Dezentes aus. Wobei man meist gar nicht zur Drogerie gehen muss, weil man selbst schon einen ganzen ‚Rossmann' zu Hause hat. Sie hat kein Zimmer, sie hat eine Drogerie-Filiale! Letztens kam schon die Nachbarstochter und fragte, ob es auch einen Fotodrucker bei uns gibt.
- Töchter wünschen sich jetzt auch einen Kühlschrank aufs Zimmer. Aber nicht für Bier, sondern für ihre Kosmetikartikel. Also, wenn sie bald ungeschminkt auf die Straße geht, kann man einfach fragen: „Na, Kühlschrank wieder leer?"

Gerade am Anfang der Pubertät ist beim Thema Make-up einfach eine gesteigerte Neugierde zu beobachten. Und das Einzigartige ist: Egal, wie schlimm es aussieht, oft wie ein Clown, der im Regen steht, ein zehnjähriges Mädchen findet sich dabei immer schön und steht zu ihrem Schmiergesicht! Dieses Selbstbewusstsein bewundere ich. (Bitte behalte dir das bei, Kind, und schaue dir nie Fotos auf Instagram an!)

Es kann auch schon mal vom Aussehen her an Halloween erinnern. Immerhin hat ihr aber noch keiner ungefragt Süßigkeiten in die Hand gedrückt.

Es ist alles ein Stück weit normales Experimentieren. Und schließlich wird sie selbst herausfinden, was schön macht und was eben nicht. Ein wichtiger Prozess des Sich-Kennenlernens. Besser zu Hause und offen als heimlich unterwegs oder klassisch auf dem Schulklo.

> „Meine Tochter ist nur noch im Bad. Ich habe vor meinem Bewerbungsgespräch vor der Badtür geschlafen, damit ich bloß als Erste drin bin!"

Dass man im Badezimmer noch andere Dinge tun kann als chillen oder sich schminken, liegt noch außerhalb der Kenntnis unserer Kinder. Aus dem Deutschunterricht kennen sie die Artikel, Hygieneartikel sind leider nicht dabei!

„Mein Sohn stellt sich ins Bad, macht die Dusche an und wartet einen Augenblick. Dann macht er sich am Waschbecken die Haare nass. Das heißt für ihn gerade duschen. Das ist genauso, als wenn ich mein Auto neben die Waschanlage stelle und mit einem Lappen das Dach sauber mache! Oder: Wenn die Katze aufs Klo geht, mit ihren Pfoten die Streu von links nach rechts schiebt und dann schließlich daneben macht."

„Unser Sohn hat eine Pflegeserie geschenkt bekommen. Was sein Hygieneverhalten angeht, würde ich sagen: Es wird keine zweite Staffel geben!"

„Pubertät ist so schnell, man will das ja gar nicht wahrhaben … du wachst morgens auf, und dein halbes Lieblingsparfum ist leer, das Styling-Gel auch … es war so befremdlich, ich hatte ehrlich gesagt erst den Hund im Verdacht! Dabei wäre ich so froh, wenn sie mal auf die Idee kämen zu duschen."

Die Hygiene lässt leider extrem nach. Bei unseren Kindern habe ich mich schon gefragt, ob sie denken, sie dürfen die Dusche nicht benutzen. Oder haben sie Angst? Ich habe jetzt mal bei Eventim Tickets bestellt. Die ‚Ab in die Dusche'-Tour 2022! Auf geht's! Und dazu auch ‚All inclusive'-Bändchen. Damit sie wissen, dass sie wirklich überall Zugang haben. Gilt auch für das Duschgel.

Wir hatten über das Schamgefühl gesprochen. Manchmal verändert sich der Körper so, dass er den Kindern nicht mehr gefällt. Und was einem nicht gefällt, pflegt man nicht. Wenn ich da an die Autos einiger Männer denke. Die werden rundum gepflegt, weil sie ihnen richtig viel bedeuten. Bei Kindern ist dies erst mal umgekehrt. Das Bad wird zum Bernsteinzimmer. Unsere Teenager finden diesen Raum nicht mehr. Auch ein Versuch, im Flur Lichter zu installieren, die an eine Landebahn auf dem Flughafen erinnerten, war nicht von Erfolg gekrönt. Selbst von einer Alexa, die aufgrund ihrer Geruchssensoren ständig ruft „Wasch dich!", lässt sich unser Kind nicht ins Reich der Hygiene und Sauberkeit locken.

Es gibt einiges, was Eltern versucht haben, um ihre Kinder zu reinigen:

- Eine Mutter gab ihrem Sohn abends eine Schlaftablette, um ihn dann gemeinsam mit ihrem Mann in die Badewanne zu legen und abzubrausen.
- Ein Vater zerrte seinen Sohn mal während des Durchfahrens einer Waschanlage aus dem Auto, leider während des Heißwachsprogramms.
- Eltern übergossen ihre Tochter ‚aus Versehen' mit Kakao, um dann mit siebzehn Packungen feuchter Reinigungstücher an ihr zu arbeiten.

Die gute Nachricht: Das Bedürfnis nach Reinlichkeit kommt wieder. Und dann stehen sie öfter unter der Dusche, als einem lieb ist. Irgendwann wohnen sie im Bad, und eine Wohnungsanzeige würde am liebsten lauten: 3 ZKBBBBBBB!

Das wäre ratsam, denn wir haben zu Hause nur ein Bad. Und das ist der Horror mit Menschen, die ständig im Bad was zu tun und zu schminken haben. Denn eins ist klar: Wenn ich aufs Klo muss, dann ist der Stehplatz vor der Tür durchaus schlechter als der Sitzplatz dahinter.

Wer sich selten wäscht, stinkt selbstredend. Dazu kommt noch die hormonell gesteuerte Entwicklung der Schweißdrüsen. Einmal fragte ich mein Patenkind: „Haste Deo genommen?" Und er meinte: „Hab ich verschwitzt!" Da mussten wir beide lachen. Danach ist er mit seiner Stinkwolke zurück in seinen Pumakäfig.

Wenn ein Erwachsener in die Wohnung kommt, dann ist die Reihenfolge unserer Sinneswahrnehmung: hören, sehen, riechen. Bei einem Teenager ist es: riechen, riechen, riechen, hören, laut hören, sehr laut hören, sehr kurz sehen, riechen, riechen, riechen!

Wie gesagt: Zuerst musst du sie zum Duschen und Haarewaschen zwingen, auch zum Frisch-Anziehen, dann irgendwann wandelt sich das. Ins Gegenteil. Atme tief durch und rechne das gesparte Wasser plus Pflegeprodukte schon mal als Vorschuss auf das, was kommt, wenn sie dann später extrem eitel werden. Die Haut kann dann gar nicht mehr trocken werden. Sie ist gefühlt immer mit Wasser oder irgendeinem Beautyprodukt bedeckt.

Jetzt ist nur die Frage, wie überredet man sie aktuell zu einer angemessenen Körperpflege. Grundsätzlich sagen einige: Aufhören, mit einer Zehnjährigen zu diskutieren! Ab ins Badezimmer und Punkt.

Normalerweise kann man auf die Meinung von Freunden hoffen, die dem Kind deutliche Hinweise geben. Darauf zu warten, halte ich in der Altersklasse aber noch für zu früh. Da gibt es noch keine offene Kritik von der ‚Liebsten', die sich zum ersten Mal ihn und sein Zimmer anschaut. Da wäre es peinlich, wenn er während der Wohnungsführung sagen müsste: „Mama, wo war noch mal schnell unser Bad?" Oder sie aufs Klo gehen müsste, und man müsste sagen: „Entschuldige, da frage ich mal nach!"

Es darf da gerne eine klare Haltung her. In diesem Alter bieten wir Orientierung, klären auf und setzen uns durch! Dann kann man auch etwas entspannter damit umgehen, da man weiß, dass sie es grundsätzlich wissen. Und wenn sie auf Dauer reinigungsresistent bleiben, kommen schon irgendwann der oder die erste Freundin oder Kumpels, die dezent etwas sagen. Und dann schließe ich direkt für mich eine Mitgliedschaft im Fitnessstudio ab, weil man da umsonst duschen kann.

Auch im Urlaub verändert sich das Verhalten unserer Kinder. Sind sie früher bei Ausflügen noch brav mitgedackelt und haben mit Dackelblick drei Kugeln Schokoladeneis klargemacht, gehen unsere Kinder jetzt nirgends mehr einfach mit, sondern in die Diskussion, denn sie wollen sich im Urlaub so verhalten, wie sie es zu Hause gerne tun. Die ganze Zeit haben wir das Ferienprogramm mehr oder weniger bestimmt, und die Kinder haben oft auch etwas dazu gesagt, doch von Gegenwehr konnte man noch nicht sprechen. Nun ist es so: Unsere Kinder wollen ihre Ferien nicht mehr so verbringen, wie die Eltern es toll finden, sondern wie sie selbst es toll finden. Das finden sie nun für sich heraus. Und das hat vor allem viel mit ‚Chillen' zu tun und ihrer steigenden Begeisterung für die Freunde.

Als wir drei Wochen in den Sommerferien weg waren, meinte mein Sohn nur: „Da habe ich zu Hause gar keine Zeit mehr für meine Freunde!" Mit dieser Idee habe ich mir also keine Freunde gemacht.

Es liegt an der Vorstellung, die wir heute, als Eltern, von tollen Ferien haben. Dabei werden einige hier zugeben müssen, dass sie selbst (genau wie ich) in diesem Alter viele Ferienstunden und -tage vor Fernseher und Computer verbracht haben. Auch da waren es draußen dreißig Grad. Kein Problem, zieh ich halt beim Fernsehen meine Socken aus. Und dann mach ich das Fenster zu, damit die Hitze nicht reinkommt. Super Idee!

Wenn man sich mal im Bekanntenkreis umhört, erfährt man, dass überall die gleichen Äußerungen fallen, die zu Frust im Familienurlaub führen.

„Aber wir sind doch nicht zusammen in den Urlaub gefahren, damit du allein im Zimmer hockst."	„Willst du denn gar nichts von der Umgebung sehen?"	„Das war das letzte Mal."
„Jetzt mach doch nicht so ein muffiges Gesicht."	„Zum Whale Watching kommst du mit, ich habe die Karte schon bezahlt."	„Frühstück gibt's halt nur bis zehn. Wie oft denn noch?"
„Was ist denn jetzt schon wieder verkehrt?"	„Geht's vielleicht auch ein bisschen schneller?"	„Ich hab dich was gefragt."

Eins kann man definitiv feststellen: Unsere Kinder mögen in den Ferien ihre Ruhe. Sehr viel Ruhe.

> „Meine Tochter hat es während eines Florida-Urlaubs geschafft, beinahe drei Wochen im dunklen Zimmer zu hocken und mit ihrem Freund zu chatten. Alles andere war langweilig. Der Pool, die Leute, das Meer, die Palmen, die Ausflüge. Alles. Das war der letzte teure Urlaub, den wir gemeinsam verbrachten!"

Damit der Urlaub nicht zum Endgegner des Familienlebens wird, solltet ihr es etwas anders angehen. Ferien sollte jede/r gestalten dürfen, wie er/sie mag. Besprecht gemeinsame Aktionen und Ausflüge, bevor es in den Urlaub geht, und freut euch darüber, wenn die Kinder auf die Ausflüge mitkommen, aber erwartet es nicht. Natürlich entsteht bei Kindern im Vorpubertäts-Alter die Problematik, dass sie ab und an einfach mitkommen müssen, weil man sie nicht stundenlang allein lassen kann. Manchmal können sie dann zu einem Freund, oder ein Freund kann dabei sein. Es kommt auch immer darauf an, wohin der Weg führt. Bei kleinen Ausflügen dürfen sie gerne zu Hause bleiben, da ansonsten der Ausflug zur Hölle wird. Aber bei längeren Ausflügen müssen sie auf jeden Fall einfach mit. Dass sie dann meckern, ist klar, aber wenn man es ihnen erklärt, ist im jungen Teenager-Alter noch eher eine Einsicht vorhanden. Noch.

Später wird dann nur noch gechillt. Und dann, als Erwachsener, verändert es sich wieder. Sie werden nicht ein Leben lang die Ferien unter dem Handtuch oder im Zimmer verbringen. Im jungen Erwachsenenalter gehen viele baden, surfen, schnorcheln oder anderen Sport machen. Das entwickelt sich. Im Teenager-Alter ist einfach auch im Urlaub Rückzug und Chillen angesagt. Man kann sich also zunächst das Geld für die Fernreise aufsparen und macht mit ihnen einfach Urlaub in der zehn Kilometer entfernten Kreisstadt. Oder man fährt täglich zu Ikea. WLAN gibt es da auch.

Andererseits kann es in den Ferien auch zu einer immensen Langeweile kommen, und egal, was man dem Kind als Angebot macht, es wird verneint. Macht man sogar einen Vorschlag wie „Kannst du mir beim Aufräumen helfen?", sagen sie direkt: „Ich habe niemals Zeit für mich!" Um eine Stunde später wieder zu äußern: „Mir ist langweilig!"

Man kann es seinem Kind in dieser Zeit nicht recht machen.

Man kauft online Tickets für den Zoo („Cool, in den Zoo!"), plant die Zugfahrt, und morgens sagt das Kind: „Nee, ich will doch nicht!" Ohne Grund. Es will einfach nicht. Also zockelt man entweder allein los oder versucht, die Karten zurückzugeben, was nie funktioniert, oder einer Freundin mit gleichaltrigen Kindern zu schenken, was mit einem schallenden Lachen quittiert wird: „Als ob Leo und Kira mit uns in den Zoo gehen würden." Noch nicht mal alleine würden sie dahin gehen, denn Zoo ist – das wusste man nur gestern noch nicht – „total uncool".

Das alles können nachvollziehbare Dinge und auch nicht nachvollziehbare sein. War blau eben noch die Lieblingsfarbe, heißt es jetzt: „Blau ist total kacke." Wurde wegen irgendeinem so süßen Arzt keine Folge *Grey's Anatomy* verpasst, so ist das jetzt „dämlicher Krankenhausquatsch". Wenn sie mit zu den Großeltern kommen sollen, tun sie so, als müssten sie in Beugehaft. Außerdem will Oma einem immer Schokolade schenken, man ist doch kein kleines Kind mehr. Isabella war die beste Freundin auf der ganzen Welt, seit zwei Minuten ist sie die widerlichste Ziege.

Das ist so anstrengend. Gebt aber nicht auf, holt euch weiter Körbe ab, denn es gibt nichts Schlimmeres für unser Kind, als wenn es das Gefühl hat, dass sich Papa und Mama nicht mehr richtig um sie kümmern. Und ja, in dem Alter müssen sie dann einfach mit, wenn es keine Alternativen gibt.

Dann gibt es noch das erfreuliche Thema Kleidung. Da ist es ja glücklicherweise ganz einfach: Jeder Mensch hat das Recht, sich selbst zu verwirklichen, ob bei der Berufswahl, seiner sexuellen Neigung und unbedingt bei der Kleidung. Ich trage ja auch das, was ich will.

„Mein jüngster Sohn ist, seitdem er zwölf ist, in der Gothic-Szene. Sein Kleiderschrank beherbergt nur schwarze, tiefschwarze Kleidung. Er hatte eine Zeitlang Haare bis zum Hintern, schon ewig schwarz gefärbt. Trägt einen schwarzen Mantel und schwarze hohe Stiefel. Hört auch die entsprechende Musik. Nachbarn haben uns schon gefragt, ob sie sich unseren Sohn ausleihen können, wenn sie im Urlaub sind. Kein Einbrecher würde es wagen, in das von ihm bewohnte Haus einzusteigen."

„Mein zehnjähriger Sohn trägt immer ein Käppi. Sommer wie Winter. Und er trägt nur Turnschuhe, teilweise auch im Winter Shorts, hatte die Haare mal lang, mal kurz, inzwischen nur noch obendrauf lang und gefärbt in Hellorange, davor waren sie bereits blau und grau. Einmal bin ich ihm in der Stadt begegnet und hab ihn nicht erkannt, weil die Haare plötzlich rosa waren, da war vielleicht was los: Ob er mir denn peinlich sei, hat er gefragt. So kann's eben auch gehen."

„Meine Tochter war schon immer der Secondhand- und Ökotyp. Ich hatte früher selbst indische Kleider mit Glöckchen dran und hab Samtpantöffelchen getragen. Oder gebatikte Latzhosen. Ja und?"

Ob sie sich da von den Eltern beeinflussen lassen? Darauf könnt ihr warten, bis das Kind alt und grau wird. Röhrenjeans hat mein Patensohn jetzt verschmäht, da er gehört hat, dass durch die enge Jeans die Anzahl der Spermien geringer wäre. Fake News oder nicht? Möglich ist es. Denn im Tunnel gibt es schließlich auch keinen Empfang.

Markenklamotten werden auch immer wichtiger. Hier bieten wir finanziell nur die Basis: Bei zu vielen Wünschen und zu teuren Extras muss unser Kind dies bezahlen oder zumindest etwas dazugeben. Darauf sollten wir bestehen!

Die Pubertät ist ein ständiges Ausprobieren, und das fängt bei unseren Kindern auch bei der Auswahl der Klamotten an. Ich sehe bei den Jugendlichen mehr Jogginghosen als Jeans. Selbst mein Sohn wollte letztens zu Omas Geburtstag eine schwarze Jogginghose anziehen und verkündete noch feierlich: „Keine Sorge, Papa. Es ist doch die gute!"

> „Mein Sohn ist jahrelang in Jogginghose oder Fußball-Outfit zur Schule. Tatsächlich hat mich sein Klassenlehrer mal zum Gespräch zitiert. Dann hab ich gesagt, wenn das das einzige Problem ist, das er mit meinen Sohn hat, soll er sich glücklich schätzen!"

> „Mein Sohn hat tatsächlich zur Hochzeit des Onkels ein Hemd getragen. Er durfte es mit aussuchen. Dazu einen schönen Pulli drüber. Auf dem war eine Jogginghose abgebildet. Es geht nichts über gute Kompromisse."

> „Die Mädchen tragen Leggings mit kurzen Oberteilen. Das find ich schlimmer als eine Jogginghose!"

Uns Eltern muss es nicht gefallen. Am einfachsten wäre es, die Schule würde es verbieten. Schuluniformen sind wahrscheinlich nicht die schlechteste Erfindung. Doch wenn es die nun mal nicht gibt, dann kämpfe nicht gegen ihren Geschmack. Das ist es nicht wert. Es ist nur eine Jogginghose.

Grundsätzlich schreibe ich dieses Buch zu Hause auch am liebsten in Klamotten, in denen ich mich wohlfühle. Oder anders gesagt:

Macht es denn nicht den anstrengenden Schulalltag für die Kids angenehmer, wenn sie sich in der Kleidung wohlfühlen und sie gemütlich ist? Während ich das Kapitel hier schreibe, schreit meine Frau übrigens die ganze Zeit: „Wo sind meine alten Buffalos?" Prioritäten werden eben überall gesetzt.

Wir waren da nicht anders. Unsere Kinder suchen gerade ihren Geschmack. Und dazu gehört auch mal Geschmacksverirrung und auch Mut und Selbstbewusstsein, sich damit zu zeigen und Dinge auszutesten. Versuch und Irrtum ist die Regel. Wie gesagt. Uns muss es nicht gefallen.

Wir wollen, dass unsere Kinder ihr Selbst entdecken. Und damit soll bei der Jogginghose schon Schluss sein?

> „Genieße das Selbstbewusstsein deiner Tochter und lege ihr keine Steine in den Weg. Bauchfrei kommt gerade wieder total in Mode. Sofern es nicht zu freizügig ist, würde ich nichts sagen."

Viele Kinder wollen nicht mit dem Strom schwimmen, sondern machen, worauf sie gerade Lust haben. Letztendlich finde ich es gut, dass mein Sohn sein Ding macht. Auch wenn wir oft dreimal schlucken müssen. Er ist trotzdem sehr beliebt. Vielleicht gerade, weil er nicht wie alle ist.

Was die Angemessenheit der Kleidung zur momentanen Temperatur angeht, kommen wir wieder zu meinem Realitätsabgleich. Ich kann meinem Kind langsam zutrauen, dass es merkt, wenn draußen zehn Grad Celsius sind, und dass T-Shirt und Shorts zu wenig Stoff sein könnten. Ganz langsam. Sie lernen diese Konsequenz erst nach und nach. Verstehst du? Gehirn und so. Außerdem kommt noch dazu, dass sie ein anderes Temperatur-Bewusstsein haben als Erwachsene.

Am Anfang der Pubertät sollte man da noch helfen. „Bist du sicher? Geh mal auf den Balkon!?" Oder ihm einfach die Jacke in die Hand drücken. Aber grundsätzlich ist es ratsam, hier große Diskussionen zu umgehen, sonst kommt man da in der Pubertät gar nicht mehr raus. Über kurz oder lang müssen sie selbst herausfinden, wann sie zu warm oder zu kalt angezogen sind. Und diese Verantwortung kann man abgeben! Aber denkt dran: Es ist ein ganz normaler Teenager, wenn er mit dickem Pulli bei dreißig Grad im Zimmer sitzt.

Wenn die Tochter übrigens meint: „Ich habe nichts anzuziehen", mit einem „Mach doch nicht so ein Theater. Im Schrank ist genug" zu antworten, bringt eher nichts. Das habe ich auch schon bei meiner Frau feststellen können.

Versuche, Probleme zu verstehen und alles ernst zu nehmen. Signalisiere: „Ich sehe, es ist dir wichtig. Ich würde gerne helfen, aber ich kann jetzt nichts daran ändern. Du musst dir etwas anderes einfallen lassen. Auch dabei helfe ich dir gerne."

Ein Umstand ist beim Thema Kleidung außerdem noch relevant: Durch die digitalen Medien haben Kinder heute sehr viel früher Zugriff auf Informationen, die eher für Jugendliche und Erwachsene gedacht sind. Gerade im Bereich Aussehen und Sexualität sehen die Kinder einen verzerrten Ausschnitt der Realität. Sie fühlen sich dann schnell fehlerhaft. Ihr Selbstwert hängt stark mit dem Aussehen zusammen und was andere über dieses Aussehen denken. Hier können im Gespräch viele Ängste genommen werden. Allein schon mit der einfachen Frage: „Glaubst du wirklich, dass diese Menschen alle so aussehen?"

Alle Menschen sehen anders aus, bis auf mich und meinen Bruder, was mir nach manchem Blitzerfoto schon zugutekam. Alle Menschen werden auch zu anderen Zeiten erwachsen – von Männern behauptet man sogar, dass sie es nie tun. Von der Pubertät direkt in die Rente. Warum nicht?

Kommen wir nun zu einem Thema, über das man sich belletristisch auslassen könnte:

Das Jugend-Zimmer
Der neue Psychothriller von Matthias Jung

Eine Frau klammert sich zitternd an ihren Mann. Dann flüstert sie: „Wie? Du meinst, ich solle mal nachschauen, ob noch jemand hier im Haus lebt?"

Der Mann flüstert zurück:
„Jaaa, ich erinnere mich dunkel ... Ich hatte mal ein Kind, aber wo das geblieben ist? Ich hab's ewig nicht gesehen."
Sie, mit vor Angst geweiteten Augen:
„Und du meinst, unsere Tochter könnte noch im Zimmer sein?"

Wir sprachen schon ausgiebig davon, wie viel Zeit sie nun in diesem Raum verbringen. Und es ist nur logisch, was daraus folgt: Das Zimmer wird sich verändern. Vielen Kindern tut es in dieser Phase gut, ihr Kinderzimmer komplett umzugestalten. Die alten Möbel gegen jugendlichere auszutauschen. Neue Vorhänge, eine neue Lampe, neue Bettwäsche und Bilder können schon viel im Raum verändern. Sie haben oft auch Lust, selbst kreativ zu werden. Unterstützt sie darin, sich eine schöne Umgebung zu schaffen.

Das Lego wurde bei uns ausgetauscht gegen Couch und PlayStation. Oft ist der Wechsel zur weiterführenden Schule so ein Einschnitt, dass man ihn dann auch an der Ausstattung des Zimmers erkennen kann.

Aber die Haltung zur Instandhaltung des Zimmers bleibt kindlich. Denn oft sieht es aus wie Sau.

Pfandflaschen liegen herum. Essensreste vermehren sich. Einmal bin ich bei meinem Sohn zur Tür rein, und Ameisen haben mir zu einem in der Ecke schimmelnden Apfel hin eine Rettungsgasse gebildet. Der im Zimmer befindliche Joghurt hatte sich in seinen Löffel verliebt – sie werden nie wieder getrennt und auch zusammen im Müll landen. Herzzerreißend.

Dazu Wäsche am Boden, saubere Wäsche und dreckige Wäsche im Mix. Ein Vater meinte letztens zu mir, er wüsste nach fünf Jahren Pubertät gar nicht mehr, ob sie damals Laminat oder Teppich verlegt hätten.

Der Schrank hat Allergie, ständig niest er die Wäsche raus. Der niest weit. Denn wenn ich das Bett mache, finde ich immer Socken. Wo kommen die über Nacht her? Erst drei Socken, dann vier Socken. Zerkrumpelt, stinkend, nicht zusammenpassend. Oder haben die Bettwanzen einen Strickkurs gemacht? Ich habe keine Ahnung. Ich lege sie in die Waschmaschine. Dort verschwinden sie bekannterweise erneut, und alles gleicht sich wieder aus.

Unser Sohn gibt mir immer saubere Wäsche zum Waschen, weil er zu faul ist, sie wegzuräumen. Das ist kein Witz. Es ist so, als wenn ich mich mit meinem Auto nach der Waschanlage direkt noch mal in die Reihe stelle, weil ich zu faul bin, einen Parkplatz zu suchen.

(Es gibt allerdings auch Menschen, die gießen extra Rotwein über saubere Wäsche, damit sie endlich die Maschine vollkriegen und anschalten können. Zum Beispiel ich.)

In diesen Jahren kommt es ebenfalls zu vergessenen Plastikdosen im Schulrucksack. Das Müsli kehrt nach einem Schuljahr im Ranzen betonhart zurück und muss gesprengt werden. Die Nachbarn im Umkreis müssen ihre Häuser für ein paar Stunden verlassen. Auch bei der Begutachtung der Sporttasche müssen die Nachbarn wieder aktiv werden. Die Dämpfe daraus, nach monatelangem Fußballtraining, sind so toxisch, dass Fenster und Türen geschlossen bleiben müssen.

Das Zimmer sieht zwar aus wie ein Schlachtfeld, aber darüber sollte man sich nicht so aufregen. Nur Geschirr und Essensreste sollten raus. Da ist eine klare Ansage notwendig. Unsere Kinder haben auch da das Bedürfnis nach Führung und Orientierung. Und die fängt beim verschimmelten Käsebrot unter dem Bett an, das in den Hausmüll überführt werden muss.

Herrlich ist es, wenn meine Freundin mit ihrem Labrador vorbeikommt. Der kluge Hund rast als Erstes ins Zimmer unseres Sohnes und frisst dort alles, was er auf dem Boden findet.

> „Ich glaube, viele Kinder sind total überfordert, wenn sie alles und überall mitentscheiden dürfen. Einige Kinder brauchen Vorgaben – ich zum Beispiel bin selber kein Leittier, sondern eher froh, wenn man mir Entscheidungen abnimmt."

Das Schlafverhalten verändert sich wie bereits erwähnt ebenso. Das Schlafhormon Melatonin wird zwei Stunden später ausgeschüttet als bei Erwachsenen. Das hat zur Folge, dass sie viel später müde werden. Dazu unterscheidet man in der Schlafforschung bekanntermaßen zwischen Eulenkindern und Lerchen.

Eine ungute Mischung ist eine Lerchenmutter mit einem Eulenkind. Das Eulenkind ist nachtaktiv, und eine Pizza um zwei Uhr früh ist keine Seltenheit. Ein Studentenjob in Dauernachtschicht ist hier durchaus erstrebenswert. Die Lerchenmutter geht hingegen früher ins Bett und steht auch früher auf. Der frühe Vogel ist ihr Freund. Und das Eulenkind lebt nach dem Motto: „Das Frühstück ist die wichtigste Mahlzeit des Nachmittags!"

> „Jedes Kind ist anders. Wir haben sechs Kinder, drei davon waren morgens super am Start und sind von klein auf sehr selbstständig gewesen. Drei waren eben anders und haben gern getrödelt. Da gibt es aber keinen Grund, irgendwelche Tendenzen für die Zukunft abzuleiten. Wollen wir hoffen, dass die letzten drei keine langweilige Beamtenlaufbahn einschlagen! Jedenfalls kann jeder von ihnen heute ohne Weiteres einen Haushalt führen, morgens aufstehen und alles tun, was nötig ist!"

Morgens kommt oft Hektik auf. Also: bei euch!

Euer Kind hingegen ist tiefenentspannt. Schon beim Wecken macht sich die unterschiedliche Verfassung von Eltern und Kind bemerkbar: Der Nachwuchs kommt und kommt nicht aus dem Bett. Ihr bekommt gleich einen Anfall.

Wecker mit furchtbaren Schlagersongs oder penetrantem Vogelgezwitscher sind erfolglos, der Hund weckt nicht, sondern legt sich dazu, und auflaufen lässt man sein Kind auch nicht gerne, da es in der Schule Ärger gibt. Man kriecht schon wieder auf dem Zahnfleisch und ist mit seinem Latein am Ende.

Ich würde es liebevoll probieren: Bitte fragt, wie er oder sie morgens – seiner oder ihrer Meinung nach – besser rauskommen würde? Oder andersherum, wie euer Kind es finden würde, wenn es morgens gleich angemotzt werden würde?

Klar ist: Wir helfen gerne.

„Wie möchtest du geweckt werden?"

Und noch klarer ist: Dann ist es aber in deiner Verantwortung aufzustehen!

Unser Sohn lässt sich nach dreimaligem ‚Burn out' der eifrigen Alexa wieder von der Mama wecken, getreu dem Motto: ‚Was sich liebt, das weckt sich!'

Schlimm ist es für uns vor allem, wenn unser Kind nicht so will, wie wir wollen. Gerade wenn wir so einen Trödler haben oder eine lustlose Eule, die gerne noch schlafen möchte und eh keinen Bock auf Schule hat.

- In diesem Falle frage dich erst einmal: Bin ich selbst morgens im Stress? Wie verschaffe ich mir einen guten Morgen, bevor ich die Kinder wecke? Kann ich Puffer einbauen? Wie kann ich Zeit sparen?

- Sehr hilfreich: Ranzen abends packen! (Aber wir wissen auch: Irgendwas ist immer und hält uns ab. Sei hier auch mit dir selbst nachsichtig, bis du diesen Schritt mit dem Kind ritualisiert hast.)

Egal, ob die Tasche vorbereitet wurde oder nicht: morgens werden ständig Dinge gesucht. Wo sind Handy, Schlüssel, Busfahrkarte? Und wer ist daran schuld, dass man was auch immer nicht findet? Genau, die Mama ist schuld. Immer. Immer. (Die Mama wird auch schuld sein, wenn die Kinder später eigene Kinder haben, die trödeln. Dann wird die Mama angerufen und angemotzt. Die Mama sollte dann einfach auflegen und sich noch ein Stündchen aufs Ohr legen.)

Dazu kommen natürlich noch solche Dinge wie Brotdose vergessen und nicht in den Ranzen geräumt – und du rennst regelmäßig zur Bushaltestelle hinterher. Wenn es für dich stressig ist, Sohn oder Tochter ständig an bestimmte Dinge zu erinnern, hilf dir und damit euch und mach es selbst. Ja. Selbst. Einfach die Brotdose in seinen Ranzen tun, Punkt. Pädagogische Maßnahmen hin oder her. Manchmal geht es uns einfach besser, wenn wir es selbst erledigen. Dann ist es gemacht und alles erst einmal gut. Hallo! Es ist halb acht am Morgen!

Und bedenke stets: Manche Kinder haben morgens mit Waschen, Anziehen und Zähneputzen bereits ihr gesamtes Kooperationsvermögen verbraucht.

Jede Familie ist da anders. Es gibt kein Vorzeigemodell.

Ich packe meinem Sohn die Brotdose und die Trinkflasche ein, räume den Teller weg, mache Zahnpasta auf die Zahnbürste. Dafür schmiert sich mein Sohn die Brote selbst, weil er da ständig gemeckert hat und es zu Streitereien kam.

Achtet auf euch! Ihr solltet nicht schon morgens, was die Erschöpfung angeht, bei 22 Uhr abends sein. Züchtet euch keine Kraftfresser! Wir haben alle ein Recht auf einen entspannten Morgen.

Gerade nach den Ferien höre ich immer: „Schule ist blöd, ich will weiterschlafen!" Ich habe alles versucht. Es hat nicht geklappt. Meine Frau blieb im Bett, und ich musste aufstehen.

„Und dann werden wir Eltern auch noch früh am Morgen zu Zauberern. Mein Highlight war unsere kleine Tochter. Sie war in der zweiten Klasse, und es war morgens um sechs: ‚Papa, wir haben heute eine Theateraufführung, und ich brauche noch ein Ziegenkostüm.' Gar kein Problem: Was wäre ein Haushalt ohne ein Ziegenkostüm?"

„Mein Sohn letztens morgens um 5 Uhr 30: ‚Mama, mein Deutschheft ist seit FÜNF TAGEN voll. Wenn ich heute kein neues habe, bekomme ich eine FÜNF!'"

„Morgens um vier Uhr werde ich von meinem Sohn geweckt. ‚Mama, mir ist eingefallen, dass ich heute in Kunst ein Bild mit einem Minion abgeben muss! Haben wir noch irgendwo gelbe Farbe? Im Wasserkasten ist sie jetzt leer.' Für so eine Nachfrage nach Gelb wäre die FDP sicherlich dankbar, ich bin es am frühen Morgen noch nicht. Er hat am Ende einen Minion gemalt und mit einem gelben Stift in die Minion-Fläche ganz groß ‚gelb' reingeschrieben. Diese Momente, in denen man nicht weiß, ob man lachen oder weinen soll."

Am Wochenende ist es dann ruhiger. Solange wir nicht wach sind, haben sie die Regel ‚vor dem Frühstück nichts Digitales' außer Kraft gesetzt. Wenn der Große nachts zu uns ins Bett gekommen ist, versucht er dann morgens so leise zu sein, dass wir bloß nicht wach werden, damit er zu seinem Bildschirm kommen kann. Er hat die Veranlagung zum perfekten Einbrecher. Aber wir werden ohnehin garantiert nicht wach, da er mich mit seinem Knie nachts durch ungezielte Kicks bereits in Ohnmacht versetzt hat.

Umfangreiche Unterstützung benötigen unsere kleinen Mispelchen jetzt auch in der Küche.

„Ein belegtes Brot mit Schinken … Schinken!

Ein belegtes Brot mit Ei. Ei!

Das sind zwei belegte Brote, eins mit Schinken und eins mit Ei." Wir kennen es noch!

Dazu kommt beim angehenden Teenager allerdings, dass Brot, Butter, Ei, Schinken, Topf et cetera auf der Arbeitsfläche liegen beziehungsweise stehen bleiben und sie vergessen, das alles wegzuräumen – oder es vergessen wollen. Meine Güte: Wie ist es möglich, dass ein einzelner Mensch so viel Chaos in einer Küche verbreiten kann?

Hier meine Top Five:

- „Wo sind denn bei uns die Pfannen?", schallte es ins Leere, da die Mutter in der Waschküche war, also wurden die Eier direkt auf dem Ceranfeld gebraten.
- Milch wurde direkt in die Kakaodose geschüttet, weil das „dann einfacher geht".
- Tiefkühlpizza wird mit Plastik- und Papierverpackung in den Ofen geschoben und – jetzt kommt's – dann auch tatsächlich gegessen.
- Auf verschütteten Apfelsaft wird Milch gekippt, damit man auf der Arbeitsfläche „besser sieht", wo es nass ist.
- Brot wird mit einer Gabel geschnitten, das, was mal Brot war, wird dann liegen gelassen mit den Worten: „Du sagst doch eh, ich kann das nicht."

Das und noch ganz anderes kommt ganz am Anfang dieser Pubertät, und es fordert sehr viel Geduld. Sehr viel. SEHR VIEL. Wir hatten dieses Phänomen im ‚Gehirn-Kapitel'. Das Wort „vorausschauend" gibt es in den Kinderköpfen nicht, und sie sind sich ihres Handelns nicht bewusst. Nie aufgeben, sie immer wieder in die Küche zurückholen – aber hier brauchen wir über Jahre hinweg viel Geduld.

Es geschehen oft ganz sonderbare Dinge. Ein Mysterium bleibt die Spülmaschine. Da werden die Gläser mit der Öffnung nach oben reingestellt oder die Teller auf die Spülmaschine. Das ist wohl clever gedacht, denn durch die Vibration löst sich der Schmutz. Allerdings hatte ich letztens Bedenken, ihm Briefe für den Briefkasten mitzugeben. Er wird sie doch nicht auf den Briefkasten legen? Und das Auto wird auch nicht anspringen, wenn man sich auf das Autodach setzt.

Mein Sohn lässt auch immer einen Schluck Milch in der Packung und stellt sie in den Kühlschrank. Er ist einfach zu faul, die Packung wegzuschmeißen. Er meinte: „Ein Tröpfchen ist auch wichtig!" Damit hat er natürlich recht, denn schließlich ist er auch mit einem Tröpfchen entstanden.

Teetassen werden „zum Einweichen" in die Spüle gestellt.

Schmutziges Geschirr wird zu sauberem geräumt.

Die Kaffeemaschine fliegt in den Müll, weil meine Frau heute Morgen festgestellt hat, dass wir keinen Kaffee im Haus haben.

Wie helfen wir unseren Kindern?

Eine Mutter meinte mal zu mir: „Ich habe es ihm erklärt, sieben Minuten lang, sieben Minuten und zwölf Sekunden habe ich es ihm erklärt!"

Da habe ich ehrfürchtig gefragt: „So lange hat er zugehört?"

Meinte sie: „Ja! Ich habe dabei ein YouTube-Video für ihn gemacht!"

Bei meinem Sohn haben die Gespräche zum Verhalten in der heimischen Küche nun gefruchtet: Er hat tatsächlich gestern sein Nutella-Messer in die Spülmaschine gelegt. Nur doof, dass der Rest des Bestecks sauber war. Aber ich versuche eben, hier auch kleine Erfolge zu feiern.

In jedem Fall: kein Drama beim Thema Haushalt veranstalten. Dramen gehören in die Literatur. Bei Shakespeare geht es um Erbfolge, Vatermord und Thronbesteigung! Das sind Dramen. Hier ist das nicht nötig.

„Ich habe meinem Sohn letztens gesagt, dass er sein Zimmer aufräumen soll. Er meinte: ‚Wieso? Kommt Oma?' Wie schön, dass unsere Kinder uns immer so genau beobachten. Aber es ist schon richtig: Siebzig Prozent des Haushaltes mache ich zwei Stunden bevor meine Mutter zu Besuch kommt!"

„Mein ständiger Satz ist: ‚Ich räume dir alles hinterher.' Mein Sohn sagt dann immer: ‚Prima, Mama, du bist mein Follower.' Das kann man mit Humor nehmen oder durchdrehen."

Wichtig ist immer: Je früher man die Haushaltstätigkeiten bei unseren Kindern einführt, desto einfacher sind diese dann in der eigentlichen Pubertät durchzusetzen. Wer einem Fünfzehnjährigen erstmals vorschlägt, die Spülmaschine auszuräumen, wird den „Das habe ich noch nie gemacht"-Widerstand ertragen müssen. Früh einspannen ist auch bei Haustieren sehr ratsam. Wenn sie sich schon immer um den Hund gekümmert haben, werden sie das auch in folgenden Jahren machen (müssen). Da murren unsere Kinder zwar mehr und mehr, aber da müssen sie ran. Ich würde hier behutsam anfangen, gerade weil unsere Kinder in der frühen Phase der Pubertät mit der Baustelle im Gehirn beschäftigt sind, und das alles bei laufendem Betrieb … aber das hatten wir ja schon. Da kommt sehr viel auf die Kinder zu, und ich würde da die Erwartungen ein bisschen herunterschrauben.

Meine Mutter meint immer: „Das muss er jetzt alles lernen, damit er später mal allein einen Haushalt führen kann." So ein Käse. Man kann auch mit fünfzig noch lernen, eine Waschmaschine zu bedienen.

Erklärt eurem Kind auf Augenhöhe, dass ihr gerade Hilfe braucht. Da hat man zumindest die größten Chancen. Es heißt ja immer: Man soll seinen Kindern was fürs Leben mitgeben, das kann auch gerne mal die Mülltüte sein. Will sagen: Auf Zuruf funktioniert es am besten!

An sehr stressigen Schultagen, nach der Ganztagsschule, wenn noch viele Hausaufgaben anstehen und das Fußballtraining, reicht mir auch mal ein Teller, den unser Kind nach dem Essen in die Küche bringt.

Bitte erwartet nicht zu viel, nehmt den Druck raus. Ich finde, in dieser vorpubertären Zeit sollten sie noch keine festen Aufgaben übernehmen. Dafür helfen sie (noch) oft, wenn man sie darum bittet. Katzenklo sauber machen oder mal beim Kochen helfen.

Es geht ja auch darum, dass das Thema Haushalt nicht zu negativ behaftet wird. Also probiert doch auch, vieles mit ihnen gemeinsam zu machen – appelliert an ihre Freiwilligkeit. Das schafft Verbindung und eventuell auch Freude. Eventuell.

> „Bei uns ist es so, dass derjenige, der gekocht hat, nicht die Küche aufräumen muss. Seitdem brät mein Neunjähriger schon Schnitzel!"

Sprecht darüber. Oft kann man seinen Kindern auch klarmachen, dass wenn sie helfen aufzuräumen, man schneller fertig ist und dann früher ins Schwimmbad gehen kann.

Ich würde ihnen auf Zuruf immer wieder mal kleine Aufgaben geben, aber auch viel Verständnis zeigen.

Überhaupt sind Mitbestimmungsfragen sehr beliebt.

Wenn sie das Gefühl haben können, die Sache ein wenig mitzuentscheiden. Kennen wir von früher: „Zähne putzen? Vorm Sandmännchen oder danach?"

„Jacke? Die rote oder die blaue?"

Das Gefühl, eine gewisse Auswahl zu haben, macht jeden glücklich! Das kennen wir vom Buffet bei großen Familienfesten. Mein Sohn nutzt diese Auswahl allerdings aus: „Zimmer aufräumen?" – „Okay", sagt er. „Im Sommer oder im Winter?"

Was Zähne putzen angeht, gibt es kaum eine Auswahl. Hier wissen wir, was unserem Kind guttut.

> „Ich würde es niemals zulassen, dass mein Kind sich die Zähne nicht putzt. Das war schon immer ein verpflichtendes Ritual. Natürlich hat sie auch schon mal nur so getan. Deswegen bleibt die Tür zum Bad auf!"

Ich frage mich immer, was am Zähneputzen so schlimm ist. Man muss doch nur seine Hand hin- und herbewegen!?

Geh als gutes Vorbild voran. Vielleicht kaufst du in Absprache mit deinem Kind auch eine „megacoole Zahnbürste", eine noch coolere Zahnpasta, Mundwasser dazu und so weiter.

Da fällt mir gerade ein: Diese ganzen jungen Promis machen doch für alles Mögliche Werbung. Für Aftershave, für Getränke, für Klamotten. Warum um alles in der Welt kann denn nicht mal einer für Zahnpasta, Zahnspangen und Duschgel verpflichtet werden? Vieles wäre einfacher.

Ideal wäre es auch, wenn der Zahnarzt als sogenannte neutrale Person vor der Zahnpasta noch seinen Senf dazugeben würde und eurem Kind deutlich klarmacht, was passiert, wenn schlecht geputzt wird. Anhand gruseliger Bilder, die sonst nur auf Zigarettenpackungen zu sehen sind.

Auch die Zeit der Zahnspange kommt immer früher. Das ist gut so, da der maximale Widerstand oft erst ein paar Jahre später einsetzen wird.

Hier muss man ebenfalls beharrlich bleiben: Eine Zahnspange kann man in kaputte Zähne nicht mehr einsetzen.

Außerdem bekommt man nur nach erfolgreicher Anwendung die Kosten der Spange zurückerstattet. Das sollte man auch erklären. Notfalls hilft Taschengeldentzug. Ja, es ist bitter.

Mein Freund Wulf hat sich sogar selbst eine Zahnspange einsetzen lassen, um mit gutem Beispiel voranzugehen. Leider kam er damit im Alltag nicht zurecht. Beim Reden versorgte er sein Gegenüber mit leichtem Sprühregen, am Telefon legten Leute auf, weil sie glaubten, versehentlich bei einem geistig Zurückgebliebenen angerufen zu haben. Seinen Sohn hat das auch nicht motiviert. „Ich lauf doch nicht wie so ein Honk rum“, erklärte er jedem. Mittlerweile trägt er die Zahnspange doch, weil ein Mädel zu ihm sagte, dass er damit „voll süß“ aussehen würde ... so einfach kann's gehen.

Ich setze da zukünftig voll auf mobile Zahnärzte, die zum Hausbesuch kommen, denn während mein Sohn *Rocket League* spielt, kannst du ihm Zahnspangen einsetzen, Gurken verfüttern (er hasst Gurken) oder sogar seine Schwester unbemerkt ins Zimmer lassen. Er hat sogar einmal während des Spielens einen Vertrag über einen zockfreien Tag in der Woche unterschrieben. Das war etwas gemein. Der Vertrag wurde dann später auch für nichtig erklärt. Da hatte ich mich verzockt.

Es gibt in vielen Familien auch Regeln, die nicht sehr schlüssig sind. Und die natürlich gerade in der vorpubertären Phase sehr angreifbar sind und gerne Gegenstand von Diskussionen. Bei meinen Eltern gab es das ‚Wir baden nur samstags‘-Gesetz. Ja. Wie im Krieg. Daran gab es nichts zu rütteln. Unter der Woche wurde nur geduscht. Ich weiß noch genau, als ich meine erste Studentenbude hatte und meine Eltern dienstagsabends geradezu panisch anrief: „Mama, Papa ... die Badewanne ... es kommt Wasser unten aus dem Hahn! An einem Dienstag! Wir wurden die ganze Zeit verarscht!“

► Hin und wieder ist Klarheit und Orientierung erforderlich. Da gilt es freundlich, aber deutlich und ohne Rechtfertigung mitzuteilen, dass es jetzt so und so läuft, weil du es so haben willst. Und dann ist Erziehung einfach auch mal aushalten (für beide Seiten).

- Kinder wollen überhaupt nicht im Mittelpunkt stehen, sie wollen Gemeinschaft und Orientierung. Und wenn sie davon zu wenig haben, werden sie unzufrieden und versuchen, wie Erwachsene auch, über Machtausübung ihre Hilflosigkeit loszuwerden. Ihr als Eltern bestimmt die Strukturen in eurer Familie. Und es ist total okay, wenn euer Sohn nicht mit allem einverstanden ist. Aber es gehört dazu, zu lernen, dass Gemeinschaft ein Geben und Nehmen ist und jeder mit seinen Wünschen und Bedürfnissen wichtig ist. Natürlich ist die Empathiefähigkeit meines Sohnes noch eingeschränkt, aber ich werde nicht aufhören, ihn daran zu erinnern.

Dazu gehören auch die neuen Bedürfnisse unserer Kinder, die nun langsam lernen, mit Gefühlen umzugehen. Oma zu meinem Sohn: „Umarmst du mich zum Abschied?“

Sohn zu seiner Oma: „Nein, ich will nicht.“

Oma zum Sohn: „Dann bin ich aber ganz schön traurig.“

Sohn zur Oma: „Es ist okay, traurig zu sein!“

Mein Sohn meckert mittlerweile auch über das Frühstück. In der neuen Schule gibt es nämlich jetzt einen Kiosk. Dafür hätte er gerne ein ‚All inclusive‘-Bändchen. Da schmeckt es immer sooo viel besser. Papas Brote sind nichts dagegen. Er liebt das Kioskangebot selbstverständlich auch deswegen, weil in den Teilchen statt Liebe sehr viel Zucker drinsteckt. Wir sollen Geld dazugeben, was somit als ‚Teilchenbeschleuniger‘ gelten soll.

Ich war früher oft auch sehr unzufrieden mit meinem Frühstück. Ich habe da sehr rebelliert und jeden Morgen gemeckert. Meine arme Mutter. Irgendwann hatte ich einen Zettel in der Brotbox, auf dem stand: „Ich komme nach der ersten Stunde. Ich stille dich wieder!“

Aber klar ist auch, wenn wir hier an die kommenden Pubertätsjahre denken: keine Energie verschwenden, indem ihr euch in Kleinigkeiten hineinsteigert. Versucht wenigstens, gelassen zu bleiben und ein wenig nachsichtig. Und wenn man sich doch hineinsteigert, dann ist das eben mal so. Morgens um halb sieben muss nicht immer alles so pädagogisch wertvoll sein. Ab dem ersten Kaffee geht's besser.

Und wenn sie morgens grundsätzlich euer Frühstück komplett verschmähen, nicht immer alles an die große Moralglocke hängen. Selbst Essen nicht. Deswegen sein Kind alleine sitzen zu lassen und die beleidigte Leberwurst zu spielen, anstatt sie zu essen, ist auch nicht ratsam. Nicht persönlich nehmen.

Das ist sowieso das Mantra: Nicht persönlich nehmen. Ommm. (Sagte ich das schon?)

Wie würdet ihr euch denn an der Stelle dieses Teenagers fühlen, wenn ihr dauernd Plundertaschen vor der Nase habt, aber immer nur Vollkornbrot in der eigenen Dose? Ich würde es erst mal ruhen lassen und vorschlagen, dass man sich vielleicht mittags noch mal hinsetzt, und auch erklären, dass man morgens extra früher aufsteht, um ihm Brote zu schmieren, und dass es ganz schön verletzend ist, dann ständig angemotzt zu werden. Man würde es natürlich auch akzeptieren und ihm freistellen, seine Brote in Zukunft selbst zu schmieren. Ich denke, da findet man eine Lösung. Mein Sohn bekommt jetzt in der Woche montags Geld für den Kiosk, dann hat er einen guten Wochenstart. Man kann es sich auch mal einfach machen.

Manchmal geht es auch beim Thema ‚Brot' darum, dass sie sich nicht ernst genommen fühlen. Sie wollen auch mehr entscheiden, was auf das Brot darf. Das kann man ja dann alles absprechen. Manchmal sind es kleine Dinge, gerade am Anfang der Pubertät, gegen die das Kind stark protestiert. Wir finden es gar nicht so wichtig, aber unser Kind sieht das anders. Es will lernen, eigene Entscheidungen zu treffen, uns quasi die Butter vom Brot nehmen. Lassen wir sie doch!

> „Der Kühlschrank geht quasi alle dreißig Minuten auf. Er schaut rein in der Hoffnung, es liegt etwas anderes drin als vor dreißig Minuten! Ein interessantes Schauspiel der Spezies Mensch."

> „Meine Tochter war jetzt auf einem Geburtstag mit vegetarischen Würstchen. Bis dahin wollte sie den Jungen heiraten, das hatte sich wohl dann erledigt."

Das Essen, ein Basis-Event für die gelungene Gemeinschaftskommunikation, ein besinnliches Beisammensein, gewürzt mit leiblichem Wohlergehen: Mit einem vorpubertären Teenager, der oft zu anderen Zeiten Hunger hat und nun auch am liebsten im Zimmer essen möchte, wird dieses schöne Familienritual deutlich infrage gestellt. In Form von Fragen wie: „Ich habe noch keinen Hunger. Kann ich aufstehen?"

Dann wird herumgealbert, die Schwester geärgert und überhaupt. Die Elternruhe ist vorbei.

► Ich finde es wichtig, auf diesem Ritual zu beharren, aber auch mal Ausnahmen zuzulassen. Wenn das Bedürfnis gerade nach Elternruhe und Erzählen sehr stark ist, kann man dem Sohnemann auch mal gestatten, früher aufzustehen. Er würde sich bei einem Gespräch, in das er nicht involviert ist, ohnehin nur langweilen.

Bei meiner kleinen Tochter war das noch sehr einfach. Sobald der Papa irgendetwas Langweiliges gesagt hat, wurde mir der Schnuller in den Mund gesteckt. Das wäre auch für das erwachsene Leben eine gute Idee. Sobald im Bundestag ein Politiker oder eine Politikerin dummes Zeug erzählt, Schnulli rein. Allein beim Verwandtentreffen an Weihnachten wäre eine Handvoll Schnuller eine Wohltat.

Also: Die Grundverabredung ist immer ein gemeinsames Essen. Aber wenn die Tochter gerade mitten im Fantasiespiel steckt und der Sohn seit Langem mal wieder mit einem ehemaligen Grundschulkameraden zockt, immer gesprächsbereit sein.

Hier kommt sicher auch das Wort Verhandlungsgeschick her, von ‚Verständnis haben' wollen wir gar nicht erst sprechen. Aber auch immer sich selbst klarmachen, dass man die Verantwortung trägt und Kapitän des Schiffes ‚Familie' ist.

Bitte habt keine Angst, etwas falsch zu machen. Klappt nicht, ich weiß. Aber immer wieder versuchen! Ansonsten hemmt diese Angst in Verhandlungen auch im weiteren Verlauf der Pubertät die Kompromissbereitschaft, da ihr unterbewusst immer ein schlechtes Gewissen habt und dann zu schnell nachgeben könntet.

Bleibt in allen Situationen beweglich. Von einer sicheren Basis aus ist Erziehung ein dynamischer Prozess.

Das merkt das Kind dann auch an manchem Abend, denn der Hunger kommt immer später. Doch die Küche bleibt dann kalt, und da kann sich das liebe Kind gerne mal selbst etwas schmieren. Es ist ja alles da.

Mit der Pubertät ist das Familienleben nicht mehr wie vorher, weil sich unser Teenager immer mehr davon entfernt. Es wird alles immer weniger. Er will grundsätzlich gerne alleine sein. Wenn wir hier zu viel Druck machen, erreichen wir nichts. Ein paar wenige Rituale können wir beibehalten oder mit ihm aushandeln. Er kommt schon ab und an dazu. Versprochen.

Komm ihm bei manchen Themen entgegen, dann macht er das bei dir auch. Du hast es vorgelebt! Ich schmiere ihm abends um 21 Uhr 30 auch schon mal einen Toast, wenn er mich darum sehr lieb bittet. Aus der Situation heraus. Aber eben nicht immer. Prinzipiell bemerkt er diese Ausnahme, und ich erhoffe mir, dass er mir an anderer Stelle auch etwas entgegenkommt. Ein kleines Fünkchen Hoffnung … man wird ja noch mal träumen dürfen.

> „Als Kind musste ich am Tisch essen, im Zimmer war verboten. Ich fand diesen Zwang furchtbar. Wir essen nicht regelmäßig zusammen, aber wenn, dann alle gerne, das ist mir weit lieber. Lieber seltener und dafür freiwillig und gerne, als jeden Tag unwillig durch Zwang!"

Und was sich auch verändern wird: Kaum hat man fertig gegessen, kommt er, der unvermeidliche Satz des jungen Teenies: „Sag mal, wann gibt's eigentlich was zu essen?"

Das Staunen darüber, wie viele Mahlzeiten täglich in dem schlaksigen Körper verschwinden, weicht dem ungläubigen Blick auf den Zwölfjährigen, der immer noch mehr Kind als Kerl ist. Es gibt nicht einfach mehr einen Snack, es gibt einen ‚Snackathlon'. Und der wird auch gerne mal in der Nacht, veranstaltet.

> „Wir haben unserem Kind gesagt, die Tür steht dir immer offen. Aber muss es denn ständig die Kühlschranktür sein?"

Ach ja: Es gibt immer ein Essen, das normalerweise alle essen. Wenn unser stets provozierendes, hormonangereichertes Kind dies infrage stellt, kann er oder sie sich ein Brot machen. Die Basisausstattung ist immer da. Man muss kein zweites Gericht zubereiten.

Manchmal hat man Glück, und er kocht selbst mit innovativen Ideen. Mein Highlight: Toastbrot mit Ritter-Sport-Schokolade!

Wir haben bereits festgestellt: Die Kinder wenden sich am Anfang der Pubertät tagsüber vermehrt der Außenwelt zu. Abends kehren sie emotional zu den Eltern zurück. Am Abend ist also die beste Gelegenheit für die Eltern, die Beziehung zum Kind zu stärken.

▶ Am besten eignen sich dafür verbale und nonverbale Kommunikation und Rituale. Den Tag noch einmal Revue passieren lassen und mit einem Ideal, einem positiven Thema, einem schönen Gefühl einschlafen.

Ich werde auch hier beim Schreiben alles geben, damit der letzte Satz ein Mega-Brüller ist, mit dem du dann sehr positiv gestimmt das Buch weglegen kannst. Bitte nicht schon hinten schauen. Ich sagte, ich probiere es.

Das heißt also für den Abend: Lockere Gespräche, keine Vorwürfe zum Thema Schule. Selbstbewusstsein noch mal fördern mit ‚Du hast es geschafft'-Botschaften. Das kann alles Mögliche sein:

- „Du hast es geschafft, die Kellertür zu schließen."
- „Du hast es geschafft, den Turnschuh zu finden."
- „Du hast es geschafft, ein leeres Nutellaglas nicht nur in die Küche, sondern gleich zum Altglas zu stellen."
- „Du hast es geschafft, allein einen Löffel zu finden."
- „Du hast es geschafft, mit deinen Hausaufgaben anzufangen."
- Und so weiter.

Ich stelle mir gerade vor, dass meine Frau mich nachts noch mal zu sich heranzieht und mir ganz zärtlich ins Ohr säuselt: „Waschmaschine, Kochen, Einkaufen … das lief super heute mit dir!"

- Für unser Kind gilt es, Lichtblicke im Dunkeln zu finden.
Und das gelingt am besten am Abend beziehungsweise auf der Couch oder kurz vorm Schlafengehen.

- Es ist nun mal auch gerade abends auffallend, dass die Kinder in diesem Alter häufig Bedürfnisse nach Nähe und Kontakt haben wie ein vier-, fünfjähriges Kind.

Mein Sohn nennt seine Schwester immer „Baby“, weil er wohl oft selbst noch gerne eines wäre. Im alltäglichen Verhalten erkennt man diese Rückkehr in die Vergangenheit nicht. Er fährt jetzt nicht einfach wieder viel mehr Bobbycar, und Hipp-Gläschen mit der Aufschrift ‚Ab dem 120. Monat‘ gibt es meines Wissens auch noch nicht. Wobei ich es schon passend finden würde, wenn man bei *Fortnite* eine Kuschelecke einrichten könnte, wo die Skins sich dann mal kurz drücken können, bevor sie wieder aufeinander losgehen. Denn danach haben sie eine große Sehnsucht. Also unsere Kinder. Es geht um nonverbalen Kontakt, weil sie ihre Gedanken und Erlebnisse oft nicht in Worte fassen können.

- Steht eurem Kind emotional bei, stärkt euer Kind und damit die Qualität eurer Beziehung. In ein paar Jahren ist das nur noch schwer möglich. Heißt: kuscheln, gemeinsame Aktivitäten wie Gartenarbeit, malen, kochen, Zähne putzen, Abendgeschichten.

- Auch Rituale wie beten oder ein einfaches „Gute Nacht, schlaf gut, hab dich lieb“, das jeden Abend wiederholt wird, ist sehr kostbar in dieser Zeit.

Diese Rituale nimmt dein Kind mit in die Pubertät und zieht daraus ein Gefühl von Stabilität, Liebe und Geborgenheit. Gefühle, die das Kind in der Pubertät immer noch braucht.

Früher waren uns die Kinder eher peinlich. Der Klassiker natürlich: das schreiende Kind vor der Quengelware an der Supermarktkasse.

Nach einem harten Arbeitstag hat meine Frau mal ein Beck's Green Lemon in der Wanne getrunken. Meine kleine Tochter erzählte dann in der Kita, dass Mama IMMER in der Wanne liegt und Bier trinkt. Ein befreundeter Zahnarzt behandelt auch Gefängnisinsassen und ist somit des Öfteren in der Justizvollzugsanstalt. Bei ihm zu Hause klingelte mal das Telefon, der Sohn ging ran. „Papa ist nicht da. Der ist jetzt im Gefängnis."

Das wird dann langsam in eine andere Richtung gehen. Wir sind dann ihnen peinlich. Drücken und knuddeln vor den Freunden wird beispielsweise schwieriger. „Mama, lass das!"

Ich gehe mit meinem Sohn ab und an noch alleine ins Kino. Ich weiß nicht, ob es Absicht war, aber er hat sogar letztens Kuschelsitze gebucht. Kuschelsitze!!!

Er meinte nur: für sich in Reihe fünf, für mich in Reihe acht.

Eben bin ich nach dem Baden noch mal in sein Zimmer, weil wir uns heute noch nicht gesehen hatten. „Naaa, Schnubbelwutz", habe ich gerufen. Das sage ich immer vor dem Einschlafen. Leider war er im Online-Game und sein Mikro plus Kamera aktiv! Ich meinte nur: „Du stellst dich an, ich hab doch nur Schnubbel gesagt!"

„Nee", meinte er, „deine gepunktete Boxershorts find ich viel schlimmer!"

Apropos peinlich: Früher war man ja auch noch Papa und Mama, jetzt behält man zwar das „a" am Ende, um es dem Gehirn einfacher zu machen, aber die Worte werden jetzt ersetzt durch „Aldda" und „Digga". Meine kleine Tochter spielt dann quasi nur noch: „Aldda, Digga, Kind!" Und es heißt jetzt „Aldda-Kind"-Kur und „Digga-Kind"-Parkplatz. Diese neuen Worte wiederum bitte keinesfalls vor unserem Heranwachsenden und seinen Freunden artikulieren. Das ist dann wieder megapeinlich und „geht gar nicht".

Wie gesagt, abends kommen sie ja wieder an. Dann sind wir wieder nicht mehr zum Schämen, sondern „Kuschelmenschen!"

Und außerdem sind wir die Lebensmenschen unserer Kinder, die sie ihr Leben lang begleiten werden, von denen sie sich sorgenfrei abnabeln können, weil sie immer geliebt werden. Und dazu nutzen wir auch sehr gerne dann unsere Kernkompetenz: peinlich sein.

„Peinlich? Mein 78-jähriger Vater grillt heute immer noch im Sommer im Feinrippunterhemd, das ist wohl ein spätes Grenzen-Austesten!"

Nicht ganz so humorvoll ist es, wenn man von seinem Kind verbal beleidigt und verletzt wird, weil man dem Kind vor den Freunden unangenehm ist. Die Kinder wollen dann oft cool sein, und so machen sie uns Eltern dann klein vor den Freunden. In der Situation Gegendruck zu erzeugen und die Freunde heimzuschicken, macht keinen Sinn, denn die können ja nichts dafür. Leider beobachte ich auch immer wieder, dass sich Freunde unseres Sohnes oft bei ‚Fremden', also bei uns, nicht benehmen. Ich versuche so ein Verhalten trotzdem zunächst zu ignorieren und beim nächsten Mal, wenn die Freunde oder Freundinnen wiederkommen wollen, die Aufmerksamkeit unseres Kindes zu nutzen und mit ihm über die Bedingungen zu sprechen. Dazu gehört eben ein respektvoller Umgang. Auch vonseiten der Freunde. Nur so geht es.

Bei allem Respekt gibt es Situationen notwendiger Umschiffung von Wahrheiten. Ja, auch wir Eltern lügen. Fünfzigmal am Tag!

Als letztens eine Nachbarin klingelte, sagte ich zu meiner Tochter: „Wir sind nicht da!" Als ein paar Tage später die Schwiegermutter klingelte, brüllte meine Tochter: „WIR SIND NICHT DA! UND MAMA TRINKT BIER IN DER BADEWANNE!"

Kleine Flunkereien gehen immer. Das müssen wir ihnen auch zugestehen. Da würde ich kein großes Fass aufmachen und eventuell auch mit Humor rangehen.

Grundsätzlich sollte unser Teenager aber (wie schon mehrfach betont, ich weiß, das ist wegen der Brisanz der Sache!) wissen, dass er mit jedem Problem zu uns Eltern kommen kann. Verstecken und Lügen geschieht oft aus Angst vor einer Reaktion. Gerade in schulischen Angelegenheiten atmen wir da noch mal ein und aus, bevor wir reagieren. „Es ist ihre Note. Nicht meine!" Wir machen keinen Druck, bieten nur unsere Hilfe an. Gleichzeitig ist die Abmachung: Noten werden zu Hause erzählt. Aber man macht dem Kind keinen Stress. Probiert es mit Liebe, Hilfsangeboten und viel Humor. Auch gerne mal ganz konkret sagen: „Ich liebe dich, weil du so bist, wie du bist, und nicht wegen deinen guten oder schlechten Noten."

Ich sage auch immer: Wenn die Eltern die Wahrheit ertragen, gibt es kein Grund zu lügen.

- Bei wirklich krassen Lügen solltet ihr also mit ihnen darüber sprechen, warum genau sie lügen. Denn hier ist die Furcht vor bestimmten Reaktionen der Eltern recht wahrscheinlich.

- Vielleicht sind wir bei dem Thema zu nah dran und kontrollieren zu viel. Hört eurem Kind zu. Findet gemeinsam eine Lösung.

> „Meine Tochter und ich erzählen uns alles. Wir haben keine Geheimnisse voreinander!"

Das arme Kind. Kinder brauchen Geheimnisse! Nicht dabei sein, im Hinblick auf die Eltern, ist alles! Unter der Decke lesen, heimlich zocken, Süßigkeiten mit ins Bett nehmen, hinter der Tür die TV-Sendung der Erwachsenen mitschauen. Ein Teenager liebt das Risiko, so erprobt er seinen Mut. Noch heute schnappe ich mir manchmal eine Traube im Supermarkt und probiere sie. Einmal stand ich kauend an der Kasse, und die Kassiererin meinte: „Ihr Kopf muss noch gewogen werden!“

Also: Kleine Schwindeleien sind normal, aber auch diese lassen auf Dauer und wenn sie überhandnehmen das Vertrauen schwinden. Das müssen die Kinder merken und lernen. Manchmal kann man sie damit aufziehen und humorvoll klären, dass das blöd war. Richtige Lügen ergeben schon mal ernstere Gespräche und die wiederholte Erinnerung daran, dass man in der Familie ALLES erzählen kann.

- Vielleicht gibt es mal Ärger, wenn man Mist gebaut hat, aber im Grunde wird einem immer geholfen, und man ist mit der Sache nicht allein!

Einige Heranwachsende beginnen nun abends außer Haus sein zu wollen. Ich würde auch hier gechillt bleiben und einfach mal fragen, wann er wieder zurück ist oder sein möchte. Man ist überrascht, denn oft liegen die Ansichten nicht weit auseinander.

In den allermeisten Fällen bin ich damit einverstanden. Wenn der Zeitraum sehr lange ist oder Ortswechsel stattfinden, sollte er zwischendurch Bescheid sagen.

Und wir können ja gewiss sein: Man hat irgendwann eher das Problem, dass sie gar nicht mehr rauswollen. Jetzt erfreuen wir uns daran, dass dies noch der Fall ist. Im Winter ist es ratsam, dass sie bei Beginn der Dunkelheit beziehungsweise gegen 18 Uhr zu Hause sind. So haben es mir viele Eltern bestätigt. Im Sommer ist man flexibler, und es wird schon mal um die 20 Uhr. Ist in Ordnung!

Bei der Schlafenszeit ist es ähnlich. Wenn es zu große Abweichungen zu meiner Vorstellung gibt, dann finden wir den Kompromiss, dass mein Sohn am Wochenende länger aufbleiben darf. Damit ist Sohnemann bis jetzt immer einverstanden gewesen. Versucht dem Kind auf Augenhöhe zu begegnen.

Was auf einmal gar nicht mehr akzeptiert wird, sind Filme, die die Eltern aus ihrer Jugend kennen, für gut befanden und diese auch ihrem Kind einmal zeigen möchten. Dagegen wird mittlerweile kräftig rebelliert. Was Papa schaut, ist alles todsterbenslangweilig. *Muppet Show* und *Fraggles* haben wir keine zwei Minuten geschafft. Es war ein derartiges Gemeckere und Gemotze – das war es mir dann nicht wert. Es wird generell bei meinen Filmvorschlägen so lange gemeckert, bis ich freiwillig ausschalte, aufgebe und der Satz meines Sohnes kommt: „Kann ich mal dein Handy?“ Einfach wohl, weil ich der Papa bin, und der steht auf einmal für schlechten Geschmack. Was würde meine Rosamunde-Pilcher-Fangruppe davon halten?

Wenn sie dann YouTube schauen, sollte man stets in der Nähe bleiben, wobei diese Quak-Stimmen wirklich kaum auszuhalten sind. Die Kinder schauen tatsächlich anderen zu, wie sie Spiele bewerten und spielen. Auf den Schreck habe ich mir erst mal ein Fußballspiel reingezogen, bei dem auch bewertet und … ach, das ist doch trotzdem was ganz anderes!

Wir haben sie bereits thematisiert, die Welt von iPad, PC, iPhone, Playsi, Smartphone, Tablet, Switch. Das Problem ist: Verbiete ich ein Gerät, haben sie direkt wieder das nächste in der Hand. Und sie fangen wieder an, neu zu verhandeln. Es macht mich wahnsinnig. Es zermürbt auf Dauer. Ich fürchte, ich muss bald einen Anwalt hinzuziehen.

Was für den digitalen Alltag hier noch wichtig ist: In diesen ersten Pubertätsjahren folgen sie oft nur ihrem Instinkt und benutzen dieses digitale Medium zu reinen Unterhaltungszwecken wie zocken. Doch es besteht hier Hoffnung: Später interessieren sie sich deutlich weniger dafür. Oder unsere Teenager werden kreativer mit den diversen Devices. Dann entwickelt sich bei so manchem eine Leidenschaft. Sie filmen beispielsweise ihre Hobbys, schneiden die Videos und produzieren sehr gut gemachte Clips. Da gibt es sehr viele Möglichkeiten, die digitalen Medien ‚sinnvoller' zu nutzen. Oft kaufen sie sich dann auch einen PC, um einfach ‚mehr' damit machen zu können. Wir sind gespannt und freuen uns auf eine Welt außerhalb von *Fortnite*.

Der Alltag macht uns ansonsten oft, wie schon ein- oder zweimal gesagt, sprachlos. Ihre Wortwahl, ihre Respektlosigkeit und diese Faulheit: Man fühlt sich ohnmächtig und sogar wütend. Was hat man bei der Erziehung nur alles falsch gemacht?

Auf einmal sind wir die fiesesten Eltern der Welt!

Nun: Wir können nicht in jede Alltags-Schlacht ziehen.

Es folgen einfach logische Konsequenzen. Sind ihre Hausaufgaben nicht gemacht, gibt es kein Zocken.

Sind die Klamotten nicht im Wäschekorb, werden sie nicht gewaschen. Erscheinen sie aus ihrem Zimmer nicht zum Essen, trotz mehrmaligem Rufen, räume ich, wenn ich fertig bin, einfach wieder ab.

Wir können nicht alles diskutieren. Wir müssen auch auf unsere Energie achten. Wir lernen: Auf Druck folgt Widerstand, und der ist anstrengend und kräftezehrend. Nur noch einmal zur Erinnerung: Die Suche nach Konfrontation ist wichtig für ihre Entwicklung, die Kids WOLLEN sich reiben, und mein Verhalten als Erwachsener prägt ihre Konfliktfähigkeit. Das Kind muss merken, dass sein Handeln direkte Auswirkungen auf sein eigenes Leben hat!

Selbst jedes „Nein, kein Bock" – und da warten viele auf uns –, zeigt auch, dass sie ihre Grenzen kennenlernen, und das kann in vielen Situationen ihres Lebens wichtig sein. Dass sie sagen: „Nein, ich will das nicht!" Diese Basis schaffen wir gemeinsam in der Pubertät, und zwar von Anfang an.

Ich versuche auch stets, das gegenseitige Vertrauen zu stärken. Also wenn sie sagt, sie möchte sich jetzt erst einmal mit ihrer Freundin treffen und später ihr Zimmer aufräumen, dann sage ich ihr: „Okay, ich vertraue dir, dass du diese Aufgabe dann auch tatsächlich erledigst." Macht sie es dann nicht, gibt es das nächste Mal diese Ausnahme nicht mehr. So einfach ist das (man muss es nur durchziehen).

Wichtig finde ich immer: wenn es ruhige Minuten und ein entspanntes Miteinander gibt, dass man dann genau darüber redet. Dass man sagt: „Wie du manchmal mit mir redest, verletzt mich." Oder auch: „Was würdest du denn an meiner Stelle tun? Oder kannst du mir helfen, wie ich in der Situation mit dir umgehen soll? Ich komme da nicht weiter. Wie ist deine Sicht der Dinge? Das ist meine."

Wenig Du-Sätze („Du hast aber, du bist aber ...!"), mehr Ich-Aussagen! („Ich habe das so erlebt, wie siehst du das?")

So verstehen wir beide besser, warum wir so reagieren und wie die Dinge bei uns als Empfänger ankommen.

Ich konserviere wirklich die Phasen, in denen es etwas ruhiger zugeht. Daraus solltest du dann auch Kraft schöpfen!

► Versucht immer, den liebevollen Blick auf eure Kinder zu bewahren. Es sind eure Kinder, auch wenn sie sich jetzt auf die Reise Richtung Pubertät begeben. Sie müssen und werden sich verändern, aber sie lieben euch immer. Immer. Denn wenn sie sich an UNS nicht reiben dürfen, wo dann? Denkt daran: Das tun sie nur, wenn sie sich geliebt fühlen.

► Und nicht vergessen:
Einige Kinder starten früh, andere spät, die einen halten überall, nehmen jede Station mit, andere bleiben an einigen Haltepunkten ganz besonders lange stehen, manche fahren im ICE-Tempo, manche wie eine Zahnradbahn, und wieder andere fahren nicht nur vorwärts, sie fahren zurück, um zu schauen, woher sie gekommen sind. Wir wissen nicht, was auf uns zukommt. Individuell sind sie sehr verschieden.

Wir haben deshalb gerade am Anfang der Pubertät das Gefühl, unser Kind entgleist, ähm ... entgleitet uns. Das macht Angst und Sorgen.

Aber alles ist gut. Alles ist normal. Der Vorgang beim Abnabelungsprozess ist eine entwicklungsbedingte Notwendigkeit. Sie suchen ihren Platz in der Gesellschaft und versuchen, sich untereinander zu behaupten. Gleichaltrige werden als Bezugspersonen immer wichtiger. Bei ihnen suchen die Jugendlichen Verständnis und teilen gemeinsame Erlebnisse.

Manchmal fühlt man sich als Mutter oder Vater dabei sehr traurig, unverstanden und wütend. Vermutlich fühlt sich meine Tochter auch oft so. Das ist eben Pubertät. Bitte auch versuchen, jeden ‚guten' Moment wahrzunehmen und zu genießen.

Versucht, gechillt und gelassen zu bleiben, und probiert eventuell mal, euch durch einen Perspektivwechsel in den Pubertierenden hineinzuversetzen. Hinterfragt mal bestehende Grenzen und Vorschriften. Auch an die eigene Pubertät kann man mal zurückdenken. Wenn wir Verständnis für ein gewisses Verhalten unserer Kinder haben, es tatsächlich nicht persönlich nehmen (da ist es wieder, unser Mantra! Ommm!), werden wir selbst gelassener. Bezieht deshalb bitte nicht zu viel auf euch. Eure Kinder sind anders in der Pubertät, aber letztlich komplett richtig.

Es kommt zum ‚betreuten Abnabeln'. Für die Entwicklung unserer Kinder sind wir Eltern wie Nachbarn. Sie sind ständig um einen rum, man streitet über unwichtigen Kram, und eigentlich will man nichts mit ihnen zu tun haben. Ich erinnere mich an meine Pubertät und überlege mir, was ich mir als Teenager von meinen Eltern gewünscht hätte, und finde immer wieder dieselbe Antwort: Ich wollte, dass sie mir meinen Freiraum lassen, aber da sind, wenn ich sie brauche!

Menschen und ihre Biografien dienen als Vorbild, Kleinigkeiten können das Kind nachhaltig stärken oder enttäuschen. Neuere Untersuchungen zeigen, dass es nichts Wichtigeres für die langfristige Gesundheit des Kindes gibt als eine gute Bindung zu Menschen, die ihm wichtig sind.

Wenn du in einer lockeren Runde einmal nach einem interessanten Gesprächsstoff suchst, frag deine Mitmenschen doch mal, was sie erlebt haben, als sie neun oder zehn Jahre alt waren. Du wirst feststellen: Daraus kann ein sehr spannender Austausch entstehen. Denn viele haben in dieser Phase ihres Lebens wichtige Begegnungen oder Schlüsselerlebnisse gehabt, die sie bis ins Erwachsenenalter prägten. Sei es ein Umzug, die Trennung der Eltern, ein Todesfall oder die bewusste Entscheidung für oder gegen den Glauben an Gott …

Zusammengefasst lässt sich über das Verhalten pubertätsbereiter Teenager im Alltag sagen: mal viel essen, mal fast nichts, mal zu anderen Zeiten essen, mal himmelhochjauchzend, mal zu Tode betrübt, Schule ist doof, Mama auch, Papa sowieso, zocken bis in die Nacht, schlafen bis zum Mittagessen, auf alles „keinen Bock", Wasser ist unnötig, Deo auch, „Mama, du bist peinlich, hör auf, mich zu blamieren", „Ich weiß es besser", „Ich will meine Ruhe", „Mama, das verstehst du nicht", „Papa, du auch nicht", und: „Alle anderen dürfen alles, nur ich nicht!!!"

Sie sind provokant, ignorant und verletzend. Fast täglich. Plötzliche Stimmungsschwankungen ereignen sich ohne Vorwarnung, und eigenartige Verhaltensweisen und Essgewohnheiten lösen sich so schnell wieder auf, wie sie entstanden sind. Es gibt grundlose Aggressionen in Bezug auf den kleinen Bruder, eine unfassbar freche Klappe, ohne zu wissen, wann Schluss ist, und haufenweise spontane Gefühlsausbrüche ohne erkennbaren Grund!

Verwende die obige Liste als Bingo-Zettel.

Wie viele kannst du ankreuzen?

Also: In der ersten Phase der Pubertät testen unsere Kinder schon langsam ihre Grenzen aus, hören jedoch noch weitestgehend auf die Eltern. Die Werte stimmen noch überein, nur der Alltag wird schwieriger. Ihre kleine Welt verändert sich, Interessen verlagern sich, ihr Musikgeschmack wird konkreter, und sie fordern mehr Handlungsspielraum. Vieles, was sie zuvor als selbstverständlich hingenommen haben, wird nun hinterfragt. Verständlich, wenn man sein eigenes Ich, seinen eigenen Weg entdecken möchte. Streit und Auseinandersetzungen sind in der Pubertät kaum zu vermeiden, denn dein Kind muss seinen eigenen Weg im Leben finden und sich von den Eltern langsam abnabeln. Dazu gehört es auch, eigene Positionen zu entwickeln und andere Sichtweisen als die der Eltern einzunehmen. Kinder fangen an, über ihr Leben und das der anderen zu grübeln. Sie stellen Fragen und vieles infrage.

Das führt unweigerlich zu Meinungsverschiedenheiten, und auch wenn die manchmal extrem sind, sind sie wichtig für die Entwicklung der Persönlichkeit deines Kindes. Sie machen nichts gegen uns, sondern etwas für sich.

Wir haben festgestellt, dass die Hormone einschießen und auch die körperliche Entwicklung voranschreitet. Das Gehirn sortiert sich neu, und deshalb verändert sich auch das Verhalten. Der Körper und die Psyche wollen erwachsen werden. Es wird noch gerne gekuschelt und geknuddelt. Tagsüber lehnen sie ihre Eltern oft ab, und die Diskussionen nehmen zu. Die Stimmung schwankt, und sie schwanken zudem zwischen Unternehmungslust und Lustlosigkeit.

Diese Situation der frühen Pubertät jetzt anzunehmen, ist die hohe Kunst in der Erziehung. Die Erziehung erlebt ihr großes Finale. Noch ein letztes Mal kommen wir an die Kinder heran. Es ist die letzte Erziehungs-Tankstelle vor der Pubertäts-Autobahn. Sobald das Netflix-Abo abgeschlossen ist, wird es tatsächlich schwierig!

Bedenkt daher noch einmal: Unser Kind ist nicht dazu da, um unsere Wünsche, Erwartungen und Bedürfnisse zu erfüllen. Wenn du dich über dein Kind aufregst und wütend wirst, triggert es wahrscheinlich etwas in dir. Daran hat ein Kind keinerlei Schuld. Es zeigt dir lediglich: „Da solltest du selbst mal hinschauen!“ Was war da bei dir früher los?

Euer Kind begibt sich auf eine Reise. Macht das auch mal, diese Reise lohnt sich. Es geht darum, mich auch weiterzuentwickeln. Ich möchte, dass mein Kind sieht, dass ich auch ein Mensch bin, dass ich Fehler mache und dass man sich korrigieren kann, wenn man das bemerkt.

Reflektiere dich erst selbst. Was ist bei dir los? Bist du unsicher? Hast du viel Stress? Kinder verstehen Gefühle, Mimik, Gestik viel besser, als wir denken, und spiegeln das wider. Da kannst du noch so wundervolle Worte verwenden: Wenn es in deinem Inneren anders aussieht, merkt dein Kind das.

Denkt nun auch an euch: Mit jedem Hormon, das ausgeschüttet wird, mit jedem Haar, das unter der Achsel wächst, mit jedem „Mama, du nervst“, das laut aus seinem Mund kommt, beginnen wir unser Kind loszulassen. Dies tut manchmal unendlich weh, aber es ist auch eine Chance für uns, das eigene Selbst wiederzufinden, auf die Reise zu gehen – zu unserem Ich. Mit weinendem Auge, aber voller Aufbruchstimmung. Ja! Es wird Zeit, die Koffer zu packen! Das tut der Liebe zu unserem Kind (und umgekehrt) keinen Abbruch.

Wir lieben unser Kind, und unser Kind weiß dies auch. Das ist das Ticket für die Achterbahnfahrt Pubertät. Nur so kann es losgehen, und nur so kommen sie nach der Pubertät wieder.

Denn wenn man zu einem bestimmten Zeitpunkt im Leben nicht weiß, wo es hingeht, denkt man daran, wo man herkommt. Oft ein schöner Gedanke. Also ab auf die Achterbahn. Auch wenn die Eltern lieber mit ihrem Kind im Karussell geblieben wären, in dem unser Kind im Feuerwehrauto sitzt und langsam seine Runden dreht. Sie wollen nun frei sein. Ausprobieren, austesten, ausschlafen. Über Letzteres freuen sich die Eltern. Ich mich auch, wenn es nicht noch die kleine Tochter gäbe.

Meine vier entscheidenden Voraussetzungen für einen gesunden Einstieg in die Pubertät: Sicherheit, Struktur, Unterstützung und Liebe.

Und das setze ich um, indem ich mit ihnen im Gespräch bleibe, Kompromisse mache und manchmal Linien ziehe, wo es wirklich nottut.

Es ist eine zweite Geburt, es ist eine neue Liebe, die Distanz miteinschließt. Wie der große Schlager-Philosoph Jürgen Marcus auch schon wusste und Ross Antony heute nachsingt:

„Eine neue Liebe ist wie ein neues Leben!"

Freuen wir uns auf unsere neue Liebe, die Abstand braucht, um ein neues Leben gedeihen zu lassen – und auf die große Freude, wenn sie wiederkommen. Wenn unsere Kinder uns in ihr Leben wieder mehr und mehr einladen und vor ihrer eigenen Wohnung garantiert sagen werden: „Mama, Papa, aber mal schön vor der Tür die Schuhe ausziehen!"

„Es ist noch aus allen was geworden." – FALSCH! Sie sind jetzt schon WAS. Nämlich: RICHTIG, genau so, wie sie sind!

Erziehungsstatus: kompliziert! Das ist wohl wahr. Deshalb zählt ab sofort: der Beziehungsstatus. Und da gibt es immer wieder Lichtblicke. Mein Sohn meinte vor Kurzem: „Papa, du hast heute noch gar nicht genervt!"

Da kann man doch so ein Frühstück gut gelaunt beginnen.

Die letzte Seite …
gehört den Kindern

Wer mit Rolf Zuckowski sein Buch beginnt, sollte mit (seinen) Kindern aufhören.

Ich habe Kinder, die am Beginn der Pubertät stehen, gefragt, was sie sich von den Eltern so wünschen würden. Ihre Gedanken spiegeln die Themen, Problemstellungen und Lösungsansätze der vorangegangenen Kapitel wider.

Ich wünsche euch alles Gute und ganz viel Spaß mit euren Liebsten!

„Ich würde mir wünschen, dass meine Eltern sich nicht immer so schnell aufregen."

„Ich hätte manchmal gerne mehr Zeit zum Zocken."

„Ich fände es gut, wenn mein Vater mal mitzocken würde!"

„Mama müsste nicht immer so viel meckern."

„Ich wünsche mir, dass meine Eltern mich fairer behandeln."

„Meine Eltern müssten echt nicht so streng sein."

„Ich fände es besser, wenn meine Mutter mir nicht so viel verbieten würde."

„Es wäre schön, wenn meine Eltern mehr Zeit für mich haben und mehr mit mir."

„Am besten finde ich, wenn wir ehr gemeinsam lachen."

„Ich höre immer nur nein, ich will, dass sie mehr ‚ja' sagen."

„Ich wünsche mir mehr Geschenke."

„Ich will, dass alle gesund bleiben."

„Ich will gar nicht, dass meine Eltern immer nur nett sind, sie können ruhig auch mal streng sein."

„Auch meine Eltern könnten sich nach einem Streit mal entschuldigen, nicht immer nur ich."

„Ich wünschte, ich dürfte Pfannkuchen mit in die Schule nehmen, nicht immer nur Möhren und Äpfel und Joghurt."

„Ich fände es gut, wenn mein Papa sich mal mehr für mich interessieren würde."

„Ich wünsche mir, dass meine Eltern halten, was sie versprechen."

„Wenn unsere Eltern keine Erwachsene wären, gäbe es nicht so viel Streit, aber sie sind schon in Ordnung."

„Ich wünsche mir, dass sich nichts verändert und meine Eltern meine Eltern bleiben, so wie sie sind."

Dank

Ein großer Dank geht an den meinen Verlag Edel Books: Marten, Constanze, Wiebke und Katharina, weiterhin an Petra, Heiko, Luise und ganz besonders an Steffi von Wolff.

Des Weiteren danke ich Nicole (nicht zuletzt für die vielen Kaffees und Tees während des Schreibens) und meinen Kindern Lenny und Kate.

Ein herzlicher Dank geht an meine Eltern, meinen Bruder, an meinen besten Freund Frank, meine Mentorin Steffi und meinen Manager Marc Balluff.

Außerdem bedanke ich mich bei unserer Facebook-Gruppe „Keep cool, Mama", insbesondere bei Daniela Strube, sowie unseren Moderatoren, last but not least bei allen Muttis und Vatis auf diesem Planeten. Ihr seid genau richtig!

Die Publikation enthält Links auf Webseiten Dritter, für deren Inhalte wir keine Haftung übernehmen. Wir verweisen lediglich auf deren Stand zum Zeitpunkt der Erstveröffentlichung.

Edel Books
Ein Verlag der Edel Verlagsgruppe

www.edelbooks.com

Projektkoordination: Dr. Marten Brandt
Lektorat: Julia Becker
Coverillustration: Lena Schaffer
Layout und Satz: Datagrafix GSP GmbH, Berlin | www.datagrafix.com
Umschlaggestaltung: Groothuis. Gesellschaft der Ideen und Passionen mbH | www.groothuis.de
Lithografie: Frische Grafik
Druck und Bindung: GGP Media GmbH, Pößneck

MIX
Papier aus verantwortungsvollen Quellen
FSC® C014496

Printed in Germany

ISBN 978-3-8419-0792-9